O SEGREDO ENTRE NÓS

Thrity Umrigar

O segredo entre nós

Tradução: Catia Pietro e Luiza Leal

GLOBO LIVROS

Texto fixado conforme as regras do Acordo Ortográfico da Língua Portuguesa
(Decreto Legislativo nº 54, de 1995).

Título original: *The Secrets Between Us*

Editora responsável: Amanda Orlando
Assistente editorial: Lara Berruezo
Edição de texto: Camile Mendrot | Ab Aeterno
Preparação de texto: Patrícia Vilar | Ab Aeterno
Revisão: Jane Pessoa e Bruno Fiuza
Diagramação: Crayon Editorial
Capa: Marianne Lépine
Imagem de capa: MKaust/Thinkstock

1ª edição, 2018

CIP-BRASIL. CATALOGAÇÃO NA PUBLICAÇÃO
SINDICATO NACIONAL DOS EDITORES DE LIVROS, RJ

U43s

Umrigar, Thrity
O segredo entre nós / Thrity Umrigar ; tradução Catia Pietro , Luiza Leal. - 1. ed. - Rio de Janeiro : Globo Livros, 2018.
344 p. ; 23 cm.

Tradução de: The secrets between us
ISBN 9788525065421

1. Romance indiano. I. Pietro, Catia. II. Leal, Luiza. III. Título.

18-48842 CDD: 828.99353
CDU: 821.111(540)-3

Leandra Felix da Cruz - Bibliotecária - CRB-7/6135

Direitos exclusivos de edição em língua portuguesa para o Brasil
adquiridos por Editora Globo S.A.
Rua Marquês de Pombal, 25 — 20230-240 — Rio de Janeiro — RJ
www.globolivros.com.br

Para Homai
por incontáveis atos de amor altruísta

I

I

EMBORA ESTEJA AMANHECENDO, o interior do coração de Bhima está na penumbra.

Mesmo quando a primeira luz do dia é filtrada pela rachadura onde o teto de zinco encontra as paredes do barraco, ela não faz nenhum movimento para se levantar do colchão estendido no chão de terra. Não há necessidade. Faz três dias que ela trouxe suas míseras posses da casa de Sera Dubash, três longos dias que está em casa com sua neta amuada e ferida, cujos silêncios, cada palavra não dita, são uma acusação de que Bhima, em sua fidelidade obstinada à casa dos Dubash, em sua lealdade à mulher de pele clara que foi sua senhora por tanto tempo, estava errada e passou a vida toda — como uma idiota — valorizando a família errada em detrimento de sua própria. Não há motivo para acordar esta manhã porque não há aonde ir trabalhar, nenhuma casa para cuidar, nenhum piso para varrer com rapidez, nenhuma panela para esfregar até o sol da manhã cintilar em seu brilho, nenhuma xícara de chá matutina para compartilhar com Serabai. Isto é, se é que agachar-se no chão e beber de um copo reservado para ela, enquanto Serabai se sentava à mesa e bebia de sua xícara de porcelana fina, pode ser chamado de compartilhar.

Mas enquanto está ali deitada, os olhos abertos, acompanhando a luz da manhã que se move pelo barraco miserável de um único cômodo como um dedo percorrendo lentamente uma página escrita, o coração de

Bhima dói ao pensar naqueles dias passados no apartamento quieto e luxuoso, com aparelhos de ar-condicionado e ventiladores de teto, água corrente e vasos sanitários com descarga que funcionavam. E, no entanto, não é por isso que ela está de luto há três dias. A perda que tem o peso de um elefante, um elefante sentado pesadamente no peito dela, é a das coisas sem nome e inomináveis — o orgulho que Serabai costumava ter de seu trabalho; a discreta dignidade que ela concedia a Bhima, ainda que, de tempos em tempos, ficasse incomodada com os atrasos ou alguma pequena infração de Bhima. Serabai sempre se esforçava para controlar a própria irritação antes de falar. Além disso, havia o afeto familiar com que a filha de Sera, Dinaz, que tinha crescido diante de seus olhos, a tratava, como se Bhima fosse uma tia amada em vez de uma serviçal. "Bhima é como um membro da família para nós", ela muitas vezes entreouviu Serabai dizer para as amigas. Apesar de se sentir um pouco chocada com a descrição, Bhima era esperta o bastante para apreciar a boa sorte de servir a uma família tão generosa, a uma senhora disposta a enfrentar a ridicularização e até a indignação das amigas ao fazer tal declaração.

Agora, ela sente aquela gratidão azedando e se transformando na amargura que é sua verdadeira herança, seu paralelo, sua sombra. É como se, na infância, ela tivesse engolido as sementes de alguma fruta amarga que se tornara uma árvore crescendo dentro dela, gerando sua colheita amarga de tempos em tempos — nos distantes dias que se seguiram às tortuosas mortes de seu genro e de sua filha, Pooja, de Aids; no dia em que Gopal lhe deixou a carta que mudou sua vida antes de fugir com Amit, seu filho; e a vez antes dessa, quando o capataz de Gopal a fez assinar o papel que cindiu sua família.

Talvez o tempo tenha desbotado essas traições, porque, quando pensa nelas agora, é como se estivesse assistindo à mulher ignorante e ingênua que costumava ser como se vê uma atriz num filme. Mas a traição recente é uma ferida aberta, uma fruta recém-colhida, que a enche não tanto de raiva, mas de vergonha. De novo. Aconteceu de novo. E dessa vez não há Deus para culpar, nenhuma maré de azar que a atirou como um coco em uma praia diferente. Dessa vez, ela amaldiçoa a si mesma por tentar proteger a bebê Dinaz e Serabai do veneno do genro de sua antiga patroa e ter ela mesma ficado doente. Ela devia ter revelado o segredo de Viraf no dia em que o descobriu, em vez de acobertá-lo e permitir que a vergonha dele se tornasse sua.

Para deslocar o fosso amargo do fundo da garganta, Bhima vira-se de lado e ouve o estalo familiar no quadril, seguido de um instante de dor intensa. Ela espera a dor passar e, então, fecha os olhos. Depois de mais de sessenta anos levantando-se ao amanhecer e trabalhando o dia todo, ela pode dormir até mais tarde hoje. Logo vai ser preciso procurar um emprego, mas na sua idade ela sabe que vai ser difícil. E se Viraf tiver espalhado seu veneno de serpente pelos prédios do bairro, se tiver repetido as mentiras que contou a Serabai para os vizinhos e conhecidos, conseguir outro trabalho vai ser ainda mais difícil. Bhima olha para o quarto e observa a neta, Maya, dormindo a poucos metros de distância. Ela ouve a respiração profunda e sorri. Isso é tudo o que resta em seu mundo agora, essa menina linda, inteligente-mas--idiota, que se deixou gerar o fruto da serpente. Que tentou enfrentar todos eles quando lhe pediram para matar o bebê que estava carregando. Que, mesmo agora, arde de raiva e mágoa ao pensar no assassinato do bebê não nascido, como se houvesse alguma outra opção para uma garota favelada grávida, não importa quão boa ela seja nos estudos. E é isso que a preocupa — o que fazer se Maya continuar se recusando a voltar para a faculdade. Ou se quiser voltar para a faculdade e não houver dinheiro.

Bhima fecha os olhos, incapaz de enfrentar os pensamentos terríveis que a manhã invasora traz. Ela é uma velha, despreparada para criar uma menina jovem e linda, uma guardiã incompetente de alguém que precisa ser orientada para a vida de uma mulher adulta, para a faculdade, para o casamento. Como ela encontrará um companheiro para Maya quando chegar o momento? Neste lugar de paredes finas como musselina, onde rumores e insinuações são um esporte e uma diversão? Onde estará Gopal agora, quando Bhima precisa dele? Mas, então, ela se força a lembrar que Gopal também é um velho agora, e não o sujeito que estava sempre rindo e cantando, com o sorriso torto, com quem se casou. Mal dava para acreditar. Será que o quadril dele também lança rajadas de dor? Será que os joelhos rangem quando caminha? Ou os olhos dele foram confortados pelo verde dos campos do irmão, um contraste com o marrom lamacento e o preto da cor de um corvo dessa favela miserável que ataca seus olhos todo dia? Ele respira um ar doce e limpo, que não carrega os gases ácidos que ardem as narinas e que encobrem essa cidade maluca. Apesar da raiva que sente, apesar da faca que Gopal cravou em suas costas e que ela não consegue arrancar, Bhima espera que sim. Pelo bem dele, sim, mas também por Amit, já crescido, para cujo casamento, muitos anos atrás, ela não foi convidada. Amit, o garoto que havia sugado seus seios faminto, cujas unhas ela cortou pela primeira vez, cujo pequeno corpo ela lavou com uma possessividade que beirava a fúria, de quem ela enxergava cada mentira, de quem conhecia cada segredo. Amit, seu primeiro e último filho, que tinha saído do tecido de seu corpo. Amit era seu segundo eu, até o dia em que deixou de ser.

Bhima grunhe alto e, por um minuto, teme ter incomodado Maya, mas a menina dorme profundamente. Ela sempre foi assim, Bhima ri para si mesma. A menina atrevida que costumava ser, dormindo o sono de uma milionária — regular, profundo, sem uma única preocupação no mundo.

Ela ri para si mesma. Não há motivo para continuar ali deitada quando o sol está correndo pelo céu. Logo o banheiro comunitário vai estar cheio de moscas e gente, e vai ser preciso pisar com cuidado para não encharcar a barra do sári de merda, água e urina que os moradores da favela terão deixado para trás. Pensar na fila que com certeza já se formou nas torneiras a deixa deprimida, e Bhima se levanta. Por um minuto, pensa em mandar Maya encher as duas panelas de água hoje, mas muda de ideia. Maya é jovem e, depois que se casar, uma vida inteira de trabalho árduo e enfadonho a espera. Enquanto for possível, deixe-a viver a meninice. Bhima não foi escravizada por anos para que Maya não o fosse? Hoje não seria uma exceção.

A mulher passa os dedos pelo cabelo ralo, escancara a porta de zinco do barraco e sai. A favela já é uma colmeia de atividade. Pessoas passam por ela, muitas carregando panelas ou baldes espirrando água. Alguém ligou um rádio transistor; uma criança atira uma pedra num corvo pousado sobre um poste elétrico recém-instalado, o que só faz o pássaro crocitar mais alto; dois cachorros rosnam e brigam entre si na valeta estreita, até um velho passar por ali e chutar um deles. Homens vestidos apenas com camiseta e *lungi*, em fileira, estão agachados diante das sarjetas abertas escovando os dentes e cuspindo na água turva. Bhima olha para a nesga de céu e para o sol auspicioso que é seu único ocupante. Por um momento, ela odeia aquilo tudo — os vizinhos abaixando a cabeça quando passam pelo altar improvisado de Krishna que alguém construiu, a voz dura das mulheres repreendendo os maridos pela ressaca, os olhos questionadores e brilhantes dos homens desempregados que a acompanham quando ela passa, os barulhos altos do ferreiro que já começou o dia de trabalho, as pilhas de concreto quebrado que se espalham pela paisagem, os risos e gritos das crianças que são da cor e do cheiro do esterco e da sujeira em que brincam. Todos aqueles anos ela suportou isso porque sabia que, em menos de duas horas depois de acordar, estaria a caminho da casa limpa, arrumada e quieta de Serabai, onde passaria a maior parte do dia. Agora, não há trégua. A ideia de ir de casa em casa implorando trabalho é inexplicável para ela. Bhima não tem uma rede de amigos, nem uma turma de empregadas domésticas com quem contar. Por quase trinta anos, teve uma existência austera e premida — manhãs na favela, dias na casa de Serabai e o retorno para casa para cozinhar e dormir. O marido e o filho se foram, voltaram para a terra natal de Gopal. Não existe família além da família de mentira que ela imaginava ter com os Dubash. Não há nada nem ninguém para ocupar esse lugar.

Ela meneia a cabeça para a idosa que vive a quatro casas da sua. Quando chegam ao banheiro comum, um grande cômodo público onde as mulheres se agacham juntas para fazer suas necessidades lado a lado, Bhima deixa a mulher mais velha ir na frente. Quando entra, ela mantém os olhos no chão, como exigem a modéstia e o costume.

Finalmente, ao chegar à torneira comunitária, há a espera na fila e, na sua vez, a água se tornou um filete, então, demora uma vida para encher um único balde. Ela tenta encher o segundo, mas desiste. Essa é sua punição por dormir demais.

Ao chegar ao seu barraco, andando devagar para evitar perder uma gota de água que seja, Bhima se assusta ao ver Maya esperando do lado de fora.

— *Beti*, filha! — chama ela. — O que foi? Está se sentindo mal?

Em resposta, Maya balança a cabeça com impaciência, então, gesticula na direção da porta, indicando que quer que Bhima entre. Em silêncio, a jovem pega os dois baldes da avó e entra também. Depois da claridade da manhã, os olhos de Bhima demoram um segundo para se ajustar à escuridão do barraco. Ela leva um susto ao reconhecer a figura sentada de pernas cruzadas no chão. Dinaz. Antes que a visitante possa falar, Bhima vira-se para Maya:

— Malcriada — sussurra ela. — Deixar a bebê Dinaz se agachar no chão em sua condição. Vá até o vizinho e peça para Abdul nos emprestar uma cadeira.

Maya olha com insolência para a mulher grávida, que tenta se levantar com dificuldade, e de novo para a avó. Quando vê o fogo nos olhos de Bhima, ela se rende e obedece à ordem.

— Bebê Dinaz — suspira Bhima. — O que a traz aqui?

Dinaz sorri, um sorriso inesperadamente hesitante, como se a distância entre as duas tivesse aumentado em apenas três dias.

— Você — responde ela com pesar. — Você é a razão por que estou aqui, Bhima. Para implorar que volte ao trabalho.

Bhima fica tensa. Ela não tem certeza do que Serabai contou à filha sobre o motivo de sua demissão, se Dinaz desconfia da serpente com quem se casou e cujo filho está carregando. Então ela espera, querendo ouvir o que Dinaz tem a dizer.

— Mamãe disse que Viraf achou que você tivesse acidentalmente... roubado... um pouco de dinheiro — explica Dinaz. — E que você ficou tão ofendida com a acusação que pediu demissão.

Ela levanta a mão direita para impedir que Bhima a interrompa.

— Espere. Eu só vim pedir desculpas pela estupidez de Viraf. Tente entender, Bhima. Ele está sob tanta pressão no trabalho. E com a minha gravidez e tudo mais. Em todo caso, ele sente muito. Por favor, volte.

Bhima não tem certeza se confia na própria habilidade de falar. Mas o rosto de Dinaz é tão sincero, tão inocente, que não há escolha.

— O *babu* Viraf disse que sente muito?

— Disse. — A voz de Dinaz falha. — Quero dizer, não exatamente. — Ela tenta sorrir. — Você sabe como são os homens. Teimosos como bois. Mas tenho certeza de que ele vai ficar feliz se...

— E Serabai? E ela?

Um longo silêncio.

— Ela não sabe que estou aqui — Dinaz revela finalmente. — Nenhum deles sabe. Eu... eu só queria surpreendê-los. — Dinaz puxa o sári de Bhima, como costumava fazer quando era pequena. — Vamos, Bhima, por favor. Você sabe como mamãe a ama... e que não consegue ficar sem você. Apenas volte.

Bhima ouve tudo, até o intervalo entre as palavras de Dinaz. Serabai não contou à filha o que aconteceu de fato. Como Viraf a acusou falsamente de roubá-los, quando ela seria tão incapaz de roubar aquela família quanto a caixa de doações do templo. Como, ao perceber a armadilha que ele tinha armado, Bhima disparou sua própria acusação, algo mais sombrio, mais poderoso que a dele, porque era verdade. Como ela o acusou de arruinar a vida de Maya, de manchar a honra de sua família. Como Sera se encolheu diante daquelas palavras ao ver nelas as cinzas da felicidade da própria filha. E em vez de lidar com a verdade, a perigosa e devastadora verdade, Serabai tinha tomado partido do genro corrupto e colocado Bhima para fora de sua casa. E agora, Dinaz estava diante dela, alheia à traição do marido; Dinaz, que tinha enfrentado os pais quando não deixaram Bhima se sentar na mobília que ela mesma espanava todos os dias, que, quando criança, insistia em fazer as refeições agachada no chão ao lado da empregada em vez de comer à mesa com os pais; Dinaz, que, agora, carregava seu primeiro filho. Não, seria um segredo entre elas, entre Bhima e Serabai, o que Viraf tinha feito — engravidado Maya e, depois, fazendo o papel do benfeitor preocupado, mas impassível, plantado a ideia de um aborto na cabeça de todos. Bhima sentiu uma nova onda de raiva por ele, pela sua falsidade.

Como se tivesse lido sua mente, Dinaz continuou:

— Você pode perdoá-lo, Bhima? Você gostava tanto de Viraf. Você costumava rir das piadas idiotas dele e tudo.

Verdade, Bhima queria dizer, era verdade. Mas isso foi antes de descobrir que ele rasteja. Eu também fui enganada, ela queria dizer, ludibriada por aquele belo rosto, aquela fala mansa, aquele sorriso fingidor. Tanto quanto você. Mas mordeu os lábios até sentir o gosto de sangue.

Nesse instante, ela ouve Maya na porta e vai abri-la. A garota entra com uma cadeira dobrável de metal e, em silêncio, a deixa no chão irregular. Ainda que Bhima esteja lhe pedindo com os olhos para sair, Maya se planta solidamente no colchão de algodão estendido no chão de terra.

— Por favor, sente-se, bebê Dinaz — pede Bhima. E se vira para a neta: — Você, *chokri*, corra até a loja da esquina e compre uma Coca-Cola.

É a bebida favorita de Dinaz, ela sabe.

— Não, não, não. Não, Bhima, por favor. É muito cedo. E, de todo jeito, estou tentando não tomar refrigerantes. Por causa do bebê, sabe como é.

Bhima sente, mais do que vê, Maya fazer uma careta diante da menção ao bebê. As paredes de seu estômago ficam tensas. Não deixe a garota dizer algo idiota, ela reza. Mas antes que possa pedir que Maya lhes dê um pouco de privacidade, Dinaz vira-se para a garota:

— Maya, eu estava só pedindo a Bhima para engolir o orgulho e voltar ao trabalho. Quero dizer, às vezes, palavras duras são ditas entre membros de uma família, certo? Mas precisamos esquecer e perdoar.

Maya olha para a avó com uma expressão de incredulidade, e Bhima faz o mais leve movimento com a cabeça. Ela não sabe, seus olhos informam. As duas se encaram por um segundo, então Maya diz com uma voz delicada:

— Não posso dizer à minha *Ma-ma* o que fazer, *didi* Dinaz.

De repente, Dinaz fica arrasada.

— Então é essa a sua última palavra, Bhima? — pergunta ela. — Que você não vai voltar, definitivamente? — Seus olhos se enchem de lágrimas. — Depois de tudo por que nós... passamos juntas, você vai se demitir? Assim, depois de todos esses anos?

Bhima sente o rosto arder com o esforço exigido para aquietar a voz aprisionada na garganta, a voz que quer gritar a verdade para a mulher bem-vestida à sua frente. Mas ela não vai fazer isso. Não deve. Ela ama Dinaz, ama até seu filho não nascido.

— Perdão. O que você pede é impossível.

Elas ficam ali sentadas quietas, três mulheres, cada uma com medo de se mexer, sabendo que o menor movimento vai deixar o mundo lá fora destruir a calma temporária da bolha que as protege. O silêncio se prolonga, muda de forma e textura, vai de pacífico a desconfortável. Dinaz e Bhima olham uma para a outra com amor e anseio, depois, desviam o olhar.

Finalmente, Dinaz suspira, e as outras duas se dão conta de que também estavam prendendo a respiração. Maya se mexe no colchão quando o feitiço se quebra. Dinaz se inclina para a sua bolsa, que está no chão, e a revira. Ela olha para baixo ao dizer:

— A mamãe disse ontem que lhe deve dinheiro. O salário deste mês, mais o dinheiro que você estava guardando com ela todo mês.

Ela se vira para Bhima, que a está encarando boquiaberta e se perguntando como poderia ter esquecido a pequena quantia que implorou para Serabai reter de seu salário durante todos esses anos. Um nervo tremula do lado direito de sua boca. Algum dinheiro vai entrar este mês afinal.

— Bhima — diz Dinaz, uma severidade na voz que faz a mulher mais velha prestar atenção. — Sabe quanto dinheiro você tem guardado com a mamãe?

Bhima balança a cabeça.

— Serabai sempre cuidou de tudo — responde. — Nunca perguntei.

Dinaz dá uma risada curta.

— O que mostra como você sempre confiou nela cegamente, não é? A mulher em cuja casa você não quer colocar os pés agora.

O coração de Bhima se parte diante da amargura que ouve na voz de Dinaz. Mas, de novo, ela se força a ficar em silêncio, incapaz de explicar, incapaz de consolar. É melhor assim, ela pensa. Deixe Dinaz sair daqui me culpando em vez de Serabai. Deixe que o sangue continue sangue.

— Em todo o caso — a mulher grávida continua bruscamente —, eram trinta mil rupias. Uma bela quantia.

— *Ae, Bhagwan* — exclamam em uníssono Bhima e Maya.

Dinaz pega uma caneta e o talão de cheques.

— A mamãe estava aflita ontem sobre como ia fazer o dinheiro chegar até você. Ela estava se perguntando se podia confiar que nosso serviçal o entregasse. Mas ela não queria mandar uma quantia tão alta em dinheiro. E você não tem conta no banco, né?

Os pensamentos de Bhima estão agitados, mas a última pergunta de Dinaz penetra, e a antiga vergonha emerge de novo.

— Não, menina — responde ela em voz baixa. — Como você sabe, não sei ler nem escrever. Meu dinheiro sempre esteve em segurança com a sua mãe.

— Mas eu sei — Maya entra na conversa.

Sua voz sai alta, com um tom que a avó não reconhece. Orgulho? Afronta? Beligerância?

Dinaz parece não notar.

— É verdade. — Ela sorri, abaixa a cabeça para preencher o cheque e olha diretamente para Maya. — Eu aconselho o seguinte: vá até o banco e abra uma conta. Você não vai querer guardar essa quantidade de dinheiro em casa.

Dinaz se levanta da cadeira e se agacha diante de Bhima, surpreendentemente ágil, considerando a gravidez. Ela coloca o cheque aos pés da mulher mais velha.

— Fiz um cheque de quarenta mil rupias, Bhima — diz ela.

— Mas são só trinta...

— Eu sei. O resto é presente meu. Para... agradecer a você por... — Mas, então, Dinaz para e pisca para conter as lágrimas, limpando as que lhe escapam e escorrem pelo rosto.

Inundada por uma perigosa ternura em relação a Dinaz, Bhima fica brava que Maya esteja ali para testemunhar aquilo, incomodada com a maneira vigilante com que a neta está absorvendo a cena à sua frente. Vá, ela quer gritar para a menina. Pegue sua expressão taciturna e nos deixe em paz por um instante. Eu conheço essa criança sentada à minha frente há mais tempo que conheço você. Eu a alimentei, lavei suas roupas, a amei, a protegi do gênio do pai e das discussões dos pais. Mas Maya fica ali sentada, impassível como uma montanha, e Bhima não tem escolha senão sussurrar:

— Só um minuto, bebê Dinaz — diz ela e se levanta.

Bhima atravessa a sala e vai até o velho baú que abriga todos os artefatos importantes de seu passado. Ela encontra o que está procurando quase no mesmo instante, pega o objeto e passa rapidamente por Maya, com medo de que a neta proteste. Bhima abre a mão de Dinaz e deposita ali o chocalho prateado, ignorando o susto.

— Bhima, não. Não posso aceitar isso.

— Bebê Dinaz, me perdoe. Não passa de um pequeno presente. Meu marido comprou este chocalho prateado para meu primogênito. Meus dois filhos brincaram com ele. Maya também. E agora quero que ele fique com seu filho.

— Tem certeza, Bhima? — pergunta Dinaz.

— Cem por cento de certeza. Eu estava planejando entregá-lo a você no dia do parto.

— Mas você devia guardá-lo. Para quando Maya...

A frase fica no ar, enquanto Dinaz lembra dos eventos do último ano. Atrás dela, Maya olha feio para as duas, mas Bhima a ignora. A mão de Dinaz se fecha em volta do chocalho.

— Obrigada — murmura ela. — Vou cuidar dele com carinho. — Na porta, Dinaz se demora mais um pouco: — Se algum dia vocês duas precisarem de alguma coisa...

Mas Bhima está exausta, e uma sensação fria e sombria está se espalhando em seu corpo. Agora ela só deseja que Dinaz vá embora. Ela junta as mãos como para uma prece, um gesto ao mesmo tempo de súplica e desdém.

— Obrigada — diz Bhima.

Ela abre a porta para Dinaz, e as duas saem. Bhima ignora os olhares curiosos que os vizinhos lançam para a mulher de pele clara bem-vestida a seu lado, uma mulher que parece tão exótica quanto um astronauta naquela parte da cidade, que levanta a barra da calça ao andar com cuidado pelas ruas estreitas e sulcadas. Bhima fica parada do lado de fora do barraco observando Dinaz se afastar, os olhos ardendo das lágrimas não derramadas, a boca seca das palavras não ditas. Ela espera até Dinaz virar a esquina, acenar e desaparecer de sua vida.

Maya ataca assim que a avó volta para o barraco.

— Por que você não contou para ela? — pergunta de imediato.

Bhima finge não entender.

— Contar o quê?

— Sobre aquele marido canalha. Sobre o que ele fez comigo.

A raiva não expressa aumenta.

— E o que você fez para ela? — dispara Bhima. — Agir como uma vadia com o marido de uma pobre garota?

O maxilar de Maya desaba, como se a avó tivesse lhe dado um soco no rosto. Então, seus olhos ficam apertados e malignos.

— Você é uma mulher ignorante — diz ela. — Que não entende nem por que ela veio aqui. — Maya se abaixa, pega o cheque e o balança diante do rosto de Bhima: — Eles não querem você de volta, *Ma-ma*. Ela só veio aqui para fazer uma cena. O motivo real? Para lhe dar este dinheiro. Para comprar seu silêncio. Sua doce bebê Dinaz? Ela é esperta. Ela sabe de tudo.

— Cale a boca! — diz Bhima, furiosa. — E abaixe a voz. Qualquer um dos bêbados à nossa volta pode entrar aqui na calada da noite e cortar nossa garganta se souber que ganhamos tanto dinheiro.

— Não é das pessoas nesta favela que você precisa ter medo, *Ma-ma*. São pessoas como Dinaz e Serabai que cortaram a sua garganta.

Bhima fecha os olhos, com medo de deixar a neta ver quanto essas palavras a magoam. Mas Maya ainda não acabou.

— Elas tratam você como um cachorro, não, pior que um cachorro. Tratam você como um jornal velho, algo que leem e jogam na lata do lixo. E, mesmo assim, você corre atrás delas, *Ma-ma*. Mesmo assim, você protege suas mentiras e seus segredos, como se os segredos pertencessem a você. Mesmo assim você... — Nesse momento, a voz de Maya falha. — Você ainda lhe dá algo que pertencia à minha mãe e, portanto, pertencia a mim, como se fosse seu, como se ela fosse sua filha. Por quê, *Ma-ma*? Por que, depois de todo esse tempo, eles são sua família, e não eu?

Bhima fica parada, olhos fechados, com medo de respirar. As palavras de Maya a agridem, porque ela não sabe a resposta para as perguntas da neta. A verdade é que não tinha considerado que o chocalho pertencia a Maya. Ela está constrangida e prestes a se desculpar quando se dá conta de uma coisa, e seus olhos se abrem.

— Você não é minha família? — grita Bhima. — Sua menina estúpida e insolente! Por que acha que eu trabalho na casa deles? Para encher a minha barriga? Você acha que quero viver um dia extra que seja nesta terra miserável por minha causa? Sua garota horrível! Como ousa dizer algo tão insolente para mim? Tudo o que eu faço, cada gota de suor que derramo, é por você. Para que você possa ir para a faculdade. Para que meu infortúnio termine comigo. E o que fez nesses últimos meses? Ficou sentada em casa como uma *maharani*. Uma rainha!

Maya abre a boca, mas a avó levanta a mão num gesto ameaçador.

— Quieta! Não há mais nada para você dizer. Aquele chocalho que eu dei? Você não precisa dele. Porque você não é mais criança, Maya. A única coisa de que você precisa é uma formação.

As duas olham feio uma para a outra, então, Bhima toma uma decisão rápida, a apatia anterior dissipada. Ela estende a mão e arranca o cheque da mão da neta.

— Vá se vestir! — ordena.

Maya contém o riso.

— Por quê? Você vai me levar ao hotel Taj Mahal?

Bhima resiste à vontade de arrancar a arrogância do rosto de Maya com um tapa.

— Vamos ao banco — responde ela. — Você vai ajudar sua velha avó a abrir uma conta. Vou trabalhar em dez empregos se precisar, mas não vamos encostar neste dinheiro. Este dinheiro é para quando você voltar para a faculdade. É para o seu futuro.

2

Seu nome é Parvati. Ainda que ela nem sempre saiba. Às vezes, no tempo de um soluço, o mundo fica vazio e ela esquece como se chama, onde está e qual é o seu lugar no mundo. É confortável viver naquele espaço branco e não ter de carregar o fardo de saber seu nome e sua história. Então, enquanto passa o dedo distraidamente pelo volume crescendo em seu pescoço, o mundo entra em foco de novo, e ela sabe — ela é Parvati, a filha de um homem que a vendeu pelo preço de uma vaca. E, ao fazê-lo, lhe ensinou o seu valor. Quanto tempo faz, nem se lembra, e não é porque não sabe contar, porque ela é uma das poucas mulheres do Old Place que sabe ler e escrever. É apenas uma escolha não lembrar. Na sua idade, o tempo parou de correr em linha reta; em vez disso, ele gira e descende, criando um redemoinho no centro que, na maior parte dos dias, a engole por inteiro. Seus ontens perderam a pungência; é com os hojes que chegam mostrando os caninos e as garras que ela precisa se preocupar.

Nesta manhã, Parvati senta-se de pernas cruzadas na feira livre, à sua frente, sobre a toalha de mesa suja, seu alegre suprimento diário de seis cabeças de couve-flor murchas estão expostas como crânios. Ao contrário dos outros vendedores ao redor, ela não tenta seduzir nem importunar os passantes para que examinem sua mercadoria. Parvati sabe que o mesmo punhado de clientes, quase tão pobres quanto ela, vai aparecer em algum momento durante o dia e comprar seu estoque. Toda manhã, ela se arrasta até seu ponto no pavimento, carregando os vegetais em uma sacola de tecido suja que não é lavada há dois anos. Parvati aperta os olhos por causa do sol inclemente, que ela considera seu adversário pessoal, abre a toalha de mesa na calçada e esvazia a sacola, e as couves-flores redondas saem rolando. Ela aprendeu, muitos anos atrás, a matar a inveja que costumava sentir da imagem dos lindos legumes, verduras e frutas expostos pela concorrência, os tomates brilhantes, os alhos perolados, as laranjas e toranjas radiantes. Parvati nunca teve dinheiro para aumentar seu estoque, então, parou de tentar. As vinte rupias por dia que tem de lucro — e isso porque o homem que lhe vende as couves-flores cobra uma ninharia pelas mercadorias que, caso contrário, ele jogaria fora — pagam a taxa para dormir em duas folhas de papelão na plataforma entre os lances de escada na entrada do apartamento do sobrinho e lhe deixam com alguns tostões extras.

Se tivesse energia para examinar a própria vida, Parvati veria como ela é magra e nebulosa — remendada com mentiras e pena, como se fosse uma daquelas pipas baratas, feitas de papel e cola, que cai aos pedaços diante do menor sopro de vento. O "sobrinho", por exemplo, não é um parente, mas o filho de uma mulher do Old Place que, contra todas as probabilidades, ainda se lembra da generosidade de Parvati para com ele quando garoto. Em troca de quinze rupias por dia e uma promessa de nunca revelar o passado de sua mãe morta para a esposa, o rapaz aluga o espaço para ela. O atacadista de vegetais também é um homem dos velhos tempos e a deixa comprar as cabeças de couve-flor barato por causa de uma combinação de solidariedade e repulsa. Todo dia, um ou outro vendedor oferece o almoço à mulher mais velha — uma banana, talvez, ou um pequeno pão. Às vezes, quando sobra algum dinheiro no fim do mês, ela se presenteia com uma xícara de chá. E a caminho da casa do sobrinho toda noite, Parvati para num restaurante em ruínas, cujo dono coloca as sobras dos pratos dos clientes em um jornal para ela. Se Parvati se atrasa vinte minutos, ele deixa os restos na calçada para o cachorro de rua que espreita do lado de fora do restaurante.

Nesta manhã, nem mesmo o sol consegue prender a atenção de Parvati. Um caroço novo está crescendo em seu corpo, dessa vez, na base da coluna, um local dolorido e inconveniente, que ela não pode acariciar tão distraidamente quanto o da garganta. Isso a irrita, a injustiça da localização. Nenhuma vez, em todos aqueles anos, ela reclamou da protuberância no pescoço, que começou do tamanho de uma semente de romã décadas atrás e, então, cresceu até chegar ao tamanho de uma laranja. Tanta coisa aquilo lhe tirou — sua beleza, sua subsistência, até sua voz, que agora é rouca e áspera; e sente uma dor de garganta constante onde o volume aperta suas cordas vocais. Ela vê seus efeitos no mundo à sua volta — o curvar de lábio, o desviar de olhos, a ocasional ânsia de vômito quando alguém a vê pela primeira vez. Mas ela não se importou, e até ficou grata, porque foi a protuberância que a tirou do Old Place décadas antes. E, ali, entre os rabugentos vendedores de frutas, vegetais e peixes, o caroço foi uma espécie de talismã, enchendo-a com um poder sombrio que ninguém quer afrontar, protegendo sua faixa no pavimento, um ponto muito cobiçado na esquina de duas ruas. Sem a deformidade, quem ela seria? Uma velha, magra como uma vareta, sem proteção policial e sem conexões com o submundo. Mas eles mantêm distância, até mesmo os jovens capangas que perambulam com cassetetes exigindo pagamento dos outros vendedores em troca de "proteção".

— *Ae, mausi* — uma voz a chama, e ela olha para cima com relutância, sem querer desperdiçar nem mesmo uma lufada de ar batendo papo num dia tão quente.

É Rajeev, o homem alto e esguio, com um bigode em forma de guidão de bicicleta, que entrega mercadorias na casa dos ricos. Diversas vezes por dia, Rajeev deixa os clientes encherem sua enorme cesta de vime com berinjelas-roxas, quiabos e sacos de batata e cebola, equilibra a cesta na cabeça e caminha lado a lado com os compradores até suas casas. Parvati ouve Rajeev reclamar dos lances de escada que precisa subir todos os dias, mas, mesmo quando reclama, há um sorriso em seus lábios. Ela sempre desconfiou do rapaz por essa razão, porque um homem que sorri em face da dureza da própria vida é tolo, e não alguém a se respeitar. Além disso, ele é uma das poucas pessoas na feira que reconhece sua presença. Toda vez, ela tem vontade de espantá-lo, como uma mosca pousada sobre seus vegetais. Toda vez, de algum jeito, Rajeev consegue fazê-la conversar um pouco.

— Que dia quente, *mausi*! — exclama ele, pousando a cesta e se agachando diante de Parvati. — Aceita um *chai*?

Ela o observa com desconfiança, achando que é um truque para fazê-la lhe pagar uma xícara de chá.

— Tudo bem — responde ela, evasiva.

Rajeev parece confuso por um instante e, depois, abre um sorriso largo.

— *Arre, mausi*, estou perguntando se posso lhe pagar uma xícara de chá.

Parvati desvia o rosto, constrangida, ciente de que ele leu sua mente. Finalmente, ela lança um olhar duro e pergunta:

— Por quê?

Rajeev abaixa a cabeça, e quando a levanta, seus olhos estão perdidos. Mas eles também guardam outra coisa — um lampejo de compreensão, talvez pena —, e Parvati sente seus pelos se eriçarem. Homem desavergonhado. Sentir pena da pobreza dela! Se ele ao menos soubesse. Os presentes com que já foi banhada, os luxos que conheceu. Ela comeu em restaurantes sofisticados, onde aquele rapaz nem poderia entrar.

Antes que Parvati consiga responder, o rapaz levanta com um grunhido e se afasta, deixando a cesta à sua frente. Ela começa a chamá-lo, mas vê que Rajeev está apenas indo até a venda de chá a alguns metros dali. Em um minuto ele volta com dois copos de chá fervendo. Em silêncio, encosta um dos copos em uma das couves-flores.

— Beba — diz ele, gesticulando. E quando Parvati não obedece, ele sorri de modo convincente: — *Arre*, beba, *mausi*. É chá, não sangue.

Enquanto toma a bebida açucarada, ela se pergunta o que Rajeev quer. Talvez seja o espaço. Pessoas já se aproximaram dela no decorrer dos anos, até se ofereceram para pagar algumas centenas de rupias por aquela vaga. Mas ela nunca vai abrir mão de seu lugar. É tudo o que Parvati tem. Sem aquele espaço, onde ela passaria seus dias? O canto onde Parvati dorme precisa estar liberado até as seis da manhã, antes que os outros moradores comecem a sair para o trabalho ou para a escola. É proibido vagabundear pelos corredores, o sobrinho lhe disse. Se ele receber alguma reclamação de um vizinho, ela teria que ir embora. Para apaziguar esses vizinhos, Parvati varre a área comum das portas de entrada toda manhã. Em troca, eles, às vezes, lhe dão um sári usado ou um frasco de talco pela metade.

Rajeev a está encarando com aqueles grandes olhos escuros. Ele deve ter sido uma coruja numa vida passada, ela pensa. Parvati fica ruborizada e deseja que o rapaz vá embora. Está prestes a perguntar o que Rajeev quer quando ele fala.

— O que foi, *mausi*? Suas costas estão doendo?

— Por que você quer saber? — dispara ela, soltando o copo pesadamente no chão de pedra. — O que foi? O trabalho está tão devagar hoje que você está matando moscas e me observando?

Rajeev se retrai.

— Não se ofenda, *mausi*. Eu também tenho dores nas costas. Esse trabalho, levantar todo esse peso, é muito ruim para o corpo. Mas tenho um unguento bom em casa. Só estou perguntando para poder trazer um pouco para você amanhã.

Ocorre a Parvati que, se tivesse um filho, ele teria mais ou menos a idade de Rajeev. O pensamento é tão inesperado que seus olhos se enchem de lágrimas. Mas, mesmo assim, a suspeita não vai embora, brigando com a gratidão que se derrama em seu peito. Parvati morde o lábio, sem saber o que dizer para aquele homem que a está observando de perto, como se ela fosse um pássaro de um país desconhecido.

— Sua esposa não vai se importar se você dividir o unguento? — a velha mulher pergunta, mas só para descobrir se ele é casado sem parecer intrometida.

Rajeev abre um sorriso de satisfação, como se tivesse desvendado a farsa.

— Minha esposa, *mausi*? Minha esposa daria seu último suspiro por alguém que estivesse necessitando. Tão gentil. — Ele se detém, olhando para Parvati, preocupado. — Não foi minha intenção insultar...

Ela balança a cabeça.

— Não. Não foi um insulto. Eu entendo. Você tem sorte.

— *Mausi*. Você não sabe. — Ele baixa a voz, para proteger as palavras de Reshma, a vendedora sentada ao lado deles que está abertamente prestando atenção na conversa. — Eu era um bêbado. Tinha um problema sério com bebida, *mausi*. Mas, acredite se quiser, desde o dia em que minha Radha veio para casa, nunca mais tomei um gole. Nenhum gole. Foi desse jeito, parei com o álcool.

Sem conseguir se conter, Parvati sorri.

— Isso diz muito sobre você, *beta* — comenta ela, notando com surpresa que o chamou de filho.

Rajeev parece não ter notado.

— Não, *mausi*. Não sobre mim. Sobre Radha. Somos pessoas pobres. Mas vamos ter um filho. E nós dois estamos trabalhando bastante para garantir que ele termine os estudos. — O homem aponta para a cesta. — Eu subo centenas de degraus todo dia, *mausi*, para que um dia meu filho possa andar de carro.

De repente, Parvati se lembra de uma coisa:

— Já ouviu falar do poeta Aziz?

Quando ele balança a cabeça em negativa, Parvati recita:

Vou levá-lo nos meus ombros, meu filho
E subir as montanhas mais altas
Para que você possa contemplar todas as frutas
Do nosso vale vivo e verdejante.

— Uau! — exclama Rajeev. — Essas palavras expressaram o que está no meu coração, *mausi*. — Mas, então, o rosto dele fica pensativo. — Como você conhece essa coisa de poesia?

Sua pele formiga, e Parvati se arrepende de ter baixado a guarda. Ela rejeita a pergunta bruscamente.

— Todo mundo conhece.

Rajeev baixa os olhos.

— Sou um homem sem estudo. Não sei nem assinar meu próprio nome — revela ele.

— Às vezes, é melhor não saber nem o próprio nome.

Ela vê os olhos de Rajeev se arregalarem diante da amargura em sua voz e se surpreende consigo mesma. Parvati fecha a boca. Ela é uma mulher barata, comprada pelo preço de um copo de chá. Mas é só. Não vai dizer mais nada para aquele estranho sentado à sua frente. Como se intuísse o arrependimento dela, Rajeev fica de pé.

— Bom dia, *mausi*. Amanhã eu trago o unguento para você.

— Não se incomode — responde ela, tensa, sabendo que a origem da dor não são suas costas.

— Não é incômodo nenhum.

Rajeev sorri e se afasta. Ela o segue com os olhos, observando-o ajoelhar-se e baixar a cesta para ser enchida pelo serviçal de uma das *memsahibs* de um prédio próximo. Mesmo à distância, ela consegue notar a pontada nas costas do rapaz, a dor nas omoplatas ao endireitar o corpo e levantar a cesta, equilibrando-a perfeitamente na cabeça, mantendo-a no lugar com a ponta do indicador.

Parvati não tinha se dado conta de que ficar passando a mão no volume na base da coluna era tão óbvio assim para todos verem. Ela faz então um esforço combinado para manter a mão direita à frente do corpo. Pelo menos não é câncer. Disso ela sabe. Trinta anos atrás, quando a semente de romã em sua garganta começou a inchar e a crescer, Parvati foi ao médico e ficou sabendo que não era canceroso. Ela sabe que o gêmeo, nascido trinta anos depois, também não vai ser um tumor maligno. Mas esse é dolorido por causa da localização, e passar o dia todo sentada no pavimento duro não ajuda.

Um de seus clientes regulares se aproxima e compra uma cabeça de couve-flor quase sem dizer nada. Depois que o homem vai embora, enquanto ela está se esforçando para não deixar a mão ir parar nas costas, sua mão para nas costas.

Um ano depois...

3

São quase quatro da tarde quando Bhima chega à casa de Sunitabai. Ela está atrasada — a sra. Motorcyclewalla, cuja casa ela limpa todos os dias, atrasou-a com a exigência de que prestasse reverência ao profeta Zaratustra antes de ir embora. Quando engoliu a apreensão e entrou em contato com a ex-patroa, um ano atrás, Bhima esperava que o estado mental da mulher tivesse melhorado, mas, pelo visto, suas excentricidades só aumentaram naqueles anos. Na semana passada, por exemplo, a sra. Motorcyclewalla não permitiu que Bhima utilizasse nenhum aparelho elétrico na casa. Bhima teve até de esquentar a água do banho da patroa no fogão porque ela se recusou a ligar o aquecedor. Ela quase pediu demissão naquela semana, sua irritação usual com a loucura da mulher foi se endurecendo e se transformando em fúria diante do trabalho extra. Agora, enquanto sobe os quatro lances de escada, Bhima agradece a Deus porque sua segunda cliente do dia quase nunca está em casa quando ela chega. E, mesmo quando está, ela fica fora do caminho, trabalhando no computador enquanto Bhima limpa a casa e prepara sua refeição noturna. Sunitabai explicou que escreve para o jornal — o mesmo jornal que Serabai costumava ler toda manhã — e que, muitas vezes, passa dias viajando a trabalho. Bhima sabe que deve tocar a campainha do apartamento ao lado e pedir a chave para poder entrar.

Mas hoje, quando Vimal Das, a vizinha que guarda a chave do apartamento de Sunitabai, abre a porta, ela tem uma expressão engraçada no rosto.

— Você não vai precisar da chave — diz a mulher. — A amiga dela está aí. É só tocar a campainha.

A mulher dá uma ênfase estranha à palavra *amiga*, que vem seguida de um sorriso malicioso e de uma expressão que Bhima não consegue decifrar.

— Sunitabai está em casa? — pergunta ela.

— Não. Mas alguém se mudou no fim de semana. — Vimal olha feio para a porta do apartamento de Sunita. — Este costumava ser um prédio decente.

Bhima lança um olhar intenso para Vimal quando entende a situação.

— O hóspede é um homem?

Vimal ri.

— Bem, pode-se dizer que sim, acho. — Antes que Bhima possa reagir, ela faz um gesto na direção da porta: — Vá. Veja você mesma. O que o mundo se tornou!

A mão de Bhima treme quando bate na porta. Ela não vai ficar sozinha na casa com um homem desconhecido, decide. Quando o estranho abrir, ela vai lhe pedir para, por favor, informar a Sunitabai de que não pode mais trabalhar ali.

A porta se escancara e Bhima leva um susto. A mulher de cabelo comprido e sorriso largo no rosto não é nenhum homem. Bhima olha confusa para o apartamento de Vimal, mas a porta se fechou assim que a outra se abriu.

— Olá — cumprimenta a mulher. — Você é a cozinheira?

Ela tem um jeito diferente de falar, então, mesmo que esteja falando híndi, Bhima tem dificuldade de entendê-la. A mulher segue pelo corredor com a porta ainda aberta, como se esperasse que Bhima a acompanhasse. Ainda tentando conciliar o tom sinistro da vizinha com os modos inócuos, até simpáticos, da mulher, Bhima fecha a porta. E leva outro susto. Ela só ficou dois dias fora, mas o apartamento está transformado. Há pinturas nas paredes da sala, que costumavam ficar vazias, e duas cadeiras novas. A antiga cadeira de balanço de Sunitabai foi levada para a pequena sacada; em seu lugar, há uma engenhoca de madeira que apoia uma pintura inacabada de uma mulher com o filho nos braços. Algo na postura da mulher, o isolamento desolador, provoca uma reação em Bhima.

— Está totalmente diferente, não está? — A mulher vira-se e sorri. — A propósito, meu nome é Chitra. E eu já comi suas costeletas de carneiro com quiabo. Estavam uma delícia. — Ela ergue um dos polegares para enfatizar.

Bhima sente o rosto esquentar diante do elogio. A bebê Dinaz também costumava elogiar sua comida. Assim como Serabai, mas só para as amigas, quando Bhima estava perto o bastante para ouvir. Nunca diretamente.

Ela deve estar com uma expressão peculiar no rosto, porque Chitra a encara com curiosidade.

— Falei alguma coisa errada, *didi*?

Bhima abre e fecha os olhos, escondendo o passado e se concentrando na jovem que está à sua frente, encarando-a. *Didi*. A *memsahib* a chama de *didi*, ou irmã mais velha, como se elas estivessem em pé de igualdade, como se ela não fosse uma mulher pobre e ignorante da favela. Algo se abre em seu coração, um botão que floresce, mas ela o esmaga no mesmo instante.

— Meu nome é Bhima — responde secamente. — Pode só me chamar assim, *memsahib*.

Para sua surpresa, a jovem parece triste, como se suas palavras rudes tivessem sido um tapa. Sua boca, então, forma uma linha amarga.

— Eu entendo. Então os vizinhos já envenenaram o poço. — Ela se vira, mas depois olha de novo para Bhima. — Vou deixá-la trabalhar.

De repente, Bhima entende — o sotaque estranho, o uso familiar do termo *didi*, a ofensa diante de suas palavras, cujo objetivo era transmitir uma falta de valor, mas acabaram soando como insulto. Claro. A mulher veio de algum lugar estranho. Chitra não é uma daquelas *firangis* brancas pobres que Bhima costumava ver quando ela e Serabai iam fazer compras em Colaba, aquelas pessoas necessitadas de cabelo comprido e calça jeans desbotada ou rasgada que sempre a faziam sentir pena, ainda que Serabai tivesse tentado explicar que aquilo era moda, não pobreza. Apesar da pele escura, a mulher era uma estrangeira, não habituada aos costumes indianos. Por isso que Vimalbai tinha falado dela com tanto desprezo. Bhima queria explicar parte disso para Chitra, mas ela já tinha ido para o quarto.

Balançando a cabeça, Bhima vai até a cozinha para realizar sua primeira tarefa — lavar a louça que Sunitabai deixou na noite anterior. É a tarefa de que menos gosta, porque, muitas vezes, Sunita esquece de jogar água na louça, e Bhima gasta um tempo raspando a comida seca das tigelas e dos pratos antes de poder lavá-los. Bhima gosta de Sunita, pensa nela como uma criança de cabelo bagunçado, curto e enrolado, calça jeans e *kurtas* de algodão, que ela quase sempre usa. E nas raras ocasiões em que chega em casa antes de o jantar estar pronto, Bhima vê o cansaço naquele pequeno rosto pálido com óculos grandes demais. Sunita é sempre educada e, o melhor de tudo, respeita a solidão de Bhima, tão diferente da presença rabugenta da sra. Motorcyclewalla, que paira sobre ela e conta o número de camarões no curry para ter certeza de que Bhima não colocou um na boca quando ela virou as costas. Mas, mesmo assim, às vezes, seu estômago se revira diante daqueles pratos, e ela sente uma onda de raiva do descaso dos ricos, o que, claro, imediatamente a faz ter pensamentos conflitantes sobre a família Dubash.

Então, Bhima entra na cozinha e fica paralisada. A pia está impecável. E vazia. Todos os pratos foram guardados. Ela franze o cenho, entendendo, no mesmo instante, que foi a estrangeira que fez seu trabalho. Bhima fica alarmada por um instante ao pensar que será demitida, que sua renda dependerá apenas dos caprichos e da imprevisibilidade da sra. Motorcyclewalla. Ela vai até o quarto onde Chitra está sentada em uma poltrona, lendo.

— A louça — balbucia Bhima. — A louça...

Chitra ergue os olhos.

— Ah, sim. Eu lavei. Menos trabalho para você hoje, Bhima.

Bhima fecha os olhos por uma fração de segundo, com medo dessa nova ameaça que adentrou sua vida. Como fazer essa garota idiota entender que o que ela acredita ser uma forma de consideração é o contrário? Bhima hesita, não confiando em si mesma para falar e, quando o faz, fala alto e devagar, como se conversasse com uma criança muito pequena.

— Chitrabai — diz ela. — Você é convidada da minha *memsahib*. Esse é o meu trabalho, *bai*. Sunitabai gosta que a louça seja lavada de um jeito específico. Por favor, descanse e não coloque preocupação na cabeça. Deixe essa coisa da limpeza comigo.

Para sua indignação, Chitra cai na risada.

— Ha-ha-ha. Que piada! Sunita gosta que a louça seja lavada de um certo jeito? Ela é tão porca que nem vai notar a diferença.

Ainda que esteja trabalhando para Sunita há menos de um ano, Bhima se enfurece.

— Sunitabai é muito esperta — diz ela, batendo de leve na própria testa. — Ela não fala muito, mas vê tudo. Reparou como as orelhas dela são grandes? Isso é um sinal de inteligência.

Chitra ri ainda mais.

— Espere até eu contar para Su que ela tem orelhas grandes. Ela vai *amar*.

Bhima sente os olhos se encherem de lágrimas de frustração. Essa garota tem problema na cabeça como a sra. Motorcyclewalla? Senão, por que está distorcendo tudo o que ela diz? *Ae, Bhagwan*, ela reza. Faça com que essa *chokri* volte para o estrangeiro logo. Duas cabeças frouxas eu não vou aguentar. Bhima está prestes a sair do quarto quando Chitra se levanta e vai se sentar na beira da cama.

— Bhima — chama ela, batendo no colchão. — Sente-se aqui. Qual é o problema?

Bhima dá um passo involuntário para trás. Essa garota é louca, ela agora tem certeza. Nem a bebê Dinaz nunca lhe pediu para se sentar na cama. Pelo menos, Dinaz era apenas uma criança quando costumava se agachar no chão ao lado dela, e depois de adulta, ela já tinha aprendido a respeitar as regras. Bhima sabe que está em uma nova *jamana*, um novo tempo, em que muitos jovens agem como se tivessem inventado o mundo. Mas, mesmo assim, está chocada. Pessoas como ela nasceram para viver em um espaço, ao passo que pessoas ricas e cultas como Chitrabai deveriam ocupar outro. Essa é a verdade, uma lei natural. E, no entanto, aqui está ela, indicando para que Bhima se sente na cama, como se as duas fossem velhas amigas sentadas sob uma mangueira, compartilhando risos e fofocas.

Ou talvez seja um teste. Algo de que reclamar quando Sunitabai voltar para casa. Veja como ela já distorceu o elogio à inteligência de Sunita e o transformou em um insulto. Essa mulher está tentando fazê-la perder o emprego com certeza. Mas por quê?

Houve um tempo, Bhima pensa, em que essa mulher bonita poderia tê-la enganado. Mas não mais. Então, ela continua de pé.

— Nenhum problema, *bai* — responde ela com calma. — Só quero fazer o meu trabalho. — As duas mulheres se encaram por um momento, então, Bhima acrescenta: — E Sunitabai não é porca. Ela só é ocupada. O trabalho dela é importante.

Chitra sorri e, sentindo-se encorajada pelo sorriso, Bhima pergunta:

— Que trabalho você faz?

— Sou artista. Eu pinto. — Ela aponta para um quadro acima da cama. — É um dos meus.

Bhima assente, fingindo entender. Mais uma vez, a mulher a confundiu. Ela quer descobrir como Chitra ganha dinheiro. Mas, em vez disso, ficou sabendo que ela faz desenhos, como sua filha Pooja costumava fazer quando era pequena. Bhima morde o interior do lábio. A cabeça dessa mulher é uma panela vazia, e ela não tem nada a fazer além de ler um livro no meio do dia. Mas a própria Bhima está com as tarefas atrasadas. Então, de repente, dá meia-volta e sai do quarto. Seu quadril estala tão alto que os olhos de Chitra se arregalam de preocupação. Mas ela não diz nada.

— Com sua licença — pede Bhima e vai correndo.

Ao chegar à cozinha, Bhima abre a geladeira para ver o que tem. Inspeciona os vegetais com desaprovação. Bhima pediu para Sunita deixá-la escolher os vegetais frescos na feira onde costumava fazer compras quando trabalhava para Serabai, mas a patroa prefere comprar os produtos caros do vendedor que vem até sua porta toda manhã. Bom, deixe-a jogar dinheiro fora se quiser.

Bhima põe os grãos do *daal* para cozinhar e está cortando as batatas quando Chitra entra na cozinha.

— Vou picar as cebolas para você — comenta casualmente, pegando a faca da prateleira antes que a mulher mais velha possa responder.

Chitra posta-se ao lado de Bhima para que usem a mesma tábua de cortar. Bhima fica tensa, tanto em sinal de desaprovação quanto ao notar o próprio cheiro azedo de suor do fim de tarde. Mas não há nada a fazer além de ficar ali parada e deixar aquela garota maluca trabalhar na pequena cozinha quando poderia estar descansando no quarto. Como quiser.

As duas trabalham em silêncio por alguns minutos, os movimentos das facas encontrando um ritmo sincronizado. Mesmo sem querer, Bhima sente o corpo relaxar na companhia silenciosa de Chitra. Ela não costuma pensar nisso, mas se dá conta ali do quanto é solitária. Além de Maya, ela não tem nenhuma presença constante em sua vida. E agora que a neta voltou para a faculdade, as duas só passam algumas horas juntas à noite antes de caírem num sono profundo. É disso que ela sente falta da época em que trabalhava na casa dos Dubash — Viraf assobiando no chuveiro, seus esbarrões amigáveis, Dinaz correndo de um lado para outro enquanto se aprontava para o trabalho, a companhia de Sera enquanto as duas mulheres se sentavam para tomar uma xícara de chá na casa subitamente vazia depois que Viraf e Dinaz saíam para seus empregos. Bhima sente um espasmo no coração ao lembrar que há mais um membro naquela casa, um bebê que ela teria paparicado, teria ajudado a limpar e a banhar, cujos primeiros passos teria testemunhado com alegria, para quem, no primeiro aniversário, teria levado alguns doces caseiros, ao menos... Ela se encosta pesadamente na borda do balcão da cozinha por um instante, tentando esquecer a desgraça de sua queda.

— Você está bem, *didi*? — pergunta Chitra.

Bhima assente, sem conseguir responder, notando o uso do termo familiar *didi*, mas sem se dar ao trabalho de corrigi-la. Deixe que todo mundo a chame pelo nome que quiser, que diferença faz? O marido a chamava de *jaan*, minha vida, mas ele fugiu da casa dos dois como um ladrão, roubando seu precioso filho. O próprio filho a chamava de *Ma*, mas ele se casou e não pensou em convidá-la para a cerimônia. A filha também a chamava de *Ma*, mas Pooja também tinha partido, preferindo se juntar ao marido na morte a ficar com sua mãe desafortunada. Serabai a chamava de "minha Bhima", mas a tinha deixado para trás como um lenço esquecido no trem. Eram palavras, apenas palavras, e ela tinha ouvido um milhão delas à sua época, ditas com amor ou raiva, não importava, porque todo amor acabava se transformando em raiva. Então, deixe essa garota maluca chamá-la de irmã mais velha. Ninguém neste mundo seria idiota o suficiente para acreditar nela.

Chitra, então, pega um copo, enche-o com a água gelada da geladeira e dá para Bhima beber; a velha mulher sente os olhos arderem com o gesto de gentileza, mesmo ao registrar a grande ofensa cometida por Chitra.

— Eu tenho meu próprio copo, *bai* — explica ela, apontando para a pequena bolsa de tecido que guarda sua caneca de metal e seu prato. — Vou passar a água para ele.

Pela primeira vez, Chitra franze o cenho.

— O que tem de errado com este copo? — pergunta ela.

Bhima estala a língua com impaciência. Ela não tem tempo hoje para ensinar a essa menina regras básicas de educação.

— Aqui é a Índia, *bai* — responde ela. — Serviçais não bebem nos copos de suas senhoras.

Chitra despeja as cebolas em uma tigela pequena.

— Eu sei que aqui é a Índia, Bhima. Morei aqui a maior parte da minha vida. Só passei nove anos na Austrália. É um dos motivos por que fui embora: esses costumes idiotas.

Bhima abaixa a cabeça.

— São os nossos costumes — responde ela. — Precisamos respeitá-los.

O cabelo grosso de Chitra se move de um lado para outro enquanto ela balança a cabeça com veemência.

— Não. Não precisamos, não. Eles estão errados. E é errado perpetuar um sistema injusto.

Bhima começa a rir. E só para quando vê que ofendeu Chitra.

— Por favor, me perdoe, *bai*. Suas palavras me lembraram alguém para quem eu trabalhava. Ela falava do mesmo jeito que você. Só que era uma menininha. — A última frase sai mais lamuriosa do que pretendia.

Chitra a encara por um longo tempo.

— Então Sunita faz você usar seu próprio copo?

— Por que raios você culpa Sunitabai? Ela só faz o que todos os outros fazem.

— Certo — assente Chitra. E, em seguida, emenda: — Quanto você ganha aqui?

Bhima fica em silêncio, sem saber como responder a uma pergunta tão rude. Tudo o que ela quer fazer é preparar uma refeição e correr para casa para começar a cozinhar o próprio jantar. Ela está cansada demais para entender que jogo é esse que essa *memsahib* está fazendo.

— Por favor, pergunte a Sunitabai — diz ela depois de um tempo. — Ela me falou para não contar nada para os hóspedes.

Não é uma completa inverdade — no dia em que a contratou, Sunita lhe disse que era uma pessoa discreta e que, se qualquer um dos vizinhos quisesse saber das notícias, que fossem assistir à Sky TV. Bhima assentiu, satisfeita.

Mas Chitra tinha mais uma surpresa para ela.

— Bem, eu não sou exatamente uma hóspede, Bhima. Eu moro aqui agora.

Bhima quase derruba o pote de *garam masala* que tinha ido pegar.

— Sunitabai nunca disse nada — murmura ela.

— Eu sei. Ela ia contar. Mas não chegou a tempo semana passada para encontrar você. Desculpe.

A mulher mais velha dá de ombros.

— A vida é sua.

Chitra ergue as sobrancelhas.

— E você não tem um problema com isso?

Bhima parece perplexa.

— É a casa dela, *bai* — responde. — Como posso ter um problema?

Chitra abre a boca, mas, então, apenas sorri.

— Que bom. — Chitra pega uma panela e emenda: — Você gostaria de tomar uma xícara de chá comigo, Bhima?

Bhima sabe que a jovem está sendo simpática, mas ela não a quer mais na cozinha. O jantar já está atrasado; nesse ritmo, vai dar oito horas e ela não chegará em casa para preparar sua própria refeição. Ela tira a panela da mão de Chitra.

— Vá relaxar na sala, *bai*. Vou servir o seu chá. E, depois, preciso começar a fritar os bolinhos de batata.

Mas a outra mulher não entende a insinuação.

— Não seja boba. Sou perfeitamente capaz de preparar meu próprio chá.

Ela abre a geladeira e pega um maço de hortelã, mede a água e a coloca para ferver. Bhima engole seu ressentimento. Ela pondera que está ficando velha. Houve um tempo em que qualquer gesto de gentileza — a jovem Dinaz se juntando a ela no chão para almoçar, Serabai deslizando um chocolate para dentro de sua bolsa para levar a Maya — costumava fazer seu coração amolecer de gratidão. Agora, gentileza ou grosseria, amor ou desprezo, tudo lhe parece igual. Ela não consegue mais ver o gesto de Chitra como nada além de uma inconveniência. Por favor, saia da minha cozinha, ela quer gritar, mas, claro, essa não é a sua cozinha.

— Você tem filhos, Bhima? — pergunta Chitra enquanto espera a água ferver, e Bhima fica paralisada.

Mulher sem sorte, ela se recrimina. Você não consegue responder com facilidade nem a pergunta mais fácil do mundo.

— Não — responde ela. — Só uma neta. Filha da minha filha.

— Onde está sua filha?

Bhima range os dentes.

— Ela está morta. — E sabendo que Chitra não vai se contentar com isso, emenda: — Tanto ela quanto meu genro morreram de Aids.

Chitra não oferece condolências. Em vez disso, diz:

— Tive um amigo que morreu de Aids.

Bhima leva um susto. Todas as pessoas na ala da Aids naquele hospital de Délhi eram pobres como ela, figuras miseráveis saídas de um pesadelo. Como alguém como o amigo de Chitrabai — culto, rico, esperto, ela tem certeza — pode ter morrido da mesma doença?

— Ele morreu em Délhi?

— O quê? Não. Na Austrália.

Bhima esfrega a própria testa.

— Mas essa Austala... como se diz... é um *muluk* diferente, não é? Como ele pegou Aids lá?

— Essa doença está no mundo todo, Bhima — responde Chitra com delicadeza. — Você não sabia?

Ela não sabia. Não passa de uma mulher ignorante, analfabeta, que arruinou seu futuro com o marido, que não conseguiu salvar nenhum dos filhos, que não sabia até aquele minuto que a escuridão que engoliu sua linda Pooja perambula pelo mundo todo.

— Quantos anos tinha o seu amigo, *beti*? — pergunta ela.

Se Chitra notou que foi chamada de *filha*, em vez de *bai* ou *senhora*, como seria usual, não comenta. A própria Bhima não se dá conta do escorregão, porque, nesse momento, as duas estão ligadas pelo luto, duas mulheres com gerações de diferença, com medo do peso imensurável da perda de outra pessoa. Então, Chitra diz:

— Ele tinha vinte e oito.

E Bhima deseja não ter perguntado. Ela se vira abruptamente, piscando para conter as lágrimas que ardem em seus olhos. Quase consegue quando se ouve dizer:

— Eu ainda tenho um filho. Mas ele também me deixou.

— Ah, Bhima, eu sinto muito. — Chitra coloca uma mão no ombro ossudo da mulher.

E talvez pela constatação de que ninguém nunca lamentou a perda de Amit ou o fato de que, além da extenuante necessidade que Maya tinha da avó, nenhum ser humano havia encostado uma mão gentil nela em muito tempo, sem aviso, Bhima perde a batalha para as lágrimas. Ela soluça em silêncio, de costas para Chitra, o tremor dos ombros o único sinal de seu choro. Ela entende agora o que Maya considera insuportável na vida delas — não é a pobreza, nem o horror da vida na favela, o terrível isolamento. Não há ninguém que se preocupe com elas, que lhes pergunte sobre o passado, que estenda uma mão solidária. As duas são pessoas descartáveis e, se desaparecessem, ninguém sofreria nem sentiria falta delas. Esse pensamento congela seu coração.

— *Maaf karo, didi*. Sinto muito. — A voz de Chitra é hesitante. — Eu não devia ter xeretado a sua vida.

Bhima vira-se devagar, surpresa com aquela jovem que parece entender tanto e tão pouco.

— Você não fez nada de errado, menina — diz ela. — Você só está me fazendo lembrar de coisas que é melhor deixar esquecidas.

— Entendo o que você está falando — Chitra murmura, enquanto despeja água quente sobre um saquinho de chá.

Mais uma vez, Bhima fica surpresa. Ela sabe, dos anos que passou na casa de Serabai, que os ricos também têm seus problemas. Ela se lembra bem dos hematomas que o marido de Sera, Feroz, costumava deixar em sua pele clara, como tatuagens. Mas por mais próximas que fossem, Serabai nunca conversou sobre seus problemas com Bhima, nunca exibiu seu coração machucado para ela. Bhima não está acostumada com alguém como Chitra, com a maneira honesta como a garota fala com ela.

As duas se sobressaltam quando ouvem a chave girar na fechadura. Elas ouvem Sunita entrar na sala e, então, vir até a cozinha.

— *Namaste*, Bhima — cumprimenta ela, uma expressão constrangida no rosto. — Estou vendo que você conheceu minha amiga.

Bhima decide que é melhor abrir o jogo.

— O jantar ainda não está pronto, *bai* — apressa-se em dizer. — O que fazer, *bai*? A senhora para quem eu trabalho me segurou por mais tempo hoje. E depois eu...

— O quê? — Sunita parece distraída. Ela vira o rosto para a outra mulher, e Bhima vê sua expressão se suavizar. — Olá — sussurra para Chitra, que imediatamente se aproxima e lhe dá um beijo no rosto.

— Oi, *baby*. Como foi o seu dia?

Sunita fica visivelmente corada.

— Foi bom. Saí um pouco mais cedo.

Ela então se vira para Bhima com um olhar de preocupação.

— O que foi? Está tudo bem?

Bhima assente, libera o vapor da panela de pressão e se vira de novo.

— Vou terminar o jantar bem rápido. — Ela pega o copo de água intocado do balcão da cozinha e o oferece a Sunita. — Quer que eu prepare sua água com limão, *bai*? Ou só água gelada mesmo?

— Bhima, está tudo bem. Eu só voltei para casa mais cedo do que de costume. Ainda nem estou com fome. — Sunita lança um olhar para Chitra. — Posso falar com você por um instante? — pergunta, e sai da cozinha com a outra mulher logo atrás.

Sozinha na cozinha, Bhima seca o rosto com a barra do sári. Ela costumava adorar entrar por conta própria naquele apartamento, realizar suas tarefas e ir embora antes mesmo de Sunitabai voltar para casa. Apreciava as horas solitárias passadas ali, considerando que seus dias eram intercalados pela conversa idiota da sra. Motorcyclewalla, de um lado, e o tumulto sem fim da favela, do outro. Mas com Chitrabai ali agora, aquele curto período de relativa quietude estava prestes a acabar. Mulher idiota, repreende-se Bhima, a quietude não pertence a você. Ela começa a amassar o *daal* enquanto coloca o arroz para cozinhar. Cozinhar para duas pessoas, em vez de apenas para Sunitabai, também vai levar mais tempo. Na maior parte das noites, Maya volta para casa da faculdade mais ou menos na mesma hora que ela, e por mais cansada que esteja, Bhima precisa cozinhar para as duas. Ela suspira. Às vezes, Bhima acha que foi colocada na terra só para fazer isso — picar cebolas e coentro, cozinhar arroz e *daal*, lavar pratos e, então, começar esse ciclo todo de novo. Agora os dias vão ser ainda mais longos. Ainda assim, ela pondera consigo mesma, essa nova Chitrabai parece simpática. Ela não sabe dizer por quanto tempo mais vai suportar a desconfiança e a loucura da sra. Motorcyclewalla. Desde a semana anterior, a velha senhora passou a arrastar uma cadeira até a cozinha e a rezar enquanto Bhima trabalha, erguendo os olhos de vez em quando e olhando feio para ela. Bhima consegue lidar com esses olhares, mas não tolera o murmúrio quase inaudível das orações, recitadas numa língua antiga que nenhuma delas entende. Tem algo de sinistro no murmúrio; faz Bhima se lembrar dos resmungos da sogra de Serabai quando estava acamada, a mulher costumava despertar em Bhima partes iguais de pena e temor quando ia ao seu apartamento cuidar dela.

Bhima balança a cabeça para organizar os pensamentos. No último ano, ela se arrependeu de todas as vezes em que fora ingrata com a família Dubash ou se ofendia com alguma afronta, como quando Serabai a repreendia por chegar tarde ao trabalho ou quando *baba* Viraf jogava no cesto de roupa suja uma camisa que tinha usado por míseros vinte minutos. Agora ela via essas coisas como eram — pequenos machucados da vida, a consequência feliz de trabalhar tão perto de outra família. Agora daria um rim para que sua maior reclamação sobre Viraf fosse uma camisa a mais para lavar.

Sunitabai aparece atrás dela tão discretamente que, quando a chama pelo nome, Bhima sobressalta-se tanto que um pouco de *daal* se derrama da tigela que está segurando no balcão.

— Meu Deus, desculpe! — diz Sunita.

Bhima limpa o *daal* rapidamente.

— Sim, *bai*?

— Decidimos jantar fora hoje — Sunita explica. — Então, você pode ir agora, se quiser.

A velha mulher sente os olhos se encherem de lágrimas.

— Eu juro por Deus que não pedi para ela lavar a louça — explica ela. — Só demorei uns minutos a mais para chegar aqui, e ela já tinha lavado tudo. Se quiser, posso lavar de novo, *bai*.

Sunita parece preocupada.

— Você está bem, Bhima? Algum problema com Chitra?

Bhima olha para ela, arrasada.

— Por favor, não me mande embora, *bai* — sussurra ela. — Tenho uma neta para alimentar. Sou uma velha...

— Mas... Bhima. Eu não estou demitindo você. Na verdade, Chitra só disse que você parecia muito cansada hoje. Então decidimos sair para comer, só isso. Dar uma folga para você. Entendeu? Nós... nós nos sentimos mal por você trabalhar tanto. Só isso.

Enquanto o ar volta para seu peito vazio, Bhima sente o peso dos ossos, a planta dos pés nus e doloridos contra o chão coberto de ladrilhos. Ela fica ali sem dizer nada, olhando para Sunita, quando Chitra volta para a cozinha.

— Vá para casa, Bhima — ela sorri. — A menos que você queira vir jantar conosco!

Tanto Bhima quanto Sunita franzem a testa diante do absurdo daquela proposta, e Chitra parece ter levado uma bronca.

— Bom, pelo jeito não, né? — Ela dá um passo para a frente. — Nesse caso, Bhima, vamos guardar a comida. Você pode terminar amanhã.

Bhima lança um olhar de desamparo para Sunita, que nota seu desconforto e leva Chitra para fora da cozinha.

— Deixe Bhima trabalhar — Sunita repreende Chitra.

Então, Sunita volta para a cozinha e, com um sorriso, diz:

— Você precisa desculpá-la, Bhima. Ela morou tanto tempo fora que esqueceu nossos costumes.

Ao sair do prédio de apartamentos e pisar na calçada, levando seu pequeno embrulho, Bhima reflete sobre aquelas palavras. Chitrabai não tem problema na cabeça. O problema dela é que seu coração é mole. Bhima suspira. Alguns meses em Mumbai vão dar um jeito em Chitrabai. O solo dessa cidade não permite o crescimento de mudas novas e delicadas.

Vai demorar pelo menos meia hora para Bhima chegar em casa. No caminho, ela para a fim de comprar alguns vegetais e um punhado de arroz para o jantar. Bhima espera que Maya tenha lição de casa, porque Chitrabai arrancou todas as suas palavras e ela quer passar a noite em silêncio. Mas a sensação da mão firme e reconfortante de Chitra em seu ombro a acompanha até em casa como a marca da mão de uma criança na argila.

4

A CHEGADA DO *DOODHWALLA* DEIXA CLARO que Parvati dormiu demais. Ela ouve o homem subindo os degraus de madeira, ouve o barulho do grande recipiente de alumínio cheio de leite que ele arrasta. Ela está esfregando os olhos para afastar o sono quando ele chega ao apartamento de Meena Swami e toca a campainha. Apesar de estar encoberta pelas sombras da escadaria, o pudor faz Parvati se cobrir com o fino lençol de algodão, mesmo enquanto se apressa para enrolar a folha de papelão e ficar de pé. Se não chegar ao mercado atacadista em menos de uma hora, pode ser tarde demais para pegar as seis couves-flores que costumam ficar reservadas para ela.

Quando começa a se levantar, é tomada por uma onda de tontura e náusea. Parvati se agacha e espera a vertigem passar quando, do nada, vem uma ânsia de vômito. O jato de vômito atinge o piso de pedra e a parede entre os dois apartamentos, e mesmo não estando próximo, o *doodhwalla* solta um grito, indignado, ao mesmo tempo que Meena Swami atende a porta.

— *Achoot, achoot*! — grita o leiteiro, o lábio curvado de desgosto. — Sujando tudo de manhã tão cedo. — Ele se vira para Meena e continua: — *Bai*, este costumava ser um prédio decente. Por que vocês estão deixando essas pessoas dormirem aqui? Vão transformar seu prédio em um banheiro público.

Parvati abre a boca para explicar, para se defender, mas o que sai é mais vômito. Meena Swami dá um grito de horror.

— Isso é demais! — berra ela. — Isso é demais. Até o leiteiro consegue ver nosso sofrimento!

Parvati solta um grunhido e descansa a cabeça nos joelhos, sem conseguir responder, enquanto Meena Swami prende o nariz num gesto dramático.

— Quem vai limpar essa sujeira? — pergunta a mulher. — Decerto, não aquela *maharani* com quem seu sobrinho se casou.

Parvati levanta a cabeça e diz:

— Eu limpo. É só deixar eu me recuperar um minuto que limpo tudo.

— Não — Meena declara. — Já chega. Isso é incômodo demais. — Ainda prendendo o nariz com a mão direita, ela levanta a barra do sári com a esquerda e passa pela poça de vômito. — Não importa que horas sejam — ela murmura. — Praful precisa acabar com isso de uma vez por todas.

— Por favor, *bhenji* — diz Parvati, levantando uma mão hesitante para impedi-la. — Meu sobrinho está dormindo. Por favor, me perdoe. Vou ajeitar tudo.

O *doodhwalla* estala a língua com impaciência.

— Meenabai — ele chama. — Quer leite ou não? Já estou atrasado.

Meena olha feio para Parvati, a mão na campainha do vizinho. Ela dá meia-volta e retorna ao próprio apartamento, para, então, aparecer com uma tigela.

— O de sempre, *bhaiya* — ela responde. — Um litro.

Parvati fecha os olhos e agradece pelo indulto. Talvez Meenabai pegue o leite e entre. Ela vai usar o balde de água com que costuma se lavar para limpar o vômito.

— Meenabai — ela diz, sem forças. — Se eu puder pedir um pouco de jornal, vou começar a limpar o chão.

Meena olha feio para ela.

— E onde você pretende descartar o jornal sujo? Não no meu apartamento.

Parvati deseja poder se deitar de novo e esperar a tontura passar.

— Eu levo tudo para a lixeira, *bhenji* — ela explica. — Por favor, não se incomode. Eu cuido de tudo.

Resmungando em voz baixa, Meena volta com um jornal velho.

— E dê um jeito nesse cheiro horrível — ela ordena, enquanto Parvati assente sem dizer uma palavra.

Ela sempre manteve distância de Meena, desde que a mulher criou caso quando Praful lhe ofereceu um lugar para encostar a cabeça. Praful e o marido de Meena jogam cartas juntos uma vez por semana, e essa amizade é a única coisa que possibilita a esse homem ignorar a esposa. Parvati suspira enquanto espalha o jornal pelo chão. Houve um tempo em que sua vida era tão sólida quanto a casa onde morava. Aquela vida também tinha vindo com sua parcela de infelicidades, mas ela não precisava se preocupar com onde ia recostar a cabeça na noite seguinte, não precisava ouvir os xingamentos e os insultos de estranhos, nem depender dos caprichos de sua caridade ou compaixão. Não é limpar o próprio vômito que a incomoda — isso ela vê como uma obrigação. O que a incomoda é o fato de seu futuro agora depender de se Meena Swami ainda pensará no incidente daqui a meia hora ou se distrairá com as demandas dos filhos e do marido; se ele vai lhe sorrir ou franzir a testa quando acordar; se ela o perdoou por ficar do lado do amigo mesmo quando deixou claro seu incômodo em relação à tia sem-teto de Praful dormir na escadaria deles. Essa imprevisibilidade a faz se sentir como vapor, algo invisível que pode desaparecer.

Parvati enrola o jornal sujo até formar uma bola e o leva pelos três lances de escada, com medo de encontrar o açougueiro, o padeiro ou o entregador de jornais, temendo as portas abertas dos outros moradores, que podem acusá-la de sujar sua entrada e unir forças com Meena Swami e exigir que ela seja despejada imediatamente. Parvati gostaria que houvesse algo que pudesse lhes oferecer em troca do silêncio, mas não há nada, nem mesmo um belo semblante no qual pousarem os olhos. Há apenas uma velha com dentes escuros, alta e retorcida como uma árvore, com um nódulo que horroriza os vizinhos, apavora as crianças e os faz fofocar sobre maldições e castigo divino.

Depois que joga fora a bola de jornal, Parvati vai até onde Joseph, o motorista de uma das famílias que moram no prédio alto e novo do outro lado da rua, está lavando um Honda City azul.

— Está atrasada hoje, tia — diz Joseph. — A água está fria, fria.

Toda manhã, Joseph pega dois baldes de água quente no prédio para lavar o carro. Ele vende um para Parvati por meia rupia. Em geral, enquanto ainda está escuro, Parvati leva o balde até um conjunto habitacional abandonado ao lado do prédio do seu sobrinho e toma um banho rápido e discreto, deslizando as mãos por baixo da blusa e do sári para se lavar. Mas hoje a água vai ser usada para lavar o chão e as paredes do lado de fora do apartamento de Meena Swami.

— Preciso levar o balde para cima hoje — murmura ela. — Eu devolvo assim que puder.

Joseph vira-se para encará-la. A parte branca de seus olhos é amarela, e ele franze a sobrancelha.

— O que está dizendo, tia? — pergunta ele. — Você já está atrasada. Meu patrão está só me esperando terminar de lavar o carro para que eu o leve para o trabalho.

— Eu volto em cinco minutos — implora Parvati, o suor se formando em seu rosto. — Por favor, é importante.

Joseph franze o cenho.

— Você vai demorar cinco minutos só para chegar ao seu prédio. Não, sinto muito, não posso ajudar. Do jeito que as coisas estão, se eles descobrirem o nosso... acordo... eu perco meu emprego. Os ricos acham que todo mundo está tentando roubá-los. — Ele balança a cabeça. — Desculpe, tia. É muito arriscado para mim.

Parvati olha em volta, desesperada, precisa se livrar do cheiro ruim antes que mais vizinhos acordem. Ela aperta o passo, procurando outra pessoa fazendo faxina que possa lhe dar um pouco de água. Quando vira a esquina, vê os dois irmãos, rapazes no fim da adolescência. Ela não sabe os nomes, mas, quando volta da feira para casa, no começo da noite, Parvati muitas vezes sente o cheiro de álcool em seus hálitos e ouve seus insultos e suas zombarias. Hoje ela se força a esquecer suas palavras e vai até o mais jovem.

— *Beta* — pede ela —, tenho uma pequena emergência. Vocês podem me dar um pouco de água depois que lavarem os carros?

Os olhos dos garotos se arregalam, depois brilham com malícia. O rapazinho solta uma risada.

— O que você vai nos dar em troca?

Parvati fica ruborizada, ouve a insinuação sexual na voz do rapaz e controla o ímpeto de comentar que tem idade suficiente para ser avó deles. Em vez disso, ela diz com humildade:

— Apenas minhas *ashirvad*, *beta*. Não tenho nada além disso.

Dessa vez o garoto zomba dela abertamente.

— Ah, *mausi*. Hoje em dia bênçãos não compram nem um bolinho de arroz.

A mulher desvia os olhos, sentindo o desespero aumentar dentro dela.

— Tive um acidente hoje — explica em voz baixa. — Passei mal, *beta*. Se eu não limpar meu vômito com urgência, vou perder o lugar onde fico. Eles vão me expulsar, você entende? Só porque vocês não puderam me dar algumas gotas de água.

O rapaz a encara, de repente sério, então, vira-se para o irmão com uma expressão de desamparo, em busca de orientação. O mais velho, que estava esfregando um carro o tempo todo, dá a volta e olha para o rosto dela. Ele sussurra algo para o mais novo e o empurra de leve. O outro garoto abre um sorriso malicioso.

— Vamos dar a água para você — diz ele. — Com uma condição. Quero colocar a mão nessa coisa. — Ele aponta para o nódulo na garganta de Parvati. — Meu irmão diz que vai nos trazer sorte.

Parvati engole a humilhação. São apenas dois garotos, ela diz a si mesma. Crianças bêbadas, sem formação, sem emprego de verdade, sem lazer, nada além de tempo para aprontar. Ela se força a olhar nos olhos do garoto.

— Se é isso que você deseja — responde, fechando os olhos ao senti-lo esfregar os dedos, primeiro de modo hesitante, depois com mais firmeza, ao redor de seu nódulo. Ela só os abre quando ouve a explosão triunfante de gargalhadas e o outro irmão dizer:

— Você conseguiu, irmão! Ninguém vai acreditar.

Ela já tinha sofrido violações piores, mas ficou surpresa com o quão fundo aquele insulto a tinha atingido. Em toda a sua vida adulta, ela soube que valia o preço de uma vaca. Agora seu valor era o preço de meio balde d'água.

Parvati leva o balde pelos três lances de escada antes de se dar conta de que não tem nada com que limpar o chão. Ela olha em volta, impotente, cogitando tocar a campainha de Praful, pesando a probabilidade de a esposa dele atender a porta e de ver a expressão de aborrecimento no rosto que ela costuma a receber Parvati quando a incomoda com alguma coisa pequena. Não estando disposta a arriscar o desdém da mulher, ela revira a bolsinha de tecido em que guarda todas as suas posses terrenas e pega o único outro sári que possui. Parvati mergulha uma ponta da longa peça no balde e começa a esfregar o chão. Seus olhos se enchem de lágrimas de frustração enquanto limpa — ela se dá conta de que abriu mão de um banho hoje. E agora o sári que vai vestir amanhã estará cheirando a vômito; voltam-lhe à lembrança os últimos dois anos da vida de Rajesh, quando ela passava os dias cuidando do marido doente, deitado na cama, encarando-a sem reconhecê-la. Não era com os cuidados que Parvati se incomodava. Era a parte física do trabalho que ela considerava irônica, o retorno aos aspectos corpóreos da existência humana de que seu casamento a tinha afastado. Parvati termina sua tarefa, enfia o sári de volta na bolsa e desce a escada correndo. O céu da manhã está azul-claro quando ela devolve o balde aos irmãos, que, agora que venceram o desafio macabro, parecem estranhamente contidos e desviam os olhos dos dela, o fascínio anterior resignado à aversão costumeira que as pessoas sentem ao vê-la.

As tiras das velhas sandálias de couro, grandes demais para ela, uma doação de Praful, roçam seus tornozelos, mas Parvati mal nota a dor, seus pés são tão duros quanto o couro das próprias sandálias. Ao andar até o mercado atacadista para comprar suas mercadorias de sempre, sua única preocupação é chegar lá antes que o sol comece sua agressividade diária e pegar seu ponto na feira enquanto a manhã ainda está agradável. Houve um tempo em que Parvati amava a sensação do sol em seu rosto, mas isso foi há tantos anos que nem tem certeza se aquela jovem era ela ou outra pessoa de quem mal se lembra.

Nilesh, seu fornecedor, está ocupado com outros clientes, e Parvati se conforma com a longa espera. O sári não lavado e a longa caminhada até seu espaço usual na feira, mais tarde do que de costume, serão suas punições pela idiotice de sujar o lugar onde deita a cabeça. Apenas animais emporcalham o local onde dormem, ela diz para si mesma com nojo. Mas, então, ela se lembra do vômito súbito, de como emergiu de sua boca como uma palavra inoportuna, e sabe que não havia nada que pudesse ter feito de diferente. Agora, como não há nada a fazer além de esperar, ela se permite indagar o que causou o vômito. Não se sentiu mal depois do jantar ontem, nem acordou enjoada ou com dor durante a noite. De repente, ela recorda o novo nódulo em seu corpo, mas afasta esse pensamento. Não tem como ir ao médico. E os hospitais públicos são tão ruins que há um rumor de que o governo os utiliza para matar os pobres em vez de curá-los. É como o governo implementa sua campanha "abolir a pobreza", alguém lhe disse certa vez — livrando-se dos pobres. Ninguém com juízo ou dinheiro poria os pés nesses hospitais, ainda que, claro, quando doentes ou desesperadas o bastante, as pessoas recorram a eles. Bem, ela não está doente nem desesperada. Muito tempo atrás, Parvati colocou sua vida nas mãos de Deus.

Acontece que Parvati não acredita em Deus, e esse é um segredo que ela não compartilha com ninguém. À sua volta estão pessoas que proclamam a própria santidade o tempo todo — Meena Swami vai ao templo toda manhã; a esposa de Praful é uma devota fervorosa de Sai Baba; e Reshma, a mulher que fica sentada ao lado dela na feira, faz uma oferenda diária no altar de Ganesha que alguém entalhou em uma parede de tijolos. Mas Meena Swami nunca lhe disse uma palavra gentil, a esposa de Praful cuspiu furiosa em Parvati quando a chuva manteve seus clientes afastados e ela não conseguiu pagar seu aluguel noturno, e Parvati viu Reshma tirar o chinelo e bater no cachorro de rua que estava cheirando seus vegetais até a criatura ir embora mancando. E todas essas infrações são pequenas se comparadas ao que ela testemunhou no Old Place. Não, Parvati sabe que o que as pessoas de fato adoram não são deuses imaginários que andam de carruagem ou flutuam no céu. O que as pessoas veneram é a carne, contanto que seja jovem, firme e bela; e o dinheiro, em qualquer estado ou condição. Em todos os seus anos, essa é a única verdade que aprendeu.

Nilesh faz contato visual com ela, mas desvia os olhos explicitamente, sorrindo para o comprador à sua frente. Parvati fica vermelha. Ela sabe que é a cliente mais pobre de Nilesh e que as seis couves-flores que ele lhe fornece por uma ninharia é um ato de caridade. Mas também não é verdade que, se ela não comprasse os menores e mais amanhecidos de seus vegetais, Nilesh provavelmente os jogaria fora? O que custaria a ele pedir que Parvati, uma senhora, passasse para o começo da fila, coletasse suas parcas mercadorias e seguisse seu caminho? Não há *hisab-kitab* com ela — nada de cálculo nem contabilidade — apenas uma transação simples em troca de alguns vegetais atrofiados. Ela sente um gosto amargo na boca, uma combinação de vergonha, ressentimento e o resquício rançoso do vômito.

Como se tivesse lido sua mente, Nilesh dá um suspiro dramático e a chama:

— *Ae*, Parvati, venha pegar sua maldita cota, *yaar*.

Enquanto a multidão abre passagem, ela sente uma pontada de gratidão. E está prestes a agradecer pelo privilégio quando Nilesh se vira para os outros clientes e comenta:

— O que fazer, amigos? Hoje em dia até os mais pobres se comportam como se fossem Sonia Gandhi.

A multidão ri discretamente. Parvati quer protestar, mas pensa melhor. Insultos ou elogios, provocações ou enaltecimentos são apenas palavras, em nada diferentes das orações que todos à sua volta parecem estar entoando enquanto chutam cachorros de rua ou tentam deixar idosas desabrigadas. Aquilo que é real é tudo o que importa, e o que é real é o peso das seis couves-flores que ela agora precisa carregar até a feira e vender.

— Você está atrasada — Reshma diz a título de cumprimento enquanto Parvati desdobra a toalha de mesa e tira seus produtos. Ela sente o cheiro da desaprovação.

— Aquele trapalhão idiota passou por aqui. Estava procurando você.

Parvati vira-se para a outra mulher, chocada.

— Quem estava me procurando?

— Aquele fulano. Rajeev.

Antes que Parvati possa responder, Reshma se vira e pega a própria bolsa. Tira um tubo pequeno usado até a metade e o joga na toalha de mesa de Parvati.

— Aqui está — ela diz. — Ele deixou isso para você. — A mulher dá um estalo com a boca. — Que pretendente você arranjou. Da próxima vez, diga para ele comprar doces para você. — Reshma enruga o nariz, quando detecta um sopro do vômito no sári que está dentro da bolsa de Parvati. — Ou perfume.

Parvati vira a cabeça, não querendo que a outra mulher veja que os insultos a magoaram. São palavras, ela diz a si mesma. E não são reais.

5

Os prantos começam aos poucos, escavando seu caminho pelas entranhas da terra. E, então, eles chegam à superfície, uma pipa negra subindo cada vez mais alto. No início, é impossível distingui-los dos sons da miséria cotidiana que circulam pela favela: mães preocupadas dando bronca nos filhos ociosos e desempregados; gritos de mulheres protegendo suas últimas rupias de maridos violentos, viciados em haxixe; grunhidos agudos de cães chutados e atacados por crianças entediadas; maldições cruéis e constantes murmuradas por sogras contra as noras; exigências estrondosas dos proprietários dos barracos, que ameaçam despejo, e dos agiotas, que ameaçam violência. Os prantos sincronizam com os gemidos da favela, até que a melodia se separa, tornando-se uma canção independente. Mulheres idosas e atarefadas jogam seus *chapatis* recém-assados no chão lamacento, bebês começam a chorar em sinal de solidariedade, crianças param de brincar, e até os bêbados na lojinha de contrabandos tiram as garrafas das bocas. As cabeças se viram na direção da fonte dos prantos, compartilhando o conhecimento de que ela pode estar em qualquer um de seus barracos. E alertas para o fato de que a intensidade dos prantos só pode significar um dos dois — separação ou morte.

Bhima fecha a porta e tapa os ouvidos. São sete e meia da noite e ela acabou de chegar em casa. Vai começar a preparar o jantar depois de já ter cozinhado para duas famílias durante o dia. Tudo o que quer agora é dar de comer à menina que está estudando sob a luz fluorescente da única lâmpada do barraco e, então, ir dormir. É um desejo modesto, e ela acha que o fez por merecer.

Porém, os prantos se tornam mais intensos, como um avião prestes a pousar. Maya tira os olhos dos livros com um semblante preocupado, e Bhima é tomada por uma onda de raiva por conta dessa distração inconveniente. Parem com essa amolação, ela quer gritar, mas, então, entremeado aos prantos, ouve o seu nome.

— Bhima, *mausi* — a voz grita. — Ajude! *Ae, Ram*, me ajude.

Agora ela reconhece a voz. É sua vizinha da ruela ao lado, Bibi, uma das poucas pessoas que Bhima respeita neste *basti*. Apesar de sua personalidade descontraída e imprudente, Bibi é uma mãe dedicada e trabalhadora. Mesmo sofrendo de asma, trabalha como camareira num hotel próximo. Seu marido, Ram, vende frutas com um carrinho próprio. Juntos, eles construíram uma vida cujos contornos Bhima admira — um barraco limpo e bem cuidado, com azulejos que Ram instalou sozinho no ano passado, um filho educado e gentil, que vai à escola todas as manhãs com uniforme limpo e sapatos engraxados, um casamento ainda perfumado por amor e respeito. Assim como Bhima, Bibi não se deixou levar pelas tentações e corrupções comuns da vida na favela, ela se manteve alheia às fofocas, às vulgaridades e às demonstrações públicas de comportamentos desonrosos. Mas, ao contrário de Bhima, a astúcia e o bom humor de Bibi a tornam um dos membros mais populares do *basti*, e os vizinhos não parecem invejar seu sucesso. Isso só faz Bhima a admirar ainda mais.

E agora Bibi está batendo à sua porta, e Bhima não tem escolha a não ser se levantar e abri-la. Ela sai para a ruela e quase é derrubada por Bibi, que despenca em seus braços. Desesperada, ela olha sobre os ombros da mulher e a visão faz sua garganta secar — o cortejo de moradores, que seguiu Bibi, está silencioso e soturno. Até as crianças estão chupando os dedões, apreensivas. A postura formal, sem as zombarias e brincadeiras de costume, só pode significar uma coisa: morte. Mas de quem? Mesmo lutando para aguentar o peso de Bibi, a mente de Bhima dispara — foi a mãe ou a avó de Bibi que morreu? Ou uma irmã que vivia em alguma vila distante? Ou — ó, *Bhagwan*! — será que algo aconteceu com seu menino, seu rosto tão brilhante quanto os sapatos que usa para ir à escola? Bhima se move um pouco para se livrar do peso de Bibi.

— *Beti* — gagueja ela —, *kya hua?* O que aconteceu?

Em resposta, os prantos ficam mais altos. Então, Bibi diz:

— Oh, Bhima *mausi*, eles o mataram, eles o mataram.

O coração de Bhima para. Quem mataria um garotinho e por quê?, quer gritar. Ela sabe que todas as mães do *basti* depositam suas esperanças nos filhos, pois nenhuma delas acredita que irá viver além de sua própria Idade das Trevas. Pelos filhos, elas aturam o mau temperamento de chefes, as arbitrariedades de contratações e demissões, incontáveis humilhações e abusos, e o exaustivo sistema do transporte público, criado para atender uma cidade bem menor que Mumbai. O assassinato de crianças pequenas não faz parte desse acordo.

Mas assim que está prestes a vociferar seu próprio protesto contra os desfeitos cruéis dos deuses, que castigam sempre as mesmas pessoas, ela o avista — o menino com seu cabelo arrumado, dividido ao meio, e o rosto vermelho, observando a mãe de costas com seus olhos negros e graves. A mente de Bhima começa a rodar: Ele está vivo, ele está vivo. Olhe, Bibi, sua burra, você está cometendo um erro! Então, Bibi soluça:

— Ram, Ram, Ram, como vou viver sem você?

Bhima finalmente percebe que a mulher não está chamando pelo deus Ram, mas sim por seu marido.

— O que aconteceu? — pergunta Bhima, exasperada. — O que aconteceu com Ram?

— Eles o mataram — responde Bibi, aos prantos. — *Mausi*, eles o mataram como um cachorro na rua.

Shyam, um dos vizinhos, um homem sebento em quem Bhima nunca confiou, dá um passo à frente.

— É verdade. — Ele balança a cabeça. — Vários vendedores de frutas viram o que os *goondas* fizeram com ele.

Ele abaixa a voz, em sinal de consideração à viúva.

— O corpo está aqui, Bhima *mausi* — diz, desviando o olhar. — Nossos homens o trouxeram para casa.

Com o canto dos olhos, Bhima vê Maya de pé na entrada do barraco, e apesar de sua preocupação com Bibi, os instintos maternais falam mais alto.

— Volte para dentro! — Bhima a repreende.

Então, ao notar o bico teimoso nos lábios de Maya, acrescenta:

— Vá fazer uma xícara de chá para Bibi.

Ela volta a encarar a multidão reunida em frente a sua casa sem saber o que fazer.

— Bibi. — Bhima levanta a mulher soluçante pelo queixo. — Entre. Traga seu filho e entre.

Ela abre a porta e deixa a mulher e o menino entrarem à sua frente, mas antes que pudesse fechá-la, Shyam já havia adentrado o barraco furtivamente.

Bhima senta-se no colchão, com Bibi ao seu lado. A mulher mais jovem descansa a cabeça nos ombros de Bhima, que sente o coração amolecer. Pooja costumava fazer isso quando estava triste, ela se recorda ao acariciar a cabeça da mulher em luto.

— O que aconteceu? — Bhima pergunta a Shyam.

Shyam, sentado no chão diante dela, o mais longe possível da viúva de Ram, explica em voz baixa:

— Foi um desses marginais do "Maharashtra para os maratas",* *mausi*. Eles estão circulando pela cidade e destruindo os negócios das pessoas que não nasceram no estado. Taxistas, vendedores, qualquer um que seja do Norte, eles estão atacando.

Bhima aperta os olhos. *Kuttas*, ela pensa, esta cidade é comandada por *kuttas*, cães raivosos que se deslocam em bandos atrás de sangue. Mulçumanos matam hindus, hindus matam *sikhs*, todos matam mulçumanos, e agora essa loucura havia chegado às pobres e desesperadas almas que vêm para esta cidade, de vilas em Bihar e Uttar Pradesh, em busca de trabalho.

— Cães raivosos — cospe ela, arregalando os olhos. — *Junglees*, selvagens! Eles não sabem fazer nada além de arranjar briga.

Bibi começa a chorar de novo. Debaixo do telhado de zinco, o som é ensurdecedor.

— Mas o meu Ram não era briguento, *mausi* — ela declara. — Nós somos de Mumbai, totalmente. Diz para mim, depois de passar metade de nossas vidas aqui, como podemos ser estranhos?

* Maharashtra é um estado localizado na região oeste da Índia, cuja capital é Mumbai, o maior centro urbano e financeiro do país. Os maratas são o povo nativo desse estado. (N. E.)

Todos dão um salto quando Maya, que antes estava só observando, começa a falar, seu olhar parcialmente afastado do fogão a querosene.

— Meu professor disse que, em democracias como a Índia, os cidadãos têm o direito de viver onde bem desejarem. Esse direito é garantido pela Constituição.

Shyam assente com a cabeça, fingindo entender as palavras de Maya.

— Correto — diz ele. — Garantido. — Ele bate os dedos contra a testa. — Mas, para entender isso, você precisa ter algo aqui. *Hai, na?* Esses cretinos...

Maya coloca a xícara de chá aos pés de Bibi, e Bhima a encoraja a beber alguns goles. Chá é a solução de Bhima para tudo: luto, perda, fome, sede. Ela está prestes a falar para Maya dar alguns biscoitos ao menino quando a vê abrir a lata de metal.

— Então, o que aconteceu? — pergunta ela a Shyam novamente, mantendo a voz baixa.

O homem olha apreensivo para Bibi.

— Foi uma gangue, *mausi*. Sabe Govind, aquele que vive na ruela de lá? Sujeito pequeno, bengali. Ele contou que eles vieram gritando suas palavras de ordem e destruindo todos os carrinhos de frutas com seus cassetetes, virando-os para baixo e espancando qualquer um que reclamasse. Eles tinham uma lista. Sabiam exatamente quem eram maratas e quem eram os *babus* do Norte. Govind disse que ele se escondeu debaixo de um dos carrinhos quando a violência começou. Mas Ram, ele... — Mais uma vez, Shyam olha para Bibi. — Ele revidou. Aí eles o chutaram, chutaram-no feito um cão. Govind disse que tinha um policial lá, rindo. Só quando Ram não estava mais se mexendo é que o policial soprou o apito, e eles fugiram.

Os prantos, então, deram lugar a um soluço contínuo, tão angustiado que Bhima sente falta dos prantos públicos anteriores. Ela se questiona por que Bibi a procurou. Bhima é uma das moradoras mais impopulares do *basti*, considerada esnobe porque ela e Maya não se metem nos dramas cotidianos da vida na favela. Ela nunca foi à casa de Bibi, e se algum dia soube o nome do filho dela, havia esquecido. Sua única conexão com a mulher é a fila para torneira de água todas as manhãs, na qual a vizinha guarda um lugar para ela, apesar dos protestos daqueles que estão atrás. Ao pensar naquela fila para a água, Bhima percebe por que sempre gostou de Bibi: ao contrário da maioria dos moradores da favela, Bibi não enche a boca de fofocas. Ela nunca perguntou a Bhima a razão de ter deixado o trabalho na casa de Serabai depois de tantos anos.

Então, Bhima se aproxima de uma questão delicada.

— Já trouxeram o corpo? — pergunta.

Os olhos de Bibi se tornam turvos.

— Eles o trouxeram até mim, *mausi*. Ram está descansando em nossa casa.

Bhima assente.

— E os arranjos para o funeral?

O soluço recomeça.

— Eu não posso... Não posso deixar meu Ram ir...

Bhima abraça a mulher.

— Bibi, você sabe que a cremação deve ocorrer antes do nascer do sol. Você sabe que é o nosso costume. Do contrário, a alma...

— Eu sei. Eu sei disso tudo. Mas meu Ram... — Bibi volta os olhos vermelhos para Bhima. — Venha comigo, *mausi*. Eu não tenho mais ninguém nesta cidade maldita. Você é minha única família aqui.

Bhima olha para ela, perplexa. Não me peça isso, ela pensa. Eu posso dividir meu último grão de arroz com você e seu filho, mas não me peça para ver outro corpo queimar na pira funerária. Há anos presenciei as chamas cor de laranja devorarem o corpo de minha própria filha, e o odor ainda não saiu de minhas narinas. Serei forte por você, mas isso não, *beti*. Não me peça isso.

— Não posso — gagueja Bhima. — *Maaf karo*, Bibi, me perdoe. Sou uma velha. — Desesperada, ela se vira para Shyam, cujo semblante é impassível.

Sua recusa desencadeia um pânico selvagem em Bibi, que olha ao redor, agitada.

— O que eu vou fazer? *Arre, Bhagwan*, o que é essa escuridão que tomou conta da minha vida?

Antes que qualquer um pudesse responder, Bibi começa a se incomodar com as pulseiras de vidro vermelho que traz no braço. Então, levanta o membro e golpeia o chão de terra repetidamente até as pulseiras se quebrarem. Maya deixa escapar um grito horrorizado com a violência do gesto, e Bhima, ainda que compreenda que esse comportamento é comum para as viúvas, se aborrece com Bibi por ter escolhido desempenhar esse ritual em sua casa, temendo que ele deixe um resíduo de azar em suas vidas já tão sofridas.

— Levante-se, menina — diz ela, com firmeza, erguendo a mulher chorosa. — Eu vou com você até os campos de cremação. Agora vá para casa e prepare o corpo.

Quando elas emergem do barraco, a multidão ainda está reunida do lado de fora. Bibi parece que vai desmaiar, por isso Bhima consegue a ajuda de duas mulheres de aparência forte para levarem-na até a casa. O menino segue atrás da mãe, e o coração de Bhima se parte com a visão. Há algo em sua postura encolhida que lembra a de Maya, recém-órfã, quando a trouxe a Mumbai pela primeira vez. Ela suspira fundo e volta ao barraco, esperando recuperar o ar.

— *Ma-ma* — Maya diz assim que Bhima entra —, eu vou com a Bibi. Você fica aqui.

Bhima dá um rugido.

— Cale a boca, menina idiota — diz ela. — A única pira que você vai ter de presenciar é a de sua velha avó.

— Não diga isso, *Ma-ma* — grita Maya.

Por um momento, ela é a menina no leito de morte da mãe, recusando-se a sair do lado da avó por dias a fio.

A indignação de Bhima logo passa.

— Eu não vou a lugar nenhum — diz. — Minha pele é amarga e dura demais para o fogo.

— Por que Bibi veio até você, *Ma-ma*?

— Não sei. Talvez o luto atraia o luto.

Bhima se cala, atingida por um pensamento. Ela nunca deixou Maya sozinha na favela à noite.

— Onde vou deixá-la se eu for à cremação hoje?

Ela logo pensa em Serabai e, quase tão rápido, é obrigada a abandonar essa ideia.

— Eu posso ficar uma noite sozinha — responde Maya. — Não sou mais criança, *Ma-ma*.

— *Chup re*. Este lugar é uma selva, repleto de animais selvagens bêbados — Bhima abaixa a voz. — Você cometeu um erro uma vez, menina. Nunca o repita novamente.

Maya fica enrubescida. Ela abre a boca para dizer algo, mas logo a fecha, encarando o chão.

Bhima observa a neta por algum tempo e pergunta:

— Que horas são?

— Quase oito e meia, *Ma-ma*. E a gente ainda não jantou.

A voz de Maya está trêmula e chorosa.

Bhima encontra uma solução.

— Vamos — diz ela. — Calce suas *chappals* e vamos.

— A esta hora? Para onde?

— Para o Ashoka. Você pode comer alguma coisa lá. E eu vou usar o telefone para ligar para Sunitabai. Se ela aceitar, você vai passar a noite lá. Você pode dormir no chão da cozinha e voltar para a casa de manhã, antes de ir à faculdade.

— *Ma-ma*, você enlouqueceu? Por que essa Sunitabai aceitaria isso? Eu não a conheço.

Bhima dá um sorriso obstinado. Ela não sabe a resposta. Mas desde que a menina Chitra — sim, ela começou a chamá-la assim — mudou-se, Sunitabai se tornou mais gentil. Agora, quando fala com Bhima, ela olha para a empregada. Antes, Bhima sentia que Sunitabai estava escrevendo um de seus artigos para o jornal mesmo quando falava com ela. Quase sempre a menina Chitra trabalha ao seu lado na cozinha, fazendo perguntas sobre sua vida, e Bhima percebeu que ela conta a Sunitabai um bocado de suas respostas todas as noites. Bhima prefere arriscar uma negativa de Sunitabai a deixar Maya sozinha na favela à noite.

Maya resmunga durante o caminho todo até o restaurante. Mas, chegando lá, sossega com um prato de *biryani* enquanto Bhima usa o telefone. Ela tem sorte: a menina Chitra atende a ligação e, de fato, parece contente em ter sido contatada.

— Se você quiser, nós podemos ir buscá-la, Bhima — oferece Chitra, como se fosse normal que uma pessoa como ela entrasse na favela à noite.

— Não, *bai* — responde Bhima, acanhada. — Nós vamos até aí.

— A esta hora? — A preocupação na voz de Chitra faz Bhima corar de orgulho. — Escute, faça uma coisa. Pegue um táxi. Diga para o taxista buzinar quando chegar aqui, aí eu desço e pago a corrida.

Como se a viagem de táxi não fosse suficiente para impressionar Maya, Bhima percebe que a garota é conquistada pela simpatia natural com que as duas mulheres a recebem. Além disso, Maya parece se sentir confortável naquele apartamento modesto, como nunca se sentiu na casa de Serabai, muito maior e mais luxuosa. Observar Maya falar com Sunitabai e Chitra sobre coisas que Bhima desconhece completamente enche a idosa de admiração. Então, era aquele o seu legado para a neta? Ela pensava que os estudos dariam apenas um futuro emprego para Maya, no qual ela seguraria uma caneta, não uma vassoura. Porém, acontece que ela também deu à Maya aquela facilidade para conversar, aqueles modos cheios de gracejos, trocando palavras em inglês como as pessoas ricas fazem. Pela primeira vez desde a morte de Pooja, Bhima não pensa na filha falecida com tristeza. Em vez disso, pensa: Olha o que nós fizemos juntas, Pooja. Você, ao dá-la à luz. Eu, ao lhe dar uma vida. Com minhas próprias mãos e minha cabeça fraca, eu dei isso à sua filha.

Elas devem estar discutindo as circunstâncias que levaram Bhima a ligar com esse pedido incomum, porque Sunitabai pergunta, em tom sério:

— Eles têm certeza de que são os nortistas que estão sendo atacados, Bhima? Porque, se isso for verdade, é notícia.

Bhima junta as mãos como para uma prece.

— Por favor, me perdoe, *bai* — diz ela. — Não sei de nada. Só estamos repetindo o que ouvimos.

Há um breve momento de silêncio e, então, Maya diz algo inesperado.

— Eu nasci em Délhi.* Então, também devo ser considerada uma forasteira.

Chitra solta um gritinho.

— É mesmo? Eu também. Minha família inteira é de Délhi — Ela dá um sorrisinho e aponta para Sunita. — Só me mudei para esta cidade horrorosa por causa dessa aí.

Há um breve silêncio constrangedor antes de Sunita declarar:

* Délhi é a segunda maior cidade da Índia, composta de duas partes — Velha Délhi, a caótica cidade antiga, e Nova Délhi, construída pelos britânicos como a sede do governo colonial. Nova Délhi é a capital da Índia e fica no norte do país. (N. E.)

— Ah, claro. Porque Délhi é uma cidade incrível. A capital mundial do estupro e todo o resto.

— Caramba, vocês de Mumbai são tão chauvinistas! — Chitra responde, enquanto Maya encara as duas, sem saber com quem deveria concordar.

É tarde e Bhima abafa um bocejo.

— Se você tiver alguns jornais, *bai*, por favor, coloque-os no chão para a minha neta — pede ela, educadamente. — Eu trouxe um lençol. Agradeço muito a sua bondade.

Sunita fica sem jeito.

— Ela não precisa dormir no chão — murmura. — Nós temos outro quarto.

A mulher vasculha os bolsos de seu jeans e puxa duas notas de vinte rupias.

— Pegue um táxi, Bhima. É tarde demais para você ir para a casa a pé.

Três vezes durante a cerimônia Bhima sente que vai desmaiar. Tudo é terrivelmente familiar — o som do crânio explodindo nas chamas, o cheiro de carne e madeira queimada, as brasas do fogo cintilando como estrelas contra o céu escuro, os cantos ritualizados dos sacerdotes, os soluços penosos de Bibi. Será que todo o sofrimento humano soa igual nos ouvidos dos deuses?, ela questiona. Será que isso explica sua indiferença à nossa miséria, a indiferença que permite o assassinato de um homem bom como Ram? Se esse for o caso, ela pensa, então faz sentido que uma mulher destruída como ela carregue a mulher despedaçada ao seu lado. Se a pobre Bibi estiver adentrando sua própria Idade das Trevas agora, quem melhor do que Bhima para acompanhá-la e ensiná-la a sobreviver a essa jornada? Por um instante, ela se enraivece com o pensamento. Ela ainda não sabe como chegou a esse ponto, em que tudo o que pode oferecer a alguém como Bibi é uma visita guiada pela miséria. Ela foi uma esposa devotada e, ainda assim, abandonada pelo marido; foi uma boa mãe e, ainda assim, perdeu seus filhos; foi uma avó severa e, ainda assim, teve de presenciar o assassinato de seu bisneto; foi uma serva dedicada e, ainda assim, acabou expulsa da casa de Serabai de forma desonrosa. Há uma chave para resolver esses enigmas, acredita, mas ela só pode avistá-la de soslaio, pairando ali por perto, mas longe do seu alcance.

Ao lado dela, Bibi geme de dor. O som é tão puro, uma expressão tão verdadeira dos sons do próprio coração de Bhima, que a mulher mais velha instintivamente coloca o braço ao redor da mais jovem. Bibi se inclina e, mais uma vez, Bhima tem de desenterrar os pés da terra para dar suporte às duas, à jovem viúva e à velha...? Mas o que ela é? Como se chama uma mulher que não é mais esposa e nem mãe, embora, até onde saiba, tanto seu marido quanto seu filho estão andando sobre a Terra, a apenas uma viagem de trem de cinco horas de distância? Às vezes Bhima tem um vislumbre de si mesma no espelho de corpo inteiro do armário antigo da sra. Motorcyclewalla. Ela fica paralisada, sem reconhecer a mulher ossuda, levemente corcunda, de cabelos ralos e rosto sério que a encara de volta. Até suas sobrancelhas grossas começaram a ficar grisalhas, dando-lhe uma aparência fantasmagórica. A garota carnuda e decidida que Gopal havia desejado e com a qual havia se casado, a jovem mãe trabalhadora cujas mãos se moviam na velocidade da luz, essa mulher desaparecera. Ela olha para o rosto de Bibi, marcado por lágrimas, e gostaria de ensinar algo à jovem, um pedaço de experiência que pudesse alimentá-la e sustentá-la nos dias de escuridão que se seguirão. A única coisa que sabe é que os estudos poderiam tê-los salvado, ela, Gopal e Amit. Mesmo que precise esfregar panelas até que a pele caia de suas mãos, ela fará de tudo para que Maya termine a faculdade.

Quando o sacerdote termina o canto, os prantos dos enlutados começam. Bhima não quer participar desse ritual. Ela mal conhecia Ram e, além disso, sabe que o que Bibi precisa agora é de força, não de fraqueza. Ser uma mulher pobre, ela sabe, é o trabalho mais difícil do mundo. Então, Bhima espera os prantos cessarem e murmura:

— Força, *beti*. Seja forte.

Bibi se vira para ela, chorando.

— Como, *mausi*? — pergunta ela. — Como? Ele era a minha rocha. Como vou aprender a ver o mundo pelos meus próprios olhos?

Bhima se cala, sentindo-se profundamente inadequada. Um dia de cada vez, ela quer dizer. Acordando manhã após manhã. Colocando um pé na frente do outro, até que seus pés se lembrem de como andar. Ela se recorda da manhã seguinte à partida de Gopal, como acordou em sua nova condição — morta-viva — desejando que o mundo tivesse acabado durante seu sono, porque pedir para que ela andasse pelo mundo como se nada tivesse acontecido era mais insultante do que a carta de despedida de Gopal.

Agora Bhima reflete sobre a dolorida questão de Bibi até encontrar uma resposta.

— Não é pelos seus olhos. Mas pelos dele. — Ela aponta para o menino que rodeia Bibi. — Seu filho perdeu o pai. Quer que ele perca a mãe também?

Ela sabe que disse a coisa certa pela forma como Bibi retira o peso de seu corpo.

— Isso mesmo — Bhima assente. — Você vai aprender a se levantar, *beti*, para que seu filho não caia.

— Nós vamos voltar — diz Bibi em voz alta e desafiadora a todos os enlutados. — Não vou criar uma criança nesta cidade onde um homem pode ser assassinado simplesmente por vir do lugar errado.

Os outros vizinhos se reúnem ao redor de Bibi, e Bhima se afasta, aliviada. Ela está cansada e tem de ir para o apartamento da sra. Motorcyclewalla em algumas horas. Dá alguns passos além da multidão e nota um homem bem-vestido, trajando um terno tipo safari branco, olhando para ela. Será que estava ali aquele tempo todo? Ela tem certeza de que nunca o viu antes e, sem dúvida, ele não é do *basti*.

— *Namaste* — diz o homem em voz baixa. — A senhora é a mãe de Bibi?

Bhima dá uma risada curta.

— Não — responde. — Não sou da família. Sou só a vizinha dela.

— Ah... — O homem sorri. Ele olha sobre os ombros dela e a aborda novamente. — Estou aqui com um assunto urgente. A senhora pode dar um jeito de eu falar com a viúva por um minuto?

Bhima encara o homem com desconfiança. Sua mente relembra o capataz da fábrica de Gopal. Assim como esse estranho, aquele sujeito havia falado com ela respeitosamente. Ele também tinha uma voz suave. De repente, Bhima tem certeza de que o homem quer que Bibi assine um papel que mudará o curso de sua vida.

— Espere aqui — diz ela em voz firme, ignorando a cara de surpresa do homem. — Irei trazê-la.

Bibi está no meio de uma multidão de mulheres chorosas.

— *Beti* — diz Bhima —, tem um homem procurando por você. Ele disse que tem uns negócios para tratar.

Ela observa os cabelos embaraçados e o rosto suado de Bibi, sabendo que, nessa condição, a viúva assinaria até um papel entregando seu filho a qualquer estranho que lhe dissesse uma palavra de conforto.

— Eu vou com você — acrescenta Bhima, pegando Bibi pelo pulso e puxando-a pelo caminho.

O homem, então, diz que lamenta o que aconteceu com Ram e que vai fazer um boletim de ocorrência em nome dela, de manhã cedo, pois uma grave injustiça havia sido cometida. Diz que Ram era um homem bom, e então aflige-se quando Bibi começa a chorar. Ele faz uma pausa, respira fundo e declara:

— Irmã, eu preciso discutir com você uma questão urgente.

Bhima fica tensa, esperando o estranho revelar um pedaço de papel e uma caneta. Ela vai agarrá-los de uma vez só, implorar a Bibi para não assinar nada, até que possam consultar alguém que não seja analfabeto como elas.

Porém, o homem diz:

— Preciso falar com você sobre as frutas-do-conde.

6

FRUTAS-DO-CONDE.

O depósito está lotado dessas frutas. No ar pesado, paira seu perfume doce e enjoativo. Sem aviso, a boca de Bhima começa a salivar com o aroma, que ela recorda da infância. Um sorriso se encena em seu rosto ao relembrar como partia o exterior verde para revelar a fruta branca, passando a língua na polpa áspera branca agarrada à semente preta, lisa e grande. Ela costumava espalhar as sementes sobre o jornal, fingindo serem pedaços de pedra polida, com os quais faria brincos e pingentes. Bhima nunca pôde comprar mais de uma dessas frutas por vez. Jamais havia visto tantas juntas, amontoadas umas em cima das outras, as frutas maduras separadas das verdes. Para Bhima, aquela visão era tão arrebatadora quanto visitar o Taj Mahal pela primeira vez.

Agora, Jaffer aponta para a pilha de frutas verdes.

— Estava falando sobre estas apenas — diz ele a Bibi. — Seu marido pagou por elas. Então, tecnicamente, elas pertencem a você. Você precisa chamar alguém para levá-las. Pode vender, doar, comer; isso é com você.

Bibi engole em seco e direciona o olhar para Bhima, seus olhos suplicam para que a mulher mais velha assuma o caso. Bhima assente discretamente e se volta para o vendedor de frutas.

— Jafferbhai — começa ela —, muito obrigada por pensar em Bibi e no filho dela neste momento difícil. Mas ela é uma mulher sozinha. O que ela sabe dos negócios do marido? Você é muito bondoso por vir e explicar.

Bhima dá uma olhada rápida no rosto indiferente do homem e decide dizer o óbvio.

— Mas, Jafferbhai, o que a pobre da Bibi vai fazer com essas frutas-do-conde? Como você deve saber, ela trabalha o dia inteiro no hotel Kohinoor. O que ela entende de vender frutas? Por favor, *sahib*. Por favor, devolva o dinheiro que Ram lhe deu e fique com as frutas. Esta jovem viúva vai ficar lhe devendo um favor, senhor.

Jaffer suspira com impaciência.

— Você não está entendendo, *mausi*. — Ele range os dentes. — Meu negócio não funciona assim. — Seu tom se torna melancólico. — Nenhum vendedor de frutas se incomodaria de ir até o funeral para lhe dar a chance de pegar as frutas. Até meus funcionários estão dizendo que tenho o coração mole. Posso lhe dar até amanhã para reivindicar as frutas. Se você não quiser, tudo bem. Eu as venderei a outro comerciante com um desconto. Caso encerrado — ele conclui com os olhos duros.

Ele curva a cabeça e junta a palma das mãos.

— *Namaste-ji* — diz ele. — Meus pêsames por seu marido. Ram era um homem muito bom. Em consideração a ele, apenas, vou tentar ajudá-la.

Enquanto saem pelos portões de ferro do depósito de Jaffer, as duas mulheres andam lado a lado em um silêncio envergonhado, sentindo a dor amarga do fracasso. Ambas estão cientes de que agravaram sua situação ao tirar um dia de folga de seus serviços para se ocuparem dessa questão insensata. Bhima sabe que não tem nenhuma desculpa aceitável para dar à sra. Motorcyclewalla, e a velha senhora passará o dia seguinte atormentando-a sem descanso.

Ela suspira profundamente, e Bibi logo a pega pelas mãos.

— Perdoe-me, *mausi*. Eu fiz você perder um dia de trabalho à toa. Não deveria ter pedido isso.

— Você não fez nada — responde Bhima brevemente, sem ânimo para explicar a razão de acompanhar uma vizinha que é mais uma conhecida do que uma amiga. Exceto na noite anterior, quando, de todos os enlutados que Jafferbhai poderia ter abordado, ele foi atrás dela. E quem melhor do que Bhima para saber como uma vida inteira pode ser arruinada por um único erro, nascido do analfabetismo e da ignorância? Bhima não desejava o mesmo destino a Bibi, sem perceber que Jafferbhai era uma espécie bem rara — um homem honesto.

Elas andam pela estrada principal e estão prestes a tomar a direita rumo à favela quando Bhima para. Por um instante, ela olha ao redor, tentando se orientar.

— Bibi — diz ela enquanto as ideias se formam em sua cabeça. — Vá para casa. Eu preciso ir a outro lugar.

Bhima espera na esquina até que não consegue mais ver Bibi na multidão e, então, se vira para atravessar a rua. O sol está particularmente cruel, e o calor e os odores dos veículos que param lentamente no semáforo a deixam tonta por um momento. Com cuidado, ela desce do meio-fio para a rua, como se mergulhasse um dos dedos dos pés no oceano. Mas assim que um ciclista que segue na contramão quase a atropela, ela resmunga uma maldição e corre de volta para a calçada.

— *Junglees!* — exclama a idosa parse ao seu lado. — Selvagens! Eles não têm respeito algum. — Com seus óculos grossos, fala de igual para igual com Bhima: — O que eu não daria para ter os ingleses de volta. Eles disciplinariam esses idiotas rapidinho. — Ela estala os dedos para dar ênfase às suas palavras.

Finalmente Bhima consegue atravessar o cruzamento, passando por carros que mal desaceleram para os pedestres e desviando de um pedinte sem pernas em cima de um skate que ele movimenta com as mãos. Ela se lembra de como *baba* Viraf, ao dirigir, costumava ter pavor dos aleijados em skates, pois é impossível vê-los do carro. Bhima estremece ao se recordar da gratidão que sentia quando ele se oferecia para levá-la em seu carro com ar-condicionado à feira, a mesma para a qual ela estava indo agora.

Já se passou mais de um ano desde a última vez que Bhima esteve naquela feira, quando fazia compras para Serabai, mas o lugar é instantaneamente familiar para ela. Há uma multidão de compradores no meio da manhã, mas ela está atrás de apenas uma pessoa: Rajeev, o sujeito alto e magro, sempre querendo agradar, que costumava carregar as compras para a casa de Serabai. Se ela conseguir convencer Rajeev a deixar o trabalho no dia seguinte, eles podem buscar as frutas-do-conde no depósito pela manhã e vendê-las usando a grande cesta de vime dele. Bhima não tem nenhum outro plano além desse, nem sabe onde eles poderiam encontrar um lugar para a cesta naquele espaço onde cada centímetro da calçada já foi reservado. Mas talvez Rajeev saiba. Por outro lado, Rajeev é estúpido — ou será que ela pensava isso só porque, como serva fiel de uma rica senhora parse, ela costumava desdenhá-lo? Bhima dá um sorriso amarelo para si mesma. Bom, veja só como ela caiu.

Sem conseguir encontrá-lo, Bhima vai até Birla and Sons, a loja diante da qual costumava topar com Rajeev de cócoras na calçada, fumando um *bidi* entre uma tarefa e outra. Birla, um homem imponente que costumava maltratá-la porque ela lhe pedia descontos, como se estivesse gastando seu próprio dinheiro, não o de sua senhora, reconhece imediatamente sua voz.

— Bhima *behen*! — grita ele. — Como você está? Por onde tem andado?

Bhima balança a cabeça para cumprimentá-lo, mas evita a pergunta.

— Estou procurando Rajeev — diz ela.

— Rajeev? Ele estava aqui agora há pouco.

Birla dá uma palmada no garoto sentado de pernas cruzadas no chão.

— Vá encontrar o imprestável do Rajeev — ordena. — Diga que alguém está procurando por ele.

Não há outros clientes na loja de Birla, e quando o garoto sai, ele analisa Bhima com curiosidade.

— Por que você nos abandonou, irmã? Encontrou preços melhores em outro lugar?

Bhima fala a primeira mentira que lhe vem à cabeça.

— Estou trabalhando para outra senhora. — O tom de Bhima é seco. — Uma mulher muito rica. As frutas e os legumes dela são entregues no Breach Candy.*

— Breach Candy, hein? — O comerciante balança a cabeça. — Meu filho me ensinou um ditado.

Ele fala algo em inglês e, quando Bhima o encara sem reação, traduz:

— Quer dizer: "Se um homem é um tolo, ele e seu dinheiro se separam rapidamente".

— Eu trabalho para uma mulher — retruca Bhima, sem entender.

Birla estala a língua.

* Bairro de classe média alta no sul de Mumbai. (N. E.)

— Homem, mulher, tolos são tolos, *hai*? — diz ele, sem paciência, e Bhima é obrigada a concordar.

— E como está seu filho? — pergunta, educadamente, a mulher.

— Vikram? Ele está bem, graças a Deus. Ele se casou em fevereiro. A moça é de uma família muito boa da Califórnia, nos Estados Unidos. Então, Vikram está morando lá.

Birla evita olhar nos olhos de Bhima.

— Eu procurei por você para entregar o convite de casamento, Bhima *bhen* — afirma ele. — Mas o que eu podia fazer? Você simplesmente desapareceu um dia e nunca mais voltou.

Bhima resiste à vontade de rir da mentira descarada. Recorda-se de como ele a tratava com desdém no passado, quando, ao contrário das outras empregadas, ela negociava o preço sem descanso por causa da noção errada de que deveria tratar o dinheiro de Serabai tão moderadamente quanto o seu.

— A boa sorte de seu filho fez você mudar — declara ela, audaciosa. — Sua felicidade está estampada no rosto.

As palavras de Bhima são, ao mesmo tempo, um elogio e um insulto, e ela pode ver a confusão nos olhos de Birla.

— Obrigado — diz ele.

Um cliente aparece e Birla se afasta de Bhima para se concentrar em seu negócio. Fora da loja, a mulher se encosta contra a parede branca, tomando cuidado para não deixar seu sári tocar a parte inferior, coberta de manchas vermelhas do sumo de bétele cuspido pelos passantes. Ela olha a multidão na feira, esperando encontrar Rajeev. Um segundo depois, ela o vê, um gigante comparado à maioria dos compradores. O homem se apressa em sua direção com um grande sorriso no rosto.

— A qual deus devo agradecer por este milagre? Como você está? Onde se meteu?

Bhima dá um sorriso estreito, sem querer mostrar a Rajeev o quão feliz está em vê-lo.

— *Theek hu* — responde ela. — Eu estou bem. E você?

— Eu estou na luta — diz ele. — Com a graça de Deus.

Mas quando Bhima o observa de perto, ela nota as linhas de expressão no rosto descarnado de Rajeev. Percebe que as costas dele estão mais curvadas do que antes. Ele é um homem jovem — Bhima supõe que não tenha mais que quarenta e dois anos, mas a tristeza em seus olhos a surpreende.

— Escute aqui, Rajeev — começa ela, apressada. — Tenho um trabalho para você...

— Vamos nessa, *mausi*. — Ele a interrompe. — Você precisa entregar algo na casa de Serabai?

Ela balança a cabeça em negação, impaciente.

— Não. Não trabalho mais para ela. — Bhima ignora a expressão de surpresa de Rajeev. — É um tipo de trabalho diferente.

Rajeev fuma um *bidi* em silêncio enquanto Bhima explica a situação para ele. Quando termina, ele a encara por um longo momento e, então, puxa a própria orelha.

— Quantas frutas-do-conde precisam ser vendidas, *mausi*? Quantas viagens preciso fazer?

É uma pergunta razoável, e Bhima se aborrece consigo mesma por não saber a resposta.

— Não sei — confessa ela, rapidamente. — Mas seja lá quanto for, eu vou pagar você.

O homem engole em seco.

— Você é como uma mãe para mim, *mausi*. Não quero ofendê-la, mas o que devo fazer? Se eu ganhar menos dinheiro com isso do que com o meu trabalho, minha mulher não vai me perdoar. Estamos tentando colocar um teto sob nossas cabeças, *mausi*. Além disso, meu filho está na faculdade.

Bhima desvia o olhar, não quer deixar transparecer a decepção em seu rosto.

— Entendo — murmura ela.

É melhor assim, pensa. Ela não quer se meter muito na vida de Bibi, pois sabe o que acontecerá com a viúva a partir de agora — um infortúnio atrás do outro, como formigas enfileiradas. Bhima diz para si mesma que não se importa com isso. Mas o aperto que sente no coração ao pensar em falhar com Bibi conta outra história.

— *Mausi* — diz Rajeev, sem jeito —, tenho outra ideia. E se eu ajudar vocês amanhã cedo por algumas horas? Vamos ver o que podemos fazer para socorrer a coitada da viúva.

Bhima junta as mãos em sinal de gratidão.

— *Shukriya, beta*. Isso seria muito bom.

— Mas, *mausi* — prossegue Rajeev —, se o carrinho do falecido foi destruído, como vamos vender as frutas? — Ele dá uma olhada ao redor com um semblante preocupado. — E nenhum comerciante vai nos deixar vender perto de suas lojas.

— Estava pensando que poderíamos vender usando a sua cesta — sugere Bhima.

Rajeev dá uma gargalhada.

— Como vamos fazer isso, *mausi*? Se eu carregar a cesta na minha cabeça, o cliente vai subir em uma escada para escolher as frutas?

Os olhos de Bhima se enchem de lágrimas de frustração. Ela quase não dormiu desde que Bibi surgiu à sua porta, duas noites antes.

— Não sei — grita ela. — Tudo o que sei é que um homem foi morto feito um cão na rua, e as frutas que ele comprou com suor e sangue vão apodrecer.

Ela mesma se assusta com sua atitude tão veemente, pois isso vai contra o que acabou de prometer a si mesma, de não se envolver demais na tragédia de Bibi. Mas a vizinha havia pedido a ajuda dela. *Dela*.

— Entendo. — A voz de Rajeev é suave. — Só por isso é que aceito ajudar amanhã cedo. Mas não posso ajudar a encontrar um espaço para vender as frutas. Desculpe.

Bhima observa a estreita lojinha de Birla, com inveja. Apesar de a loja estar cheia de montes de batatas e cebolas, imagina se há espaço suficiente para vender as frutas-do-conde. Porém, não se atreve a perguntar. Birla vai pedir muito pelo aluguel e elas vão terminar devendo dinheiro a *ele*.

Então, se lembra dela. Uma mulher feia, com o rosto tão enrugado quanto as couves-flores que vendia. Com algo terrível crescendo debaixo da mandíbula. No passado, Bhima corria quando atravessava seu caminho. A visão daquela mulher, miseravelmente desamparada, sua pretensão desesperada de poder vender aqueles produtos patéticos, costumava chateá-la. E aquele negócio crescendo em seu pescoço, que a desvairada acariciava o tempo inteiro como se fosse um *prasad* do templo e não uma maldição, também enfurecia Bhima.

— Lembro de uma mulher que ficava aqui. Ela se sentava na esquina e tinha um negócio...

Ela abre os dedos, como se estive carregando uma bola de críquete, e toca o pescoço.

— Parvati. — Rajeev assente com vigor. — Ela ainda está por aqui. Na mesma esquina.

— Você a conhece? Pode perguntar?

Rajeev parece acanhado.

— Como posso perguntar, *mausi*? Isso é assunto seu. Você pergunta.

Ela olha para o homem, envergonhada demais para admitir que não sabe quanto pedir pela fruta, como calcular o preço. Como ela vai saber quanto deve oferecer a Parvati para alugar seu espaço?

Como se tivesse lido seus pensamentos, Rajeev diz:

— Ela é uma mulher pobre, *mausi*. Por favor, ofereça a ela quarenta ou cinquenta rupias.

A mulher pensa um pouco antes de tomar uma decisão.

— Vamos — diz ela —, leve-me até lá.

Bhima franze o cenho.

Ela esperava que a mulher estúpida se amolecesse com gratidão pela oferta. Em vez disso, Parvati está agindo como se fosse dona de Mumbai inteira e a tivessem oferecido apenas cinquenta rupias pela cidade. Bhima encara Rajeev duramente, como se a ideia tivesse sido dele, esperando que negocie com a louca.

Parvati segue os movimentos de Bhima e também olha ferozmente para Rajeev.

— Quando você me trouxe o unguento, eu sabia que estava tentando me enganar — diz Parvati. — Trabalhando com essa mulher que se acha melhor que todo mundo. Todos esses anos, ela veio à esta feira e nem ao menos olhou para meus legumes.

— Minha senhora teria me matado se eu voltasse para a casa com esses legumes podres — sibila Bhima. — Por isso nunca parei aqui antes.

O olhar de Rajeev vai de uma mulher a outra.

— *Arre, arre*, quanta *gussa*! — exclama ele. — Por que as senhoras estão falando assim? Vocês estão tentando ajudar uma a outra, *na*?

As duas se viram para ele ao mesmo tempo.

— Conversar com essa aí é como conversar com alguém em um hospício — diz Bhima, sem tentar esconder o nojo em sua voz.

— Pegue seu unguento e vá embora! — continua Parvati. — Tentar roubar de uma idosa! Por acaso eu já me aproveitei de sua boa vontade para você vir querer meu espacinho?

— *Mausi, mausi.* — Rajeev usa um tom apaziguador. — Por favor, não alugue o espaço a ela. Mas fique com o unguento. Eu juro pelo meu pai que não tenho más intenções.

Ele se levanta do chão e olha para Bhima.

— *Chalo, mausi* — ele a chama. — Por favor, me acompanhe.

Bhima encara Parvati mais uma vez e, depois, se afasta. Alguns metros adiante, Rajeev para.

— Que horas você quer ir ao depósito amanhã?

Ela dá de ombros.

— Que diferença faz? Como nós vamos vender as frutas sem um lugar?

Rajeev coça a cabeça.

— Não sei. Mas se as frutas vão apodrecer de todo jeito, vamos ver quantas podemos vender.

Bhima hesita.

— Tem outra coisa — diz ela. — Quanto devemos cobrar pelas frutas?

Rajeev sorri, aliviado.

— Isso é fácil, *mausi*. Hoje nós vamos descobrir quanto os outros estão cobrando pelas frutas-do-conde. Seja lá qual for o preço, nós pedimos um pouco menos. Assim atraímos os clientes.

Bhima dá um sorriso de aprovação. Esse Rajeev é mais esperto do que parece. Ela olha para o céu, tentando adivinhar o horário. É tarde demais para ir à casa da sra. Motorcyclewalla agora. Ela decide ir para a casa da Sunitabai mais cedo. No dia anterior, ela foi para seu primeiro trabalho logo depois de deixar os campos de cremação. Quando chegou em casa, naquela noite, estava tão cansada que ela e Maya mal se falaram antes de ir para cama. Nesta noite, gostaria de ir para casa em um horário bom. Ela olha para Rajeev, que a observa, ansioso.

— A loja de chá ainda existe? — pergunta ela. — Aquela que tem *vada pav*? — Ela se lembra que os bolinhos de batata, servidos no pão e besuntados com chutney verde, são o petisco favorito de Rajeev. — Bom, vamos lá para um almoço rápido. Por minha conta.

Ver Rajeev devorar os sanduíches enche o coração de Bhima de pena. Ela espia novamente seu rosto descarnado, a magreza esquelética de seu corpo. Gostaria de ter dinheiro suficiente para deixar esse homem comer até não poder mais, mas precisa ficar atenta a cada rupia que gasta. No ano anterior, motins tomaram conta da cidade quando o governo aumentou o preço das cebolas. A cada ano parece que o valor dos alimentos dobra, às vezes, triplica. E mesmo com dois empregos, Bhima ganha menos do que na casa de Serabai. Só agora que não está mais trabalhando para ela é que percebe o quanto de seus gastos domésticos a antiga patroa costumava cobrir: um sári novo para ela e um *salwar kameez** novo para Maya na época do Diwali**. Um saco de arroz e um saco imenso de *daal* como presente pelo Ano-Novo parse, além de uma caixa de doces. Sobras que podia levar para casa diariamente, para ela e a neta. E Serabai costumava pagar a mensalidade da faculdade de Maya e seus livros. Bhima pode se virar sem sáris e chinelos novos, pode comer menos arroz durante a semana, desde que Maya termine a faculdade. E, ainda assim, é inegável a satisfação que sente ao ver Rajeev comer um simples sanduíche.

— Muito obrigado, *mausi*. — Ele limpa a boca com a manga da camisa. E, então, fala com pressa: — Na próxima vez, é por minha conta.

Ela concorda com a cabeça, deixando-o manter o orgulho. Sua mente já está ocupada com outras coisas.

— Então, virei amanhã às sete da manhã — diz ela. — Você vai estar aqui?

— Vou.

Rajeev vira-se para ir embora, mas, então, retorna.

— *Mausi?*

— O quê?

— A viúva tem muita sorte de ter uma amiga como você. — Rajeev sorri, sem graça. — Você tenta esconder, mas eu posso ver. Você tem um bom coração.

* *Salwar kameez* é um tipo de roupa indiana formado por duas peças, calça larga e camisa, que pode ser usado tanto por homens como por mulheres. (N. E.)

** Importante festa religiosa hindu, conhecida também como Festival das Luzes. (N. E.)

Ela fica de pé, sem saber se deveria agradecê-lo ou repreendê-lo por sua imprudência. Porém seu rosto é honesto e ingênuo, como o de um menino. É difícil acreditar que ele seja velho o suficiente para ter um filho na faculdade.

— *Salaam*, Rajeev — agradece Bhima. — Vou-me embora também. Tenho outra casa para limpar.

— Até amanhã então, *mausi*.

— Até amanhã.

7

Parvati ainda está resmungando consigo mesma quando entra em seu prédio naquela noite, sentindo-se insultada pela ousadia daquela mulher metida a besta, Bhima, e a traição de Rajeev, com seus olhos grandes e tristes, fingindo se importar. As bochechas ardem de raiva ao pensar há quanto tempo os dois deviam estar de olho naquele pedaço de calçada — a única coisa no mundo que ainda lhe pertence. Foi Malik, um cliente do Old Place, que arranjou aquele espaço para ela. Malik, com seus punhos fortes e conexões na polícia, era um cara durão e musculoso que tinha olhado com desconfiança e se oferecido para bater no filho de Rajesh nos dias sombrios que seguiram a morte do marido de Parvati. Quando ela recusou, ele veio com essa ideia. Naquela época, Malik era o rei clandestino do bairro. Ele entregou à polícia o ambulante que costumava ocupar aquele ponto e o deu a Parvati. Surgiu o boato de que ela estava sob a proteção de Malik, o que, junto ao seu nódulo, manteve todos os rivais potenciais bem longe. Agora Malik está morto, levou um tiro durante um misterioso "encontro com a polícia", mas dizem que seu sobrinho assumiu os negócios. Ao contrário de Malik, o sobrinho não anda pelo bairro. Ele diversificou suas posses, Parvati viu uma foto dele no jornal, vestindo um terno e inaugurando fábricas. Ainda assim, ela sabe que está sob sua proteção, pois é a única comerciante da qual a polícia não exige propinas.

Desde o incidente do vômito, Parvati está com medo de comer as sobras que o dono do restaurante deixa para ela. Sem querer insultar o ego do homem, culpando a comida pelo acontecido, ela fingiu estar com dores no estômago mais cedo e implorou por um copo de iogurte em troca de uma moeda de uma rupia. A fome a enfraquece, mas ela quer deixar o estômago descansar, apesar de só ter tomado uma xícara de chá e comido um pãozinho o dia inteiro. Não pode arriscar mais acidentes. De má vontade, o homem empurrou o iogurte no balcão, mas, assim que Parvati entregou a moeda, ele a empurrou de volta.

— Deixe para lá — resmungou ele. — Considere como um ato de caridade.

Já está entardecendo quando Parvati entra no prédio e toca a campainha de Praful para lhe entregar o aluguel da noite. Ela reza para que ele abra a porta e sorri quando sua prece é atendida. Mas, neste exato instante, a porta do outro lado do corredor abre com tudo. Lá está Meena Swami, vindo em direção a Praful, tempestuosa.

— Você já falou para ela, *ji*? — Ela exige saber.

O coração de Parvati para de bater quando vê a expressão no rosto de Praful — culpa, vergonha e, finalmente, raiva.

— *Arre*, Meena, espere um pouco, *na* — Praful se queixa. — Ela acabou de tocar a minha campainha e você já aparece aqui correndo. Estava se escondendo atrás da porta ou algo assim, esperando ela chegar?

O tom de Meena é agressivo.

— O que significa isso? Ela é que é a culpada e você está jogando a culpa em cima de mim? Nós que moramos aqui somos pessoas respeitáveis, não...

Agora Praful eleva a voz. Uma veia começa a pulsar em sua testa.

— Vá, se mande. — Ele faz um gesto de desdém. — Todo mundo sabe quem é respeitável neste prédio, por favor, cale...

Meena solta um grito. Ela volta para o apartamento e chama o marido.

— *Oi, ji*. Você está ouvindo isso? A honra de sua mulher foi atacada e você ainda está aí com o nariz enfiado em seus vídeos?

Parvati observa temerosa quando o marido de Meena passa relutantemente pela porta e entra no corredor.

— Que diabos está acontecendo? — pergunta ele, olhando para a esposa com desgosto enquanto ela conta que foi gravemente insultada por seu parceiro de jogos de carta.

Os dois homens se entreolham.

— O que a gente faz, Praful? — diz o outro homem, enfim. — Quer dizer, Meena está com a razão. Nós não podemos tê-la vomitando no corredor e infectando tudo por aqui.

Parvati abre a boca para explicar, insistir que aquela havia sido uma ocorrência única, mas Bhinder Swami a encara de uma maneira que faz as palavras morrerem em seus lábios.

— Esta mulher é um incômodo, *yaar* — diz ele a Praful. — Quer dizer, eu não quero levantar essa questão na próxima reunião de condomínio. — Por um tempo, o vizinho olha para o vazio e recomeça a falar. — Vamos fazer o seguinte: Quanto ela paga para você por dia? Eu pago o dobro. Assim, todo mundo fica feliz.

Parvati vê o rosto de Praful empalidecer com o insulto, mas Meena logo diz:

— Ficou louco, *ji*? Por que pagaríamos para nos livrar do problema? Nós temos os nossos direitos...

— *Chup re* — fala Bhinder com suavidade, e Meena se cala no meio da frase.

Satisfeito, Bhinder volta sua atenção a Praful.

— Então, negócio fechado?

— Não. — Praful balança a cabeça, decidido. — Você me insultou. O dinheiro que Parvati *mausi* me paga nem dá para a minha passagem de trem ao trabalho. Eu... Ela é minha parente. Não tem ninguém neste mundo. É só por isso que a acolhemos.

— Então faça isso *dentro* de sua casa, *na*, chefe? — retruca Bhinder de supetão.

Esse homem tem uma força obscura e sinistra que faz Parvati se lembrar de Malik. Ela sabe que Praful não vai conseguir encará-lo.

Parvati junta as mãos em súplica na frente dos Swami.

— Por favor. — Seus olhos estão molhados de lágrimas. — Por favor, *seth*, por favor, *memsahib*. Sou uma mulher pobre. Não tenho ninguém neste mundo. Esta é minha única casa. Por favor, tenham piedade.

Por um instante, ela pensa que conseguiu, imaginando ver o olhar de Bhinder se suavizar. Até mesmo quando ele fala, sua voz é suave, quase arrependida. Mas suas palavras a enchem de medo.

— Esta é nossa casa, *bai*. Não um abrigo para sem-teto. Agora, com licença. — Ele se volta para a esposa. — Vamos para dentro, Meena.

Depois de os Swami fecharem a porta, Parvati e Praful se entreolham em silêncio por um bom tempo. Então, como se ele fosse incapaz de encarar o terror nos olhos dela, lhe dá as costas.

— Você ouviu o que ele disse, Parvati *mausi*. Não posso fazer nada.

Ela o encara, sem palavras.

— Praful — diz ela, por fim.

Ele faz um som exasperado.

— Como isso se tornou um problema meu, eu não sei. O que você quer que eu faça, *mausi*? Você acha que sou o proprietário do prédio inteiro? — Ele olha para trás, rapidamente. — Você sabe que Radhika reclama desse acordo todos os dias. Fala que todo mundo no prédio acha que somos mendigos, deixando você ficar aqui em troca de dinheiro.

— Nós sabemos que essa não é a razão, *beta* — diz ela. — Eu lhe devo muito.

Mas ele não parece mais tranquilo.

— Eu a ajudei o quanto pude, *mausi* — pondera Praful. — Você viu como o homem falou comigo. Tenho que ser capaz de andar com a cabeça erguida em minha comunidade.

— *Chotu* — emenda Parvati num tom suave, usando seu apelido de infância. — Quem foi que lhe ensinou essa lição? Sempre andar de cabeça erguida?

Segue-se um longo e atordoado silêncio. Parvati sabe que foi longe demais. Este é o acordo implícito deles — deixar o passado no passado — e ela o quebrou. Alguns segundos depois, Praful diz:

— Fique aqui.

Ele vai para dentro do apartamento, deixando a porta entreaberta.

Parvati espia o lado de dentro, temerosa, em parte esperando que o homem volte com uma vassoura para bater nela. Seria merecido por envergonhar Praful da forma como ela envergonhou. Porém, ele lhe entrega dois pedaços de papel. Um é uma folha rasgada com um endereço. O outro é uma nota de cinquenta rupias.

— Leve isto — diz — e vá para este endereço. Pergunte por Mohan.

Vou ligar para ele e dizer que você está indo. Ele... ele vai lhe dar um abrigo por hoje. Dê-lhe o dinheiro.

Ela observa Praful, sem palavras, engasgando na gratidão que sente por sua generosidade depois de tê-lo insultado, mas também lutando com a percepção de que o garoto que ela conhece desde que ele tinha sete anos de idade, o homem que ela chama de sobrinho, a está expulsando do que esperava ser seu último lar.

— O que eu faço amanhã, *beta*? Onde vou conseguir mais cinquenta rupias amanhã?

Praful cerra os dentes.

— Isso não é problema meu, *mausi*. Fiz tudo o que podia por você. Agora, por favor... Recolha suas coisas e vá.

Os olhos de Parvati se enchem de raiva.

— Aonde você está me mandando? Que tipo de lugar é esse?

Praful desvia o olhar.

— Você sabe que tipo de lugar é, *mausi*. — Ele dá um sorriso amarelo. — Mas não se preocupe. Você estará segura lá. Sua velhice vai protegê-la.

Está escuro quando Parvati procura pelo Tejpal Mahal. Quando o encontra, fica diante do prédio degradado, observando o andaime que o engaiola, a pilha de borracha próxima aos degraus de entrada, os gritos e as gargalhadas depravadas que chegam até ela das janelas. Em um momento de loucura, Parvati pensa em dormir na calçada ao lado dos outros desabrigados, mas volta a raciocinar e decide confiar que Praful não a colocaria em perigo.

Meia hora mais tarde, Parvati está deitada em uma cama de corda, em um quarto minúsculo, de paredes finas. Os sons dos outros quartos fazem seu coração disparar, e ela se sente como se nunca houvesse deixado o Old Place, como se a Diretora fosse entrar no quarto com tudo e falar para ela se aprontar. Sente que um grito está começando a se formar dentro dela graças à ironia da situação. Será que algum dia ela vai ter algum poder de decisão sobre sua própria vida?, se pergunta. Será que tem tanto poder de escolha sobre seu destino quanto suas couves-flores? Assim como elas, Parvati fora comprada e vendida, cortada e dilacerada, movida de um canto da cidade a outro. E Praful,

Praful, mesmo conhecendo seu medo de acabar em um lugar daqueles, a havia enviado para ali. Ela teria preferido dormir no chão do banheiro a estar neste lugar. Todos os dias, ela comprava um caramelo de leite para aquele menino com seu parco salário do Old Place. O menino que, durante as tempestades, agarrava-se a ela porque a mãe dele já estava perdida para o haxixe. O menino que ela levava ao cinema nos dias de folga e à escola todas as manhãs. O menino que conseguiu sair do Old Place, que não se tornou pistoleiro nem cafetão, que trabalhava como contador, que havia se casado com uma moça direita, mas que, ainda assim, a havia mandado àquele lugar.

Ela se vira de lado porque a corda está machucando o caroço no fim da coluna. Oh, mulher ingrata, ela se repreende. O menino lhe poupou de uma noite na rua. Mostre um pouco de gratidão, certo? Pelo menos, esta noite você estará segura. Mas, e amanhã?, pensa. Aonde uma mulher solitária pode ir nesta cidade de milhões?

E então Parvati encontra a resposta: não há lugar para ela além daquele ali. E, para ficar ali, ela tem de pagar cinquenta rupias por dia a Mohan, mais de três vezes o que pagava a Praful. Imagina se Nilesh a deixaria comprar fiado as couves-flores, assim ela teria mais lucro. E talvez ela possa cortar ainda mais os gastos mensais, como sabão e pasta de dente? Mas, mesmo ponderando a questão, Parvati sabe que sua existência modesta não permite muitos cortes. Sim, ela decide que amanhã irá até Nilesh mais cedo do que de costume. Se ele não estiver muito ocupado, se não a ignorar como sempre faz, ela vai lhe explicar sua situação difícil. E se ele não lhe der crédito? Sua garganta seca ao pensar nisso. Ela só teve tanto medo assim uma vez antes — no dia em que chegou ao Old Place.

A solução chega horas mais tarde, quando está prestes a adormecer. Ela sabe o que deve fazer — caso não os tenha afastado com sua raiva e desdém.

Ela precisa ajudá-los a vender as frutas-do-conde.

8

Apesar do horror de ter passado a noite em um lugar desonroso, o corpo de Parvati dói menos esta manhã em comparação às dores que sente após uma noite dormindo nas escadarias. A isso ela é grata. Conforme esperado, Nilesh se negou a vender fiado, dando-lhe uma longa e incrédula olhada antes de se afastar para atender outro cliente. Mais uma vez, Parvati havia aprendido seu valor: ela não era digna nem de uma rejeição verbal. Agora, está em seu lugar de costume na feira. Quando Rajeev chega, sorri para ele de forma insinuante. Mas antes que possa abordá-lo, ele passa direto por ela, arrogante, e Parvati luta contra uma onda de arrependimento por ter cortado os laços, tão rudemente, com a única pessoa da feira que era gentil com ela.

Parvati está prestes a correr atrás do homem quando vê Bhima. Involuntariamente, seu rosto se enruga, com desgosto. Por anos, aquela mulher, Bhima, nem ao menos olhou em sua direção. Se uma ou duas vezes seus olhares se cruzaram, Bhima virou a cabeça bruscamente e olhou para outro lado. Aquela mulher agia como se fosse melhor que todo mundo, como se, ao trabalhar para uma senhora rica, ela fosse rica também. Agora Parvati observa Bhima dizer algo a Rajeev, que a segue obedientemente com uma cesta de vime sobre a cabeça.

Parvati se dirige a Reshma.

— Precisa de ajuda para vender hoje? — pergunta ela. — Eu posso ajudar.

Reshma franze o cenho, desconfiada.

— Você está doente, *mausi*? — replica ela. — Ou eu estou parecendo doente? Por que precisaria de ajuda para vender os meus legumes?

Resmungando baixo uma maldição, Parvati se afasta para que Reshma não veja as lágrimas em seus olhos. As pessoas chamavam Mumbai de a cidade dos sonhos. Tudo o que ela via era uma metrópole barulhenta, poluída, cínica, um lugar onde os ônibus velhos que desciam as ruas chiando pareciam ter mais coração que as pessoas transportadas neles. Como se a cidade tivesse lido seus pensamentos, há um choro de uma broca e um barulho perturbador de martelos vindo do outro lado da rua, onde um shopping novo está sendo construído. Os peixeiros, que por décadas ocuparam o espaço, foram despejados há dois anos e, apesar de seus protestos diários e da ordem judicial, a construção segue firme e forte. No início, Parvati se animou com a ideia de atravessar a rua para usar os banheiros limpos do shopping, mas quando ela mencionou isso a Reshma, a outra caiu na gargalhada.

— *Arre, mausi*, você pirou ou o quê? Você acha que eles estão construindo esse shopping grandão e bonitão para que pessoas miseráveis como nós possam ir lá e fazer suas necessidades? Ouvi dizer que, em outros shoppings, eles estão cobrando entrada para manter gente como a gente longe. E olha só esse aí, brilhante feito um palácio. Quem é que vai deixar você entrar lá?

Ultimamente, para todos os lugares que Parvati olha, ela vê a cidade brilhando. Lojas que vendem joias e roupas de marca são abertas todos os dias. Restaurantes novos e caros, onde os jovens fazem fila para entrar. Lojas oferecendo cinquenta sabores de sorvete. Quitandas de frutas cristalizadas que fazem ótimos negócios vendendo *barfis* e *kaju katlis* cobertos com folhas de ouro. Mais modelos de carros importados e mais carros nas vias, como nunca antes. Cinemas com, havia ouvido, doze salas de exibição. Essa nova Mumbai odeia o que é velho. Todos os dias, antigas construções de pedra são demolidas para dar lugar a edifícios altos, finos como canetas, que cutucam o céu. Todas as tardes, tanques enormes, particulares, chegam a esses edifícios para entregar água, pois não há água pública suficiente para atender à demanda. A Mumbai que ela conhece nunca foi um lugar gentil e misericordioso. Porém, a antiga Mumbai, a Mumbai de Raj Kapoor e Nargis, tinha certa doçura, uma inocência infantil. Essa nova Mumbai é veloz, dura, indiferente. Ela enxerga essa indiferença no vazio assustador que ocupa os olhos da multidão de executivos, que passa por cima dos desabrigados como ela da mesma forma que passa sobre uma centopeia. Nada desacelera a multidão, nada a faz parar. É como se todo mundo na cidade estivesse correndo atrás de sua própria fortuna. Para consegui-la, eles estão dispostos a tudo, até a pisar sobre a cabeça de suas próprias mães. Só há um pecado imperdoável ali: a pobreza. Todo o resto é perdoado — corrupção nos níveis mais altos e mais baixos, hipocrisia, traição. Afinal, que tipo de lealdade é possível esperar de uma cidade que entregou seu próprio nome — trocando-o de Bombaim para Mumbai — em um piscar de olhos? Esse tipo de lugar devora seus habitantes pobres e parasitários, assim como peixes grandes engolem centenas de peixes pequenos, para depois se lançarem, indiferentes, atrás da próxima vítima.

Dentro do estômago do peixe, Parvati senta-se em seu pequeno espaço na calçada, olhando o mundo com olhos velhos e cansados.

9

Bhima enxuga o suor da testa com o *pallov* de seu sári. É meio-dia e eles venderam apenas cinco frutas-do-conde. Rajeev tinha razão — entre serem expulsos de um lugar para outro por comerciantes territoriais e não terem um espaço onde colocar a cesta de Rajeev, a situação era impossível. Que senso idiota de obrigação com Bibi a levou a tirar outro dia de folga do trabalho na casa da sra. Motorcyclewalla para vender uma fruta cujo aroma já está começando a detestar? Para piorar, ela teve de pagar a diária de Rajeev do próprio bolso. Em vez de recuperar o dinheiro de Bibi, ela está gastando o próprio dinheiro.

Como se tivesse lido seus pensamentos, Rajeev se inclina em sua direção, cerrando e abrindo o punho direito.

— Por quanto tempo você quer continuar aqui, *mausi*? — pergunta ele. — Não quero desperdiçar seu dinheiro. Estamos na metade de um dia de trabalho, ainda posso voltar para o meu serviço.

— E como vou encarar a Bibi? — Bhima se enfurece.

Ela desamarra o nó do sári, pega um pouco de tabaco e o leva à boca. Maya tem brigado com ela para que pare de usar esse negócio, mas agora Bhima precisa desse conforto familiar enquanto se confronta com o erro colossal que cometeu ao se intrometer nos assuntos da vizinha. Ela olha para Rajeev.

— Você não conhece ninguém nesta feira que poderia nos vender seu lugar?

Rajeev sacode a cabeça.

— Não é fácil, *mausi* — responde ele. — As pessoas aqui vendem seus bebês antes de alugar um centímetro. Eles têm medo de que você se aproprie do espaço.

— Por que eu iria querer esse espaço imundo? Só quero vender as frutas que o marido da coitada da Bibi comprou e pronto… estou satisfeita.

Bhima cospe o sumo avermelhado do tabaco na rua.

— Se aquela mulher tola tivesse alugado seu canto para nós, já teríamos vendido estas *fataa-faat* e estaríamos feitos. Mas não, aquela *maharani* prefere ficar agachada o dia inteiro, brincando com aquela coisa horrorosa que cresce em seu pescoço.

Rajeev fica sem graça com as palavras de Bhima, que segue os olhos do homem ao lugar onde Parvati está, próximo deles. Bhima sente um golpe de ar no estômago. Ela sabe que a mulher mais velha ouviu suas palavras infelizes e abre a boca para se desculpar, mas Parvati a interrompe.

— Mudei de ideia — diz ela, bruscamente. — Você pode usar meu espaço. Mas vai custar cinquenta e cinco rupias, não cinquenta.

Bhima mal pode acreditar no que está ouvindo. Ela lança um olhar para Rajeev e, então, concorda rapidamente.

— Tudo bem.

— Outra coisa: eu quero duas frutas-do-conde. De graça — pede a feirante.

Bhima concorda novamente.

E, assim, o negócio está feito.

Reshma resmunga alto com a intrusão, mas Parvati a faz se calar com um olhar. Eles descarregam as frutas sobre a toalha de mesa de Parvati, mas Reshma explode de raiva quando Rajeev tenta pousar sua grande cesta de vime.

— Você e a sua cesta estão bloqueando a visão dos meus clientes. Estou avisando, se tirar um pedacinho de comida da boca dos meus filhos, seus filhos vão acordar com vermes nas deles.

Austera, Bhima se vira na direção da mulher histérica, mas Rajeev empalidece com a maldição. Ele tem um único filho — um menino que lutou contra a disenteria durante a infância e, contra todas as probabilidades, chegou à faculdade carregando sobre os ombros esguios todas as esperanças de Rajeev e de sua esposa. Pensar na maldição de Reshma atingindo o corpo saudável de Mukesh é suficiente para fazê-lo estremecer. Mais que depressa, ele levanta a cesta.

— Você fica sentada aí vendendo, *mausi* — diz ele a Bhima. — Eu vou continuar andando. Volto para ver como está a cada cinco ou dez minutos, não se preocupe.

Com os lábios comprimidos de nojo, Bhima dá as costas a Reshma.

— *Khali-pilli*, sem motivo algum, ela está fazendo um homem bom andar por aí com uma cesta na cabeça debaixo desse calor — resmunga ela para ninguém em particular.

Para sua surpresa, Parvati estala a língua em solidariedade.

— Esse Rajeev é um bom menino.

Bhima a encara, desconfiada, lembrando-se de como a mulher repreendeu Rajeev no dia anterior quando ele veio falar sobre o espaço. Essa aí não bate muito bem da cabeça, conclui. Afinal, quem é que muda de opinião de um dia para outro? Porém, já não há tempo para pensar, porque ela tem de atender sua primeira cliente, que segura a fruta na mão, pesando-a e sentindo seu aroma.

— Quanto custa? — pergunta a mulher.

Mantendo a palavra, Rajeev corre de um lado para outro a tarde inteira, descarregando mais frutas toda vez que o estoque de Bhima começa a acabar. Para seu espanto, Bhima descobre que está se divertindo com as negociações com os clientes, as pechinchas, inflacionando o preço e, então, dando descontos, com a emoção de fechar uma venda. A vida inteira ela esteve do outro lado da dança e adorava pechinchar sem descanso para economizar algumas rupias de Serabai. Agora ela percebe que gosta mais de estar desse lado. Rajeev contou quanto os outros estão cobrando pela fruta, e ela decidiu pedir menos que todos eles. Isso e o fato de que sua fruta é de boa qualidade são a razão por que está vendendo tudo.

Às três da tarde, Bhima recebe uma visita, um sujeito musculoso e de pele clara, que se debruça sobre ela como uma torre, de cara fechada.

— Qual é o seu plano, irmã? — pergunta ele. — Está querendo acabar com o nosso negócio? Você tem licença para vender nesta esquina?

Nervosa, Bhima olha para ele sem saber se está blefando em relação à licença. Mas antes que possa responder, Parvati se põe de pé.

— Você não tem mais o que fazer, Rogal? Assediando uma velha senhora? Falando sobre licenças? Se quiser ver a licença dela, vá falar com o sobrinho do Malik. Aí veremos quem estará vivo no dia seguinte, eu ou você.

À menção do nome de Malik, o homem abaixa a cabeça e engole em seco.

— *Arre*, Parvati, por que você está se doendo à toa? Só estou perguntando...

— Você está desperdiçando o tempo dos outros — interrompe Parvati.

O tom do homem é apaziguador.

— Relaxe, *na*. Você sabe que não quero problemas.

Porém, Parvati ainda está incomodada.

— Não sei de nada além daquilo que vejo com meus próprios olhos. E o que estou vendo é que você ainda está na frente do meu negócio, afastando meus clientes.

Para o espanto de Bhima, o homem vai embora sem pronunciar mais uma única palavra. Ela se vira para agradecer Parvati, mas a mulher ainda está respirando com dificuldade e tem uma expressão tão carregada que Bhima acha melhor se calar. Pouco depois, vê Rajeev e acena para ele, apressada.

— É melhor descarregar esse resto agora, *beta* — informa ela —, e então podemos ir para a casa.

Rajeev a encara, confuso.

— Mas, *mausi* — reclama ele —, tem ainda muitas frutas no depósito. Se você quiser, posso ir lá agora e voltar com outra cesta cheia.

Bhima sacode a cabeça em negação.

— Preciso ir trabalhar. Já vou chegar atrasada.

Ela suspira, desfrutando do pensamento de estar em breve no apartamento arejado de Sunita, uma trégua dos clamores e do calor daquele lugar.

Antes que Rajeev pudesse responder, Parvati começa a falar:

— Se você quiser, pode alugar este espaço amanhã também. Até esgotar seu estoque. Pelo mesmo valor de hoje.

Bhima coça a cabeça e pensa um pouco.

— Não posso — declara enfim. — Já perdi dois dias do meu trabalho matutino. Estou perdendo dinheiro demais. Trabalho para uma velha senhora parse, ruim feito um cão. Ela vai descontar de meu salário, tenho certeza.

Parvati ainda não olhou nos olhos de Bhima, mas agora ela a encara diretamente.

— E o seu lucro de hoje? Você não está contando isso?

Bhima tem um olhar confuso.

— Eu vou pagá-la — diz ela. — Vou pagar Rajeev. E o resto do dinheiro vou dar para a Bibi. Onde fica o meu lucro?

A mulher mais velha assoa o nariz na manga do sári. Então olha para Rajeev.

— Você. Vá até o armazém do baneane e pegue um papel e uma caneta emprestados. Vá e volte aqui, depressa.

Rajeev e Bhima se entreolham, mudos, então observam abismados enquanto Parvati escreve no pedaço de papel. Aquela conhecida vergonha pelo analfabetismo começa a tomar conta de Bhima. Se Parvati tivesse se transformado em uma princesa diante de seus próprios olhos, ela não teria ficado tão espantada. Quem teria imaginado que aquela bruxa velha, com aquele caroço horroroso crescendo no pescoço, sabia ler e escrever? Sem querer, Bhima diz:

— Seu pai deve ter sido um grande homem para ter educado uma garota. Ainda mais antigamente.

A caneta faz um barulho na calçada quando Parvati para de escrever e encara Bhima sombriamente.

— Meu pai era um monte de estrume — diz ela. — Que ele reencarne várias vezes como uma barata. Ele não teve nada a ver com a minha educação.

Bhima olha a mulher à sua frente de boca aberta.

— Que Deus lhe perdoe — começa a falar.

Mas Parvati a interrompe com uma vigorosa sacudida de cabeça.

— Não — diz ela. — Que Deus perdoe a ele.

Ao lado delas, Reshma solta um estalo com a boca.

— Agora você vê com quem está lidando — diz ela a Bhima. — Essa mulher é...

— Sim — concorda Parvati suavemente, olhando para Bhima. — Agora você está vendo.

Ela aponta para o pedaço de papel em seu colo.

— Você ainda quer fazer negócio comigo?

Bhima olha para Rajeev, mas o homem parece tão espantado quanto ela. Um pouco depois, Bhima concorda. E Parvati retorna a escrever.

— Quanto o marido da viúva pagou por este lote? — pergunta Parvati, e Bhima responde. — E quantas frutas você vendeu hoje?

— Quarenta e oito — diz Bhima. — Menos cinco que sobraram.

— Duas são minhas — Parvati lembra mais que depressa.

Bhima sente o poder escapar dela em direção a essa mulher, que é, no mínimo, dez anos mais velha. O desprezo que sempre sentiu por Parvati dá lugar a um crescente respeito e admiração.

— Sim — responde ela brevemente.

Parvati observa Rajeev, seu rosto cansado e o corpo corcunda.

— E outras duas são dele — completa ela, satisfeita com a súbita alegria que vê estampada no rosto do homem.

— Vou levar a última fruta para casa, para a minha neta.

— Tudo bem — diz Parvati, enérgica, e rabisca um pouco mais.

Depois de certo tempo, ela para e enfia a caneta atrás da orelha, um gesto que Bhima sempre associou a pessoas educadas. Serabai costumava fazer isso após preparar as listas de compras para Dinaz e Viraf. Se essa mulher sabe ler e escrever, por que está vendendo couves-flores nesta feira miserável? Bhima reflete. E quando olha para a toalha de mesa, outro choque — os legumes desapareceram. De algum jeito, durante aquele dia corrido e arrebatador, Parvati conseguiu vender todas as suas mercadorias.

— Você está me escutando? — A voz queixosa de Parvati interrompe seus pensamentos. — Estou dizendo que mesmo após pagar a viúva pelo investimento inicial, você fez um pouco de dinheiro extra para você mesma.

Bhima pisca sem saber se deve acreditar na boa sorte. Ela gostaria de estar em um lugar seguro e privado, onde pudesse contar os ganhos do dia para conferir se Parvati estava certa. Bom, ela pode pedir para a menina Chitra conferir os números da mulher quando chegar à segunda casa. Se é que vai conseguir ir lá naquele dia.

— *Chalo*, vamos resolver logo — diz Bhima bruscamente, tentando recuperar um pouco da autoridade perdida.

Ela conta o dinheiro da forma mais discreta possível na feira movimentada.

— Aqui está a sua parte. — Bhima entrega as notas a Parvati. — E aqui está a sua — diz a Rajeev.

— *Shukriya*, *mausi*. — Rajeev toca a testa em sinal de agradecimento.

— Não, *beta*. Sou eu que devo agradecer.

Ela fica impressionada como o rosto de Rajeev se transforma quando ele sorri.

— Então, o mesmo esquema amanhã, *mausi*? — pergunta o carregador.

Bhima pensa um pouco. A escolha é entre passar o dia sentada ao lado dessa mulher esperta, mas blasfema, ou passar o dia ouvindo os resmungos maldosos de outra velha louca que acena a insanidade como uma bandeira. Com as janelas fechadas e as restrições contra acender as luzes, o apartamento mofado da sra. Motorcyclewalla é tão morto quanto um túmulo. Ali há o incessante som estridente das buzinas e o ronco das furadeiras do outro lado da rua.

— Sim — responde ela, tomando uma decisão. — Encontro você no depósito.

Quando Rajeev vai embora, Bhima se força a olhar para o rosto infame de Parvati.

— Obrigada — diz ela.

— Não precisa agradecer. — E, com essas palavras, Parvati se afasta.

Bhima pega a fruta-do-conde, levanta-se e espera o quadril estalar, mordendo os lábios de dor. Ela sente os olhos de Parvati a acompanharem enquanto pega o caminho sinuoso da feira em direção ao seu segundo emprego.

10

Naquela noite, Bhima bate à porta de Bibi antes de ir para o seu barraco. O menino vem atender e, sem dizer nada, a deixa entrar, de modo que ela tem de pôr os pés na casa. Bhima criou o costume de não entrar nas casas dos vizinhos, pois não deseja participar do cotidiano da favela. Ela evita jogar conversa fora e mexericos, nem toma parte nos rituais de visitas espontâneas, que agem como se fossem passarinhos se equilibrando sobre um fio, um atrás do outro. Ela se mantém alheia o máximo possível, principalmente em consideração a Maya, mas também por ela mesma, um lembrete de que, ao contrário da maioria de seus vizinhos, já teve dias melhores, morou em um apartamento pequeno em um prédio de verdade, onde compartilhava o banheiro com apenas uma família, em vez desse banheiro comunitário que elas usam agora, cagando como se fossem gado a céu aberto. Todos esses anos, ela se comportou como uma simples visitante nesse *basti*, e agora que Maya voltou à faculdade, há a esperança de que um dia a neta conseguirá um trabalho que permitirá tirá-las desse lugar. Serabai dizia que havia desemprego até entre as pessoas altamente educadas, mas Bhima se agarra a essa esperança porque, sem ela, seria melhor morrer. No final das contas, sonhar alto e sonhar baixo saem pelo mesmo preço.

Porém, ali, no barraco de um cômodo de Bibi, com o chão azulejado e arrumado, uma inveja incomum começa a tomar conta de Bhima. Há várias pessoas ricas na favela — os contrabandistas com suas televisões novas e aqueles com ligações políticas que andam por aí em motos novas e reluzentes. Ela inveja a casa humilde, mas limpa, de Bibi porque foi construída por duas pessoas honestas e trabalhadoras. Cada azulejo no chão foi pago com o suor deles. Assim, ela sorri animada quando a vizinha ergue os olhos, preocupada, e pergunta:

— *Kya hua, mausi*? Alguma sorte?

— Deus é grande, *beti* — responde Bhima, entregando-lhe sua parte do dinheiro.

Naquela tarde, a menina Chitra havia conferido os números de Parvati e garantido que estavam corretos. Então, ajudou Bhima a dividir o dinheiro em duas partes — a dela e a que devia a Bibi. Chitra achou graça quando Bhima prendeu o dinheiro em dois nós separados em seu sári.

— Você já usou uma bolsa alguma vez? — perguntou ela, divertida.

— Sim — respondeu Bhima. — Quando eu era mais nova, meu marido comprou uma para mim, de um homem em Chowpatty.

Satisfeita, Bhima percebeu a expressão de surpresa de Chitra. Então, antes que a moça pudesse começar suas perguntas costumeiras, Bhima expulsou-a da cozinha. Ela conhecia Chitra há apenas um mês, mas já se sentia confortável para fazer isso. Caso não se sentisse, não teria lhe pedido para abrigar Maya na noite do funeral de Ram. Chitra era como uma criança — não havia sujeira nem maldade em seu coração.

O grito de felicidade de Bibi traz Bhima de volta ao presente. Antes que ela possa evitar, Bibi pega suas mãos e as beija.

— *O, Bhagwan* — suspira a viúva. — Como posso pagar por sua bondade, *mausi*?

Bhima hesita, pensando se deve contar a Bibi sobre sua parte. Ela se questiona se essa não seria a sua obrigação. Sua parte do dinheiro também não pertenceria à jovem viúva? Bhima olha para o garoto, que a encara com o rosto sério, e chega a uma conclusão.

Desamarrando o nó, ela retira o resto do dinheiro e o coloca nas mãos de Bibi.

— O que é isso? — pergunta Bibi, desconfiada.

Bhima tenta lembrar como Parvati havia explicado o dinheiro excedente. Ela luta para encontrar as palavras certas, até conseguir.

— Nós vendemos as frutas por mais dinheiro do que Ram pagou, *beti* — diz ela. — Esse dinheiro é o lucro. Ele também é seu, por direito.

O rosto de Bibi se torna angustiado.

— Não, *mausi* — rebate. — Esses ganhos são seus. A recompensa por seu trabalho. Não posso aceitá-los.

Bhima encara a jovem, dividida entre a gratidão e a obrigação.

— Se Ram tivesse vendido as frutas, ele estaria trazendo esse dinheiro para casa — retruca Bhima, por fim.

Bibi olha brevemente ao redor do cômodo.

— Mas Ram não está aqui. Ele não passou o dia inteiro na feira. Você passou.

— Mas, *beti*. Pense no menino. Como você vai conseguir...

Bibi junta a palma das mãos.

— Muito obrigada, *mausi*. Mas esse dinheiro é seu, não nosso. — Ela coloca o menino na sua frente e pousa uma mão em cada ombro. — Agora nós temos um salário a menos. Mas também uma boca a menos para alimentar, *hai na*? Então, vamos dar um jeito...

O nó que começa a se formar na garganta de Bhima tem um gosto quente e metálico. Tristeza, luto, gratidão, admiração, tudo junto, deixando-a sem palavras. As duas mulheres se entreolham, sentindo-se humildes e apoiadas.

— Você é uma mulher de honra, Bibi — declara Bhima, preparando-se para se retirar do barraco.

Bibi sorri, sem graça.

— Sem nossa honra, quem somos nós, *mausi*? — diz ela. — A vida roubou tudo de nós. Vamos rezar para que deixe a nossa *swaman*.

Bhima ainda está pensando nas palavras de Bibi quando entra em casa e cumprimenta a neta, com rispidez.

— Que horas você chegou? — pergunta ela depois de pegar um copo de água.

Maya se espreguiça.

— Faz uma hora, mais ou menos.

Bhima nota o fogão desligado, a farinha que ainda precisa ser sovada para o jantar.

— E o que você ficou fazendo esse tempo todo?

Maya dá de ombros.

— Relaxando.

Então Bhima percebe a revista no canto do barraco. É uma revista sobre filmes, ela já sabe, com a foto de uma estrela de cinema, cujo rosto ela vê nos *outdoors* espalhados pela cidade. Então, é acometida por uma onda de raiva, tão intensa que precisa se controlar para não tirar os chinelos e dar na cara de Maya.

— Bom — resmunga Bhima, amarga. — Relaxe enquanto sua velha avó batalha duro o dia inteiro até os ossos doerem. Pode relaxar em meu leito de morte também, sua menina imprestável.

Os olhos de Maya se enchem de lágrimas.

— Eu também dou duro na faculdade — grita a jovem. — Eu não me importaria de trabalhar. Você é que está me forçando a terminar a faculdade.

— *Chup*. Abaixe a voz, sua ingrata. Você está parecendo os animais que vivem aqui.

Maya eleva a voz ainda mais.

— Eu *sou* um animal. *Você* é um animal. Olhe ao seu redor, *Ma-ma*. Onde você pensa que nós vivemos? No Taj? Vivemos em um zoológico, na favela. Nós não somos diferentes de ninguém. Você pode andar com a cabeça tão erguida quanto quiser, mas no final...

Maya está chorando tanto que não consegue terminar.

Bhima olha para a neta, em choque. Há dias em que ela se sente tão próxima de Maya, como se garota fosse uma camada de sua própria pele. Em outros, Maya é tão estranha quanto uma estrela distante.

— Não é verdade o que você está falando — diz Bhima, por fim. — Existe honra e existe até nobreza aqui, onde vivemos.

Ela se agacha no colchão e, então, dá uma palmadinha nele.

— Venha. Sente-se aqui, junto de sua *Ma-ma*. Vou lhe contar uma coisa.

Maya fica desconfiada, mas Bhima sabe que a jovem não resiste a uma história. Então, ela se senta ao lado da avó, e Bhima lhe conta sobre o seu dia, incluindo a parte com Bibi. Porém, para sua decepção, Maya não fica impressionada.

— E daí? Ela só lhe deu o que é de direito.

Bhima fica sem palavras. Quem é essa estranha arrogante que ela criou?

Ela abre a boca para repreender a garota novamente, mas para. A velha mulher observa os cabelos longos e escuros de Maya, seus olhos grandes e inocentes, os lábios carnudos, as mãos gordinhas e macias que ainda retêm a gordura da juventude. Ela é só uma menina, Bhima se recorda. Que ainda não viu o suficiente deste mundo cruel para apreciar a bondade quando a encontra. Mas um dia ela vai. Afinal, é a filha de Pooja e o sangue da mãe corre pelo bom coração da menina.

— Vamos lá. — Bhima bate levemente nos ombros de Maya. — Vamos pôr o arroz para cozinhar. Talvez a gente coma arroz com legumes em vez de *rotis* hoje à noite.

Elas comem agachadas, lado a lado. Bhima pega um monte de arroz com os dedos, mistura com um pouco de berinjela e leva à boca. Como sempre, ela está sincronizada com a neta, esperando para empurrar um pouco de sua comida para o prato de Maya, caso a menina ainda esteja com fome. Se precisar aliviar sua fome, pode sempre fazer um copo de chá.

— Como estão as tias Chitra e Sunita? — pergunta Maya, de boca cheia.

Bhima ergue as sobrancelhas.

— *Arre*. Você passou só uma noite lá e elas já viraram suas tias? O termo correto e respeitoso é *bai*. Elas são superiores a você.

Maya lhe dá uma olhada de canto.

— Mas elas me disseram para chamá-las de tias.

— Isso é bobagem estrangeira da Chitrabai — diz Bhima, percebendo que quase chamou a moça de menina Chitra.

— Ela não é estrangeira. Ela...

— Ela viveu em terra estrangeira por tanto tempo que se esqueceu...

— O nome é Austrália, *Ma-ma*. Mas não é por causa disso que ela pensa do jeito que pensa.

— É por quê, então?

Maya olha para a avó com cuidado.

— Você não sabe, *Ma-ma*? As tias Chitra e Sunita... elas se amam.

— Bobinha. Claro que elas se amam. Elas são amigas, não é?

Maya engole o arroz antes de falar.

— Não assim, *Ma-ma*. Elas se amam como uma mulher ama um homem. Como você amava *dada* Gopal.

Bhima dá um pulo tão violento que derruba o prato, espalhando o arroz pelo chão.

— Sua mente suja! — repreende. — Suja como um esgoto! Que sujeira você está dizendo! É para isso que mando você para a faculdade?

Maya abre a boca para responder, mas Bhima levanta a mão para fazê-la parar.

— *Bas!* Chega! Essas mulheres abrem a porta da casa delas para você e é assim que você agradece? Contando mentiras?

— Mas *Ma-ma*...

— Menina, você está surda? — Bhima se levanta, olhando a comida no chão. — Limpe esta bagunça!

— *Ma-ma.* — Maya suaviza a voz. — Eu divido minha comida com você.

Mas Bhima vai na direção da porta.

— Não estou com fome — diz, sincera.

As acusações terríveis de Maya roubaram sua fome.

— Estou indo ao armazém do baneane — mente Bhima. — Preciso buscar um pouco de açúcar.

Ela, então, sai da casa antes que a menina possa protestar.

Há açúcar na casa, mas Bhima vai na direção do armazém mesmo assim. Ela anda depressa, como se tentasse fugir de suas próprias lembranças perversas. Os comentários mordazes da vizinha sobre a menina Chitra no dia em que elas se conheceram. A semana anterior, quando Chitra descansou as mãos nas costas de Sunita enquanto as três estavam na cozinha. Mesmo naquele dia, ela percebeu o carinho do gesto, mas a mente de Bhima bloqueou qualquer suspeita. Porém, agora, as imagens rodam em sua cabeça como cenas de um filme — o olhar rápido e preocupado de Sunita para Bhima quando Chitra a chamou de "querida", os gracejos entre as duas mulheres, a forma como o rosto de Chitra se ilumina quando Sunita volta para casa mais cedo do que o esperado, os olhares, os toques, os murmúrios indicam uma intimidade, uma doçura, que lembra Bhima da — ela anda mais rápido, tentando evitar que sua mente chegue à conclusão à qual está próxima — doçura que havia desfrutado nos primeiros anos com Gopal. Como duas mulheres conseguem?... O que elas fazem?... O quadro que Chitra havia pintado de uma mulher nua, pendurado sobre sua cama... Talvez as regras sejam diferentes na Austrália... Mas, se for assim, como ficam as suas regras da vida, invioladas? O sangue lhe sobe à cabeça. Ela havia deixado sua Maya preciosa com aquelas mulheres degradadas. Para protegê-la dos animais selvagens que rondam pela favela, ela levara a neta para a casa daquelas duas... Duas o quê? Mulheres anormais. Outro pensamento a acomete, batendo feito um gongo em sua cabeça. Um passante dá uma olhada estranha para ela e apressa o passo, mas Bhima mal percebe. Em vez disso, gira os calcanhares e corre para casa.

Ela mal adentra o barraco, fecha a porta e desabafa a pergunta:

— Aquelas duas, elas tocaram em você?

Maya franze o cenho, confusa.

— Tocaram em mim?

Bhima fica corada, sem conseguir dar vazão ao pensamento desagradável que ocupa sua mente.

— Elas... Você sabe, como o cretino do Viraf?

Um som estranho pode ser ouvido, e Bhima leva um tempo para perceber que Maya está se matando de rir.

— *Ma-ma* — gagueja a moça. — Não se preocupe com isso. Elas não foram nada além de boas comigo. Trataram-me como uma convidada de honra. Como uma amiga.

É a palavra *amiga* que faz Bhima correr até Maya e dar um tapa nela. É isso e a corrente de medo pela percepção de que o mundo é repleto de perigos que ela não sabe nomear, que o futuro que ela imagina para Maya — graduação na faculdade, um trabalho bom, um marido decente, um lar longe daquela miséria — pode despencar tão fácil quanto ela deixou seu prato cair. Tudo é uma emboscada, não é possível confiar em ninguém, nem mesmo na jovem mulher que falava com sotaque, mas cujas palavras gentis penetraram o coração de Bhima.

Maya segura as bochechas, sua boca se afrouxa com o choque.

— O que eu fiz de errado? — gagueja.

Abalada, a avó olha para ela sem conseguir responder. Bhima percebe, então, que queria ter atingido Chitra. Chitra com seus gracejos, sua informalidade, sua disposição para ajudar na cozinha. Ela se afasta dos olhos confusos de Maya. Mais uma vez, a história se repetia. Mais uma vez, em vez de bater na pessoa rica que a havia traído, ela descontou em seu próprio sangue, sem nenhuma razão além da proximidade. Ela se lembra da amargura com que Maya costumava culpá-la por valorizar a família Dubash mais que a própria neta.

Bhima suspira fundo. A maior maldição da velhice não é a dor nos quadris ou a perda dos cabelos, antes volumosos, ela reflete. A verdadeira maldição é a consciência de quão grande, sinistro e complicado o mundo realmente é. O conhecimento de sua própria ignorância e insignificância no mundo. Às vezes, quando está andando pelas ruas e olha a multidão ao seu redor, ela pensa: se parasse de andar, ainda assim seria arrastada pelo caminho, como um graveto em águas tempestuosas. Todos nessa cidade parecem ter um propósito, uma clareza, um destino. Porém, mais e mais ela se sente lenta e perdida. Agora, há mais um pedaço de informação para digerir, para encaixar no quebra-cabeça do mundo, mas esse pedaço ela se recusa a colocar no lugar. Ela não consegue reconciliar sua afeição pela menina Chitra sabendo de suas atitudes anormais. Não é a primeira vez que deseja que Gopal pudesse interpretar o mundo para ela, ou até mesmo Amit, seu filho, agora crescido, com sua inteligência rápida e mente afiada. Em vez disso, ali está ela, sozinha com essa menina ingênua que ainda é uma criança, apesar de ter tirado um bebê de seu próprio útero.

Os olhos de Bhima estão molhados com lágrimas de arrependimento.

— Perdoe-me — diz ela a Maya. — Descontei minha *gussa* em você, sem razão. Você não fez nada errado, menina.

Ela abraça Maya.

— Tudo bem, *Ma-ma* — A voz de Maya sai abafada. — Eu sei que você está tentando me proteger. Mas Chitra e Sunita são pessoas muito boas. Elas não me fazem me sentir burra, como sua Serabai.

Bhima engole a resposta que lhe vem imediatamente à boca: foi a caridade de Serabai que pagou pelos seus estudos no começo, sua menina ingrata! E foi a benevolência de Dinaz que continuou pagando. Ela permanece em silêncio. Deixe Maya e seu desgosto pela família Dubash. É o direito dela. Sua própria ambivalência em relação à família Dubash é parte da confusão que paira em sua cabeça.

Ela boceja. Maya então se afasta da avó e a observa com preocupação.

— Vá para a cama, *Ma-ma*. Você parece cansada.

Bhima boceja novamente.

— Isso é verdade.

A velha mulher atravessa o minúsculo quarto em direção ao seu colchão e, então, retorna.

— Mas e sua lição de casa, *beti*? Mantenha a lanterna acesa, *accha*. Não vai me incomodar.

Maya assente.

— Tudo bem, *Ma-ma*.

Bhima acabou de deitar e está prestes a virar para o lado quando Maya pergunta:

— Como foi na feira hoje, *Ma-ma*? Você falou do dinheiro, mas não sobre como foi o dia.

A mente da mulher mais velha começa a repassar o dia inteiro — a frustação pela manhã, o resgate inesperado de Parvati, o choque ao descobrir que ela era alfabetizada. A satisfação de recuperar o investimento de Ram e a conclusão inesperada de que obteve lucros. Bhima percebe que Maya está esperando uma resposta.

— Foi bom — responde. — Cansativo, mas bom.

A última coisa da qual se lembra antes de pegar no sono é a sensação das vendas aumentando e do dinheiro voando até suas mãos. Ela não sabe como chamar essa sensação, tão nova e assustadora, como se tivesse pássaros a bater asas dentro de seu peito. Então ela percebe o que é... alegria.

11

Um dia. Que diferença um dia faz, Bhima se admira. Ainda é só meio-dia e elas já venderam metade do estoque restante das frutas-do-conde. Apesar da relutância inicial, ela sente gratidão pela mulher agachada ao seu lado, por presenteá-la com aquele espaço e por lhe explicar gentilmente o conceito de lucro. Repleta de boa vontade, Bhima vira a cabeça para olhar o rosto que, no espaço de um dia, deixou de ser grotesco para se tornar comum.

— *Chai peyange?* — pergunta Bhima. — Você aceita uma xícara de chá?

Os lábios de Parvati se contorcem com desdém.

— Não, obrigada. Não quero ser uma de suas obrigações.

Apesar de saber que não deveria se sentir assim, Bhima é afetada pela hostilidade que escuta na voz da mulher. Instintivamente, ela procura Rajeev, o homem simples e de coração aberto que, há anos, aceita com prazer seus convites para um chá ou um prato de *vada pav*, sem orgulho ou reservas. Aquela mulher é uma espécie diferente — a um passo da mendicância, mas repleta de orgulho e espinhos, cheia de segredos, surpresas e garras afiadas.

Bhima está prestes a dar de ombros quando se ouve falando:

— Pelo contrário. Eu é que estou lhe devendo uma.

Pela primeira vez naquele dia, Parvati olha no rosto dela. A mulher mais velha se permite sorrir de leve, tão leve que parece apenas uma incisão entre seus lábios. Mas isso basta para transformá-la, e Bhima faz uma descoberta súbita e impressionante: Parvati deve ter sido linda durante a juventude. Pela primeira vez, Bhima percebe o nariz reto, as sobrancelhas arqueadas e, sob elas, os belos e grandes olhos de Parvati. Seu queixo cai de surpresa, e ela escuta Parvati perguntar, direta:

— O que é que você está olhando?

Em resposta, Bhima pega a maior e mais madura fruta-do-conde e a divide ao meio. A polpa branca cremosa torna-se cintilante sob a luz do sol quando ela oferece metade à outra mulher, que hesita um pouco antes de aceitar.

— Essa vem da sua parte, não da minha — resmunga Parvati, mesmo quando coloca um pedaço na boca, com a língua contra a semente preta para chupar a fruta.

— Claro! — Bhima sorri.

Ela divide sua parte pela metade novamente, antes de se virar na direção de Reshma.

— Pegue um pouco.

Mesmo desconfiada, Reshma aceita a oferta sem pensar duas vezes.

— Oi, senhoras, vocês vão comer suas frutas sozinhas ou vão vender algumas para mim também? — reclama um cliente, e Bhima larga sua parte em um pedaço de jornal para atendê-lo.

— Você negocia bem — elogia Parvati depois que o homem sai.

— Eu aprendi. Cuidava do dinheiro da senhora para quem trabalhava como se fosse meu.

Parvati lança um olhar curioso para Bhima.

— Você não trabalha mais para ela, então?

A essa recordação, Bhima sente uma vergonha familiar.

— Não.

— Você foi despedida? — pergunta Parvati com cuidado, mas Bhima reage como se tivesse sido ferroada.

— Rajeev já abriu aquele bocão dele? — diz ela. — Espere só ele chegar. Metendo o nariz onde...

— *Behenji*. Por favor, pare! Ele não disse nada.

— Quem foi, então?

Parvati suspira.

— Olhe à sua volta, irmã. O que você está vendo? Uma feira de nababos e princesas? Não. Somos as pessoas que foram jogadas fora. Maridos, crianças, pais, chefes... alguém nos traiu. Estou ou não falando a verdade?

Sim, mas, no meu caso, fui traída por todas essas pessoas, Bhima pensa. Será que todas as pessoas daqui da feira perderam tanto quanto eu?

— Vou aceitar seu silêncio como um "sim" — diz Parvati, e Bhima odeia a astúcia da mulher.

Parvati sempre lhe pareceu uma mulher de cabeça oca olhando para o nada, mas o tempo todo ela está estudando o mundo ao seu redor.

— Onde você aprendeu a ler e a escrever? — pergunta Bhima, tentando mudar de assunto.

Parvati a encara por um bom tempo. Então, diz:

— Uma mulher me ensinou. Nós costumávamos chamá-la de Diretora.

— Você foi à escola?

— Pode-se dizer que sim. Mas ao tipo de escola que nenhum pai aceitaria levar seus filhos.

Bhima franze o cenho, frustrada com o hábito de Parvati de falar por enigmas. Ela está prestes a fazer outra pergunta quando uma cliente frequente de Parvati aparece para comprar uma couve-flor. É uma mulher desabrigada que vive na rua com seus três filhos, todos mendigam para viver. Parvati levanta a mão para cumprimentá-la.

— *Kaise hai?* — pergunta a feirante.

A mulher responde, fatigada:

— Ainda viva, irmã.

Sem conseguir aturar a visão patética das míseras moedas caindo na mão de Parvati, Bhima se vira para o outro lado. Além disso, ela tem dois clientes novos, um dos quais compra meia dúzia de frutas-do-conde depois de chorar pelo preço.

— Eu a conheço — comenta Parvati quando a mulher vai embora. — Trabalha para uma senhora rica que mora em um desses prédios novos na Forest Road. Age como se o dinheiro que está gastando fosse dela, não da patroa.

— Contei a você. Eu também era assim.

Parvati cospe de desprezo na calçada.

— Então, você era tão tola quanto ela. — Ela levanta a mão para impedir a resposta de Bhima. — Nós, pessoas pobres... deveríamos ser fiéis a apenas uma coisa no mundo: aos outros pobres. O resto é tolice. O resto é suicídio.

Bhima a encara, sem poder contra-argumentar.

— Serabai era boa comigo — murmura ela, por fim.

— Boa com você? Você não acabou de dizer que ela a jogou fora como um pneu murcho?

— Minha neta é como você — diz Bhima. — Sempre reclamando da minha lealdade à família de Serabai.

— Então sua neta é mais esperta que você.

Pela primeira vez Bhima dá um sorriso sincero.

— Isso ela é. Está fazendo faculdade. É uma das melhores alunas.

Os olhos de Parvati se acendem com interesse.

— *Accha!* É mesmo? Então, que todo o seu trabalho duro a recompense, irmã!

Bhima assente com a cabeça, emocionada demais para falar.

— Qual é o nome de sua neta?

— Maya.

— É um nome bom. E onde está o avô dela, se posso perguntar?

A pergunta arrepia a pele de Bhima.

— Longe — responde brevemente. — Todos estão longe. Os pais de Maya também.

Ela espera a consideração de um "*aham*" e um estalar da língua. Em vez disso, recebe:

— Melhor assim. Menos pessoas para amar, melhor para você.

O rosto de Bhima se enche de raiva.

— Que tipo de mulher você é? Você é mulher mesmo, falando desse jeito?

Parvati sorri.

— Você está certa, irmã. Não sou mulher mesmo.

Ela rasga um pedaço do papel sobre o qual as frutas-do-conde estão empilhadas e o ergue.

— Sou como este papel. As pessoas podem escrever em mim, cuspir em mim, me rasgar, não importa. Uma rajada forte de vento e... — Ela solta o papel. — *Bas*, eu já era. E ninguém jamais saberá que estive aqui.

Um sentimento solitário e recíproco surge no coração de Bhima. Ainda que as palavras de Parvati sejam duras, elas dão as mãos aos seus próprios pensamentos. Como a mulher mais velha as tinha chamado? Pessoas jogadas fora. Parvati só nomeou a melodia que Bhima tem cantarolado por muito tempo.

— *Mausi*, estou com fome.

As duas mulheres sobressaltam-se com a voz queixosa de Rajeev. O homem dobra os joelhos para se agachar e coloca a cesta na calçada.

— Jafferbhai disse que esta é a última do lote.

Bhima olha para ele, surpresa.

— Depois desta cesta a gente terá recuperado o que Ram pagou? O estoque inteiro?

— Sim, *mausi*.

Bhima ergue os olhos ao céu.

— Obrigada, Deus. Eu cumprirei minha promessa a Bibi.

Rajeev sorri.

— Vamos almoçar, *mausi*? — pede ele, um pouco depois.

Bhima pega algumas notas.

— Compre o que quiser. E traga alguma coisa para mim. E para esta aqui também.

— Você ainda me deve vinte e cinco rupias, com ou sem almoço — lembra Parvati, rapidamente, e Bhima e Rajeev trocam um olhar divertido.

— Sim, sim, *bhenji* — diz Bhima, ainda desfrutando de sua boa sorte. — Ninguém vai descontar de sua parte, não se preocupe.

Ela pode perceber que Parvati está faminta pela forma como desembrulha o jornal que traz as *samosas*, com as mãos tremendo. Enquanto comem, o sol da tarde arde sem descanso sobre suas cabeças. Bhima estremece ao pensar em Parvati sentada debaixo do sol dia após dia. Ao contrário de Rajeev, que devora a comida, Parvati tenta evitar fazer o mesmo. Pela segunda vez em dois dias, a palavra *swamani* — honroso — vem à cabeça de Bhima.

Às duas da tarde, o estoque está esgotado. Dessa vez, Bhima fica com seis frutas, dividindo-as igualmente entre os três. E quando entrega o dinheiro do aluguel a Parvati, surpreende-se com o sentimento de pesar que começa a lhe surgir no peito ao pensar que nunca mais verá a velha mulher novamente.

— Obrigada — diz Bhima. — Você ganhou a bênção da jovem viúva com sua generosidade.

— As bênçãos dos outros nunca me ajudaram. Só as maldições é que se tornam realidade. — Parvati solta um estalo desanimado.

Bhima observa a mulher, confusa com sua incessante necessidade de ser do contra. Então Rajeev chega e a pega pelo ombro.

— Venha, *mausi*. Eu a acompanho até a esquina.

Bhima balança a cabeça enquanto eles andam, sua boa vontade em relação à dignidade de Parvati estava se transformando em irritação por seu falso orgulho.

— O nome dela não vale um centavo, mas, ainda assim, é toda orgulhosa — resmunga Bhima para Rajeev.

— O orgulho é tudo o que ela tem, *mausi* — diz Rajeev, suavemente. — Você não percebeu? É isso que a mantém viva.

Bhima encara o rosto ingênuo de Rajeev. De onde vem isso, essa habilidade de ver o melhor nos outros?, ela se questiona. Será que, assim como Parvati, esse Rajeev também tem uma complexidade que ela não conhece? Bhima olha à sua volta na rua lotada e, por um instante, vê tudo — cada corpo humano, um mistério carregando centenas de segredos como uma fiação escondida dentro de paredes rebocadas. Ela se sente tonta com esse pensamento.

Ao chegarem à esquina, Bhima sorri para Rajeev.

— Você trabalhou duro nestes dois últimos dias — comenta ela. — Por isso, estou em dívida com você.

Rajeev abre um grande sorriso, e Bhima consegue imaginar como ele deveria ser aos sete anos.

— Por você, Bhima *mausi*, eu deixo tudo de lado para ajudar — diz ele, e Bhima delicia-se com o calor de suas palavras. — Além disso, foi divertido, não é, *mausi*? Eu me senti como... como se eu fosse mais que um jumento carregando as cargas dos outros.

Ela concorda.

— Eu sei. Foi um trabalho duro, mas foi bom. — E, então, para animar o clima, acrescenta: — Talvez a gente possa arranjar empregos no novo shopping quando ele abrir.

Rajeev coça a nuca.

— E o que a gente faria lá, *mausi*? Esse tipo de lugar não é para pessoas como a gente.

Ela sente uma vontade súbita de se exibir, de dizer a ele que já esteve dentro de hotéis e lojas caras com Serabai, mas resiste à tentação.

— *Chalo*, vamos! — diz ela, pouco depois. — Preciso ir para meu trabalho da tarde.

— E eu preciso voltar a ser um jumento.

Bhima está na metade do caminho para a casa de Sunita quando relembra a conversa inteira da noite anterior. Uma sensação de nojo toma conta dela. Não vai conseguir encarar a menina Chitra com seus papos incessantes, suas perguntas sobre Maya, sua disposição para fazer chá enquanto Bhima cozinha, não depois do que a neta havia revelado. Uma letargia a acomete. Bhima já cancelou com a sra. Motorcyclewalla naquele dia. Também não vai ao segundo emprego. Talvez amanhã consiga olhar na cara de Chitra de novo. Sim, amanhã ela vai, mas também vai procurar outro emprego, a fim de trabalhar para uma família decente, com um marido e uma esposa de verdade. Hoje ela vai para casa preparar algo especial para Maya com os ganhos do dia.

Os trocados soltos tilintam dentro do sári de Bhima enquanto ela anda na direção da favela. Somente quando entra no *basti* percebe uma coisa: pela primeira vez, ela ganhou dinheiro com um trabalho não doméstico. Erguendo os pés, adentra a trilha lateral úmida que leva ao seu barraco.

12

O SOM DAS GAROTAS DANÇANDO está excepcionalmente alto naquela noite, e Parvati se remexe na cama de corda sem conseguir dormir. Quando chegou ao Old Place pela primeira vez, uma menina aterrorizada de doze anos, a mulher a quem chamavam de Diretora testou sua habilidade de cantar e dançar. Mas Parvati era filha de camponeses, criada para arar a terra e colher o trigo. Depois de algumas sessões, a sra. Diretora balançou a cabeça e declarou que a nova garota não tinha nenhum talento visível, seus lábios, então, se comprimiram em desaprovação, um gesto que Parvati já estava começando a reconhecer. Mas a mulher se recuperou logo.

— Esta bezerrinha ainda vai dar leite — sussurrou ela, colocando a mão debaixo do queixo da garota para levantar seu rosto.

Por dois anos, ela usou Parvati como isca. Todas as noites, ela vestia a menina, passava kajal sobre seus cílios para acentuar o formato dos olhos, coloria seus lábios pubescentes com batom vermelho e a colocava dentro de uma blusinha justa e *choli*, que exibiam seus seios crescentes e quadris esguios. Parvati era exibida na varanda da casa de três andares que a Diretora comandava, ao lado de mulheres mais velhas, de maquiagem pesada, voltando para dentro, covardemente, quando os olhares famintos e lascivos dos homens a assolavam. Mas se um desses homens tocasse nela, a Diretora logo vinha cuspindo raiva e o bania da casa por uma semana, até que aprendesse a lição. Logo os homens aprenderam que Parvati estava lá apenas para exibição. Muitos deles, esperando pelo dia em que a garota virginal seria posta no mercado, imaginavam quanto custaria para ser aquele que a defloraria. Eles se livravam de suas frustações reprimidas fodendo prostitutas velhas, mas, nesse meio-tempo, o preço de Parvati subia. E já que a garota estava consumindo leite, arroz e carne e usando roupas boas, que a Diretora comprava para ela, e já que não tinha demonstrado quaisquer habilidades para ser dançarina, tinha de haver outra forma de ela pagar por sua manutenção enquanto era preparada para o homem certo. A menina fazia bem o trabalho doméstico, mas logo a Diretora descobriu que aquele belo rosto escondia uma mente inteligente. Qualquer vaca burra poderia esfregar as panelas e varrer os quartos. A Diretora precisava de uma ajudante para gerenciar as contas e aumentar o próspero negócio. Ela incentivou a aptidão de Parvati para os números e começou a ensiná-la a ler e a escrever. A garota trabalhava duro, na tola esperança de que seus serviços de contabilidade se tornassem tão indispensáveis que a poupariam do destino que havia caído sobre as outras mulheres da casa.

Parvati nunca descobriu quanto Anand Pandit, o empresário que comprou sua virgindade, pagou por ela. Algumas vezes a Diretora aludiu ao fato de que o preço que pediu fora vinte e quatro vezes mais alto do que pagou por Parvati. Apesar dos dois anos em que ela fora submetida à desmistificação dos mistérios do sexo, ficando na presença de homens que ainda fechavam seus zíperes quando saíam dos quartos e de mulheres com os seios pendurados para fora de suas blusas, nada preparou Parvati para o uso brutal que Pandit fez dela durante as seis horas do aluguel. Ela saiu do quarto sangrando, com os olhos vidrados, tremendo, sem notar as vaias e os assobios das outras mulheres, ressentidas por terem de trabalhar o dobro enquanto Parvati vivera por dois anos como uma boneca de porcelana. Finalmente Parvati era uma delas, e elas celebraram seu declínio.

Ninguém podia prever que Anand Pandit se apaixonaria pela garota, trinta anos mais nova do que ele. Pandit perdeu interesse em patrocinar as *nachwalis*, as dançarinas, responsáveis por grande parte da renda da Diretora, e mal olhava para as outras prostitutas mais experientes. Em vez disso, ele "reservava" Parvati para si mesmo o dia inteiro no sábado, às terças e quintas-feiras à noite. Certa vez, quando uma das garotas deixou escapar que a Diretora estava estudando a ideia de exibir Parvati a alguns benfeitores ricos, Pandit teve um ataque de raiva, reclamando com a Diretora por quebrar sua palavra de que ele teria uso exclusivo da garota. Parvati assistiu surpresa à Diretora falar com ele em um tom de voz conciliador, raramente empregado com outras pessoas. Depois que Pandit saiu, a Diretora balançou a cabeça.

— Um *kutta* louco — disse ela. — Ele perdeu a cabeça por você, o coitado. Só há uma coisa que pode ser feita quando um cão enlouquece.

— Você vai matá-lo? — perguntou Parvati, esperando que a resposta fosse positiva.

A Diretora fez uma cara feia, mas despreocupada.

— Matá-lo? Garota, cada porcaria que você fala! Por que eu mataria minha galinha dos ovos de ouro? Não. Só preciso levar o pinto dele para outra direção. Até ele esquecer do seu gosto.

Ela estava falando sério. Seis meses depois, uma garota nova do interior chegou. Não era tão bonita, mas o que não tinha de beleza, tinha em juventude. Apenas dez anos. Em uma semana, Anand Pandit grudou nela como um carrapato.

Tantas décadas depois, e Parvati ainda se lembra dos gritos que vieram do quarto quando Anand possuiu a criança pela primeira vez. Ela quase correu para o quarto, querendo se oferecer no lugar da menina para o depravado, mas a Diretora a pegou pelo braço com firmeza.

— Sua garota louca — disse ela. — Eu mantive minha palavra com você. Não era isso que você queria? E agora está querendo voltar para ele?

Parvati encarou a mulher, horrorizada por ser tão mal compreendida, incapaz de falar porque seus ouvidos estavam sendo violados pelas lamúrias da criança, arrasada com a ideia de que o destino da menina era sua culpa.

— Venha — continuou a Diretora —, o ciúme não combina com você. Vou lhe arranjar alguém melhor, que vai pagar dez vezes mais por você do que aquele cuzão.

No andar de cima, o som do *sarod* e o tum-tum das pulseiras de calcanhar das dançarinas do quarto ao lado fazem com que Parvati escute aqueles gritos antigos novamente. Ela vira de lado na cama para escapar do barulho, mas ele está dentro de sua mente, e aquela terrível mistura de alívio e culpa que sentiu há mais de meio século a está sufocando naquela noite. Foi a culpa que a fez se tornar amiga de Nandini, então com dez anos. Nandini, que, anos depois, daria à luz Praful, o menino que ela criou como um sobrinho, especialmente quando Nandini decaía cada vez mais, desaparecendo como a fumaça que soltava de seu cachimbo de haxixe.

Oh, mulher estúpida, vá dormir!, Parvati se repreende. Para que serve ficar lembrando dessas coisas? A Diretora estava morta, Nandini também. Ela não tinha ideia do que havia acontecido com o Old Place, mas desejava que tivesse sido completamente queimado. Por isso ela sempre será grata a Rajesh, por tê-la tirado de lá.

Mas veja onde eu vim parar, ela pensa. Mesmo com meus esforços, estou descansando a cabeça em um quarto que está a uma parede de papel de distância da vida que pensei ter deixado para trás. Outras pessoas têm vidas que parecem se desdobrar em linhas retas, traçadas no passado, presente e futuro. Que *paap* eu cometi nas minhas vidas passadas para merecer isto?

Parvati suspira. Ela ganhou dinheiro suficiente nos últimos dois dias para garantir mais algumas noites naquele lugar. E Mohan lhe deu uma cama de corda para dormir e um balde de água quente para se lavar — luxos, comparados a como ela viveu nos últimos anos. Mas mesmo sentindo uma onda de gratidão, o medo não demora a surgir. Para onde uma mulher solitária, em uma cidade com dezoito milhões de habitantes, corre quando o dinheiro acaba?

13

Os xingamentos e as reclamações começam assim que Bhima entra na casa da sra. Motorcyclewalla. O odor corporal conta a Bhima que faz dois dias que a mulher não toma banho.

— *Ghadheri* estúpida — grita a mulher. — Como desaparece do trabalho desse jeito? Você se aproveita de minha boa vontade e é assim que agradece? Sem-vergonha.

— Desculpe, *bai*. Tive que ir a um funeral.

— O funeral de quem? O seu? Eu vou fazer um funeral para você se não aparecer de novo. Na próxima vez, vou despejar querosene em cima de você e atear fogo.

Você sabe que ela é maluca, Bhima diz a si mesma. Ela não sabe o que está falando. Deixe-a desabafar, como uma máquina a vapor. Logo vai estar esgotada. Mas, apesar desses pensamentos, Bhima sente uma pontada de medo. A mulher é louca o suficiente para cumprir suas ameaças.

Mas a sra. Motorcyclewalla ainda não está satisfeita.

— Eu quero que você limpe a casa inteira hoje, de cima a baixo — ordena. — Lave as paredes e limpe a parte de cima dos ventiladores.

Bhima a observa com cuidado.

— Você sabe que esse não é o meu trabalho, *bai* — diz ela. — Se quiser, posso entrar em contato com Balraj. Ele limpou a casa inteira para você no mês passado.

A mulher emite um berro tão estridente que os ouvidos de Bhima vibram.

— *Bas!* Cansei de sua preguiça! Você faz o que eu mandar, entendido? Ou vou queimar este apartamento.

Com um movimento rápido, ela corre para a porta de entrada e a tranca.

— Você não vai sair até terminar o trabalho. Não vai sair até eu deixar.

A sra. Motorcyclewalla tem uma filha, mas ela vive em Pune. A mulher tem sua própria família para tomar conta, e Bhima sempre evitou poupá-la das loucuras da mãe, mas pergunta-se se não está na hora de a filha visitar Mumbai. Ela nunca viu a idosa tão descontrolada.

— Está bem, *bai* — concorda Bhima. — Não fique estressada. Vá assistir à TV. Eu vou limpar tudo.

A sra. Motorcyclewalla tem um ar triunfante estampado no rosto.

— Bom. Você é a serva. Você tem de me ouvir — diz ela, e então marcha para a sala de estar.

Aliviada, Bhima entra na cozinha. E se assusta. Todas as panelas estão fora dos armários, no chão. A gaveta de talheres foi completamente esvaziada. Uma pilha enorme de louça suja a espera na pia. Bhima quer ir à sala de estar e dar um tapa na cara da mulher estúpida. Sua vida já não é dura o bastante para aquela doida mesquinha e sem consideração arranjar ainda mais trabalho para ela? Bhima deveria guardar todas as panelas e talheres sem limpar. Por mais que o pensamento seja tentador, ela sabe que não fará isso, o que significa que tudo precisa ser ensaboado e enxaguado.

Ela lamenta ao ouvir passos chegando à cozinha. No instante seguinte, a sra. Motorcyclewalla entra na cozinha e dá um grito:

— *Ahura Mazda khodai!* — exclama, colocando uma mão em cada bochecha. — Bhima, o que você fez? Por que tanto *badmashi*? Você se aproveita...

— *Bai!* — grita Bhima. — A cozinha já estava assim quando entrei. Por que está me culpando sem motivo por aquilo que você faz?

— Você fica aí na minha cozinha e mente na minha cara?

A sra. Motorcyclewalla tem um olhar que assusta Bhima. Saliva começa a se juntar nos cantos de sua boca enquanto ela olha alucinadamente ao redor do cômodo.

— Você está a alguns metros do retrato do Senhor Zaratustra e mente na presença Dele? Venha cá! Coloque suas mãos na figura Dele e implore Seu perdão.

Eu não me importo com seu Deus, Bhima pensa. Ela é hindu e acredita em seus próprios deuses. Todos os dias engole o desgosto e finge curvar a cabeça diante do grande retrato na cozinha, uma tentativa de agradar à sua senhora. Mas, então, algo nela se rebela contra esse absurdo.

— Por favor, vá ver TV, *bai* — insiste Bhima. — Eu vou arrumar tudo.

A sra. Motorcyclewalla berra, o que faz a empregada deixar cair o garfo que acabou de pegar no chão.

— *Besharam*, sem-vergonha! Eu lhe dei uma ordem! — A voz dela está cheia de raiva, salpicada de loucura. — Curve a cabeça e implore a Ele para perdoar seu pecado.

Bhima dá dois passos em direção ao retrato e para.

— Não, *bai* — diz ela, suavemente. — Não farei isso.

As bochechas pálidas da sra. Motorcyclewalla estão manchadas de vermelho.

— Então, vá embora! Vá embora de minha casa e não me deixe ver nem mesmo a sua sombra!

Bhima a encara, incerta de como lidar com a situação.

— Por que está começando essa confusão toda, *bai*? — implora.

A mulher solta outro grito estridente.

— Eu já disse! Vá embora! Ou eu vou chamar a polícia!

Em pouco tempo, Bhima sabe, a vizinha irá bater na porta. E se for sua palavra contra a da mulher histérica, ela não tem dúvidas de em quem vão acreditar.

— E o meu pagamento? — começa ela, mas a expressão no rosto da sra. Motorcyclewalla é sua resposta.

Ela passa pela mulher, com cuidado para não encostar nela acidentalmente e desencadear outra rodada de acusações falsas. Destranca a porta de entrada e, então, olha para trás, desejando que sua senhora retorne à sanidade. Porém, ao ouvir a respiração agitada da sra. Motorcyclewalla, ela sabe que a mulher está perdida. Pouco antes de fechar a porta atrás de si, Bhima sente que está abandonando um animal selvagem na jaula. Sua ausência de dois dias parece ter levado a sra. Motorcyclewalla à loucura.

Mesmo antes de atravessar o saguão do edifício e entrar na rua, a memória da última vez que havia sido expulsa, de forma ignóbil, de um emprego toma conta dela. A situação não é a mesma dessa vez, ela sabe: agora, há um sentimento de alívio, como se estivesse escapando com vida, ao passo que sair a casa de Serabai foi como deixar um de seus braços para trás. Mas o choque dessa virada do destino, o horror de ser falsamente acusada, a falta de controle sob sua própria vida — tudo isso é penosamente familiar. Assim como as lágrimas se acumulando em seus olhos, a sensação de solidão e o terror do desemprego repentino. Dessa vez não haverá uma Dinaz trazendo um cheque inesperado ao seu barraco; dessa vez Bhima não receberá nem mesmo o salário que lhe é devido. A filha da sra. Motorcyclewalla logo terá de lidar com problemas maiores do que se a mãe pagou ou não suas contas. Maya voltou para a faculdade e, sem aquela segunda renda, as despesas precisarão ser ainda mais reduzidas. Mesmo com os dois trabalhos, ela teve de pôr as mãos nas economias que Dinaz trouxe. Sem o dinheiro extra que Serabai costumava lhe dar, Bhima mal consegue pagar as contas. Na semana anterior, ela viu Maya remendar o mesmo rasgo na camiseta pela segunda vez. A menina é frugal, mas, às vezes, conta que as colegas de faculdade a convidam para ir ao cinema, e que ela sempre nega. A vergonha, azeda como vinagre, começa a tomar conta de Bhima. Desse modo, sua mente passa a procurar maneiras de gastar ainda menos dinheiro com si mesma — deixar de colocar açúcar no chá, comer um *chapati* a menos no jantar.

Então sua mente filtra os nomes de outras empregadas que ela poderia abordar para saber se alguém está precisando de uma faxineira. Seu estômago se revira ao pensar nas interrogações, nos olhares suspeitos, nos comentários claramente cáusticos que terá de aguentar. Como ela perdeu outro trabalho em menos de dois anos? Elas vão querer saber. E o que vai dizer? Ela mesma está chocada com a forma como as coisas aconteceram naquela manhã. Bhima até pensou em pedir uma folga nos dias em que passou na feira, mas sabia que a bruxa velha jamais teria permitido. Ainda assim, foi errado não aparecer sem explicações. Mas ela não perdeu o emprego por causa disso. Algum parafuso que mantinha a sanidade da sra. Motorcyclewalla no lugar soltou-se durante sua ausência.

Tudo havia sido um erro. Bhima se arrependeu da extravagância com que tratou Parvati e Rajeev no almoço no dia anterior e da distribuição das frutas-do-conde. Talvez ela não devesse ter devolvido todo o dinheiro de Ram a Bibi? Bhima se culpa enquanto evita os buracos das ruas destruídas de Mumbai, tapando os ouvidos por causa do barulho das construções que parecem estar em todos os cantos da cidade. Caridade, compaixão e generosidade são luxos aos quais pessoas como ela não podem se dar. Como esqueceu isso?

E, então, uma onda de resistência começa a tomar conta dela. Se chegou ao ponto de ter de duvidar do simples ato de compartilhar uma fruta com uma mulher ainda mais necessitada do que ela, por que não renunciar a todas as bases da sociedade humana? Ela pode muito bem se juntar à matilha de cães de rua que vive próxima à favela, que rosna e luta por um osso. Bhima lembra o que seu pai, um simples carteiro, costumava dizer: "*Beti*, um grão de arroz vai dobrar em seu estômago se você o compartilhar com outros". Quão mortificado ele ficaria se pudesse ler os pensamentos pouco caridosos da filha.

Bhima é parada de forma abrupta. Uma mulher tromba com ela, batendo em seu ombro, e olha fixamente em seus olhos antes de retomar sua caminhada. Bhima mal percebe, focada na ideia que começa a surgir em sua mente. Só de pensar nela, seu coração dispara. Então ela começa a andar para pegar o ônibus que vai para a faculdade de Maya.

Quando Bhima entra no campus, recorda-se da última vez que esteve ali. A missão — quando acusou falsamente um dos colegas de classe de Maya de ser o pai da criança da neta — acabou se tornando uma viagem perdida e, talvez, esta também seja. Bhima reza para que não tenha de se humilhar para concretizar seus planos.

Desde que tinha sete anos, as mãos de Bhima estão ocupadas com uma vassoura, um esfregão ou uma bucha de limpeza, em todos os dias de sua vida. Suas mãos são ásperas como as buchas, seus braços, finos e duros como os cabos dos esfregões. Ela está cansada de trabalhar como doméstica, tendo de aprender o tempo e o ritmo de casas novas, as peculiaridades e excentricidades de outra senhora. Em vez disso, deseja passar o resto de seus dias na companhia fácil e simples de frutas e legumes. E, sim, ela quer sentir novamente aquela sensação de excitação ao fechar uma venda, negociando duro com o cliente, sendo capaz de convidar uma mulher necessitada e um homem trabalhador para almoçar. Sabendo que ela vale mais do que apenas a agilidade de suas mãos, os músculos fortes de suas pernas, o dobrar de suas costas. Podendo usar outras partes do corpo envelhecido — seu intelecto, sua capacidade de avaliar um cliente, sua destreza para fechar uma venda. Já conhece o conceito rudimentar do lucro. Sem ter de pagar Bibi, com certeza, ela pode ganhar mais.

Do lado de fora da faculdade, há vários estudantes, alguns sentados nos degraus de mármore, outros rondando o homem de turbante que vende tigelas de *pyali*, uma mistura de grão-de-bico e batatas de dar água na boca. Entre as risadas escandalosas das meninas e as vozes altas e fortes dos meninos, Bhima se sente intimidada, fora de seu elemento. Ela admira como Maya navega à distância entre essa cacofonia alegre da exuberância juvenil e a solidão cinza e sombria de sua vida doméstica. A neta carrega seus pesos sem exigir muito da avó.

Ela falhou com Maya. Aceitou passivamente seu pouco valor e acreditou estupidamente que só servia para o trabalho doméstico. Mas, durante todo esse tempo, aquela cidade em constante transformação gritava outra verdade a ela — dos arranha-céus que se erguiam dos escombros do passado, dos edifícios demolidos, até a nova prosperidade de antigos funcionários de bancos e trabalhadores dos correios que se tornaram milionários. Mesmo na favela, há um ronco de descontentamento ao qual Bhima fechou os ouvidos. Ali, vendo os estudantes bem-vestidos, colegas de classe de Maya, Bhima sabe: Maya merece coisas melhores.

Ela está prestes a abordar um desses jovens quando vê a neta. Lá está ela, no meio de um grupo de jovens risonhas, com uma tigela de *pyali* nas mãos. Maya joga a cabeça para trás enquanto ri, e está com seus longos cabelos pretos soltos, livres da trança modesta que faz todas as manhãs antes de sair de casa. Bhima recupera a respiração. Maya parece — Bhima procura pela palavra certa — moderna. Educada. Confiante. Nada como aquela menina rabugenta e sem jeito que se senta com ela no barraco todas as noites. Esta Maya está pronta para tomar seu lugar na nova Mumbai.

Agora que a avistou, Bhima hesita em se aproximar, com medo de envergonhar a neta. Está ciente da anomalia que é entre aqueles estudantes espertos e animados; ela, com seu rosto severo e dentes amarelos e quebrados. Bhima fica à distância, esperando que Maya olhe em sua direção, contente por permitir que a neta não note sua presença. Um tempo depois, Maya olha na direção dela, pisca os olhos como se tivesse visto um fantasma e, então, fica ofegante. Ela baixa a tigela, comida pela metade, e corre para a avó.

— O que aconteceu, *Ma-ma*? — A jovem respira fundo. — Aconteceu algo ruim?

Bhima sorri.

— Não. Fique calma, *beti*. Nada ruim.

— Então por que você está aqui?

Maya já começou a se afastar do grupinho de estudantes, Bhima a segue.

— Desculpe. Eu deveria ter esperado até hoje à noite. Tive esse pensamento louco...

— *Ma-ma*. O que foi?

Bhima engole em seco.

— Eu preciso ir ao banco. Para tirar um pouco de dinheiro. Vim aqui porque o banco vai fechar antes de você ir para a casa.

— Para quê?

Desde que Maya ajudou Bhima a abrir a conta, ela passou a se responsabilizar por cada saque.

— Por que você não está no trabalho?

Bhima estuda o rosto de Maya.

— *Beti*, eu tenho uma ideia. Você pode faltar à aula esta tarde e ir ao banco comigo? Explico no caminho.

Bhima está nervosa por carregar tanto dinheiro, mas Maya enfia os maços de cem rupias na bolsa como se fizesse isso todos os dias. Mais uma vez, Bhima admira a diferença — a Maya no mundo é diferente da menina em casa. São duas da tarde, e Bhima está com vontade de tomar uma xícara de chá.

— Vamos nos sentar? — pergunta ela, apontando para um restaurante udupi.

Maya olha para o relógio.

— Você vai para a casa de Sunita logo, não é?

Bhima fica em silêncio, lembrando de sua indecisão se deve voltar a esse trabalho. Mas isso foi antes de perder o emprego matutino. Ela fixa o olhar em um ponto acima do ombro de Maya.

— Quantas vezes eu consigo sair com minha neta durante o dia? — responde ela, evasiva. — Hoje eu não trabalho.

— *Ma-ma*. — O tom de Maya é preocupado. — O que foi?

Como explicar para a garota quão burra ela se sente por não ter adivinhado o que a vizinha estava sugerindo e que estava bem debaixo de seu nariz?

— Elas são mulheres indecentes — diz ela, enfim. — Não quero encorajar a ruindade delas.

Maya ri, um riso solto e público que faz Bhima querer instintivamente mandá-la se calar.

— Indecente? Por quê? Porque elas se amam?

— *Chup re, chokri* — diz Bhima, zangada. — Você é muito nova para entender essas coisas.

Maya comprime os lábios.

— Eu abortei minha própria criança. Não me diga que sou nova demais para entender.

— *Chokri*. Você... não... é imoral.

Maya para de andar.

— Foi imoral o que aquele homem fez comigo, *Ma-ma*? — pergunta suavemente.

— É claro. Se você tem de perguntar...

— Então, por que você continuou trabalhando naquela casa, *Ma-ma*? — indaga Maya.

Bhima a encara, impressionada.

— Não sei — murmura, por fim.

Um nó surge em sua garganta quando ela lembra de andar no carro com ar-condicionado de Viraf mesmo depois de Maya ter lhe contado o que aconteceu, como as palavras com as quais ela o confrontaria morreram como folhas queimadas em seus lábios, esfumaçadas e ressequidas. Bhima gostava de Viraf, mas tudo nele a intimidava, sua voz, macia como creme, suas roupas impecáveis, seu rosto belo e claro, a música em inglês indecifrável que ele tocava no estéreo. Bhima é pega por um pensamento: a menina Chitra também é educada, mas trata Bhima como uma tia respeitável, não como uma empregada.

Maya toca seu pulso, afastando os pensamentos de Bhima.

— Vá trabalhar, *Ma-ma* — diz a jovem.

Bhima pensa mais um pouco e, então, decide.

— Quero ir ao mercado atacadista antes de Jafferbhai ir embora — diz ela. — Mas vamos encontrar um telefone para eu ligar a Chitrabai primeiro. Eu direi que amanhã irei trabalhar, sem falta.

Maya a acompanha pelo mercado atacadista, e Bhima se alegra com sua presença. Jaffer não esconde seu ceticismo enquanto a velha mulher descreve como conseguiu vender todo o estoque de Ram.

— *Arre, wah* — ele zomba. — Aqui eu tenho vendedores experientes e eles não esgotam o estoque deles. Como você fez isso?

Bhima enrubesce, mas, antes que possa responder, Maya fala:

— Minha *Ma-ma* nunca mente. Enfim, acredite nela ou não, não faz diferença para nós. Se você não está interessado, ela pode fazer negócio em outro lugar.

— Maya! — ralha Bhima.

Mas Jaffer está sorrindo.

— Espero que, quando eu for avô um dia, tenha a sorte de ter uma neta que me defenda assim. — Seus olhos brilham. — O que você me diz, pequena *memsahib*? Quanto devo vender à sua *Ma-ma*, para começar?

Mas, então, Maya volta a ser uma menina e se vira para a avó, insegura. Bhima franze o cenho. Será que ela consegue vender o dobro do que vendeu em um dia? E, além de frutas-do-conde, o que mais deveria comprar? Ela não tem ideia. De repente, deseja que Parvati estivesse ao seu lado. Então, se repreende. Quão desesperada ela deve estar para desejar a ajuda de uma mulher que só vende meia dúzia de couves-flores por dia. Com sua perspicácia para os negócios, por que será que não vende muito mais? Será que existe algo que ela, Bhima, não esteja percebendo, um perigoso buraco negro onde pode estar prestes a cair? Estremece ao pensar que pode estar cometendo um erro fatal, fruto do analfabetismo e da falta de palavras. O que está fazendo ali, afinal?

— Bhimaji — diz Jaffer. — *Maaf karo*, mas eu não tenho o dia inteiro para jogar conversa fora. Então, você vai comprar alguma coisa ou não?

— Sim. — Bhima reencontra sua voz. — Rajeev virá amanhã cedo para buscar.

Ela faz o pedido, lutando contra a sensação de irrealidade que se agarra a ela. Mas quando chega a hora de pagar, o momento é real demais, e Bhima assiste com medo e arrependimento enquanto Maya abre a mochila e conta o dinheiro. Por um instante, ela quer desistir de tudo, mas então lembra-se da caminhada desanimadora ao descer os lances de escada do apartamento da sra. Motorcyclewalla. Ela sabe que não pode retornar a essa imprevisibilidade. Se continuar a vender frutas como vendeu nos últimos dois dias, e se Sunitabai não a despedir amanhã, ela pode ficar tranquila. Claro, ela também fez uma terrível suposição — a de que Rajeev continuará trabalhando para ela e que aquela mulher ranzinza, cuja língua pode ferir como um beijo de fogo, continuará alugando seu precioso espaço. Depois de se retirarem, ela se volta para a neta:

— Mais uma parada. Na feira. Preciso arranjar as coisas para amanhã.

— Você não deveria ter feito isso antes?

Bhima bate na testa com a mão.

— Sim. Mas eu sou uma mulher ignorante. Estou fazendo tudo de trás para a frente.

Maya aperta sua mão.

— *Ma-ma* — diz a garota. — Por que você está arrumando essa dor de cabeça? Há muitas pessoas procurando por empregada. Por que não arranja outro trabalho?

Bhima fica ali, em pé, encarando a neta, piscando sob a luz do sol. De repente, a diferença entre ela e Parvati fica clara. Não é a miséria extrema da mulher o que as distingue. Não, o que as separa é que Parvati não tem ninguém para amar. Enquanto ela tem Maya.

— Você — responde Bhima, simplesmente. — Você é a razão. Se meu trabalho duro colocar um grão extra de açúcar no seu chá, um fio extra de tecido no seu corpo, se comprar para você mais uma caneta ou um livro, então, eu sacrifico até meu próprio coração por você.

O nariz de Maya fica avermelhado.

— Obrigada, *Ma-ma* — murmura ela. — Eu te amo também.

É uma coisa nova, dizer *eu te amo* em voz alta, Bhima sabe. Na época dela, ninguém dizia essas vulgaridades uns aos outros. As estrelas de cinema diziam, é claro, e depois das declarações desse tipo na tela, um coro de uivos e assobios explodia, vindo dos homens nos assentos baratos. E as pessoas ricas diziam isso, como Serabai a Dinaz. Mas ela preferiria ter pulado em um buraco a dizer palavras tão vergonhosas a Gopal. E o marido a teria olhado como se ela estivesse ardendo de febre. O que a ligava a Gopal, o que a ligava a Maya, era uma corda feita de músculos e ossos, não um fio fraco de palavras vazias. Maya pertence ao tempo e à geração dela e precisa desse conforto verbal, mas Bhima é incapaz de lhe dar o mesmo. Em vez disso, coloca os braços ao redor dos ombros da garota e a traz para perto de forma brusca. Assim, elas andam pela feira inteira.

14

Na metade do movimentado dia de vendas, Bhima olha por cima e vê uma sombra de dor atravessar o rosto de Parvati. Ela dura tanto quanto um piscar de olhos, mas Bhima consegue percebê-la... o morder da bochecha interna, o levantar de sobrancelhas, a ação que causa isso tudo... a mulher está tocando o ponto na base de sua espinha.

— O que é isso? — pergunta Bhima; e Parvati faz uma cara feia.

— Nada — responde ela em voz alta, retirando as mãos das costas.

Bhima fica enrubescida com a rudeza imperdoável da mulher. Ela coloca uma grande porção de tabaco na boca, triturando-o e olhando para o outro lado. Seus olhos procuram por um novo cliente, e ela se força para fazer o que os vendedores fazem incessantemente: chamar os passantes para conferir suas mercadorias. Ao lado dela, Parvati bufa.

— Nos primeiros dois dias, eu achava que você nunca iria aprender — diz ela. — Agora está gritando melhor do que eles. Continue assim e eles vão achar que você é uma peixeira.

— Eu tenho uma boca para alimentar em casa. — Bhima se descontrola, cansada da mulher rabugenta ao seu lado. — Faço o que for preciso.

— Sim, sim. — Parvati balança a cabeça. — Faça o que for preciso. Mas o tom dela é tão desdenhoso que irrita Bhima.

— Algumas de nós temos a bênção de ter crianças para cuidar — diz. Com o insulto, Parvati vira a cabeça rapidamente, mas logo se recupera.

— Nunca considerei crianças uma bênção. — Seus olhos cinzentos investigam o rosto de Bhima como um urubu que procura o ponto mais fraco para bicar. — É por isso que matei duas, três, quatro delas. Enquanto ainda estavam dentro de mim.

As mãos de Bhima tremem. Ela quer se levantar daquela faixa de calçada, jogar o dinheiro no colo daquela mulher monstruosa e ir embora sem nunca precisar ver sua cara infeliz novamente.

— Que Deus a castigue — suspira Bhima.

Parvati ri.

— Irmã, o seu desejo está cinquenta anos atrasado. Deus já me castigou... várias vezes. Mas aqui estou eu.

Não há nem uma pitada de autopiedade na voz da mulher. Em vez disso, ela é desafiadora, como se Deus fosse um adversário a ser derrotado. Bhima a observa, boquiaberta. Ela nunca conheceu um homem tão forte quanto Parvati, quem dirá uma mulher.

O dia inteiro, sempre que está com clientes, Bhima nota a mão de Parvati deslizar inconscientemente para o fim de sua espinha. A mulher troca de posição, sentando-se sobre uma nádega, depois sobre a outra, e Bhima percebe que sentar na calçada dura faz sua dor piorar. Finalmente, sem aguentar mais a situação, ela se levanta bruscamente.

— Espere aqui — diz, e antes que Parvati possa responder, afasta-se.

Ela vai direto ao Mehta & Sons, a loja de conveniência onde costumava comprar artigos de limpeza para a casa dos Dubash. Lá, ela compra um pequeno banco de plástico.

— Para você — diz Bhima ao retornar ao seu espaço. — É difícil ficar sentada no chão o dia inteiro.

— Use-o você mesma, mulher velha — retruca Parvati prontamente. — Você precisa mais do que eu.

Reshma cai na risada ao ouvir a conversa.

— Você não pode fazer nada de bom para ela — diz Reshma a Bhima, como se Parvati não estivesse presente. — Essa aí tem um coração duro como pedra.

— Assim como sua boceta — xinga Parvati, e as outras duas mulheres se escandalizam.

— *Bai!* — grita Bhima. — Tenha vergonha! Só por respeito à sua idade que eu...

— Respeito à minha idade? Ou respeito ao lugar onde você está fazendo dinheiro?

Bhima desvia o olhar. Fica feliz em ver Rajeev se aproximando, carregando outra cesta cheia de frutas para reabastecer seu estoque.

— Tem mais além disso? — pergunta Bhima, e o homem balança a cabeça em negação.

— *Nahi, mausi*. Jafferbhai falou que esta é a última. Ele até deu algumas a mais para encher a cesta.

— Eu tenho de conhecer esse Jafferbhai — resmunga Parvati. — Meu fornecedor não me daria nem uma unha a mais.

Bhima e Rajeev trocam um olhar, imaginando um distribuidor como Jaffer tendo de lidar com alguém como Parvati. Bhima sabe que a única razão por que o homem está fazendo negócios com ela é a circunstância peculiar em que se conheceram. — Mas, de repente, Bhima é pega por outro pensamento. — Que horas são?

— Quase duas da tarde, *mausi*. E hoje eu nem almocei — responde Rajeev.

Bhima o encara, tentando fazê-lo entender seus pensamentos.

— E já vendemos quase tudo?

Mas a preocupação imediata de Rajeev é a comida.

— Eu posso buscar alguma coisa para a gente, *mausi* — ele se oferece, esperando até que Bhima se sinta no dever de lhe dar uma nota de dinheiro.

As duas mulheres o observam se distanciar. Parvati comenta:

— É um *bewakoof*, esse aí. Tem bom caráter, mas é um bobo. Só serve para trabalhar como mula.

Observando as seis couves-flores que não foram vendidas, Bhima morde a língua para não dar uma resposta afiada. Mas Parvati segue seus olhos e ri.

— Sim, sim, sei o que você está pensando. Quem sou eu para julgar Rajeev?

— Por que você não compra mais mercadorias? — Bhima quer saber. — Já que é tão boa com o *hisab-kitab*, sabendo como tomar conta do dinheiro...

— E onde vou arranjar dinheiro para comprar mais? — pergunta Parvati.

Por uma fração de segundo, Bhima vê tudo — o terror, a existência precária, os golpes sofridos por se viver uma vida à margem da sociedade. Contudo, a hostilidade costumeira retorna aos olhos de Parvati.

— E como você disse, eu não tenho bocas para sustentar. *Bas*, eu posso viver numa boa, uma vida sem preocupações.

— Perdoe-me — diz Bhima, suavemente. — Estava errada em...

— Não. Você falou a verdade, irmã. Por que se desculpar por isso?

Rajeev retorna com seis *vada pavs*. Os três abrem o jornal que embrulha os lanches e começam a comer. Mas antes de poderem dar a primeira mordida, Reshma está farejando.

— *Wah, mausi*. Nos dois últimos dias, você tem comido como os ricos! — Ela se vira para Bhima. — Geralmente um de nós faz a caridade de alimentá-la.

Parvati endurece à palavra *caridade*, mas antes que Bhima possa dar uma bronca em Reshma, ouve-se um grito.

— *Chal, chup*! — troveja Rajeev. — Essa mulher não precisa da caridade de ninguém! Se você tem a sorte de alimentá-la, é uma bênção para você, só isso.

Há um silêncio impressionante e, então, Reshma dá uma risadinha.

— *Pagal!* Vocês três têm iogurte no lugar de cérebros. Que bom que se encontraram.

De repente, Bhima os vê como Reshma deve enxergá-los — duas mulheres velhas em diferentes fases de desespero e um homem corajoso, mas tolo, todos tentando melhorar suas parcas vidas. Olhando para os outros dois, ela sente uma sensação nova e espantosa — responsabilidade. Durante toda a sua vida, ela simplesmente seguiu ordens. Todos os dias alguém lhe dizia que refeições preparar, quais *masalas* moer, quais quartos varrer, que roupas passar. Assim, ela nunca carregou a responsabilidade pela vida de outra pessoa. Mas Rajeev apostou muito nesse negócio com ela, e Bhima lhe garantiu certa renda diária. Parvati aceitou deixar Bhima alugar seu espaço por um mês, o que também significa que ela precisa fazer dinheiro. Como isso aconteceu? Bhima se admira. Até recentemente, sua única responsabilidade no mundo era só uma — Maya. Agora ela tem mais duas bocas para alimentar. E Deus a ajude, porque ela gosta dessa sensação!

Será que está errada em construir sua boa sorte na má sorte de Bibi? A culpa lhe dá uma pontada nas costelas. Mas, então, ela pensa, como sua infelicidade poderia ajudar Bibi? Isso traria o marido dela de volta? Suas lágrimas acrescentariam alguma rupia à renda dela? Seu desemprego encheria a barriga da vizinha? Não, Bhima conclui, é melhor desse jeito. Homens como Rajeev podem, talvez, encontrar seu caminho neste mundo. Mas e aquela mulher orgulhosa ao seu lado, dura como uma porta? Bhima sente que ela precisa desesperadamente do dinheiro que recebe do aluguel de seu espaço. Porém, Parvati prefere morrer a admitir isso.

— Dois dias de lucro e ela acha que é rica como a esposa de um político. — Reshma continua resmungando. Ela olha para Parvati. — Espere só essa mulher expulsar você de seu espaço. Aí você será um *bhikhari* comum novamente, implorando por comida.

Mas antes que alguém pudesse responder, Bhima ergue a mão, num gesto apaziguador.

— *Arre*, irmã, nós só estamos tentando sobreviver. *Hai, na?* Por que está dizendo essas maldades desnecessárias?

Ela pega mais um sanduíche, apertando a barriga para controlar os rosnados.

— Por favor, coma com a gente. Será uma honra para mim.

— *Shukriya* — diz Reshma, pegando o sanduíche.

Ao perceber que os olhos de Rajeev estão cheios de ódio pela mulher, Bhima lhe dá um olhar de sobreaviso. Entre o calor do sol escaldante e a ira de Reshma, ela não aguenta mais nenhum estresse. O homem mastiga silenciosamente, os músculos do queixo trabalham duro enquanto engole a comida junto com as palavras que permaneceram impronunciadas.

Parvati guarda um de seus sanduíches para mais tarde. Bhima se questiona se deve reservar uma banana para ela, mas, então, um cliente vem e compra todas as oito restantes, assim como uma dúzia de laranjas. O homem, vestido em um terno de poliéster bege, volta-se para Rajeev:

— Você sabe onde fica o Sunshine Apartments?

Rajeev assente.

— Muito bom — prossegue o homem —, se eu comprar o resto das frutas e dos legumes aqui, você pode levá-los a esse endereço? Cabe tudo nessa sua *topli*?

Bhima responde antes de Rajeev:

— Sim. Nós podemos dar um jeito.

O homem dá as coordenadas a Rajeev:

— Meu irmão estará em casa. Diga a ele que chegarei dentro de uma hora.

Mas, mesmo depois de Rajeev partir, o homem se demora um pouco mais.

— Você tem uma boa qualidade aqui. Melhor do que qualquer um na feira. Onde você compra?

Bhima abre a boca para responder, mas é interrompida por Parvati, que a belisca na coxa, e então aborda o cliente.

— Estamos honradas que o senhor goste de nosso produto. Mas onde nós o arranjamos é da nossa conta.

Bhima fica horrorizada com a grosseria de Parvati, mas, para sua surpresa, o homem dá risada, apreciando a situação.

— Eu entendo.

Ele puxa o lábio inferior por um minuto, para demonstrar que está pensando.

— É o seguinte — diz ele, finalmente —, eu tenho um serviço de bufê. Trabalho de casa e atendo pequenas festas. Se eu comprar de você quatro ou cinco dias, no mínimo, por semana, quanto pode me dar de desconto?

Novamente Parvati interrompe:

— Quanto você pretende comprar?

O homem dá de ombros.

— É difícil dizer. Vai depender do tamanho da encomenda.

Bhima olha de um para outro, feliz de poder contar com a experiência de Parvati. Mas então ela se lembra que, quando fazia compras para Serabai, sempre conseguia um desconto se comprasse uma dúzia de algo.

— Nós podemos dar um desconto se você comprar uma dúzia — responde ela.

O homem mal olha para Bhima.

— Sim, claro — ele desdenha, antes de continuar a falar com Parvati. — Mas quanto?

— Damos cinco por cento de desconto para cada dúzia — declara Parvati, sem consultar Bhima.

— Isso não é suficiente...

— Espere, *seth*. Se você comprar pelo menos uma dúzia de quatro itens diferentes, podemos dar outros dois por cento na compra total. *Theek hai?*

O homem balança a cabeça.

— Vou ter de pensar sobre isso.

— Bom, não pense por muito tempo, *seth*. Porque toda vez que fizer uma encomenda grande, você precisa nos avisar com um dia de antecedência. Assim, podemos pegar a mercadoria para você. E será preciso dar um depósito de vinte por cento para garantir a encomenda.

Bhima está arfando, chocada com o descaramento de Parvati. Porém, para sua surpresa, o homem concorda e pega a carteira novamente.

— *Theek hai*. Você tem um pedaço de papel? Posso lhe dizer o que preciso para amanhã.

Depois que ele vai embora, Bhima olha para Parvati, admirada. Se a mulher tivesse se transformado na deusa Kali diante de seus olhos, não teria ficado mais impressionada.

— Você é uma *jadoogar*! — diz Bhima.

Como explicar de outra forma o fato inexplicável: um total estranho entregou a elas algumas centenas de rupias em troca de uma mera promessa.

Os lábios de Parvati se contorcem em um sorriso.

— Sim. Só há um último truque para eu fazer. Desaparecer completamente.

Mas, apesar do ressentimento em sua voz, Bhima sabe que ela está satisfeita consigo mesma.

— Obrigada por sua ajuda — agradece Bhima, humildemente. — Estou lhe devendo uma.

— Devendo coisa nenhuma — retruca Parvati. — Estou cobrando um por cento nessa sua venda a esse cliente.

Bhima parece preocupada. Então Parvati diz:

— Não se preocupe. Ainda vai dar um bom lucro.

Bhima sente que foi jogada em águas desconhecidas com uma jangada quebrada. A jangada é Parvati, e ela está relutante em subir nela, receosa e desconfiada, mas não há outra opção.

— Por favor, faça a contabilidade de hoje. Vamos arrumar tudo, eu preciso ir para o meu outro trabalho. — Bhima pega o caderninho e a caneta que comprou de manhã, a caminho do mercado. — Aqui. Escreva aqui.

Se Maya não estiver ocupada com a lição de casa naquela noite, Bhima vai pedir para ela conferir os números de Parvati.

Quando termina, a outra mulher levanta os olhos com uma expressão atônita no rosto. Ela se encolhe para evitar que Reshma escute suas palavras.

— *Wah, bhenji*, irmã, se continuar vendendo dessa forma, em breve não vai precisar mais de um segundo emprego.

Bhima a encara, sem palavras. Parvati está dizendo a verdade? Ou está aprontando uma armadilha para ela? O maço de notas escondido debaixo da toalha de mesa é a prova dos ganhos do dia. Ela olha para a rua, esperando que Rajeev apareça antes de ela ir embora, pensando se deve lhe dar algumas rupias extras por conta dessa última entrega.

— Você escutou alguma coisa do que eu disse? — A voz queixosa de Parvati chega aos seus ouvidos.

— *Maaf karo*, irmã. Estava perdida em meus pensamentos.

— Eu estava dizendo que, se você continuar vendendo nessa velocidade, Deus o queira, vai precisar pedir ao seu fornecedor que lhe dê crédito. Por que você está pagando em dinheiro?

— Não estou entendendo...

— Oh, sua cabeça-oca! Seu dinheiro está no banco, *na*? Então, você tem de pagar todas as vezes que compra? Se ele estender o crédito para você, será preciso pagá-lo somente uma vez por mês ou por semana. Nesse meio-tempo, seu dinheiro fica no banco rendendo. Entendeu?

Bhima assente com a cabeça, envergonhada demais para dizer à mulher que, até recentemente, ela nunca havia pisado em um banco.

— Vá para casa e fale com aquela sua neta — recomenda Parvati. — Ela é tão esperta quanto a avó dela é devagar. Ela vai lhe dizer que o que estou aconselhando está totalmente correto.

Involuntariamente, os olhos de Bhima chegam às seis couves-flores que não foram vendidas. Parvati lê a pergunta não pronunciada nos olhos dela.

— Não se preocupe comigo. As mesmas pessoas virão para comprá-las. Elas só estão atrasadas hoje.

— E você fica cozinhando o dia inteiro debaixo do sol para isso, irmã?

Parvati dá de ombros.

— Pelo menos o céu coloca um teto sobre a minha cabeça.

Quantos níveis o inferno tem? Bhima questiona. Todas as noites, ao entrar na favela, ela sente como se estivesse nas mandíbulas do inferno. Porém, de repente, é grata por seu barraco, com seu teto de zinco, pelo abrigo que ele lhe dá. Pela primeira vez, ela pensa no *basti* como seu lar.

— Você é... Onde você mora, irmã? — pergunta Bhima, querendo saber e não saber.

A mulher mais velha revira os olhos.

— Eu costumava ficar no prédio do meu sobrinho até recentemente — responde.

Bhima se cala, esperando Parvati terminar a frase, mas, em poucos minutos, ela entende que não receberá mais informações. Começou a perceber algo sobre Parvati — palavras duras não a atingem, mas pena a fere. E então Bhima suspira e se levanta. Como sempre, seu quadril estala.

— O que o médico doutor *sahib* disse sobre isso? — pergunta Parvati, apontando para os quadris de Bhima, mas a outra mulher se torna reservada.

Ela dá de ombros, evasiva.

— *Accha*. Vou me despedindo aqui. Se Deus quiser, vejo você amanhã.

— *Bye-bye* — responde Parvati em inglês e se vira para o outro lado.

15

Ao TOCAR A CAMPAINHA, BHIMA SE PREPARA para uma torrente de recriminações por ter abandonado o trabalho. Mas Chitra abre a porta no primeiro toque, sorri de seu modo costumeiro e exclama:

— Ah, Bhima! Estou tão feliz que você está aqui. Estive esperando por você. Preciso de sua ajuda hoje.

Até Serabai costumava fazer bico se ela perdesse alguns dias de trabalho. Bhima olha espantada para essa *chokri* maluca enquanto entra. Que tipo de senhora é essa? Alguém que não reclama com uma empregada, nem a assedia, por causa de atrasos e ausências?

— Você pode descontar de meu salário, *bai* — diz Bhima, mas Chitra a encara sem entender.

— O quê?

— Por faltar ao trabalho. O que fazer, *bai*, eu...

Chitra faz um muxoxo, desconsiderando a observação.

— Esqueça. Não é importante.

Elas entram na sala de estar e Bhima se assusta. O cômodo está coberto de serpentinas e balões. Uma longa faixa cor de prata ocupa a largura de uma parede. Ela se vira para Chitra com olhos maravilhados.

— É o aniversário de Su — diz a jovem. — Queria fazer uma surpresa para ela. Você gostou?

Bhima não sabe o que mais a surpreende — o fato de a garota ter tido todo aquele trabalho pela amiga ou o fato de ela estar perguntando sua opinião. Ela sorri.

— Sunitabai vai ficar muito feliz.

— Bom, bom.

Chitra esfrega as mãos, um gesto que subitamente faz Bhima se lembrar de Amit, de quando ele vinha para a casa e descobria que a mãe fizera *halva* de cenoura, sua sobremesa favorita.

Ela ri alto da memória e também desse contentamento infantil, doce e óbvio. Chitra a observa de perto com uma expressão estranha no rosto, e Bhima cobre o sorriso com a mão.

— O que foi, menina Chitra?

— Nada. É só que... eu nunca a vi sorrir antes. Você deveria fazer mais isso. Cai bem em você.

— Minha neta sempre me diz as mesmas palavras.

— Ela é uma garota esperta, sua Maya. Como ela está? Como vão os estudos?

— Bem, graças a Deus.

— Se ela precisar de um lugar tranquilo para estudar, diga-lhe que é sempre bem-vinda aqui. Sei que a Sunita não vai se incomodar. Eu faço o jantar para ela, ou o que for necessário. Está bem? Diga a ela que as portas sempre estarão abertas.

Bhima sorri timidamente.

— Não é seu dever servi-la, menina. Nós é que devemos fazer isso. Nós estamos na sua casa.

Para seu espanto, Chitra ri.

— Oh, Bhima, com certeza você não acredita nessas bobagens! — Ela coça a ponta do nariz. — Que casa? Que dever? Nós lhe pagamos um salário, mas você trabalha em troca disso, não é? Então, nós devemos o mesmo para você também. Na verdade, estamos em *sua* casa, poderíamos dizer.

Bhima fica escandalizada. Que tipo de lugar é essa Austrália que faz uma garota ficar assim?

— Cuidado como você fala, menina Chitra. Se sua vizinha escutar, eles vão matar nós duas.

Os lábios de Chitra se contorcem, amargos.

— Oh, eles querem me matar, sim! — diz ela baixinho, porém logo se anima. — Mas, Bhima, vamos! Temos de ir às compras.

A mulher mais velha olha para ela, confusa.

— *Bai*, eu tenho trabalho a fazer — protesta. — A casa não é limpa há dois dias, além disso, preciso cozinhar, não é?

— Não, não, eu fiz tudo — diz Chitra bruscamente. — E fiz o jantar para hoje à noite. Mas ainda tenho de buscar o bolo e o vinho. É tão difícil estacionar no Kookies, preciso que você corra e pegue tudo lá dentro enquanto eu espero no carro, ok? Podemos ir? Su prometeu que voltará para casa cedo, então, não temos muito tempo.

Assim que Bhima entra no carro com ar-condicionado de Chitra, aquela última carona de Viraf lhe vem à mente. Como ela aguentou sentar-se ao lado do demônio com rostinho de anjo, o homem que planejou matar seu próprio filho? Bhima se endireita de supetão quando um pensamento a atinge — será que tudo teria sido diferente se ela tivesse contado a Serabai aquele segredo escandaloso, contado com calma e feito com que ela entendesse a grande injustiça cometida contra sua família? Será que elas poderiam tê-lo derrotado juntas? Mas... mas Dinaz estava grávida. Dinaz, que era a primeira criança que ela havia amado fora de sua família. Haveria como destruí-lo sem destruí-la? Não. Naqueles dias terríveis, quando vida e morte entraram na vida delas quase simultaneamente, ela se sentira ainda mais burra e impotente do que de costume.

Vagamente, Bhima percebe algo quente em seu braço, e nota que Chitra está lhe dando umas palmadinhas.

— Está tudo bem? — pergunta a garota com gentileza. — Devo parar e buscar um pouco de água ou alguma outra coisa para beber?

Bhima balança a cabeça, deixando o passado voltar ao seu lugar antes de responder.

— Estou bem, *bai*. Só me lembrei de uma coisa.

— Bem, deve ser uma lembrança espinhosa, porque você está com cara de quem engoliu um monte de espinhos.

Bhima não responde, olhando para fora da janela. Elas seguem no carro por alguns minutos em silêncio até Chitra parar na frente do Kookies. A jovem mostra para Bhima uma confeitaria e uma loja de vinhos adjacente. Ela já pagou pelo bolo e entrega um pedaço de papel à mulher mais velha com a marca do vinho que quer e um maço de dinheiro.

— O bolo está em nome de Agarwal — diz ela, e assim Bhima descobre o sobrenome de Chitra.

— Vou e volto rapidinho. — Bhima se apressa para fora do carro porque alguém está buzinando furiosamente atrás delas.

— Se eu tiver de dar uma volta, não se preocupe — grita Chitra para ela. — Espere aqui.

Bhima primeiro vai à loja de vinhos, um grande contraste com o bar escuro e sujo onde Gopal bebia e esquecia a vida dos dois. A loja é bem iluminada, as garrafas são exibidas de forma bonita e um homem bem-vestido está atrás do balcão, em vez de um contrabandista peludo em regata branca e *lungi*.

— *Yes?* — diz o homem em inglês. — Posso ajudá-la?

Repentinamente emudecida, Bhima entrega o bilhete ao homem.

— Ah. — Ele entende a situação. — Sua patroa mandou você buscar?

Confusa, Bhima encara o homem, que dá as costas para o balcão e, então, se volta novamente para ela.

— Você quer em temperatura ambiente ou gelado?

A menina Chitra não havia mencionado nada a esse respeito.

— Não sei — Bhima começa a dizer.

Baba Viraf costumava trazer cerveja para casa e colocava na geladeira. Mas como ele comprava? *Thanda* ou *garam*? Ela não sabia. E vinho é o mesmo que cerveja? A única vez que Bhima provou uma cerveja foi em um casamento, e ela odiou.

— Então?

— *Thanda* — diz Bhima, tomando uma decisão. Gelado.

— Ok — O homem dá de ombros. — Isso vai custar dez rupias a mais.

Então, Bhima tem certeza de que o homem está querendo enganá-la, mas é tarde demais para brigar.

Ela se apaixona pela confeitaria. Há bolos brancos, cor-de-rosa e de chocolate por todos os lados, alguns deles na forma de carros, casas e fadas. Maya, com sua queda por doces, adoraria aquela loja. Depois que o bolo é colocado em uma linda caixa cor-de-rosa, ela se demora um pouco mais e aponta para o menor bolo redondo, perguntando:

— Quanto é?

Ela empalidece com a resposta do vendedor. Ele ri abertamente da reação dela e aponta para um docinho.

— Compre isto, senhora. São só vinte e cinco rupias.

Ainda assim é um preço astronômico, mas o divertimento que permanece nos olhos do homem a faz corar e dizer:

— *Accha*. Dê-me um.

Mas ela fica decepcionada ao ver que o homem coloca o docinho em um saquinho em vez de em uma bela caixa para bolo.

Ela paga e volta à rua. Avista Chitra imediatamente, e quando Bhima chega no carro, a jovem se deita para abrir a porta do passageiro.

— Coloque tudo no banco traseiro — diz ela, e Bhima faz isso antes de se sentar no banco do passageiro.

Quase imediatamente ela devolve o troco a Chitra, mas a mulher está tão ocupada com o trânsito que a ignora.

— Depois, Bhima. Ou você pode colocar aí no porta-copos, se quiser.

— Por favor, conte, menina — pede Bhima.

— Por quê? Tenho certeza de que está certo.

— Não. Por favor. Conte.

A voz de Bhima é mais forte do que gostaria, e Chitra lhe dá uma olhada curiosa.

— Está bem. Se você insiste, eu conto depois. Mas confio em você, você sabe.

Já houve um tempo em que tais palavras esquentariam seu coração. Mas, agora, elas a deixam apreensiva. Pela primeira vez desde que conheceu a jovem, Bhima sente que Chitra está incomodada com ela.

— Desculpe, *memsahib* — diz ela. — Se eu disse algo errado, por favor, me perdoe.

Chitra dá um leve tapinha em seu joelho.

— Relaxe. Você não fez nada errado.

Nenhuma senhora para qual trabalhou jamais a tocou tão casualmente quanto Chitra. Essa menina não sabe que ela mora em uma favela, onde a água suja corre bem na frente de sua casa? Bhima se lembra que Chitra uma vez lhe contou que, quando era estudante, costumava trabalhar como voluntária em uma favela, ensinando crianças a ler e a escrever. Será que Chitra é tão livre porque é uma mulher anormal? Talvez essas mulheres tenham costumes diferentes? Talvez não acreditem na superioridade de suas castas? Mas Sunitabai não é assim. Ela é sempre educada e paga todo mês, mas se mantém distante. Com Sunitabai, Bhima não tem dúvida de quem é a patroa e quem é a empregada. Mas essa garota impulsiva ao seu lado a trata como se fossem iguais.

Chitra olha para ela.

— O que é isso? — pergunta, apontando para o saquinho que Bhima está apertando entre as mãos.

Bhima abre para mostrar o doce.

— Uma coisa que comprei para Maya. Paguei do meu próprio dinheiro, *bai*.

Chitra bate na testa.

— Que falta de consideração a minha! Eu deveria ter dado dinheiro para você comprar um bolo para você mesma. Vamos voltar?

— *Bai*. — A voz de Bhima é alta, como se estivesse ensinando uma aluna, bem devagar. — Por que você compraria algo para mim? Você paga meu salário, não é? Isso basta.

Chitra dá um sorriso forçado.

— Você é esquisita, Bhima.

Não, Bhima pensa. Você é que é esquisita. Até Serabai, que sempre costumava dar a Bhima chocolates e doces para Maya, nunca se ofereceu para comprar um bolo inteiro para ela.

Milagrosamente, há uma vaga na frente do prédio, e Chitra aproveita para estacionar. Juntas, as duas mulheres sobem os lances de escada para o apartamento. Chitra insiste em levar a sacola mais pesada. Elas estão no segundo andar quando cruzam com Vimal Das, descendo as escadas. Chitra fica de lado para dar espaço à vizinha, que não reconhece sua presença. Se Chitra percebe isso, não reage.

— Oi, Vimal — diz ela, enquanto a mulher passa.

Em resposta, a mulher olha para Chitra com uma expressão raivosa que tira o ar da jovem. Então, de propósito e vagorosamente, ela cospe. A saliva não atinge os pés de Chitra porque ela consegue desviar. Bhima olha para a jovem, que parece paralisada, com os olhos abertos, sem entender o que aconteceu.

— Que diabos! Meu Deus! Você acabou de...?

— Como ousa usar o nome de Deus depois que você veio a este prédio respeitável para sujá-lo com sua presença? — sibila Vimal. — Não ouse me cumprimentar novamente. Nós somos pessoas decentes aqui. Se você quer viver uma vida suja, vá morar na favela com essa aí. — Ela olha para a caixa de bolo que Bhima está carregando e contorce o lábio superior. — Lá você pode ter centenas de amiguinhas e comer bolo o dia inteiro.

Agora os olhos de Chitra estão flamejantes.

— Essa aí tem nome. E você tem razão. Eu preferiria passar o dia com alguém como Bhima a passar com pessoas ditas respeitáveis como você.

— Então vá. Vá. Vá embora. Leve sua imundice com você.

— Devo lembrá-la que Sunita é dona do apartamento dela, Vimal — diz Chitra. — E nós temos tanto direito quanto qualquer outro.

— Na próxima reunião de condomínio, vou pedir uma solução para isso — diz a mulher mais velha. — A gente se vê lá.

Chitra dá uma risada amarga e alta.

— Solução para quê? Escute aqui, a melhor amiga da Su é advogada imobiliária. Nós conhecemos os nossos direitos. Não vamos a lugar algum. Coloque isso na sua cabeça.

— Sim, sim, todo mundo sabe que aquela sua puta é uma jornalista importante! — grita Vimal. — Nós estamos pensando em mandar uma carta ao editor dela...

O rosto de Chitra empalidece.

— Do que você a chamou?

Ela dá um passo na direção de Vimal, que grita dramaticamente. A porta de um dos apartamentos se abre e uma cabeça aparece. É Mehroo Sethna.

Alguns anos antes, Bhima tinha trabalhado para a mulher quando a empregada dela foi visitar sua vila nas férias.

— Vimal? O que está acontecendo?

— Essa degenerada está me atacando!

— *Bai* — Bhima eleva a voz. — Por que *khali-pilli* você está mentindo? A menina Chitra não fez nada. Por favor, continue com seus negócios.

— Você está vendo? — Vimal diz a Mehroo. — A que ponto as coisas chegaram? Onde uma favelada pode dar ordens a uma proprietária em seu próprio edifício? Como essa mulher... ou homem, seja lá o que ela for... consegue corromper até as empregadas?

Mehroo Sethna torce o nariz.

— Viva e deixe viver, Vimal — diz ela. — Por que você tem de se meter em tudo o que acontece no prédio?

Vimal fica indignada.

— É por isso que este país está acabando — resmunga ela. — *Jao*. Vocês todas podem ir para o inferno. — Vimal abana a mão em sinal de desprezo enquanto desce as escadas.

Bhima respira aliviada. Elas esperam a mulher desaparecer. Então, Chitra se vira para Mehroo.

— Obrigada — sussurra ela.

Mas Mehroo só balança a cabeça e fecha a porta.

Elas sobem as escadas em silêncio, e quando entram no apartamento, Chitra abre a geladeira e põe o vinho dentro, sem dizer nada.

— O que eu faço com o bolo, menina? — pergunta Bhima, mas Chitra não responde.

Quando Bhima olha para ela, percebe que os olhos e o nariz de Chitra estão vermelhos.

— Vou tirar um cochilo, Bhima — consegue dizer. Então vai para o quarto e fecha a porta.

Para organizar suas emoções, Bhima olha ao redor procurando algo para fazer. Chitra já havia feito o jantar e os pratos sujos foram lavados e guardados. Bhima pega a vassoura e começa a varrer a sala, sua mente não para. O que Vimalbai disse não é diferente do que ela mesma pensou sobre Chitra e Sunitabai. Ainda assim, a dor no rosto da menina Chitra é uma cicatriz em seu próprio coração. Como ela podia ouvir a maldade nas palavras de Vimal, mas não em seus pensamentos nada caridosos? Ela até pensou em abandonar o trabalho antes de Maya convencê-la do contrário. Bhima sabe que isso não é comum, mulheres que amam mulheres, mas também não é comum que uma mulher educada e rica como Chitra trate uma empregada de forma tão gentil. Seria por que ela gosta de uma coisa incomum? E, de repente, Bhima entende o que Maya disse sobre se sentir mais confortável com as duas jovens mulheres do que jamais se sentiu na casa de Serabai. Ela se lembra do abuso físico que o marido de Serabai infligia à esposa e de como ela nunca contou a ninguém, nem a seus pais e amigos. Apenas ela, Bhima, sabia por que Serabai usava mangas longas no verão. Só ela conseguia levantar sua senhora quando Serabai passava dias na cama após ser espancada. E, mesmo com tudo isso, o mundo considerava *seth* Feroz um homem importante e respeitável. Todas as amigas de Serabai costumavam comentar quão sortuda ela era e que bom marido tinha. Bhima podia ouvi-las quando elas iam para as festas, e mal podia se controlar para não se intrometer e expor o homem e a violência dele. Para desmascará-lo, como Serabai nunca o faria. Então, a bile sobe à sua garganta com o pensamento: essas mesmas pessoas provavelmente dizem as mesmas coisas à bebê Dinaz agora, como ela tem sorte de ter se casado com um homem bonito e decente feito Viraf. Vimal adoraria ter Viraf como vizinho. Mas como ela poderia culpá-las? Até no *Ramayana* era assim: os demônios nunca pareciam demônios, eles vinham à Terra disfarçados de humanos. Bhima sabe: todo objeto brilhante tem um lado obscuro. A menina Chitra e Sunitabai não estavam sendo acusadas pelo fato de serem duas mulheres compartilhando um amor, mas pelo fato de não esconderem isso.

Quando Chitra sai do quarto, uma hora depois, ela veste outra roupa. A moça sorri sem graça para Bhima e se ocupa na cozinha, tostando uvas-passas douradas e amêndoas para enfeitar o *pullao* que fez para a festa de aniversário. Bhima a observa veladamente, espantada com a nova percepção que tem da jovem. O que ela considerava infantilidade era força; a forma como Chitra a tratava era deliberada, uma decisão de não infligir aos outros a dor que conhecia. Quantas vezes aquela mulher teve de enfrentar o tipo de insulto que Vimal havia lhe dispensado? Bhima sempre achou que a riqueza e a educação protegessem as pessoas dos insultos, mas agora questionava se era assim mesmo. Ela quer fazer centenas de perguntas a Chitra, mas sua habilidade de formular questões é limitada. Porém algo mudou, e agora há um instinto protetor querendo blindar aquela doce jovem de cobras como Vimal.

Chitra vira-se para ela com um sorriso acanhado nos lábios.

— Tenho um pedido a você, Bhima. Por favor, não fale nada para Sunita sobre o que aconteceu hoje. Não quero que ela se irrite. Ela é... muito sensível.

Então Bhima percebe o tremer do lábio inferior, a hesitação nos olhos de Chitra, seu leve enrubescimento das bochechas, e entende. A menina Chitra não sabe navegar na maldade do mundo melhor do que ela. Não há proteção contra pessoas como Vimal, não há proteção contra serpentes como Viraf. A vida é repleta de perigo, traição, crueldade. Razões a mais para celebrar os momentos de gentileza, conexão, doçura — a palmadinha no joelho, o oferecimento para comprar um bolo.

— Esqueça isso, menina — diz Bhima. — Aquela mulher é uma bruxa. Por que você se preocupa com a maldade dela? Cuide de suas coisas e viva a sua vida.

Os olhos de Chitra se enchem de lágrimas.

— Obrigada, Bhima — sussurra.

Mas antes que Bhima possa responder, Chitra dá dois passos à frente e pega suas mãos.

— Obrigada — repete a moça.

Alguma coisa na expressão de Chitra a lembra de Maya. Como se lesse sua mente, Chitra diz:

— Maya tem sorte de ter alguém como você para protegê-la.

Um poço se abre em Bhima ao escutar a melancolia na voz de Chitra.

— Sua família toda está em Délhi? — pergunta ela. — Você não tem ninguém aqui?

Chitra faz uma careta.

— Su é minha única família em Mumbai.

Então, ela acrescenta, surpreendentemente:

— E você. Vocês duas.

As palavras saem da boca de Bhima antes que ela possa retirá-las.

— Como podemos ser família, menina? Você deve ser da casta Brahmin, eu sou de casta inferior.

— Você sabia que a maioria das religiões não tem um sistema de castas, Bhima? Os cristãos não têm, nem os mulçumanos. Então, como você acha que eles formam famílias?

Bhima pisca, confusa.

— Como eles sabem, então?

— Sabem o quê?

— Como viver. Com quem casar.

Chitra dá uma risadinha.

— Eles simplesmente vivem e se casam. Seguem o coração deles.

Subitamente, Bhima se recorda de como Gopal correu atrás dela de forma persistente e determinada. Sem querer, um sorriso vem aos seus lábios.

— Ah, Bhima, eu vejo que você sabe do que estou falando.

Ela sente que está corando.

— Meu marido... Ele era... — A mulher para, sem conseguir expressar à jovem os caminhos tortuosos de sua vida.

— Ele está morto, Bhima?

É uma pergunta simples, mas impossível de responder.

— O que dizer, menina? — diz Bhima, enfim. — Ele está vivo, mas nosso casamento está morto. Ele o matou quando me deixou e voltou para a vila onde nasceu levando o nosso filho.

— Oh, céus!

Bhima pode ouvir a preocupação na voz de Chitra.

— Quanto tempo faz?

Mas uma vergonha familiar toma conta dela. Mesmo depois de todos aqueles anos, a desonra ainda é esmagadora porque todo mundo sabe que, quando um homem abandona a mulher, a culpa é dela. Chitra não a julgará, ela sabe, mas o compadecimento dela é quase tão insuportável quanto um julgamento. Assim, Bhima abaixa a cabeça.

— Deixe para lá, Chitrabai. Deixe o passado no passado. Hoje é um dia feliz. Por que obscurecê-lo com histórias tristes?

Chitra a observa por um tempo e, então, suspira.

— Você está certa. Hoje *é* um dia feliz. E eu ainda tenho de embrulhar o presente de Su. Você quer ver?

Mesmo sem querer, Bhima sorri. Ela nunca conheceu uma mulher tão animada quanto Chitra.

— Se você quiser — responde.

— Está aqui. — Chitra leva Bhima pela mão ao quarto. Bhima admira como sua mão é macia, assim como a de Maya. Elas vão ao armário, e Chitra passa por suas roupas no cabide para pegar um pacote embrulhado em jornal. Ela o coloca sobre a cama e o abre.

Bhima fica impressionada. É o rosto de Sunita, desenhado em preto e branco, encarando-as. Há um pequeno franzido que está gravado permanentemente na sobrancelha da mulher. Um sorriso sobrevoa, incerto, os lábios finos. E os olhos na pintura são os de Sunita, mas há uma expressão neles que transforma seu rosto, fazendo parecer mais real que uma fotografia, como se Chitra enxergasse, além da pele e dos ossos, diretamente a alma de Sunita.

— Você pintou isso, menina Chitra? — pergunta, e quando Chitra assente, ela se surpreende de novo.

Ao capturar a essência da alma de Sunita, Chitra revelou algo profundo sobre si mesma.

— Você acha que ela vai gostar? — pergunta Chitra, e Bhima a encara, sem palavras.

Com seis meses de casados, Gopal a levou a um estúdio de fotografia onde um homem tirou muitas, muitas fotos deles, das quais seu marido escolheu três. Naquela época, Bhima repreendeu-o por gastar dinheiro com algo tão bobo, mas, com o passar dos anos, as fotos se tornaram seus bens mais preciosos.

— Vai, *bai* — responde Bhima. — Ela vai manter como uma lembrança, para sempre.

— Bom.

Chitra sorri e, então, empurra Bhima levemente.

— *Accha*. Vá terminar as coisas, e você está livre para sair mais cedo. Eu só preciso de alguns minutos para embrulhar isto.

Antes de ir embora, Bhima pega duas das três laranjas que havia guardado para Maya e as deixa no balcão da cozinha.

— Um pequeno presente para Sunitabai — diz ela, timidamente.

Quando Bhima guarda algo para Maya, raramente o divide com outras pessoas. Porém, o confronto com Vimal a balançou, fazendo com que sentisse uma estranha solidariedade em relação àquelas jovens mulheres e sua solitária vida juntas. Além disso, pensa, ao ir para casa mais tarde naquela noite, talvez a renda extra do trabalho na feira vá permitir que ela se sinta como um ser humano de novo. Se depois de todos esses anos de trabalho, ela não pode dividir duas frutas com alguém tão bom quanto a menina Chitra, então, não há dúvidas de que seu tempo nesta terra foi um fracasso.

16

Apesar de Rajesh estar morto há mais de vinte e sete anos, Parvati não sabe se ela amou ou não o marido. Se sim, foi provavelmente nos últimos dois anos da vida dele, quando estava preso à cama, babando, indefeso como um bebê, seguindo-a com os olhos enquanto ela cruzava o quarto de seu apartamento de dois cômodos ou engolia a comida que ela amassava para ele.

Ela o encontrou pela primeira vez quando tinha vinte e dois anos, no auge de sua força, beleza e habilidade de agradar aos homens, tornando-se a mais valiosa das garotas da Diretora. Ao contrário das outras, seus olhos não eram opacos por causa do haxixe, seus dentes não eram marrons por fumar *bidis* e mastigar tabaco. Mesmo após décadas no bordel, ela manteve certa robustez, a musculatura da garota do interior que foi um dia. De fato, apesar dos três abortos que teve até o pedido de Rajesh e da gonorreia que contraiu, no mínimo, meia dúzia de vezes, ela era uma das poucas mulheres da Diretora que não havia se tornado devastada e espectral com as exigências do trabalho. Duas coisas a salvaram desse destino: sua beleza, que deixava a Diretora relutante em entregá-la a qualquer homem que a quisesse, e sua aptidão para cuidar da contabilidade. Quanto mais obesa a Diretora se tornava, devorando *biryani* de cabra e *parathas* fritas em *ghee*, mais ela se tornava dependente de Parvati para fazer as contas.

Em outros tempos, a Diretora não teria alugado Parvati a alguém tão baixo quanto Rajesh. Ela a teria preservado para empresários ou universitários ricos que gastavam o dinheiro do pai com garotas e bebidas. Mas Rajesh era inspetor de polícia e o bordel fazia parte do distrito dele. Ele apareceu lá durante sua primeira semana de trabalho, pediu para conhecer o lugar e, ao fim, apontou seu bastão para Parvati.

— Vou ficar com esta aqui — disse ele simplesmente, como se escolhesse um abacaxi no supermercado.

A Diretora não teve escolha a não ser obedecer.

Esta noite, Parvati está sentada na beira da cama, em seu quarto no espaço de Mohan. Ela mexe na bolsa de pano onde guarda todas as suas posses e cava até o fundo até encontrar o que está procurando — um grampo de cabelo azul, de plástico. Rajesh deu-o para ela em sua segunda visita. Ela fingiu estar grata, mas, acostumada com os presentes luxuosos que recebia de seus clientes regulares, planejou jogá-lo no lixo assim que o homem estúpido fosse embora. Mas não jogou. O grampo ficou em sua penteadeira, e na vez seguinte que ele apareceu, ela o colocou no cabelo. E se divertiu com quão satisfeito ele ficou. Rajesh foi mais gentil com ela naquela visita em comparação com as anteriores, e logo se tornou um ritual para ela colocar o grampo no cabelo quando ele vinha. A Diretora ficou contente com esse arranjo porque, apesar das propinas semanais, do uso gratuito de garotas e das bebidas dadas aos policiais, o inspetor anterior nem sempre cumpria sua parte no acordo. Com Rajesh, não havia batidas repentinas nem prisões para gerar publicidade na época das eleições.

Parvati sente o grampo nas mãos. Há algo de malévolo naquela peça que o destino pregou nela. Apesar de seus incansáveis esforços para escapar da vida no bordel, acabou em outra casa da vergonha. Ela teme que sua vida acabe nesse ambiente, tão parecido com o lugar onde sua infância terminou. O grampo de cabelo é um talismã, um lembrete da irrefutabilidade do destino. Nem ela sabe por que o carregou esse tempo todo.

Rajesh foi o primeiro a descobrir a semente de romã que crescia na base de seu queixo. Certa tarde, eles estavam deitados na cama, ele com o braço ao redor dela, o dedo acariciando sua bochecha. O dedo andou para o queixo, parou e sentiu algo.

— *Kya hua?* — perguntou ele. — O que aconteceu?

— O quê?

— Aqui. O que é isso?

Ela tocou o ponto onde o dedo dele estava.

— Não sei. — Ela deu de ombros. — Não é nada. Não está doendo. Vai passar.

Mas não passou. Quase imperceptivelmente, ele cresceu. No começo, ninguém podia vê-lo. Mas Rajesh sabia que estava lá e ficou de olho.

— Está crescendo — atestou ele um dia. — Estou pensado em câncer *tumko ho gaya*. Você foi ao médico?

— Não tenho tempo para ir ao médico — desdenhou ela. — É só uma espinha. Vai sarar.

— Eu pago — ofereceu ele, suavemente. — Vou falar com sua senhora para ela lhe dar o dia de folga.

Ao se lembrar disso, Parvati escava sua bolsa de pano novamente. Ela puxa uma pequena moldura de metal com a foto de Rajesh em seu uniforme de polícia, olha para ela por alguns minutos e espera sentir uma rajada de amor pelo homem que a tirou das garras da Diretora. Mas se um dia houve amor, ele secaria nos anos seguintes. Então, Parvati sente uma ponta de gratidão pelos primeiros anos de gentileza. Para começar, Rajesh havia se tornado cada vez mais territorial, brigando com a Diretora por arruinar a juventude de Parvati ao passá-la a homens demais. Mesmo depois de o médico dizer que o tumor não era maligno, ele continuou defendendo a mulher. Quando a cobiça da Diretora se mostrou maior do que seu medo, Rajesh deu a cartada final. Tarde da noite, dois policiais, clientes habituais, invadiram o lugar e prenderam a Diretora, indiferentes às suas ameaças e maldições. Dois dias na prisão sem acusações e sem acesso a um advogado fizeram a Diretora entender quem ela estava enfrentando. Parvati nunca descobriu quais palavras foram trocadas entre a Diretora e Rajesh, mas, depois que ela foi liberada, houve um novo arranjo. Parvati, então, passou a ter só duas tarefas — confortar Rajesh e ser exclusivamente dele, além de ajudar na contabilidade.

Com o passar dos anos, a relação mudou. Rajesh passou aparecer no fim de seu expediente e dizia: "Prepare-se. Tem um filme novo que quero ver". E lá iam eles, enquanto a Diretora e as outras garotas ficavam carrancudas às suas costas. Ele a levava para comer um lanche e *kulfi* de manga em Chowpatty depois do cinema, e então, voltava ao bordel na moto dele. Foi nessa época, Parvati se lembra, que Rajesh começou a se referir a ela como *namorada*.

Cuidar da contabilidade da Diretora também dava certo poder de decisão a Parvati sobre os acontecimentos do bordel. Ela sabia que todos achavam que estava ganhando dinheiro suficiente para comprar sabonetes Camay e esmaltes de unha importados dos contrabandistas na Flora Fountain todas as semanas, ou para pedir um Limca extra ou um prato de *biryani* de frango. Mas ela não estava. Em vez disso, comprava chocolate para Praful todos os dias. E usava sua influência para convencer a Diretora a dar um dia de folga à mãe dele quando ela estava especialmente mal. Foi ela também quem importunou a velha a ser a primeira no distrito a oferecer preservativos de graça aos clientes. Foram tão poucos os homens que os usaram que a Diretora culpou Parvati por gastar dinheiro à toa.

— Nenhum homem com *izzat* vai usar isso se não tiver de usar — ela ralhou. — Você é burra por não saber disso.

Dez anos depois de Rajesh tê-la reivindicado para ele, a vida de Parvati caiu em uma rotina. Nesses anos, Rajesh foi transferido para delegacias próximas, mas, de alguma forma, sua influência sobre a Diretora não mingou. Também havia o fato de que, em uma década, a semente de romã cresceu até o tamanho de uma laranja. Parvati deixou de ser a mulher mais desejada do bordel para se tornar a mais desprezível. No começo, ela encorajou rumores e superstições que corriam soltos entre os homens que enchiam o lugar. Não importava se os clientes eram taxistas analfabetos ou universitários educados — todos acreditavam na eficácia das maldições. Parvati usava isso a seu favor, até ver que o desejo que tinham por ela tinha deixado seus olhos. Só Rajesh parecia não se afetar com o tumor, possivelmente porque ele o havia tocado quando ainda era uma semente e porque tinha ouvido, em primeira mão, o médico declarar ser um tumor estranho, mas benigno, sem risco de transmissão.

Por isso, não era só gratidão o que Parvati sentia por Rajesh. Às vezes, antes que pudesse controlar suas emoções, se criçava com o tom de dono que ele usava. Além disso ela também se ressentia que ele a chamasse de namorada. Quem era ele para lhe dar uma designação, pela qual Rajesh parecia esperar gratidão? Que tipo de namorada era aquela, que precisava obedecer a todas as exigências sem nunca ter permissão para fazer as suas próprias? O que aconteceria se, um dia, ele aparecesse para levá-la para passear e ela recusasse?

Ainda havia o fato de que Rajesh era dezoito anos mais velho que ela. Com um rosto longo como uma abobrinha e um bigode ridículo, ele parecia um nababo de cem anos atrás. Era todo duro e engomadinho, como se já tivesse nascido dentro do uniforme. Parvati tinha vergonha de ter um homem daquele tipo apaixonado por ela, reivindicando-a e chamando-a de namorada. Em algum momento, todas as garotas da Diretora fantasiaram com algum homem — um homem gentil e juvenil, com o rosto do jovem Rishi Kapoor — que se apaixonaria por elas e as tiraria daquele lugar. Parvati havia até mesmo visto isso acontecer, uma ou duas vezes. Porém, lá estava ela, encalhada por dez anos com um homem mais velho e sisudo que esperava que ficasse agradecida com os passeios e os presentes baratos que lhe trazia.

— *Kutta!* — cospe Parvati. Cachorro. Mas, mesmo quando diz a palavra, lembra-se de que nunca foi simples. Rajesh, cada vez mais, falava sobre se aposentar da polícia e sobre como havia prometido à esposa que eles se mudariam para Pune, onde a irmã da mulher vivia.

— Vou sentir a sua falta — dizia ele.

Parvati sorria, em parte esperando e em parte temendo a inevitável separação do homem que a poupou das mais terríveis degradações de sua profissão por quase dez anos.

Então, dois dias após o aniversário de trinta e sete anos de Parvati, e sete meses antes da aposentadoria dele, a esposa de Rajesh contraiu dengue, e morreu três dias depois.

Agora, Parvati pensa, talvez ela o tivesse amado na noite em que ele foi vê-la, alguns dias depois do funeral. Naquela noite, ela consolou um Rajesh que jamais tinha visto, enquanto ele se enterrava nela como um animal ferido. Em todos os seus anos juntos, Rajesh mal havia mencionado a esposa, nunca havia pronunciado seu nome, e só se referia a ela como "a mãe de meu filho". Mas, então, ele falava de sua Usha, de como ela fazia a melhor *uppma* do mundo, de como gerenciava bem as finanças deles e cuidava da casa. Parvati se dá conta do paradoxo apenas agora, passados todos esses anos — se ela amou Rajesh um dia, foi na noite em que ele falou da afeição que tinha por sua esposa. Naquela época, ela imaginou se a falecida teria sabido de sua existência durante a última década de sua vida, e como e por que havia tolerado que o marido visitasse uma prostituta.

Parvati se vira para o lado na cama de corda e puxa um lençol fino de algodão até as orelhas para bloquear as vozes altas do passado. Por anos, ela tratou o passado como uma casa condenada na qual não podia mais entrar. Mas, nestes dias, ele rasteja sobre seu corpo, desencadeado pelas risadas agudas das dançarinas, pelas batidas da música do *tabla*, tão familiares quanto as batidas de seu coração, e até mesmo o aroma das frituras que as garotas comem entre um cliente e outro, levando-a de volta ao calor e ao cheiro fétido da casa da Diretora. Ela colocou tantos quilômetros entre si e o bordel, primeiro ao se casar com Rajesh e, depois, ao ficar sozinha. E ali está ela, protegida do que acontece nos quartos vizinhos apenas pela idade avançada. Deus não existe. Ou, se existe, é simplesmente para atormentar Suas criaturas humanas.

Ela ainda se lembra de seu silêncio chocado quando Rajesh a abordou, alguns meses após a morte da esposa, e a pediu em casamento.

— Ela nunca vai me deixar ir — disse ela, por fim, referindo-se à Diretora, é claro.

Rajesh retesou-se, com seu orgulho profissional ferido.

— Se ela quiser manter este lugar maldito aberto, ela vai. Você se esqueceu, mas eu ainda sou o inspetor da polícia. Ainda não me aposentei!

— Você não conhece a Diretora — replicou Parvati, incerta se estava simplesmente evitando dar uma resposta. — Ela vai querer briga.

Rajesh tinha uma expressão triste.

— Só estou dizendo isso porque você está me forçando, *janu*. Seu mercado está em baixa. Para começar, você não é mais nova, *hai na*? E aí tem esse negócio crescendo debaixo de seu queixo... — Ele parou. Não precisava terminar a frase.

Ainda assim, Parvati permaneceu em silêncio até que os olhos de Rajesh brilhassem de impaciência.

— Poucos homens ofereceriam uma vida respeitável a uma mulher como você, Parvati — continuou ele. — Estou lhe oferecendo uma casa boa, entre pessoas decentes. Qualquer mulher em seu lugar estaria chorando de gratidão. Ou você é tão decadente que não pode ser reabilitada?

Parvati pensou nas palavras desafiadoras dele.

— Fale com ela. Veja o que ela diz.

— *Arre, wah*. Você age como se ela fosse sua dona...

— E não é? Ela me comprou...

— Mesmo que a tenha comprado, você a pagou de volta mil vezes mais. Com quantos homens por noite você...

— Se você for meu marido, não pode falar assim comigo. Sobre o que eu fiz com outros homens, antes de você. Nunca. Entendeu? Prometa-me isso.

Ele deu um sorriso apaziguador.

— *Accha, accha*, por que você está ficando brava? Está bem, *baba*, eu prometo...

Parvati geme de dor. Se ela somasse o número de pessoas que quebraram promessas com ela durante os anos, poderia construir uma escada para ir até a Lua. Melhor deixar o passado onde ele está e dormir. Já vai amanhecer, de todo o jeito.

17

PORQUE NÃO BASTA QUE O SOL tirânico arda sobre elas o dia inteiro, assando suas peles enquanto permanecem agachadas na feira

Porque não basta que o barulho das britadeiras do outro lado da rua seja tão intenso que elas continuem a sentir as vibrações por muito tempo, mesmo após terem saído da feira

Porque não basta que Bhima tenha sido violentamente despertada de um sono errático antes do nascer do sol, com o barulho do vizinho espancando sua infeliz esposa

Porque não basta que, quando Parvati saiu de seu quarto pela manhã, um estranho, vestindo apenas shorts, tenha ficado na varanda, observado-a maliciosamente, fazendo seu peito se apertar de medo

Porque não basta que a esposa de Rajeev sofra de pneumonia, e eles ainda estejam devendo quatrocentas rupias ao doutor *sahib* por conta da última vez que ela esteve doente

Porque não é suficiente que o filho de Rajeev esteja pressionando o pai a pedir mais dinheiro desse seu novo e peculiar trabalho de transporte das mercadorias de Bhima

Porque não basta que Parvati e Bhima tenham se remexido a noite inteira para fugir dos fantasmas do passado que ainda as assombram

Porque não basta que as duas mulheres estejam grudadas àquele minúsculo pedaço do inferno, ligadas por suas necessidades e seu desprezo mútuo

Porque não basta que, após comprar suas mercadorias religiosamente de Jafferbhai todas as manhãs, ele tenha rido na cara dela esta manhã quando Bhima mencionou a questão do crédito

Porque não basta que o insulto de Jafferbhai ainda lhe cause dor e tenha tornado Bhima ainda menos tolerante com a mania de Parvati de esfregar aquela coisa nojenta que cresce debaixo de seu rosto

Porque não basta que Parvati tenha percebido imediatamente o nojo de Bhima e isso a torne ainda mais rabugenta do que de costume

Porque não basta o rumor que se espalhou de que os peixeiros estão planejando protestar contra a abertura do shopping, prejudicando assim todos os outros negócios

Porque não basta que tenha havido um aumento inesperado e substancial na mensalidade da faculdade de Maya

Porque não basta que, apesar da renda mais alta, Bhima se sinta insegura, refém das vontades e dos humores de Parvati

Porque a vida não é difícil o bastante, porque o dinheiro não é apertado o bastante, porque seus medos não são aterrorizantes o bastante

De repente e sem aviso, começa a chover.

As monções chegaram.

18

O MOVIMENTO CAIU PELA METADE.

Bhima está preocupadíssima. A generosidade que sentiu em relação a Parvati e Rajesh azedou, tornando-se ressentimento. Está especialmente aborrecida com Parvati porque, apesar da chuva torrencial, a mulher consegue vender suas seis couves-flores todos os dias. Ela, então, espera a terceira cliente do dia — uma mulher enlameada, magra feito um esqueleto e encharcada — ir embora para falar com Parvati.

— O que eu não entendo — diz ela, como se continuasse uma conversa — é onde os clientes se metem durante a estação de monções. Eles ainda têm de comer, não é?

Parvati olha para o nada.

— Algumas pessoas têm olhos, mas ainda assim são cegas. — Ela então olha para Bhima de forma condescendente. — Olhe ao seu redor, irmã. Está vendo essas lojas *pucca*, de verdade, com paredes, pisos e tetos? Por que eles comprariam de você quando podem comprar em uma loja dessas?

Bhima puxa a lona de plástico que Rajeev colocou para elas se sentarem.

— Mas essas lojas cobram mais — retruca Bhima.

Parvati solta uma risada.

— *Nahi*. Os safados dos baneanes são espertos. Em dias assim, eles dão descontos extraespeciais. Só para tirar os negócios de pequenos, como você. — Com o dedo, ela toca o caroço, sem pensar. — Além disso, diga a verdade. Quando fazia compras para a sua senhora em dias chuvosos como hoje, você se incomodava de pagar mais para ficar abrigada da chuva?

Bhima fica corada. Era verdade. Mesmo cuidando do dinheiro de Serabai, ela costumava pagar o preço das lojas em dias miseráveis como aquele.

Apesar da capa de chuva, o cabelo de Rajeev escorre em sua testa e a água corre em seu rosto conforme ele se apressa na direção delas.

— Você precisa que eu busque mais mercadorias, *mausi*? — pergunta, ofegante.

Bhima aponta para as frutas não vendidas.

— Para quê? Primeiro temos de vender tudo isso, não é? — Ela evita olhá-lo diretamente. — Se um cliente quiser que você faça uma entrega, você está livre hoje. Os negócios estão ruins aqui.

É doloroso para Bhima dizer aquilo, depois de toda a ajuda altruísta que Rajeev lhe ofereceu. Na verdade, nos últimos três dias ela continuou pagando a diária dele. Mas agora é preciso parar. Ela está ali para fazer negócios, não caridade, e cada bocado que coloca na boca de Rajeev está tirando de Maya. Ainda assim, ela vai sentir falta da sensação emocionante de pagar a Rajeev mais do que ele costumava ganhar no seu trabalho anterior. Bem diferente da mulher azeda sentada à sua esquerda, Rajeev sempre é grato.

O rosto de Rajeev cai quando entende o significado das palavras de Bhima. Mas ele apenas responde:

— *Theek hai, mausi*. Eu venho dar uma olhada de novo mais tarde.

Meia hora depois, Bhima ainda está refletindo sobre o que Parvati disse sobre as vantagens que os lojistas têm em relação a comerciantes como ela. Espera pelo horário de almoço e, sem faltar, lá vem Rajeev galopando como um cachorro de estimação esperando ser alimentado. Ela considera dizer aos dois que eles precisam começar a pagar pelo almoço deles, mas, no último minuto, muda de ideia. Em vez disso, diz:

— Traga alguma coisa para comer e fique aqui até eu voltar. Pode ser?

Mesmo sem perguntar, ela sabe que Parvati irá intervir caso Rajeev, doce como um pardal e burro como um pombo, cometa algum erro.

— Eu já volto. — Bhima estala os dedos. — *Accha?*

Ela se prepara para um comentário mordaz de Parvati, porém a mulher mais velha simplesmente olha para ela com as sobrancelhas erguidas enquanto Bhima recolhe os ganhos do dia guardados debaixo da toalha de mesa e se apressa para sair.

Há três clientes antes dela na loja de cebolas e batatas de Birla, e Bhima usa o tempo de espera para sondar as instalações. A loja está lotada até o teto com o estoque de mercadorias, mas ainda há um espaço debaixo da cobertura onde ela pode vender suas frutas. Será que Birla concordaria em alugar aquela área minúscula para ela? Em caso positivo, quanto ela deveria oferecer? O pequeno valor que paga a Parvati por dia o ofenderia, ela sabe. Mas quanto seria justo? Bhima sente uma pontada de culpa por pensar em abandonar a mulher mais velha, mas a culpa é um luxo a que ela não pode se dar. Ela não está ali para salvar o mundo.

— Oi, Bhima *bhen* — Birla a cumprimenta finalmente. — Quantos quilos você quer?

Mais que depressa, ela dá uma espiada ao redor e fala em voz baixa:

— Não quero comprar nada. Estou aqui para discutir outro assunto.

Birla a observa curioso e espera um momento.

— Sim?

— Você deve ter ouvido dizer que estou vendendo frutas na feira. — Ela faz uma careta. — Os negócios estão indo bem, mas estes dias de chuva estão me matando. Então, estava pensando quanto você me cobraria para que eu possa usar o espaço externo de sua loja.

Ela ainda não terminou, mas Birla já está cruzando as mãos na frente do peito para fazê-la parar de falar.

— Não, não, não, *bhen*. Peça-me qualquer coisa, mas não isso, por favor. Meu querido pai falecido sempre me ensinou: dê um *roit* a uma pessoa faminta, mas não alugue uma casa a um desabrigado. Desculpe, não estou interessado.

— Mas eu vou pagar...

— Bhima *bhen*, não me leve a mal, mas nós estamos neste local há mais de sessenta anos. Durante esse tempo, já fomos abordados por gente que dirige Mercedes e pode comprar e vender pessoas pequenas, como você e eu, um milhão de vezes. Mas minha regra permanece a mesma. Nada de aluguel. Não preciso dessa dor de cabeça.

Como que para reforçar suas palavras, há um trovão alto e os dois pulam de susto. Com pesar, Birla sorri e se vira.

— Sinto muito — diz ele.

Bhima encara o lojista por um breve momento e, então, se afasta e retorna ao seu lugar. Quando se abaixa para entrar sob a lona novamente, está encharcada.

— Você está com cheiro de cachorro molhado — diz Parvati como cumprimento, calando-se ao olhar de Bhima.

As duas mulheres se sentam juntas, em um silêncio miserável.

— Onde o Rajeev se meteu? — pergunta Bhima depois de alguns minutos.

Parvati dá de ombros.

— Ele teve uma entrega. Então eu disse para ele ir. Como você pode ver, só tivemos um cliente. Seu dinheiro está debaixo da toalha.

— Obrigada — diz Bhima brevemente.

— Então, ele disse não para você?

— Quem?

— Quem poderia ser? O lojista que você foi ver.

Os olhos de Bhima brilham.

— Nada é particular neste lugar infeliz? Quem lhe contou?

— Ninguém me contou. Eu lhe explico por que você não tem clientes e, dez minutos depois, você corre como se tivesse algo urgente para resolver. Eu posso enxergar o que está debaixo do meu nariz.

As mãos de Bhima coçam de vontade de esbofetear a cara daquela mulher convencida.

— Algumas de nós querem progredir — diz ela com despeito. — Nem todas somos preguiçosas, satisfeitas em vender seis couves-flores por dia.

Parvati a observa atentamente.

— Para as infelizes como nós, não dá para progredir. Você pode tentar o quanto quiser, irmã. Mas, no final, acaba onde começou. Isso eu sei.

As palavras de Parvati ecoam as crenças de Bhima. É difícil discutir. Mas, então, ela se ouve dizer:

— Não tenho esse luxo. De admitir a derrota. Tenho uma neta para educar e casar.

Para sua grande surpresa, Parvati concorda.

— *Sahi baat hain*. Você está certa. Essa é a grande diferença entre mim e você.

Os olhos de Bhima se enchem de lágrimas com essa concordância inesperada.

— É tudo por ela — gagueja. — Eu... Para que ela possa ter uma vida melhor que...

Com sua mão ossuda, Parvati bate levemente no pulso de Bhima. Duas vezes.

— Irmã. Não precisa explicar. Eu entendo.

Ela fica quieta por alguns minutos e, depois, diz:

— Deixe-me ver o que posso fazer. Para conseguir um espaço melhor para você. Coberto.

Bhima não tenta disfarçar seu ceticismo. Se Parvati quer ajudá-la, ela pensa, por que não ajudou a si mesma durante todos aqueles anos?

— Com quem você falou? Com aquele malandro do Birla?

— Sim.

— Esse foi seu erro. Ele é gordo e próspero demais para se importar. Você precisa achar alguém cujo negócio não seja tão forte. Entendeu?

Bhima investiga o rosto de Parvati, mas sua expressão é impenetrável.

— Como você ficou tão esperta? — pergunta ela.

Parvati emite um pio baixo.

— Esperta? Irmã, sou tão esperta que passo meus dias nesta feira matando moscas. E, aí, vou para casa, para um lugar que pode ser fechado por uma batida da polícia a qualquer... — Ela se contém, coloca uma mão na frente da boca e olha para a calçada.

A mente de Bhima está a mil, mas ela olha para outro lado e finge não ter escutado. Deixa passar um pouco de tempo até dizer:

— Com quem eu deveria ir falar?

— Não sei. Vou pesquisar.

Bhima está prestes a demonstrar sua gratidão quando Parvati completa:

— Claro que eu vou cobrar uma taxa pela pesquisa. Para compensar o dinheiro que vou perder.

Bhima não tem escolha a não ser concordar.

19

O NOME DELE É VISHNU e ele tem uma loja pequena e desinteressante, não muito longe do ponto de Parvati na feira. Bhima passa por lá todos os dias, mas a loja deve ser tão singela quanto o dono, pois nunca a notou. Ao contrário dos outros lojistas, Vishnu não chama os passantes, mas espera que venham até ele. Esse é seu primeiro erro. O segundo, Bhima percebe, é que ele é um rapaz terrivelmente jovem e tem o hábito perturbador de olhar por cima dos ombros da pessoa com quem está falando. Ela vende frutas há apenas dois meses, mas já sabe da importância do contato visual, de saber como vender. Vishnu não possui essas qualidades.

Porém, ele sabe negociar. Em vez de uma taxa de aluguel fixa, quer uma porcentagem dos ganhos diários. Bhima o encara, sem saber se deve aceitar ou não. Ela gostaria que Parvati estivesse ali para ajudá-la, mas a mulher mais velha já retornou ao espaço dela. Desse jeito, Bhima sente que não tem escolha a não ser aceitar os termos do jovem. A chuva foi tão pesada nas últimas quarenta e oito horas que no dia anterior a rua inteira inundou, e ela não conseguiu vender nada. Jafferbhai aceitou guardar suas mercadorias no depósito por mais um dia, mas Bhima sabe que precisa agir rápido. Além disso, a loja de Vishnu fica na esquina, um dos lados tem uma parede onde ela pode se encostar o dia inteiro.

— Por favor, espere — diz ela. — Eu volto em quinze minutinhos.

Parvati faz cara feia quando Bhima conta sobre a oferta de Vishnu.

— De certa forma, é melhor — concorda Parvati. — Mas, em um dia bom, você vai pagar muito mais. *Accha*, faça o seguinte. Fale para ele que não vai lhe dar mais do que três por cento.

Bhima suspira, detestando a ideia de ver ir embora três por cento de seu suado dinheiro. Observando-a, Parvati sacode a cabeça.

— Não pense pequeno como um rato. Essa locação vai trazer novos clientes. — Ela geme ao se levantar. — *Chalo*, eu vou com você. Conheço Vishnu desde que era um menino em calças curtas. Ele acha que é o grandão agora. Vou dar um jeito nele.

Bhima observa admirada como Parvati e Vishnu negociam. Os dois rascunham números em um caderno, elevam a voz e dão os números. Finalmente a voz de Vishnu soa mais alto.

— Três por cento. — Ele bate uma das mãos no balcão. — Oferta final. Mais baixo do que isso não posso fazer. É pegar ou largar.

Parvati morde o lábio inferior. Ela se vira para Bhima, encarando-a com pesar.

— Eu falhei com você, irmã. Sei como é difícil para você, mas o que fazer? Este Vishnu está negociando demais. Bom, hoje é um dia bom. Meu conselho é que você concorde em pagar três por cento a ele.

Bhima está perplexa.

— Mas isso é o que nós...

— *Bhen*. Irmã. — Parvati pisca, furiosa. — Não discuta. Só diga sim.

— Sim, mas...

— Então o negócio está fechado.

Parvati dá uma piscada rápida para Bhima antes de falar com o lojista.

— Vishnu *beta*. Faça um favor a esta velha viúva e arranje alguém para limpar e pintar a parede antes de ela começar. Está cheirando a urina e coberta de manchas de bétele. É ruim para o negócio.

— O que posso fazer, tia? As pessoas veem uma parede e acham que é um mictório. Se eu pintar hoje, vão estragar amanhã.

Parvati sorri.

— Faça uma coisa. Fale para o pintor pintar umas imagens sagradas, de deuses. Alguns Krishnas, alguns Sai Babas devem bastar. Ninguém vai mijar em coisas sagradas.

Vishnu pisca, sem acreditar nos próprios ouvidos, boquiaberto com a blasfêmia casual. Mas assente com a cabeça, concordando.

— *Accha*, tia. Só me dê um ou dois dias.

Bhima dá uma olhada de lado para Parvati quando deixam a loja de Vishnu. Ela sabe que Parvati está satisfeita consigo mesma.

— Você deveria estar na política — comenta Bhima, afinal. — Nunca conheci alguém como você na minha vida inteira.

Parvati aponta para o céu.

— Destino. *Kismet*. — Então, ela aponta o mesmo dedo para Bhima. — Você ainda está me devendo o pagamento total até o fim do mês.

20

Parvati estava certa. A nova locação atraiu novos clientes. Pessoas ricas, empregadas domésticas, todos ficavam gratos por sair da chuva por um minuto, podendo segurar uma manga ou uma fruta-do-conde nas mãos, pesando ou cheirando os produtos sem se encharcarem. Nas últimas duas semanas, Bhima fez questão de continuar comprando o almoço para Parvati, mas se ela está grata, não revela. Às vezes, se a chuva está pesada, Parvati procura abrigo debaixo da cobertura onde Rajeev e Bhima se agacham e almoçam, com a boca se movendo tão monotonamente quanto uma vaca enquanto mastiga seu lanche. Bhima se força a ignorar o quão frequentemente a mulher coloca a mão nas costas, de forma involuntária, e como, entre uma mordida e outra, ela põe o lanche no chão e esfrega o caroço com um movimento rápido e circular. Uma ou duas vezes, Rajeev soltou um som compassivo, perguntou se o unguento que lhe deu havia ajudado, mas Parvati o silenciou com um curto: "Está tudo bem". E, todas as manhãs, quando Bhima passa pelo lugar onde Parvati se senta amontoada debaixo da lona, luta contra a pontada de culpa que sente por ter deixado sua ex-parceira para trás.

Em geral, Bhima está satisfeita. Os dias adquiriram um ritmo próprio. Rajeev é um assistente confiável e afável, e ela se anima toda vez que um cliente volta. Também Vishnu provou ser um bom locador. Todas as tardes, antes de ir para a casa de Chitra, Bhima limpa o espaço que está ocupando, sendo cuidadosa para não lhe dar razões para descontentamento. Em casa, as coisas também estão melhorando — ela começou a observar seu minúsculo barraco e a imaginar se pode comprar algumas coisas novas. O fogão a querosene, por exemplo, tem vinte e dois anos. Sem dúvida, ela pode comprar um novo. E, quem sabe, depois de certo tempo, pode perguntar a Bibi o custo de colocar piso no chão, como ela e Ram fizeram. O simples ato de fantasiar com essas coisas faz Bhima se sentir melhor. A vida inteira, ela só ganhou o suficiente para colocar um pé na frente do outro. Mas no dia anterior ela deu uma nota de dez rupias a Maya, e a surpresa da menina esquentou seu coração. Bhima sempre achou que apenas sobreviver era suficiente. Acontece que seu coração não é diferente do de Serabai ou do de Chitra; ela se lembra do quanto Serabai ficava feliz quando elas saíam para fazer compras juntas e a patroa encontrava uma blusa ou um lenço para Dinaz. Ou do deleite da menina Chitra quando surpreendia Sunita com um livro ou um bracelete. Bhima achava que aquilo era uma coisa dos ricos, o prazer de presentear. Mas ela também precisava de tal satisfação.

Os peixeiros deslocados não apareceram na grande inauguração do shopping, como todos temiam. O dia passou sem incidentes, apesar de, graças a uma estrela de cinema de quem Bhima nunca ouviu falar, o trânsito ter ficado ainda mais caótico do que de costume. A música alta dos filmes retumba na rua vinda de alto-falantes improvisados e uma série de carros pretos compridos seguem um atrás do outro com grinaldas de rosas, como se fosse uma festa de casamento. Bhima dá as costas, desgostosa, sem nenhum interesse nas artimanhas dos ricos. A segurança está tão pesada que a polícia não a deixará atravessar a rua que dá início ao caminho para a casa de Sunitabai. Bhima resmunga algumas maldições para todos eles ao andar a distância extra — para a estrela de cinema sem nome, para o primeiro-ministro, que dizem que comparecerá à estreia do filme, para o guarda de trânsito idiota que a fez tomar outra direção, para os construtores anônimos do shopping, cujo exterior marmorizado e cujas vitrines de vidro intocadas são uma ofensa, servindo apenas para refletir a pequenez de sua vida.

Os problemas começam uma semana depois. Bhima acaba de finalizar uma venda quando surge o rugido dos motins, seguido pelo estilhaçar dos vidros. Ela olha para o outro lado da rua, surpresa. De onde todos eles vieram, aquele grupo de homens e mulheres que jogam pedras no shopping e vasculham o mármore com as mãos? Rapidamente, ela se dá conta de que é o protesto antecipado dos peixeiros. No seu lado da rua, as pessoas pararam para observar os manifestantes, boquiabertas. Por alguns minutos, o quadro permanece o mesmo — os desordeiros trabalham em uma velocidade demoníaca para destruir o shopping, e os espectadores do outro lado ficam sem ação, chocados. E, então, surge um novo som — o barulho ameaçador das sirenes de polícia. Os jipes chegam e dezenas de policiais atacam os peixeiros. Do outro lado da rua, Bhima pode ouvir o som dos *lathis* de bambu dos policiais quando os estremecem no ar por um segundo antes de pousarem os cacetetes indiscriminadamente nas cabeças e nos corpos dos manifestantes. Como ratos perseguidos, eles correm feito loucos para o outro lado, na direção da feira. A polícia os persegue e, então, não há mais para onde fugir. Bhima vê um policial tropeçar em um monte de limas. Furioso, o homem se volta e bate, sem qualquer razão, no vendedor que estava agachado. Bhima grita quando sangue começa a sair da cabeça do homem e observa quando o policial o chuta antes de virar seu bastão na direção de outra pessoa. Ela mesma está a poucos metros de distância, mas a loja de Vishnu e a parede adjacente servem como uma espécie de proteção, tanto que ela sente que está agarrando mais e mais a parede, como que para ficar invisível. Porém, logo depois, ela se lembra que Parvati está por ali, sentada miseravelmente debaixo de uma tenda de plástico azul. Parvati, velha, mas tenaz, não foge de uma briga.

— Tia, venha para dentro — grita Vishnu, estendendo a mão na entrada de sua loja.

Porém, em vez de segurar a mão do jovem, Bhima se vira e corre para a rua na direção de seu antigo ponto na feira. As pessoas passam apressadas por ela, aos gritos, e o som delas é como um assobio agudo durante uma tempestade. Ainda assim, ela corre na direção oposta e, então, a vê — Parvati, no meio do tumulto, com as mãos na cintura e um pouco inclinada para a frente, como se fosse dar um sermão em alguém. Parvati, o único ponto calmo em um mar turbulento, e a despeito do perigo, a despeito do caos, Bhima entende a expressão no rosto da mulher. É descrença. E a ausência absoluta de medo. E talvez seja a raiva que Bhima sente por essa arrogância que a faz pegar na mão da mulher mais forte do que deveria, arrastando-a.

— Venha! — grita Bhima, e Parvati obedece, sem dificultar ou protestar, seguindo o ritmo da outra, que, por sua vez, tem a estranha sensação de que Parvati simplesmente estava esperando que ela a viesse buscar.

Vishnu e seu assistente estão baixando a porta de metal da loja quando elas chegam.

— Venham, depressa! — grita ele, curvando-se para ajudá-las a subir os três degraus de pedra que levam ao interior do estabelecimento.

— Minhas frutas — Bhima começa a dizer, mas é silenciada pelo olhar de Vishnu.

— Seus miolos vão parecer polpa de manga se um desses policiais bater na sua cabeça com um *lathi* — resmunga ele ao terminar de abaixar a porta e trancá-la.

— Não tinha por que me arrastar para cá — reclama Parvati. — Eu estava bem no meu canto. Ninguém estava me incomodando.

Antes que Bhima pudesse reagir, Vishnu solta uma gargalhada de descrédito.

— *Kamaal hai!* Inacreditável! A maioria das pessoas estaria beijando os pés dessa mulher. — Ele repreende Parvati. — Ela correu um grande risco indo lá fora. E você aí, reclamando.

Dessa vez, Parvati diz chateada:

— Obrigada.

Porém, Bhima sabe que o agradecimento é só para agradar Vishnu e lhe dá as costas. Ela mesma não sabe por que foi atrás daquela mulher azeda com cara de jaca. E, então, estremece. Rajeev. Onde ele estaria? Deveria ter ido atrás dele, não atrás daquele monte de estrume.

— Não se preocupe com Rajeev — declara Parvati então. — Ele não retornou da entrega que você lhe deu. Então, deve estar bem.

Ela sorri, um sorriso fino e triunfante, como se soubesse o desconcerto que causa a Bhima essa sua habilidade de ler mentes.

Apesar do ventilador, com a porta fechada, a loja é quente. Os quatro se entreolham quando escutam uma série de apitos estridentes, seguida de uma nova rodada de gritos.

— Esses *kuttas* estão batendo em pessoas pobres e trabalhadoras — resmunga o assistente de Vishnu.

O lojista franze o cenho.

— Que razão esses peixeiros têm para destruir uma propriedade privada? — pergunta ele. — O shopping é motivo de orgulho e alegria para o bairro.

— Você não pode alimentar um bebê faminto com orgulho e alegria — diz Parvati. — O que esses peixeiros devem fazer agora? É a única vida que conhecem.

— Bem colocado, tia — elogia Vishnu. — Mas fazer o quê? Esta é a nova Índia. As pessoas vendem até a avó se a oferta for boa.

Parvati levanta a cabeça com um olhar que estremece o coração de Bhima.

— Se for assim, esta Índia de hoje não é diferente da Índia de antes. O dinheiro era o rei naquela época, e é o rei agora.

— *Sahi bat hai.* — Vishnu balança vigorosamente a cabeça. — Você diz a verdade, tia.

Todos caem num silêncio sepulcral, e Bhima espia Parvati. Qual é a razão da amargura dela? Parvati sabe ler e escrever. Por que ela é tão impotente e amarga? Quem a machucou tanto assim? Um raminho de pensamento navega à deriva pela mente de Bhima — algo que ela deixou escapar sobre uma batida policial, algo sobre odiar o próprio pai —, mas é rapidamente afastado por um pensamento novo e urgente.

— Que horas são? — suspira Bhima. — Tenho de ir para meu próximo trabalho. Minha *bai* está me esperando.

— *Arre*, tia, você enlouqueceu? Não está ouvindo a confusão lá fora? É melhor ficar aqui quietinha, *chup-chap*.

Pensar em perder outro dia de trabalho a faz querer chorar. A menina Chitra é tão boa com ela, e Bhima não quer abusar dessa bondade. Mas Vishnu tem razão.

— Você tem um orelhão? — pergunta ela. — Posso ligar para ela e avisar que vou me atrasar.

— Orelhão? Tia, em que *jamana* você vive? Você não tem celular?

Bhima fica em silêncio. Após um minuto, Vishnu puxa o celular dele.

— Aqui. Use isto.

— Eu posso pagar...

— Deixe para lá. Só seja rápida.

A voz de Chitra não soa nem um pouco brava, apenas preocupada.

— Você tem certeza de que está segura, Bhima? — pergunta ela. — Quer que eu tente ir até aí?

— Menina — diz Bhima com severidade —, por favor, não venha aqui! Não é seguro. Eu vou tentar ir mais tarde e preparar o jantar.

Ela devolve o celular a Vishnu, que observa:

— Você é uma empreendedora agora, precisa ter seu próprio celular. — Ele a encara por um segundo. — Dê um para aquele seu entregador também. Assim, vocês vão fazer mais negócios.

— E eu por acaso preciso de celular na minha idade?

Vishnu dá de ombros.

— Pense um pouco. Meu sobrinho vende celulares da Vodafone. Posso conseguir um bom desconto para você.

— Você poderá falar com sua Maya também — opina Parvati.

Bhima sente uma onda de irritação. Quem essa mulher velha pensa que é para sujar o nome de Maya com sua língua?

— Por que ela precisaria de um celular?

Parvati ri.

— Vá para casa e pergunte a sua neta. Todos os jovens têm um celular hoje em dia.

Será que ela pode comprar um celular para Maya? A cabeça de Bhima começa a girar. Com essa nova locação, será possível, ela questiona, ter um pouco a mais? Como deve ser não precisar se preocupar com cada compra?

Então, pela primeira vez, Bhima nota a sacola de pano branca ao pé da cadeira de Parvati: as couves-flores não vendidas. No meio da confusão, a mulher manteve-se alerta e salvou sua mercadoria. Enquanto ela, burra como uma porta, abandonou seu negócio e correu para ajudar uma mulher que os próprios deuses provavelmente não auxiliariam. Bhima sente uma admiração relutante por Parvati. Há muito o que desprezar nela, mas também há muito o que admirar.

Quando o pensamento passa pela cabeça de Bhima, é tão desagradável que ela dá um peteleco em si mesma como se fosse uma aranha sobre sua pele. Mas a ideia volta a rastejar: se ela quer ser bem-sucedida, precisa da ajuda daquela mulher irritante e reclamona sentada à sua frente. Precisa se humilhar e pedir para Parvati se juntar a ela no novo negócio.

21

Ao DEIXAR A FEIRA, PEGANDO O difícil caminho de volta para casa, Parvati ri consigo mesma apesar de estar carregando duas couves-flores não vendidas. Ela se lembra da sensação das mãos suadas e trêmulas de Bhima nas suas mãos enquanto a puxava para um lugar seguro. Agora ela percebe como sentiu falta do toque da mão de outra pessoa. E a mulher havia corrido pelo tumulto só para encontrá-la. O que significa que ainda existe um pouco de decência neste triste mundo. Ela havia se enganado sobre aquela tal de Bhima. Todos aqueles anos, ela pensou se tratar de uma *gamandi*, uma esnobe. Mas, agora, ela entende que o que considerava um orgulho injustificado era simplesmente uma autodefesa.

A polícia liberou a rua depois do protesto, mandando todos os vendedores recolherem suas mercadorias. Está cedo demais para voltar àquele quarto horrível, e a chuva não veio naquele dia. Com certeza, há algo para passar o tempo. Brevemente, ela pensa em ir ao cinema, mas sabe que não deve. Uma mulher sozinha indo ao cinema, mesmo uma mulher velha como ela, atrairia a atenção indesejada dos rapazes que enchem as salas de exibição escuras. Antigamente, ela e Rajesh iam ao cinema com frequência. Mesmo depois de se aposentar, o marido manteve influência suficiente, de modo que nunca precisava comprar ingressos. Os gerentes eram gratos pelos anos que o policial passou ignorando os cambistas que revendiam ingressos antes das sessões.

O sol está brilhando pela primeira vez em dias, e Parvati sente seu calor seguindo-a enquanto anda sem direção, sem saber onde matar o tempo. Então, ela tem uma ideia — desde que chegou ao Tejpal Mahal, o bordel em que vive, tem estado curiosa sobre o Old Place, pensando quem o comanda agora e como o edifício dilapidado sobreviveu às tempestades do tempo. Nunca antes teve a inclinação de descobrir, mas, de repente, sente um intenso desejo de saber. Ela não tem ideia do que fará quando chegar lá, mas espera encontrar provas de que sua estadia no Tejpal Mahal é um capricho do destino, não um defeito de caráter.

Mesmo depois daquele tempo todo, ela sabe exatamente qual ônibus a levará lá. Parvati espera no ponto com uma massa de gente, e ainda se recorda de uma Mumbai onde as pessoas costumavam fazer fila, mas esses dias já se foram há tempos. Quando o ônibus chega, ela se deixa levar pela corrente da multidão. Seu coração dispara por alguns segundos. Faz anos desde a última vez que andou de ônibus, anos desde que interrompeu o círculo da feira para casa e da casa para a feira para ir a outro lugar. O medo de ser derrubada pelas pessoas, de cair da beira da porta do ônibus, era intenso. Porém, ela está dentro do coletivo, procurando em sua sacola branca a pequena bolsa onde guarda o dinheiro. O condutor a olha como se ela fosse louca quando lhe entrega duas rupias para a passagem. Os preços subiram consideravelmente desde a última vez que ela andou de ônibus.

Ela sabe que tem uma caminhada de dez minutos a partir da parada onde desembarca até o Old Place. Ela vai devagar, sabendo que quanto maior a jornada, mais pode adiar seu retorno ao desprezível Tejpal Mahal. Ela se diverte com a ironia — quanto mais tempo passar visitando seu antigo bordel, menos tempo terá de passar no atual. Ao caminhar por ali, ela se lembra dos dias em que costumava tomar aquelas mesmas ruas com Rajesh, na época em que a paixão dele por ela a permitia mascarar a indiferença que sentia por ele. Eles andavam por aquela rua depois do cinema ou do jantar e, mesmo odiando o peso das mãos dele em seus ombros finos, ela era grata por respirar ar fresco, saindo da atmosfera sufocante e envelhecida do bordel, escapando por algumas horas das mesquinharias, do perfume barato, das piadas de sempre, dos comentários atravessados das outras garotas, tudo aquilo que marcava seus dias. Mesmo sabendo que ela simplesmente havia trocado a dominação da Diretora pela possessividade de Rajesh, ainda assim era bom fugir das limitações de sua vida por algumas horas, perdendo-se nos triângulos amorosos e melodramas das personagens gigantes nas telonas, andar pelas ruas livres e ouvir o badalar das risadas das universitárias, as cantadas dos lojistas e o soar dos sinos dos templos. Por isso tudo ela era grata a Rajesh, e se essa gratidão, às vezes, parecesse amor, bem, isso beneficiava tanto a ela quanto ao homem mais velho, casado, que a chamava de namorada. Em salas de cinema escuras e em trens e ônibus lotados, ele costumava enfiar o dedo dentro dela, excitado pelo anonimato dos espaços públicos, encorajado por sua própria audácia. E ela suportava aquilo, incapaz de afastar os dedos aliciadores, incapaz de reivindicar sua virtude, nem mesmo a decência básica como qualquer outra mulher.

Parvati tropeça e, então, se endireita. Por um instante, hesita, questionando se tem forças o suficiente para encarar aquele edifício que ainda assombra seus sonhos. A Diretora está morta, ela sabe, morreu em um descarrilamento de trem. A maioria das garotas também deve estar morta, algumas, sem dúvida, por causa de tuberculose, febre tifoide ou das doenças sexualmente transmissíveis que corriam soltas pelo lugar. Já em sua época no Old Place, várias garotas se enforcaram, ingeriram veneno para rato, desapareceram e foram encontradas depois esfaqueadas ou afogadas. Também não era incomum que elas simplesmente desaparecessem, assim como algum cliente habitual. A Diretora xingava por dias, reclamando da ingratidão e da perda de renda, jurando que as garotas mortas ou desaparecidas eram uma conspiração para que ela falisse. Depois de "tudo o que havia feito por elas".

Rajesh a poupou do mesmo destino ao tirá-la de lá. E, ainda por cima, tirou-a não como amante, mas como esposa. Parvati havia ouvido falar de outros homens, é claro, que perderam o coração pelas mulheres que fodiam, casando-se com elas. Mas esses homens geralmente também eram das classes baixas — caminhoneiros e trapeiros, homens acostumados a viver uma existência solitária e nômade, sem muitos familiares enxeridos. Não se ouve falar de alguém com o status de Rajesh se casando com uma puta, conferindo-lhe um bom nome, dando-lhe uma propriedade, localizada em um prédio modesto, mas bom. Ajudava que Rajesh tivesse acabado de se aposentar — não haveria superiores torcendo o nariz ou exigindo explicações. Além de um filho e uma nora que moravam em Pune, ele não tinha família. A família de sua falecida mulher, horrorizada por ele querer se casar novamente em menos de um ano desde que acendeu a pira funerária da esposa, condenou-o e cortou todos os laços que tinha com ele. A primeira coisa que Rajesh fez com essa liberdade foi pedir Parvati em casamento.

Ela belisca a laranja na base de seu queixo enquanto caminha. Se tivesse entendido as razões dele para pedi-la em casamento, pensa, não teria desperdiçado um segundo se sentindo lisonjeada e recusaria a proposta. Mas, então, outro pensamento lhe vem à mente — como poderia ter rejeitado? Ou será que a Diretora, ainda intimidada pela capacidade de Rajesh de fechar o negócio dela, teria vendido Parvati a ele? O valor dela para a Diretora já tinha caído. E quanto à contabilidade, algumas das garotas mais novas sabiam ler e escrever. Quão difícil seria para uma delas assumir a tarefa?

É possível, Parvati questiona, que um ser humano seja vendido duas vezes durante uma só vida? Primeiro por seu pai e, depois, pela Diretora? Mas mesmo enquanto faz a pergunta, já conhece a resposta — em um mundo impiedoso, um ser humano pode ser comprado e vendido não apenas uma ou duas vezes, mas um milhão. Naquele país, a vida humana tem tanto valor quanto a pedra que ela agora chuta pela rua.

Perdida em seus pensamentos, Parvati dá um chute poderoso na pedra, e o movimento faz a *chappal* de borracha sair de seu pé, voando a uma curta distância. Ela corre para recuperá-la, esperando que ninguém tenha visto a cena. Mas em uma cidade de milhões de pessoas ocupadas, claro que, às vezes, tem um adolescente rindo alto. Parvati fica corada e ignora o menino, calçando a *chappal* novamente. Bem feito, sua velha, ela se repreende. Andando pela rua chutando pedras como se fosse uma jovem despreocupada.

Teria sido possível, ela questiona, apesar de não amar Rajesh, que eles tivessem tido uma vida boa juntos, baseada no respeito e na gentileza? Parvati nunca conheceu uma prostituta que considerasse o sexo importante. Ela mesma pensava no ato como uma coisa estranha e mecânica, algo que o corpo masculino fazia com o feminino, às vezes doloroso, às vezes não. Sempre que lia uma dessas revistas femininas idiotas sobre como excitar os homens ou ser uma esposa zelosa, tinha de lutar contra a vontade de jogá-las longe. Parvati não sentia nada além de desprezo por aquelas jovens mulheres virginais de boas famílias, fazendo fila para entrar no mercado do casamento. A seus olhos cansados, esse mercado era mais desonesto que o mercado da luz vermelha. Pelo menos, os homens pagavam a *ela*, enquanto as ditas famílias respeitáveis pagavam dotes extravagantes para se livrarem de suas filhas. Ela não desejava trocar de lugar com elas, considerando hipócrita sua obediência aos maridos, pais e irmãos, vendo esse tipo de comportamento como um mecanismo de sobrevivência empregado por mulheres em um mundo comandado por homens. Se o cervo vive na mesma selva que o tigre, o cervo precisa aprender a elogiar, agradar e obedecer ao tigre. Assim Parvati pensava no casamento: um arranjo entre uma corça e um tigre.

Entretanto, nos primeiros dias de sua união, ela ainda estava esperançosa. Seu nojo por Rajesh — por seu peito caído, sua barriga, os pelos grisalhos que saíam das narinas e dos ouvidos — foi amenizado pela gratidão que sentia por tirá-la do Old Place. A certidão de casamento, o *sindoor* vermelho dividindo seus cabelos, isso não significava nada para ela, apesar de o marido não entender isso. Após décadas vividas em um lugar público e barulhento, com uma varanda compartilhada e crianças correndo para dentro e fora dos quartos, ela era grata por ter um quarto e sala silenciosos. Na casa nova, nenhum homem estranho se insinuaria quando saísse do banho vestida apenas em seu *choli* e uma anágua. Podia passar horas na cozinha ouvindo sua fita cassete com as canções de Mukesh enquanto cozinhava e Rajesh assistia à TV. E até ele mandá-la parar de desperdiçar dinheiro, comprava quatro rosas a cada dois dias, colocando-as em um vaso de plástico. Uma simples ida ao mercadinho perto do prédio deles para fazer compras, retornando para casa com um pequeno ramo de flores, tinha gosto de liberdade para ela.

Quando os problemas começaram? Parvati se pergunta e, então, sacode a cabeça porque a resposta sempre foi difícil de alcançar, como uma nuvem no céu. Começaram quando Rajesh percebeu que Parvati era uma má dona de casa? Que mal sabia cozinhar? Ela se lembra da primeira refeição desastrosa que fez para ele — frango frito, dourado por fora e rosa e cru por dentro. Ele deu uma olhada na comida e atirou o prato do outro lado do cômodo, deixando os cacos para Parvati recolher. Mas isso ainda aconteceu no começo e, após alguns minutos, ele se desculpou e pediu comida do restaurante mulçumano barato da esquina. Porém, ela já sabia que estava em apuros. Não havia quem consultar para dicas de cozinha — nenhuma amiga antiga, nenhuma mãe sábia, nenhuma sogra exasperada-mas-prestativa, nenhuma irmã balançando-a-cabeça-e-dando-risada. Só havia aquele homem robusto, cujas razões e expectativas ela ainda desconhecia. Exceto que ele esperava que ela cozinhasse para ele. E lavasse suas roupas. E limpasse sua casa. E parecia insatisfeito com todos os seus esforços.

Dois meses depois do casamento, houve uma batida na porta. Ela atendeu para ver um jovem de lábios finos.

— Pois não? — disse ela.

— Meu pai está em casa?

O rosto de Parvati se acendeu ao entender a situação.

— Você deve ser Rahul. Por favor, entre.

Ela podia ver os olhos dele investigando o tumor, embora o rosto de Rahul fosse inexpressivo.

— Eu vou esperar. Só avise meu pai que estou aqui.

Estaria ela imaginando hostilidade na voz dele? Será que ele estava bravo pelo pai ter se casado novamente? Parvati acordou o marido, que estava dormindo na poltrona, e Rajesh correu para a porta enquanto Parvati se retirou para a cozinha.

— Entre, filho. — Ela ouviu Rajesh dizer. — Por que está aí parado na porta como um estranho? Esta é sua casa, *na*?

Por alguns minutos, ela não conseguiu ouvir nenhum dos dois. Então, ouviu Rahul dizer:

— Eu não vou tolerar isso.

Mas ela não conseguiu pegar a réplica resmungada de Rajesh.

Segundos depois, ela congelou ao ouvir a palavra *randi*. Puta. Então, Rahul conhecia o passado de Parvati! Não era surpresa que ele tivesse ficado duro como um cadáver na porta. Ela podia ouvir os homens brigando. Ouviu palavras como *seu neto*, *envergonhado*, *randi* mais uma vez e, finalmente, *destruiu a família inteira*.

— Abaixe a voz — ordenou Rajesh, mas ele mesmo elevou a voz ao dizer isso.

Parvati saiu da cozinha.

— Por favor. — Ela juntou as mãos diante do filho de Rajesh. — Por favor, *beta*, não fique bravo com seu pai pelos meus erros. Tente entender...

Um músculo se contorceu no queixo de Rahul quando ele desviou o olhar, intencionalmente.

— Isso é entre pai e filho — disse ele. — Não interfira em nossos assuntos.

— Rahul! — gritou Rajesh. — *Bas!* Chega disso! Eu não vou tolerar isso. Você queira ou não, esta é a sua nova mãe.

Parvati recuou ao mesmo tempo que Rahul, sabendo que aquela era a coisa errada a dizer. Usha estava morta havia um ano, e como ela poderia ser a mãe de um rapaz que não conhecia?

— Não. — A voz de Rahul era rude. — Não compare minha mãe a essa... essa... coisa.

Ele observou os dois, com os olhos cheios de ódio.

— Você perdeu a cabeça, velho? Não era suficiente foder essa interesseira? Que *jadoo*, que magia ela fez para você se casar com ela?

Parvati fechou os olhos. Aquele era o mundo respeitável. Aquelas eram as pessoas decentes, tementes a Deus. Em todos os seus anos no bordel, ninguém havia falado com ela de maneira tão insolente quanto aquele franguinho.

Os dois homens a encararam, boquiabertos, então, Parvati percebeu que havia dito aquilo em voz alta. Suas mãos voaram para as bochechas.

— *Maaf karo* — desculpou-se.

E antes que Rahul pudesse responder, ela correu de volta para a cozinha.

Pouco depois, Parvati ouviu o som da porta batendo. Esperou alguns minutos antes de ir ter com Rajesh na sala de estar. O marido estava sentado na poltrona, segurando a cabeça entre as mãos. Quando finalmente olhou para ela, seus olhos estavam vermelhos como sangue. E nesses olhos ela captou algo que nunca tinha visto antes. Arrependimento.

Ela estava andando em círculos há dez minutos. Primeiro, o nome da rua tinha mudado, de um nome inglês pequeno para um longo e impronunciável. Isso acontecia em toda Mumbai — até o Victoria Terminus, o edifício mais famoso e bonito da antigamente chamada Bombaim, fora renomeado em homenagem ao grande guerreiro marata Shivaji. Ainda assim, Parvati está quase certa de que aquela é a rua, reconhecendo a esquina arredondada que costumava hospedar uma padaria e que agora abriga uma loja de eletrônicos da Sony. Ela se sente desorientada, como se as personagens de uma história conhecida tivessem sido trocadas. Até os coqueiros que ficavam no complexo de edifícios do outro lado da rua desapareceram. E, em vez do prédio de três andares onde ela havia passado grande parte de sua vida, há um arranha-céu fino feito uma caneta. Parvati joga a cabeça para trás para dar uma olhada, mas o tumor dificulta que estenda o pescoço, e ela não consegue ver o topo do edifício.

Será possível? O Old Place realmente desapareceu? Quebrado em pedaços, destruído até o chão? Todos os seus mistérios, segredos obscuros e perversões também se foram? Transformaram-se em entulho? O que significa o fato de que aquele lugar que a destruiu esteja agora esfacelado, enquanto ela persiste? O que deve fazer com aquele corpo velho que ainda é testemunha se não há nada contra que testemunhar? Parvati olha ao redor, espantada, até pensa em abordar um homem que passa ali por perto, mas se contém. O que ela perguntaria? Se uma vez, não faz tanto tempo — ou já fazia sim muito, muito tempo? — havia naquele lugar uma casa de má reputação? Quem saberia? Quem responderia honestamente? Quem admitiria ter participado das atrocidades que ocorriam entre aquelas quatro paredes?

Como que em resposta, ela ouve risadas altas e vê duas estudantes em uniformes e rabos de cavalo desceram aos pulos os degraus de mármore do arranha-céu em direção à rua. As empregadas as seguem.

— Cuidado, menina! — grita uma delas. — Espere por nós no ponto de táxi, está bem?

Parvati segue as duas garotas com os olhos, até que elas dobram a esquina e desaparecem. Sem aviso, lágrimas começam a rolar por suas bochechas. Como ele conseguiu fazer isso? Como pôde vender a própria filha para alimentar seu estômago? E por que *Ma* permitiu aquilo? Por que não se matou junto com filha para impedir tal infâmia? Ela tinha doze anos, uma menina camponesa que não sabia nada do mundo. E subitamente ela *sente* a garota dentro da casa enrugada que seu corpo se transformou, sente as juntas bem lubrificadas dentro de suas próprias juntas amolecidas, sente a maciez dos músculos da garota dentro de seus músculos fibrosos, sente a inocência e a confiança atrás de seus olhos cansados, sente um coração aberto protegido por aquele arame farpado que ela ali colocou. A garota está viva.

Deixe de loucura, mulher idiota, Parvati se repreende. Saia deste bairro rico antes que alguém chame a polícia. Ela resmunga para si mesma no meio da rua: pare de fingir que é jovem. E se milhares de edifícios novos brotassem do lugar onde o Old Place havia existido, se esses edifícios crescessem o bastante para tocar a face de Deus, e daí? Nada muda o fato de que o bordel nunca morrerá, de que ele simplesmente muda de endereço e ressurge em outro canto. De fato, o quarto que ela está alugando fica em um desses lugares. E essa é a verdade difícil com a qual Parvati tem de viver até o fim de seus dias.

Seu coração afunda ao pensar em voltar ao Tejpal Mahal, mas Parvati sabe que não tem mais nada a fazer naquela rua irreconhecível. Ela dá uma última olhada no novo edifício e começa a desalentadora caminhada para casa.

22

— Por que está tão quieta esta noite, *Ma-ma*? Ainda está assustada com o que aconteceu hoje?

Bhima se esforça para se concentrar em Maya.

— Não. Eu estou bem. Só um pouco cansada.

— Pelo menos você conseguiu salvar todas as frutas — diz Maya, apontando para as mercadorias não vendidas, ainda na cesta de Rajeev. Ele foi gentil o bastante para trazê-las até o barraco de Bhima no fim do dia.

— Sim — concorda a mulher mais velha. — Isso é bom.

— E Chitra não ficou zangada por você não aparecer?

Bhima sente uma pontada de irritação se remexendo dentro dela. Por que todas aquelas perguntas? A verdade é que ela ainda está abalada pela memória do homem sangrando e pelo som dos *lathis* ao atingir carne humana. Esta noite, o pequeno barraco parece opressivo e ela deseja abrir a porta e deixar o ar noturno entrar. Mas Bhima nunca fará isso. Ela não é uma dessas faveladas que deixam as portas abertas o tempo inteiro, se sujeitando a comentários obscenos e olhares maliciosos. Além disso, uma porta aberta é um convite para moscas, mosquitos e a fumaça de centenas de fogões à lenha. Melhor ficar ali e satisfazer as perguntas daquela menina inquisitiva.

— Então, o tio Rajeev está bem? — pergunta Maya.

Bhima estala a língua.

— Sim, eu já disse. Você não tem lição de casa hoje, *chokri*?

Maya boceja.

— Já terminei. — Ela faz uma pausa. — E aquela outra mulher, Parvati? Ela não se machucou?

Bhima estreita os olhos.

— Você só a viu uma vez. Por que está se preocupando com ela?

— Eu gostei dela. Ela me lembra você.

Bhima fica indignada.

— Eu? *Kya matlab?* O que você quer dizer?

— Nada. Só que ela é durona por fora. Como você. — Maya dá uma risadinha. — Como aquelas frutas-do-conde que você vende. Duras por fora. Doces e macias por dentro.

Bhima dá um leve tapinha na cabeça de Maya.

— Menina boba. Você não sabe de nada. Aquela mulher é uma bruxa. — Ela hesita. — Mas, mesmo assim, eu estava pensando em convidá-la a se juntar ao meu negócio. O que você acha?

Maya dá de ombros.

— Se você precisar de ajuda com as contas e todo o resto, *Ma-ma*, eu já disse que posso ajudar.

— Não. Você só tem um trabalho, que é tirar boas notas na faculdade. Eu dou um jeito. Além disso, aquela mulher sabe mais do que números. Ela sabe como falar com as pessoas, como pechinchar e todo o resto.

Bhima percebe que Maya fica chateada e a traz para perto de si.

— Mas se eu precisar de ajuda extra, eu lhe peço. Está bem?

Maya descansa a cabeça nos ombros da avó.

— Eu sempre vou ajudá-la, *Ma-ma*.

— Eu sei, *beta*. — Bhima acaricia os cabelos sedosos de Maya.

E é verdade. Em um mundo no qual nada é o que parece, ela sempre pode contar com a bondade e o amor da garota.

23

É UMA HORA DA TARDE E Rajeev já lhe lançou vários olhares insatisfeitos. Por fim, Bhima escava dentro da bolsa e desdobra uma nota solitária para ele.

— Busque somente seu almoço hoje.

— E você e ela?

— Não se preocupe com a gente. Temos algo para discutir. Daremos um jeito.

Rajeev abre a boca, mas Bhima balança um dos dedos.

— Vá agora — diz ela, se afastando dele.

Depois que o homem sai, Bhima se vira para o jovem assistente de Vishnu.

— *Ae*, *beta*. Vou almoçar. Quinze minutos no máximo. Você pode segurar as pontas aqui?

O garoto a observa, indeciso.

— Só se eu não tiver que atender meus próprios clientes — ele retruca. — Vishnubhai não veio hoje também.

Bhima assente.

— Eu sei. Não vou demorar.

Parvati está negociando com uma cliente que Bhima não reconhece quando chega até ela. Espera impacientemente a transação terminar e, quando a mulher vai embora sem comprar nada, Bhima sente um certo alívio. Parvati olha para ela com uma das sobrancelhas levantadas.

— A que devo esta honra?

Bhima a observa em silêncio. É a sua imaginação ou Parvati está mais magra do que de costume? Quantos anos ela deve ter? Bhima não sabe qual é sua própria idade, mas Serabai acha que ela tem sessenta mais sete anos de idade. Parvati deve ser, no mínimo, oito anos mais velha.

— Vou ao restaurante Udipi ali na esquina — diz Bhima. — Gostaria que fosse comigo.

Parvati suspira.

— O que você precisa de mim agora?

Bhima controla seu temperamento.

— *Behenji*. É verdade que quero falar com você. Mas vamos fazer isso com chá quente e *idlis*. — Bhima olha para onde Reshma está sentada. — Longe de ouvidos atentos e línguas afiadas.

Por um segundo, ela pensa que Parvati recusará o convite, mas, então, a mulher se levanta e as duas caminham para o restaurante ali perto.

— Estou em dívida com você, por pagar meu almoço todos os dias — diz Parvati após fazer o pedido —, portanto, você não precisa fazer isso. Você já tem bocas suficientes para alimentar. Só aquele Rajeev tem uma boca do tamanho de uma melancia.

Bhima ri alto com a imagem, e Parvati se permite dar um sorriso discreto.

— É verdade — concorda Bhima. — Aquele homem come feito um búfalo.

— Mas você não me trouxe aqui para falar de Rajeev.

— Verdade — concorda Bhima.

Então, o garçom chega com os pratos, e Bhima espera até ele se retirar. Porém, antes que possa falar, Parvati a interrompe.

— Antes de você pedir, minha resposta é não. Não vou dar meu espaço para você. Nosso acordo era temporário.

— Era. E assim ficará. Minha oferta é diferente: quero que você se junte a *mim*. No meu negócio. Com a graça de Deus, os negócios vão bem. — Bhima desvia os olhos, sabendo que não aguentará o regozijo de Parvati com o que ela está prestes a admitir. — Mas, irmã, eu sou analfabeta. E preciso de alguém para tomar conta da contabilidade, fazer o *hisab-kitab*.

Parvati fica em silêncio por tanto tempo que Bhima se força a erguer os olhos. Não há regozijo no rosto da mulher mais velha. Em vez disso, ela está mordendo o lábio inferior, com uma expressão pensativa. Bhima então se sente esperançosa.

— Você vai considerar o que eu estou pedindo?

— Quais termos você está me oferecendo? — pergunta Parvati, enfim.

— Por favor, diga você, irmã.

Bhima já se humilhou perante aquela mulher antes. Está disposta a deixá-la decidir.

— Eu vou continuar comprando e vendendo meus legumes, todos os dias — diz Parvati, decidida. — Este novo acordo pode dar ou não certo, não sabemos. Não vou perder meu sustento.

— Sim, é claro.

— E vou manter meu ponto na feira. Vamos guardar o excedente lá. Assim, o Rajeev não precisa ir e voltar do mercado atacadista. Podemos usá-lo para fazer entregas em domicílio.

— Mas como ele vai carregar mais...

— Simples. Ele tira um pouco de tempo na parte da manhã para trazer todas as mercadorias do dia de uma vez só.

Bhima arregala os olhos.

— Tempo custa dinheiro...

— Nós vamos recuperar. Como eu disse, vamos usar Rajeev para entregas domiciliares. Serviço personalizado.

— E se alguém roubar de...

Parvati estala a língua.

— Eles que tentem. Deixe isso comigo.

A boca de Bhima fica seca com o medo. A mulher fala como se já tivesse pensando nisso há meses. Se Parvati passá-la para trás, será que Bhima se dará conta?

Como se lesse sua mente, Parvati diz:

— Eu posso ser muitas coisas, irmã. Mas não sou mentirosa. Nem ladra.

Bhima cora.

— Claro. Eu não pensei... Mas você está disposta a me ajudar?

— Quem disse que estou ajudando você? Estou ajudando a mim mesma. — Parvati fica em silêncio por um breve momento antes de voltar a falar. — Se eu acreditasse em Deus, diria que Ele me trouxe você. Hoje, especialmente.

— O que você quer dizer?

— Quero dizer que ontem eu aprendi uma lição nova. Que o passado não existe. As pessoas dizem isso o tempo todo, é claro. Mas ontem, vi com meus próprios olhos. Ele desaparece, simples assim. — Parvati estala os dedos. — Então, o que resta?

Bhima pisca os olhos, tentando entender. Para ela, o passado é mais real que o presente. Ela está pensando se deve ou não contradizer Parvati quando a mulher mais velha insiste:

— Eu perguntei: o que resta?

— Não sei — responde Bhima com uma voz confusa.

— O presente, isso é o que resta — declara Parvati, triunfante. — E só por isso é que eu vou me juntar ao seu negócio.

Bhima abaixa a voz.

— Ah, sim, mas veja só, *behenji*, já para mim, a única prioridade é Maya. É por causa dela que quero ser bem-sucedida. Por ela, eu...

— Irmã. Eu juro pela minha mãe. Não sou traiçoeira. Sei que você tem uma grande responsabilidade.

Ciente de que os quinze minutos já haviam se passado, Bhima tenta chamar a atenção do garçom para pedir a conta.

— *Accha*, então — conclui ela. — Hora de...

Porém algo incomoda Parvati.

— Eu nem consegui encontrar o endereço que estava procurando — resmunga ela. — Até o nome da rua mudou. E, no lugar do edifício, havia um outro, novo. O velho se foi. É como acordar de um sonho.

— Verdade, verdade. — Bhima balança a cabeça com vigor, mesmo sem entender as palavras da mulher.

Parvati bate na mesa com a mão de forma tão violenta que a água pula do copo de Bhima.

— Você não está me ouvindo. O que estou dizendo é que tudo está mudando. A cidade inteira está irreconhecível. Sabe por quê? Porque está morrendo e renascendo, morrendo e renascendo. As pessoas estão ficando ricas, irmã. E nós também precisamos morrer. E renascer.

Bhima amaldiçoa seu azar. Mais uma vez, sua sorte azedara. A mulher diante dela ficou *pagal*, completamente louca. Talvez um *lathi* tenha atingido sua cabeça quando ela estava de pé, orgulhosa como uma rainha, no meio da revolta. Ela olha para Parvati com cuidado.

— *Chalo, behen!* — diz Bhima. — Vamos, irmã! Vamos pagar no balcão. Podemos conversar outro dia.

Ela vê os olhos de Parvati escurecerem.

— Você não está entendendo uma palavra do que estou falando. Você acha que enlouqueci. — Parvati encara o rosto indiferente de Bhima e dá de ombros. — Pense o que quiser. Mas você quer a minha ajuda ou não?

Relutante, Bhima responde afirmativamente, mais por estar sem jeito do que por estar convicta. Ela paga, e seu coração pesa no caminho de volta.

— Escute — diz Parvati quando chegam ao seu ponto na feira. — Com sua permissão, vou acompanhar o Rajeev no mercado atacadista amanhã. Está na hora de seu fornecedor começar a lhe dar crédito. E eu posso também descobrir qual serviço de transporte é confiável.

— Não — recusa Bhima. — Por enquanto, *ji*, apenas ajude com as contas. Talvez em alguns meses eu fale com Jafferbhai.

Parvati lhe lança um olhar severo, mas concorda.

— Como você quiser. — Ela se agacha no chão e chama Bhima. — Mais uma coisa.

Ela espera Bhima voltar e, então, se levanta, aproximando-se para que Reshma não as escute.

— Outra ideia. Você cozinha na casa das pessoas, certo? Amanhã traga algumas receitas boas e saborosas. Use bastante cebolas e batatas. E couves-flores. Assim, nós tornamos sua tenda e a loja de Vishnu uma única parada para os clientes.

— Eu não tenho tempo para explicar receita por receita aos clientes. Além disso, meu negócio é basicamente de frutas.

Parvati bate na testa em sinal de frustação.

— *Baab re*. Quem falou algo sobre explicar as receitas? Nós fazemos cópias e distribuímos. Você me fala e eu escrevo.

— Mas para quê? Cada pessoa tem sua própria maneira de cozinhar.

— Exatamente. A gente tem de mudar a maneira como as pessoas cozinham. Elas têm de comprar o que estivermos vendendo no dia. Então, se a gente conseguir repolho por um preço baixo com o seu distribuidor, a gente dá uma receita de repolho. Entendeu? Se você aumentar as vendas de Vishnu, aí, pede uma taxa menor.

Bhima fica boquiaberta.

— Quem lhe ensinou essas coisas?

Parvati dá de ombros.

— Ninguém.

E, então, ela sorri acanhada, revelando seus dentes quebrados.

Bhima sorri de volta, subitamente tranquilizada.

— *Accha*, eu vou aceitar sua sugestão — diz ela após alguns minutos. — Até amanhã, irmã.

Parvati assente.

— Amanhã nós começamos. Grave minhas palavras: em dois meses eu vou tornar sua barraca a mais popular desta feira.

II

Um ano depois...

24

Parvati parece inquieta. Durante dias, Bhima tentou ignorar o fato, com medo do que podia significar. Mas é inegável: o rosto da mulher está ainda mais abatido, as bochechas ainda mais fundas. Às vezes, no meio de uma conversa, Parvati para, com os olhos inexpressivos, e Bhima sabe que está esperando pela dor que irradia na base de sua coluna. Nesses dias, Parvati esfrega o local com mais frequência do que faz com aquela outra coisa no pescoço.

— Já chega! — diz Bhima. — *Bas*, sem discussão! Pegue o dinheiro e vá ver o médico.

— E o que o médico vai fazer? Vai me dar o veneno pelo qual estou implorando?

Bhima afasta o rosto, franzindo a testa.

— Às vezes você fala como uma louca.

Parvati ri, toca o queixo de Bhima e puxa o rosto da amiga para si.

— *Arre*, *baba*, por que está tão tensa? Não vou deixar você na mão. Já disse, *na*, não morro até que a sua Maya termine a faculdade.

— Por que você sempre precisa falar de morte? Ninguém vai embora até Deus estar pronto para nós.

Parvati dá um tapa no próprio joelho.

— É isso o que estou dizendo. Você acha que Deus está pronto para encarar o meu julgamento?

— *Arre, wah*. Você vai julgar a Deus? Em vez d'Ele julgar você?

— É claro. Quem é Ele para me julgar? Qual crime cometi contra Ele? E os crimes que Ele já cometeu contra mim são muitos para serem contados.

— Cuidado, irmã. Deus vai punir você por essas palavras descuidadas.

A expressão de Parvati deixa de ser provocativa.

— Ele já não tem me punido todos os dias da minha vida? O que mais Ele poderia fazer contra mim?

Bhima vira o rosto novamente, para que a mulher mais velha não veja as lágrimas encherem os seus olhos. No ano em que Parvati saiu de seu ponto na feira e foi trabalhar com ela, Bhima conheceu algumas coisas sobre a triste existência daquela mulher. Um marido muito mais velho, que está morto, mas cuja memória não desperta a mesma doçura que a lembrança de Gopal provoca nela. Uma ou duas vezes, Parvati mencionou de forma evasiva as surras que sofria nas mãos do homem e confidenciou que, após o derrame cerebral, ele passou os últimos anos de sua vida defecando e urinando na cama.

— Aqueles foram os anos mais felizes da minha vida, irmã. Ele ficava lá, deitado, feito um rádio quebrado — contou Parvati certa vez. Mas, nesse tempo, Bhima já sabia que a velha senhora costumava dizer coisas absurdas só para impressionar.

Sobre a vida de Parvati antes do casamento, Bhima pouco sabia. Se fizesse uma pergunta direta, Parvati virava uma pedra. Ou dava uma resposta sem sentido que deixava Bhima furiosa.

— Por que você guarda tantos segredos? — perguntou, certa vez.

Parvati lhe lançou um olhar intenso.

— Porque, sem meus segredos, não sou nada.

Agora, então, Bhima insiste:

— *Accha*, se você não for ao médico, vou ao templo rezar por sua saúde.

Parvati dá de ombros. Um minuto depois, pergunta:

— Quantas maçãs e morangos você quer que eu separe para a sua festa?

Bhima a observa com olhos preocupados.

— Como adivinhar, irmã? Aquela *chokri* Chitra não bate bem da cabeça. É capaz de convidar cinco ou dez mendigos para comemorar o aniversário dela.

Parvati ri.

— Por que você diz isso?

— Já ouviu falar em patroa que convida os empregados para uma festa de aniversário? Agora, se ela quer que eu vá para servir os convidados, essa é a minha função. Mas ir como convidada? E parecia que ela ia chorar quando eu recusei. É só por isso que preciso ir. Maya também.

— É bom para Maya. Conhecer essas pessoas influentes.

— Eu sei. Mas...

— Mas, nada. Vá. Deixe alguém cuidar de você uma vez na vida. — Parvati franze uma das sobrancelhas. — Por que você tem tanto medo dessas pessoas ricas? Estou dizendo, no escuro, os pintos dos homens ricos são iguais aos dos pobres.

Bhima cobre os ouvidos.

— *Baap re baap*, meu Deus! Quanta sujeira você fala. Onde já se viu uma mulher com a boca que parece um esgoto?

— *Theek hai*. — Parvati dá de ombros. — Escute. Não, na verdade, não me dê ouvidos, não me importo. Mas vá à festa. — Ela se estica e alcança o pulso de Bhima. — E coma até encher o estômago. Você está ficando pele e osso.

Bhima ri e balança a cabeça, já conhecendo as artimanhas de Parvati.

— Eu lhe digo para ir ao médico e você...

— Irmã. Já disse. É entre mim e Deus agora. E Deus vai ganhar. O miserável sempre ganha.

Assim que entram na casa de Sunita, Bhima tira as sandálias, mas Maya aperta sua mão.

— *Ma-ma*, não — murmura.

E Bhima percebe que, apesar da aparência despreocupada, Maya está tão nervosa quanto ela.

— Uau, Maya — elogia Chitra, segurando a mão da garota —, adorei sua roupa!

Ela se aproxima para abraçar Bhima e a mulher fica tensa. Esquivando--se, entrega a cesta de frutas a Chitra.

— Pelo seu aniversário — diz. — Uma pequena lembrança.

— Obrigada — agradece Chitra. — Entrem, entrem. — Ela as leva para a sala, onde duas mulheres bem-vestidas conversam com Sunita. — Ei, Ferzin e Binny. Estas são nossas amigas Bhima e Maya.

As duas mulheres levantam os olhos e sorriem.

— Olá — cumprimentam.

— *Namaste ji* — responde Bhima.

— Como vai, Bhima? — pergunta Sunita, com a voz baixa e uma expressão contrariada.

É a mesma expressão do dia em que Chitra convidou Bhima, como quem acata os caprichos de uma criança. Apesar de Bhima ter concordado com a desaprovação silenciosa de Sunita no dia do convite, agora sente um estranho ímpeto de ressentimento. É essa raiva que a faz permanecer na sala em vez de oferecer ajuda na cozinha. Está prestes a se sentar no chão quando Maya a belisca, discretamente, levando-a até a cadeira.

— Sente-se aqui, *Ma-ma* — instrui, com a voz firme. — Uma cadeira dura será boa para as suas costas. — E se senta no sofá, perto da avó.

— O que você faz, Maya? — pergunta Ferzin.

Bhima ouve com orgulho e admiração enquanto Maya conversa com estranhos de forma natural, sem o assombro que ela mesma sente em relação às pessoas importantes. Ela sabe que são pessoas importantes pela maneira como a mulher alta se senta, suas roupas boas, o perfume que exala delas, o fato de falarem principalmente em inglês.

A mulher que chamam de Binny se vira em sua direção.

— E você é a avó de Maya? — pergunta.

Bhima faz que sim com a cabeça.

— Entendo. E... de onde você conhece Su e Chitra?

Maya, que ouviu a pergunta, intromete-se no meio da frase e lança um olhar rápido para Bhima.

— Minha *Ma-ma* é uma mulher de negócios. Ela tem uma barraca de frutas e legumes na feira Ambedkar. Sabe onde fica?

Bhima quase ri da peripécia de Maya, mas as duas mulheres não percebem.

— Não conheço — responde Binny. — Nosso motorista faz todas as nossas compras.

— Então, fale para ele experimentar nossos produtos — sugere Maya.

Bhima se pergunta se é a única capaz de sentir a dureza no tom de Maya. Mas, no segundo seguinte, ouve a voz suave de Sunita mudar de assunto.

— Sabem, a Maya é uma das melhores alunas da universidade. Não é, Maya?

Chitra volta para a sala de estar, com o rosto avermelhado pelo calor do forno.

— O que você vai beber, *mausi*? — pergunta.

Bhima fica tensa, esperando as outras convidadas se darem conta de que aquela garota ingênua acaba de chamá-la de tia. Mas as duas mulheres estão concentradas na conversa com Maya, e ela pede:

— Só um pouco de água, menina.

— Está bem — diz Chitra. — Relaxe. Vou trazer para você.

Instantes depois, Chitra volta com uma Coca-Cola para Maya e água de coco para Bhima.

— Experimente isso, *mausi*. É melhor para você neste calor. — Chitra coloca a bandeja na mesa de centro e se joga no chão em frente de Bhima, descansando o cotovelo no joelho da outra mulher.

— Sente aqui — protesta Bhima, tentando levantar-se da cadeira, mas Chitra sorri.

— Estou bem. Vou ter de levantar daqui a um minuto mesmo.

As outras tagarelam em inglês e Chitra limpa a garganta:

— Ei, por que não abolimos o inglês esta noite? Assim, todas podem participar. E vou poder melhorar o meu híndi.

Sunita ergue as sobrancelhas:

— Achei que vocês, de Délhi, falassem o mais puro híndi — provoca. — Enquanto nós, incultos de Mumbai, o rechaçamos.

— *Arre*, não comece com a sua rixa Délhi *versus* Mumbai, *yaar* — comenta Maya, em um tom tão íntimo que Bhima está prestes a repreendê-la quando percebe que as quatro mulheres riem da sua observação.

Como é possível?, Bhima se pergunta. Maya só esteve com Sunita e Chitra algumas vezes e já se comporta como se fosse uma delas. Uma *delas*. As palavras doem em seu coração. Maya é tudo o que ela tem neste mundo. E se ela...

— Bhima. — A voz de Chitra interrompe seus pensamentos. — Você pode vir provar o *bhindi* para mim? Ver se está faltando algo? — Com isso, Bhima se levanta.

Na cozinha, Chitra olha para Bhima e põe as mãos em seus ombros.

— Você está bem lá dentro? — murmura. — Não está se sentindo desconfortável? — E, quando Bhima balança a cabeça, ela continua: — Convidei Binny e Ferzin de última hora. Pensei que talvez possam ajudar Maya a encontrar um emprego quando ela terminar a faculdade.

— Sou grata a você por pensar em...

— É claro. Maya é uma amiga. — Ela dá um aperto rápido nos ombros de Bhima antes de soltar os braços.

Serabai também poderia, sem dúvida, ter ajudado Maya a encontrar um emprego. Mas Bhima não consegue imaginar sua antiga patroa dando uma festa para isso.

— Deus abençoe seus pais por terem uma filha como você, menina — diz, fervorosamente. — Eu agradeço a eles.

Chitra responde com uma risada curta.

— Ah, eles não concordariam com você. — Ela fala com leveza, mas Bhima enxerga a faísca de dor em seus olhos antes que a moça se vire, e entende exatamente ao que Chitra está se referindo.

Bhima, então, segura as mãos de Chitra entre as suas.

— Azar o deles — intervém, deliberadamente. — *Badnaseeb*, azar por não saberem a joia que têm.

O nariz de Chitra fica cor de ferrugem e seu lábio inferior estremece.

— Obrigada, Bhima — agradece.

— Traz má sorte chorar no dia do aniversário. — Bhima dá um empurrãozinho em Chitra. — Menina, você precisa voltar às suas convidadas. Eu cuido de tudo por aqui.

— Ah, não. Não convidei você aqui para trabalhar. Você é...

— Chitra, por favor, vá. Aproveite. Vocês podem conversar alegremente em inglês. Por favor. Estou confortável aqui.

Ela e Chitra servem o jantar juntas, e Bhima se impressiona com a quantidade de pratos. Está acostumada a mesas fartas — sempre que Serabai e Feroz recebiam amigos em casa, havia comida suficiente para alimentar toda a vizinhança —, mas começa a desconfiar de que Chitra cozinhou ou pediu seus pratos favoritos. Como que para confirmar sua suspeita, Chitra se inclina em sua direção e diz:

— Fiz o *bhindi*, o quiabo, especialmente para você, Bhima. Espero que goste.

Maya está sentada entre ela e Ferzin e, na metade do jantar, sobre o som das outras vozes, Bhima ouve a neta dizer:

— Sempre quis ser advogada. Era o meu sonho.

Bhima para de mastigar, com uma expressão confusa.

— O que você disse, *chokri*? — pergunta.

A garota olha para ela, impaciente.

— Nada. Estava só falando com a Ferzin. Ela é advogada.

Como poderia ser? A mulher à sua frente parece ser tão refinada e decente. Bhima ouviu dizer que todos os advogados eram canalhas e vigaristas.

— *Chup re* — retruca para Maya. — Não fale besteira.

Há um silêncio repentino na mesa e as cinco olham para ela, até que Maya solta uma gargalhada.

— É por isso que nunca digo nada para ela — conclui, em tom triunfante. — Minha *Ma-ma* acha que todo advogado é bandido.

Bhima enrubesce, mas Ferzin sorri.

— E ela está certa, na maioria das vezes. — A mulher se vira para Bhima. — Eu pratico direito trabalhista, *ji*. Ou seja, protejo os direitos dos trabalhadores. Enquanto esta aqui... — Aponta para Binny, que sorri resignadamente. — ... trabalha para os figurões, para as grandes indústrias.

Bhima gostaria que Parvati estivesse ali. De alguma forma, no último ano, Parvati tornou-se sua intérprete do mundo, quebrando informações em fatias menores para que pudesse digerir e compreender.

— *Accha*, que bom! — declara, vagamente.

— Quero ser advogada como você — repete Maya, em voz alta. — Para que a injustiça cometida contra minha *Ma-ma* e meu *dada* nunca aconteça com outra pessoa.

Novamente Bhima gesticula para Maya se calar, mas é tarde demais.

— O que aconteceu? — pergunta Ferzin, com os olhos atentos em Bhima.

Bhima não tem outra opção além de contar a história do acidente de trabalho de Gopal e de como o supervisor mau-caráter a enganara para colocar sua impressão digital no contrato, isentando a empresa de qualquer responsabilidade.

— Uau! — comenta Ferzin, quando ela termina. — Isso foi há quanto tempo?

Os olhos de Bhima estão embaçados quando olha para Ferzin.

— Faz muito tempo, *bai*.

— E como está seu marido agora? — pergunta Ferzin, cuidadosamente.

Bhima fica em silêncio, com os olhos abaixados, e cabe a Maya dizer:

— Meu *dada* voltou para o seu povoado natal. Levou meu tio Amit com ele. Há muitos, muitos anos. Antes mesmo de eu nascer.

Há um silêncio curto e empático antes de Binny se manifestar:

— Bem, se você estiver disposta a trabalhar duro, Maya, certamente podemos ajudar. Digo, se estiver levando a sério o desejo de se tornar advogada.

Bhima observa o rosto de Maya se acender e, logo depois, abater-se de novo.

— Obrigada — diz, por fim. — Mas vou precisar de um emprego depois de me formar.

— *Chokri* — interrompe Bhima. — Não sei nada sobre ser advogada, mas, se é isso que você quer, vou me virar em dez empregos. Você não precisa trabalhar antes de se formar.

— E você também não precisa de dez empregos, Bhima — corrige Binny, sorrindo. — Tenho certeza de que todas podemos ajudar. Se a Maya entrar na universidade pública de Direito, a anuidade não é tão cara.*

A cabeça de Bhima balança em gratidão, enquanto Chitra aplaude.

— Isso sim é um ótimo aniversário — comemora. Ela se estica para alcançar o quiabo e serve mais comida no prato de Bhima. — Coma — ordena, e, apesar dos protestos, a mulher mais velha acaba aceitando.

— Quero a receita, por favor, menina Chitra — diz Bhima, entre as garfadas, e Chitra concorda com a cabeça.

* Na Índia, mesmo as universidades públicas cobram uma taxa anual de seus alunos. Os primeiros anos de estudo superior são gerais de acordo com a área de conhecimento escolhida e após esse ciclo básico, os estudantes devem prestar um exame de admissão para o curso de especialização. (N. E.)

— Vocês sabem o que Bhima faz na sua barraca na feira? — conta às demais. — Ela dá receitas escritas à mão aos clientes. Muito criativa, não?

Binny se anima:

— Compartilhe algumas, Bhima. Nós duas somos péssimas cozinheiras.

— É só me dizer o que vocês querem — responde Bhima. — Vou cozinhar para vocês. Vocês são parses, certo? — E quando confirmam: — Gostam de *dhansak*? *Sali boti*? Conheço todos os pratos parses.

— Está brincando. Como?

Bhima olha por um instante para Maya.

— Eu trabalhava para uma senhora parse — murmura, arrependendo-se de ter entrado no assunto, com medo da pergunta que viria a seguir.

— Sério? Quem?

— Sera Dubash — diz, inexpressiva.

— Ah, meu Deus! Você conhece Dinaz?

— Sim, claro. Vi a menina crescer diante dos meus olhos. — Bhima percebe o olhar aborrecido de Maya.

— Então, você saiu para abrir seu próprio negócio?

Bhima hesita, sem saber o que dizer. Mas, antes que possa responder, Maya intercede:

— Minha avó está tão feliz com sua nova vida. Paga mais, sabe?

As demais concordam, mas Chitra olha para Bhima com curiosidade. Após um momento, anuncia:

— Está bem. Deixe-me limpar a mesa para servir a sobremesa. — E Bhima se sente agradecida por ela permitir que a ajude, levando os pratos sujos para a cozinha.

— Tudo bem? — pergunta Chitra, e Bhima diz que sim, mesmo sabendo que a jovem não está convencida.

O bolo de morango é diferente de tudo o que já provou antes. É leve como uma nuvem, doce como a chuva. Seus pensamentos voam para Rajeev e Parvati. Será que já provaram algo tão bom? Ela engole e se vira para Binny:

— Eu cozinho para você, *bai*. Em troca da sua ajuda para a minha Maya.

Binny sorri, constrangida.

— Ah, você não precisa fazer isso, Bhima. Se Maya decidir estudar Direito, vamos ajudar em tudo o que pudermos.

Bhima dá um tapa carinhoso na mão da neta.

— Ouviu isso? Pelos próximos seis meses, você vai enfiar a cara nos livros. Sem nunca levantar. Precisa tirar as melhores notas.

— Oh, *Ma-ma*. Por que me bate? Já sou a melhor aluna da minha sala. — Maya se dirige a ela, mas Bhima pode ver seus olhos vagando para as outras mulheres, e sabe que quer impressioná-las.

— Olhe para os seus pés — orienta a avó. — Senão, vai ficar com mau-olhado.

Maya sorri, gracejando.

— Minha avó é supersticiosa — explica.

As outras dão uma gargalhada, e embora Bhima saiba que a piada é a seu respeito, não se importa. Ela se lembra do que Parvati dissera mais cedo, sobre apresentar Maya a pessoas importantes. Como é possível que todo conselho dado por Parvati tenha melhorado sua vida, quando a mulher fracassou em ajudar a si mesma? Mas, pensa, certamente a vida de Parvati também melhorou muito no último ano. Na semana anterior, a mulher havia ido trabalhar com um novo sári azul. E trocou suas antigas *chappals*. Pela graça de Deus, seu negócio está indo bem o suficiente para sustentar as duas. E Rajeev também.

Talvez, ela pensa, finalmente tenha chegado a sua hora. Agora, finalmente, é a sua hora.

25

Acontece tão de repente que não há tempo para se preparar. Em um minuto, Parvati está rindo de algo que Bhima diz e, no próximo, cobre a boca, afasta-se alguns metros da mesa dobrável que compraram recentemente e vomita. O primeiro jato não acerta a cliente por poucos centímetros, e a mulher grita, aperta o nariz de maneira dramática e foge. De alguma forma, Parvati consegue se virar para o muro, e a próxima sessão de vômitos atinge a parede com tanta força que espirra de volta no seu sári. Bhima fica enjoada com a cena, mas logo pisca rapidamente, pois, ao lado do vômito amarelo-esverdeado, bem no meio da figura de um dos santos, há um traço inconfundível de vermelho. Sangue. Ela corre para onde está Parvati, se abaixando, sem forças, até o chão, segura-a pela cintura e a impede de se sentar no próprio vômito. As mãos finas da mulher estão úmidas. Bhima mal se dá conta do fato de que Vishnu está gritando com elas, mas só consegue pensar: Parvati está doente. Parvati está muito doente.

Bhima olha ao redor, desesperada.

— Peguem uma bebida gelada para ela! — grita. — E tragam uma cadeira.

Vishnu parece irritado, mas dá um tapa na coxa de seu ajudante.

— Ande. Vá ao vizinho e pegue uma Limca — ordena. E ele mesmo desce os degraus de pedra correndo, com a cadeira dobrável.

— *Maaf karo!* — lamenta Parvati. — Isso é muito ruim para o nosso negócio.

— Esqueça o negócio — contesta Bhima. — Afinal, o que você tem?

Parvati limpa a boca com a lateral do sári.

— Só Deus sabe. Deve ser algo que comi ontem.

Bhima olha para ela, sem acreditar.

— E isso está fazendo você passar mal hoje? Depois de tantas horas? — Ela sabe que Parvati nunca toma café da manhã. — Fale a verdade, irmã. O que está acontecendo com você?

Parvati se esforça para manter a autoridade.

— *Arre, Bhagwan*. Uma mulher não pode simplesmente passar mal sem ser interrogada? — Mas sua voz está fraca, e Bhima consegue enxergar além de toda aquela pose.

Bhima observa, em silêncio, a mulher mais velha gelar de raiva, tremer de decepção. Mais de um ano trabalhando lado a lado e Parvati continua misteriosa como nunca. Bhima vê o ajudante de Vishnu correndo em sua direção com uma garrafa aberta de Limca nas mãos, pega o refrigerante e pede:

— Traga um balde de água com sabão, *beta*. Preciso lavar essa parede.

O garoto franze a testa.

— *Didi*, esse trabalho está abaixo de você. — Ele mastiga um canudo. — Aquela faxineira ainda está na feira. Eu a vi limpando as latrinas. Ela vai passar aqui quando terminar.

Bhima suspira, aliviada.

— Vou lhe dar uma gorjeta mais tarde. Muito obrigada.

— Sem problemas, *didi* — diz ele, em inglês, voltando para dentro da loja.

— Aqui — mostra Bhima, segurando a garrafa para Parvati —, beba isto. Vai acalmar seu estômago.

Parvati dá um pequeno gole e para.

— Não consigo. Minha boca ainda está com gosto de vômito.

Uma leve brisa sopra e o cheiro quase faz Bhima querer vomitar também. O sári de Parvati está imundo. Não conseguiria passar o dia todo ao lado dela.

— Irmã — sugere. — Por que não vai para casa hoje? Tome um banho. Descanse.

Parvati olha para um ponto logo acima do ombro de Bhima.

— Não posso — admite, finalmente. — O lugar onde moro só me deixa ir lá para dormir. O resto do tempo, o quarto fica ocupado.

Bhima franze a testa e está prestes a perguntar que tipo de lugar não permitiria que uma mulher doente voltasse para o seu próprio quarto, quando a resposta vem sozinha. Logo depois de conhecer Parvati, a mulher mencionara algo sobre uma batida policial. Agora ela entende o que quis dizer. Ao observar a mulher frágil e idosa à sua frente, seu cérebro formula o impensável: será possível que Parvati alugue um quarto em um bordel? Todo esse tempo, mesmo enquanto a empresa crescia, mesmo enquanto se orgulhava de sua capacidade cada vez maior de sustentar os demais, essa mulher que aguentou sol e chuva ao seu lado, que é a mente por trás de todo o seu sucesso, voltava para casa dia após dia para um... para um...? Bhima sente a bile subir até a boca e, por um momento, acha que é a sua vez de passar mal. Como pode ser?, ela se pergunta. É possível que haja tantos níveis no inferno? Durante tantos anos, pensara que estava no fundo do poço — uma esposa que não era esposa, uma viúva que não era viúva, uma mãe sem filhos, uma mulher cuja casa não era muito melhor do que o ninho aleatoriamente improvisado de um pássaro. Mas, agora, ela se sente positivamente abençoada. Por ter um lar. E por ter com quem compartilhar esse lar.

De repente, se enche de um ódio cego, embora não tenha certeza de quem é o alvo: o Deus que brinca com mulheres como ela e Parvati para sua própria diversão, aquela cidade cruel que gera tantas pessoas pobres que não têm condições de cuidar de si mesmas e até a sua própria ignorância.

— Vamos — afirma, chegando a uma decisão. — Levante-se. Vamos limpar você.

— O sanitário está sujo demais... — começa Parvati.

— Quem disse alguma coisa sobre o sanitário?

Elas atravessam a rua de mãos dadas. Parvati, resignada, segue Bhima, que sorri obstinadamente. Se precisava de provas de que Parvati não estava bem, ali estava ela, na sua mansa aquiescência. Parvati anda com a cabeça baixa, sem olhar para cima, até a entrada do shopping. Mal dão dois passos em direção às impecáveis portas de vidro quando ouvem um assobio.

— *Ae, ae, ae* — diz o *chowkidar*, correndo em direção a elas. — Aonde as senhoras pensam que vão?

— Precisamos usar o banheiro — explica Bhima, sem rodeios.

— Vocês e metade de Mumbai — caçoa o homem. — Vão usar os banheiros públicos. Aqui não é lugar para vocês.

Bhima enrubesce.

— Este shopping é um estabelecimento público, certo?

— Certo. Mas não para mulheres como vocês.

— Garoto descarado. Tenha respeito pelos mais velhos!

O homem bate na própria perna, frustrado.

— *Arre*, por que estão causando problemas? Aqui por acaso é a casa do seu pai, para sujar o banheiro e sair sem comprar nada?

Parvati grunhe.

— Pergunte a ele quanto quer para nos deixar entrar — murmura, alto o suficiente para o homem ouvir.

Mas, em vez de se sentir insultado, o homem simplesmente sorri e se vira para Bhima:

— A velha senhora é mais esperta do que você.

— Quanto? — pergunta Bhima.

O guarda coça a barba.

— Cem rupias e, por mim, vocês podem ficar aí o dia todo.

— Dê cinquenta — ordena Parvati. — É pegar ou largar.

O homem olha feio, mas, quando Bhima oferece o dinheiro, ele rapidamente o pega e o enfia no bolso.

— Tenham um bom dia — diz, em inglês.

Bhima resmunga baixinho enquanto as portas de vidro se abrem para entrarem. É quase final do mês, e ela ainda precisa acertar as contas com o padeiro, o leiteiro e a mercearia. Maya dissera no dia anterior que precisava de um livro novo. Ela precisa cuidar do seu dinheiro, em vez de gastar com subornos para guardas corruptos.

Uma rajada de ar doce e frio as atinge, e as mulheres tremem e se apoiam uma na outra. Sentem o ar secar o suor em seus corpos e, no próximo instante, são seduzidas pela beleza exuberante do piso de mármore sobre o qual têm medo de andar e pelo brilho dourado das lojas por onde passam. Vários vendedores estão na entrada de suas lojas, prontos para receber os clientes com promessas de descontos em itens luxuosos, mas nenhum faz contato visual com as duas mulheres, que, obviamente, não deveriam estar ali.

— *Arre, Ram* — suspira Bhima, admirando um enorme lustre sobre suas cabeças. — Eu não imaginava que este prédio fosse tão grande. Como vamos encontrar o banheiro?

— Vou ficar de olho nas placas — diz Parvati.

Sua voz está rouca, fraca, e Bhima olha para ela com preocupação.

— Você consegue andar? — pergunta.

— Estou andando, não? Então por que fazer uma pergunta estúpida?

Em outro momento, Bhima teria ficado ofendida. Agora, simplesmente dá de ombros quando Parvati age como Parvati. Será que é porque não tem ninguém para cuidar dela que ela se tornou tão rabugenta? Ou é por ser tão rabugenta que não tem ninguém para cuidar dela? Bhima balança a cabeça, sem saber a resposta. Mas enquanto outrora sentia apenas exasperação pela sócia, agora o afeto havia se instaurado entre elas. Bhima aprendeu a relevar o comportamento e as palavras rudes de Parvati para apreciar a boa cabeça e o grande coração que se escondem por trás deles.

É tentador parar nas vitrines de todas as lojas que passam — Bhima fica particularmente balançada com um *kurta* vermelho bordado que Maya iria adorar —, mas o sári de Parvati precisa ser lavado. Enquanto procuram pelo banheiro, Bhima pergunta, com a voz hesitante:

— O que houve, irmã? Isso já aconteceu antes?

— Não — garante Parvati. — Foi só o calor.

Bhima se lembra das gotas vermelhas.

— Mas... Acho que tinha sangue na parede junto com...

— Não fale asneiras. Deve ter sido um risco de bétele que alguém cuspiu. Aliás, acho que vi isso ontem.

Bhima consente. Um minuto depois, pergunta:

— E como está aquele ponto nas suas costas? Aquele que provoca dores em você?

Parvati para de andar.

— Você se formou em medicina enquanto vendia berinjela e espinafre? Ou tem algum outro motivo para se intrometer tanto assim?

Dessa vez Bhima não se preocupa em esconder sua irritação.

— Não é à toa que você não tem ninguém. Está sempre afastando as pessoas!

Por um milésimo de segundo, Parvati parece abalada. Depois, sorri um sorriso lento e desajeitado, e põe o braço em volta de Bhima.

— Por quê, irmã? — pergunta, suavemente. — Tenho você, *na*?

Bhima sente a garganta queimar.

— *Maaf karo* — desculpa-se. — Eu não quis dizer isso.

Parvati dá risada.

— Vou lhe ensinar uma coisa: nunca peça perdão por falar a verdade. E, aqui, à esquerda, está o banheiro.

Bhima umedece algumas toalhas de papel e limpa a frente do sári de Parvati. Quando se curva para limpar a borda do sári, sente a mão da mulher mais velha acariciar levemente sua cabeça.

— Queria que você fosse minha irmã de sangue — confessa Parvati. — Talvez minha vida tivesse sido diferente.

O elogio é tão inesperado que Bhima tem dificuldade para responder.

— Você tem irmãs? — pergunta, finalmente.

— *Nahi*. Só três irmãos. Fui a mais velha.

— E onde eles estão agora?

— No inferno, espero. Junto com o *boodha*. O pai deles.

Bhima empalidece, lembrando-se do seu amado pai.

— Ele não era seu pai também?

— Era. Para o meu azar.

Bhima descarta as toalhas sujas.

— Por que você sempre fala do seu *pitaji* com tanto desrespeito?

— Porque não posso matá-lo. Então, preciso me contentar em amaldiçoá-lo. — Ela olha ao redor. — Vamos embora? Só Deus sabe quantos erros aquele garoto estúpido já cometeu enquanto estivemos fora.

Elas usam o banheiro antes de sair, agradecidas por encontrarem, mesmo naquele lugar chique, duas cabines com sanitários indianos em vez de assentos sobre os quais precisem se sentar. Enquanto se encaminham para fora, tentando encontrar a saída, viram no lugar errado e são assediadas pelo cheiro da comida. Em resposta, o estômago de Bhima solta um ronco alto e longo. Ela se lembra de como o guarda zombara delas, tentando impedir que entrassem porque sabia que não poderiam comprar nenhuma das coisas lindas e brilhantes vendidas no shopping. Mas... será que poderiam comprar uma xícara de chá? Talvez uma porção de bolinhos de legumes quentes para acompanhar a bebida? Imagens das cinquenta rupias desperdiçadas para pagar aquele guarda corrupto dançam diante de Bhima, mas ela as ignora. Pode nunca mais entrar em um lugar tão chique de novo. E talvez fazer uma refeição em um lugar tão bom ajude a recuperar Parvati e acalmar seu estômago. Será difícil justificar um gasto tão imperdoável, e ela sabe que se arrependerá mais tarde. Mas quer aproveitar um pouco mais daquele ar abençoado, com cheiro de perfume e toque de gelo na pele. Descansar nas cadeiras acolchoadas e comer à mesa, em vez de ficar de cócoras na feira. Não ser importunada pelas moscas e pelos mendigos enquanto almoça.

Bhima toma uma decisão.

— Vamos almoçar aqui hoje — anuncia.

Parvati franze a testa.

— Ficou maluca? Você tem ideia de quanto eles cobram? Por uma xícara de chá aqui, podemos beber a semana inteira.

Ela quase se permite ser convencida pelos argumentos de Parvati. Mas também sabe que precisa desse acalanto. Que precisa sentir que é mais do que um burro de carga. Então, puxa Parvati.

— Tudo bem. Vou pagar. Vamos aproveitar mais um pouco deste friozinho.

— E a barraca?

Bhima esconde a preocupação.

— Trabalharemos mais quando voltarmos. Só uma xícara de chá e algo para comer.

E elas se sentam. Em vez de chá, compram *lassis*, a bebida fria de iogurte que desce espessa e doce por suas gargantas. Em vez de bolinhos, compram batatas fritas, tiras longas e afiladas fritas em óleo quente. E dividem uma *masala dosa*, a panqueca fina, crocante e dourada. O preço é assustador, e mal conseguem se olhar quando Bhima paga a conta. Sentadas diante da refeição, elas se entreolham, como crianças ressabiadas por terem feito algo ousado, mas, assim que começam a comer, o custo parece valer a pena.

Vendo Parvati sorver o último gole da bebida branca e espumosa, Bhima sente um profundo prazer, como se algo fosse costurado em seu peito. Sem aviso, sua mente viaja para Gopal nos dias após o acidente de trabalho — um Gopal amargo, desempregado, sentado em casa o dia todo, destituído de seu papel de provedor da família. Bhima sabe que não é responsável por Parvati; a mulher sentada à sua frente não é do seu sangue. Contudo, está impressionada com o prazer que sente em lhe oferecer aquele almoço caro. Nos velhos tempos, quando ela, Gopal e a filha mais nova, Pooja, estavam todos trabalhando, ela se lembra de como costumava comprar doces para os vizinhos em seu antigo prédio em Diwali, de como dava moedas nas mãos dos mendigos pelos quais passava no caminho para o trabalho, de como comprava um pequeno pião para Amit quando ele ia bem na escola.

— Perdida nos pensamentos, irmã? — pergunta Parvati, e Bhima balança a cabeça.

— Apenas me lembrando do meu filho.

— Ele deve ser um homem agora. Tem notícias dele? É casado? É pai?

Na mente de Bhima, Amit ainda tem nove anos, a idade que tinha quando Gopal o roubou dela. Mas ela sabe que o tempo é um adversário cruel.

— Ah... — Balança a cabeça. — Ele é casado. Recebi um bilhete deles depois do casamento. Mas não fomos convidadas. E se ele tem filhos, não sei.

— *Arre wah*. — A voz de Parvati mostra indignação. — Como pode? É capaz de você ser avó cinco vezes e não saber.

— Não sei — repete Bhima. — Mas a vida no povoado é dura, irmã. O terreno do meu marido é pequeno. E ele perdeu três dedos. Alimentar muitas bocas seria difícil.

— Eu sei. — Parvati fica em silêncio, perdida em seus próprios pensamentos. — E quando a sua *chokri* terminar a faculdade? Você não vai contar ao avô dela?

Bhima sente o calor subir em suas bochechas.

— Para quê? Que tipo de avô não sabe da existência da neta? Ou da morte da própria filha?

O choque toma conta do rosto habitualmente apático de Parvati.

— *Hai, Ram*. Ele não sabe?

— Minha Pooja era uma menina orgulhosa. Não, era eu sozinha com ela e seu marido naquele hospital de Délhi. Eles morreram uma semana depois do outro.

— Acidente de carro?

— Aids.

Parvati aperta os olhos.

— Aids? O que sua filha fazia?

— Nada. — Bhima consegue perceber que está na defensiva. — Minha filha não teve culpa. Ela... Foi o marido que trouxe essa doença demoníaca para casa. Para ela.

Parvati fecha os olhos e, quando os abre, estão brilhando com uma emoção que Bhima não é capaz de identificar.

— Eu conheço a Aids.

Bhima balança a cabeça.

— Agora todo mundo conhece a Aids. Mas naqueles dias...

A mulher mais velha continua a encarando, com os olhos buscando o rosto de Bhima.

— É claro, quando eu estava no mercado, a Aids não era conhecida. Nessa época, eu já tinha ido embora fazia tempo, graças ao meu marido.

— No mercado de legumes? — pergunta Bhima, confusa.

— Não, irmã. Estou falando de antes. Anos antes. O negócio da luz vermelha.

Bhima pisca. Desvia o olhar. Pisca novamente.

— O que você quer dizer? — diz, finalmente, quase sem poder respirar graças às batidas aceleradas de seu coração.

— Quero dizer que eu era prostituta. Que, quando era ainda mais jovem que a sua Maya, meu pai me vendeu para a mulher que se tornou minha cafetina.

De repente, a doçura da bebida de iogurte causa náuseas em Bhima. O *dosa* parece oleoso e pesado em seu estômago. O que aquela mulher está lhe dizendo? Poderia ela ser tão estúpida, tão ignorante a ponto de passar o último ano na companhia de uma mulher da vida? Ela, Bhima, que nem sequer olhou para outro homem desde que o marido a deixara? Ela, que ensinou a neta a andar com os olhos baixos, a não se vestir, rir ou falar de maneira que chamasse a atenção daqueles *mawalis* das favelas? É claro, Maya escorregara uma vez, mas esse pecado não se compara ao que aquela estranha mulher parece estar confessando para ela.

— O que você está dizendo? — arfa Bhima, buscando uma forma de terminar a refeição e ir embora.

Mas os olhos de Parvati são implacáveis, estão grudados nela.

— Estou dizendo que conheci muitas, muitas mulheres que morreram por erros cometidos pelos homens. É isso o que estou dizendo.

— Nenhum pai... Nenhum pai faria o que você diz. Não é bom culpar os outros por...

Parvati emite uma bufada alta.

— É uma pena que você não saiba ler. Senão, veria por si própria o que os jornais dizem. — Seus olhos são mármores duros, leitosos. — Todo dia, pais casam suas filhas com homens trinta anos mais velhos. Ou homens aleijados, ou imbecis, ou surdos e mudos. Por quê? Para pagar um dote menor. Todo dia, pais matam garotas que foram estupradas pelos homens do seu povoado. Por quê? Porque a garota manchou o nome da família ao ser estuprada. *Crimes de honra*, eles chamam. Nenhum pai faria o que o meu fez? Acorde, irmã. Olhe ao seu redor. Neste instante, provavelmente metade dos homens aqui foderam suas irmãs. Ou suas filhas. Ou traíram suas esposas.

— Chega! — Bhima cobre os ouvidos com as mãos. — Qual é o seu problema, para falar tanta sujeira? Nenhuma mulher de respeito fala desse jeito.

— Mulher de respeito? Você diz isso como se valesse alguma coisa. O que você ganhou sendo respeitável? Isso pagou alguma dívida sua? Segurou o seu marido? Trouxe seu Amit de volta?

— Não comece. Não admito o nome do meu filho na sua língua.

Parvati sorri, maldosa.

— Se você não quer saber a verdade sobre minha vida miserável, irmã, então por que está sempre enfiando o nariz nos meus problemas, sempre perguntando isso e aquilo?

— É por isso que você não podia ir para casa hoje? Porque você mora em um bordel?

— Irmã. Escute com atenção, porque só vou dizer uma vez. Não estou mais no mercado. Larguei essa vida há muitos anos, por causa disto. — Parvati aponta para o tumor abaixo do seu rosto. — E porque o homem com quem me casei precisava de uma empregada. — Por um instante, parece que Parvati está prestes a chorar, mas continua: — Minha situação não é minha culpa. O garoto que eu considerava meu sobrinho me abandonou. E o único lugar que posso pagar é minha casa atual. É o lugar aonde vou para descansar minha cabeça.

Subitamente, Bhima entende. Enxerga o quanto Parvati está tentando. É tudo uma fachada, uma encenação — a dureza, o cinismo, os insultos ao próprio pai. Quem está diante dela é um ser humano assustado e despedaçado, uma mulher com ainda menos controle sobre sua vida do que ela mesma. Mais uma vez, sente-se profundamente grata por Maya, que dá sentido aos seus dias. Mas, ao contrário dela, nada conecta Parvati a este mundo.

— Você tem... teve... filhos?

Parvati a observa sem piscar.

— Irmã. É melhor você não me fazer essa pergunta.

Agora Bhima se lembra de uma menção anterior, por acaso, sobre múltiplos abortos, e um vazio se abre em seu peito.

— Ele... seu pai... realmente...?

Parvati abaixa a cabeça.

— Sim.

Elas permanecem em silêncio, esgotadas, exaustas demais para falar. Quando Parvati finalmente levanta a cabeça, está chorando. E como se as lágrimas lubrificassem sua língua, ela começa a contar sua história.

Começa com uma enfermidade. Sua mãe está doente. Não há dinheiro para médicos, mas quando o médico cristão chega com a clínica gratuita itinerante por algumas semanas, seu pai leva a esposa. O homem prescreve um remédio que não podem pagar. Então, decidem esperar passar aquela doença que a faz suar e tremer nos dias mais quentes, que deixa sua boca seca, não importa quanta água beba, que a faz não querer ver nenhuma comida. Após alguns dias, ela parece estar melhorando, mas os sintomas voltam.

Sua mãe trabalhava com construção. Podia equilibrar um tubo de metal cheio de tijolos ou pedras na cabeça e carregá-lo até a obra. Uma mulher forte, com os músculos dos antebraços duros como rochas, que trabalhava o dia todo sob o sol escaldante sem reclamar. Uma presença severa e quieta em casa, mas boa mãe e companheira abençoada para o marido camponês. Toda manhã, saíam de casa logo que amanhecia — ela, a caminho da obra; ele, para cavar o solo inóspito do seu pequeno pedaço de terra e fazê-lo dar batatas e cenouras. O maior motivo de orgulho do homem era a sua vaca, cujo leite ele vendia, guardando o excedente para alimentar os quatro filhos. Era uma criatura mansa da qual se viam todas as costelas, e ele idolatrava aquele animal. A vaca era a diferença entre a fome e a existência. Parvati, a mais velha, ficava em casa vigiando os outros três filhos. Se o pedaço de terra do pai fosse grande o suficiente, ela teria precisado ajudar, mas, por ser tão diminuto, era mais útil que ficasse em casa, cuidando dos demais.

Seu pai era um homem alto e robusto, com o rosto comprido e pensativo, e cabelos castanhos que caíam na testa. Quando era criança, a brincadeira predileta de Parvati era empurrar o cabelo do pai para trás, só para vê-lo cair de novo. Ela achava que a forma como aquilo acontecia era mágica, algo que seu pai fazia para entretê-la. Ele ria com ela, e até a mãe se permitia um modesto sorriso nos lábios.

A perda do salário da mãe já foi uma calamidade, mas logo veio a seca. O solo ficou empoeirado, grandes rachaduras se abriram na superfície, fazendo-o parecer doente. Quebrar aquele solo seco com uma enxada era como bater no cimento. O pai ficava acordado à noite, esperando pelo som bem-vindo da primeira gota de chuva batendo no telhado de metal. Ele e Parvati esperavam do lado de fora do casebre, olhando ansiosamente para um céu que lhes virou as costas. Seus lábios estavam rachados e secos como o solo em que pisavam. À medida que a temperatura subia, sua ansiedade crescia junto. O clima na casa ficava pesado, os silêncios cada vez mais longos. Não entrava nenhum dinheiro. Não havia colheita para vender. A seca afetou até a produção de leite da vaca. Um dia, Parvati sugeriu ao pai que ele batesse na vaca para ela dar mais leite, e antes de testar a ideia, ele golpeou raivosamente as costas da filha com tanta força que ela tropeçou para a frente.

— Garota burra! — disse, antes de ir embora.

Naquele instante, ela odiou a vaca, a criatura idiota e preguiçosa que seu pai claramente preferia.

Algumas semanas se passaram e eles entenderam: não haveria chuva naquele ano. Estavam por conta própria. Sem Deus, sem governo, sem patrão, sem ninguém para ajudá-los. Morreriam de fome, lentamente. Por um breve espaço de tempo, o pai contemplou o custo de comprar veneno de rato suficiente para matar toda a família. Não poderia pagar. Estavam sem dinheiro, sem dinheiro, sem dinheiro.

Parvati percebeu que, toda vez que erguia os olhos das suas tarefas, o pai a estava encarando. Algumas vezes, acariciava o queixo enquanto olhava para ela. Sua mãe então se resumia a um pequeno amontoado de roupas e ossos em um canto. O bebê estava cansado demais até para chorar. Os outros dois meninos se provocavam, se beliscavam e se arranhavam, de tédio e sofrimento. Ninguém se dava ao trabalho de impedi-los. Parvati e o pai eram os únicos conscientes da existência um do outro; algo carregado e elétrico fluía entre eles. Ela não sabia o que era. Mas ele olhava para ela. Olhava para ela. Olhava para ela.

Na semana seguinte, o pai a levou para a estação de trem. Enquanto esperavam na plataforma, ele lhe contou. Estava entre vender a vaca e vendê-la. E havia tomado uma decisão. Implorou que ela compreendesse. Perdoasse. Se vendesse a vaca, sua única fonte de alimento acabava. Precisava da vaca. Ela era uma menina linda, sua filha. E ele estava recebendo um bom dinheiro por ela. Sua venda manteria a família inteira viva, ela entendia isso? Ele era pai, marido, o chefe da casa. Parvati, uma garota, e de qualquer forma teria de casá-la em breve. E de onde viria o dinheiro do dote? Dessa forma, seus três filhos teriam uma chance. De comer. De viver. De serem fortes. Ela ousaria atrapalhar isso? Por causa do seu egoísmo? O homem que marcou de encontrá-los a levaria para Mumbai. Mumbai! Terra das estrelas de cinema. Quem sabe? Talvez ela conhecesse Raj Kapoor ou um de seus lindos irmãos. Um dia, ela agradeceria ao seu velho pai por aquela oportunidade.

— O quê, *beta*? Você quer saber se a mãe sabe? Não, a menos que sua intuição materna lhe diga algo. Mas acredito que ela pensa que estamos no mercado. Embora, para dizer a verdade, ela também ficará aliviada. Talvez, com o dinheiro que vou receber, possa comprar os medicamentos apropriados para ela. Você não gostaria disso, que sua *Ma* melhorasse? E que diabos você quer aqui, *chokri*? O que podemos lhe oferecer além de preocupação, sofrimento e dor? Agora, vamos lá, limpe seu rosto. O homem vai achar que está comprando um chafariz em vez de uma garota se você não parar. Por que não podemos regar nossos campos com nossas lágrimas no lugar da chuva? *Ae, Bhagwan!* Por que não fez assim? Estaríamos todos ricos se fosse verdade.

E assim aconteceu. Foram recebidos por um homem gordo, com cabelos oleosos e uma barriga que balançava como uma bola de basquete por baixo da camisa. Ele a analisou de cima a baixo, de baixo para cima e, então, seus lábios sujos de bétele se dobraram em um sorriso.

— *Theek hai* — comentou o homem, fazendo sinal de positivo para o pai.

Ele então abriu a carteira e sacou algumas notas. O pai protestou, mesmo com a voz abafada pelo som do trem que se aproximava. O homem puxou mais algumas notas. Assim que o trem parou, tentou empurrá-la para subir os degraus e entrar no compartimento. Ela gritou, girou o corpo e se agarrou ao pai.

— Perdoe-me, minha menina — lamentou o pai. — Tente entender.

Ela sentiu um puxão no ombro, e a dor foi tão forte que a deixou tonta.

— Venha logo! — ordenou o homem, sem soltar o aperto. — Não tenho tempo para esse dramalhão.

Ele a jogou para dentro do trem, que começou a se mover, e travou a porta. Ela tentou desesperadamente olhar pela janela para ver o pai, imóvel como uma estátua, mas o vagão estava cheio e ela mal conseguiu enxergá-lo. Ainda assim, viu um último relance dele parado, com uma das mãos erguidas, enquanto assistia ao trem partir, com os olhos derramando as monções que jamais chegaram naquele ano.

Agora, Bhima detesta o ar-condicionado. Talvez seja isso que a faz tremer enquanto olha nos olhos de Parvati, que se tornaram opacos e sem vida. Estão sentadas, olhando uma para a outra, com a última *dosa* fria e intocada. Bhima sabe que deveria dizer alguma coisa, algo reconfortante e falso, mas sua mente está vazia. Talvez seja melhor não dizer nada, porque apenas o silêncio pode honrar a grandiosidade do que Parvati lhe confidenciara. Palavras são borboletas belas que seduzem e esvoaçam, palavras mentem e traem — quem sabe disso melhor do que ela? Não, a única maneira de honrar Parvati é com o silêncio. Mas, enquanto estão sentadas, a raiva de Bhima se acumula, como algas à beira-mar, e ela finalmente tem algo a dizer:

— Um milhão de maldições não são suficientes para o que seu pai fez com você.

Algo brilha nos olhos desfalecidos de Parvati, uma pequena luz. Mas ela não diz nada por um longo tempo, até finalmente declarar:

— Então, agora você sabe. Todos os meus segredos.

Como despejar tudo o que ela sente no fino e fraco invólucro da linguagem? Bhima sente uma tempestade se formar em seu peito, sente algo sombrio e sinistro penetrar seu sangue.

— Foram anos terríveis, irmã? — Bhima ouve-se perguntar. — Os anos que você passou naquele lugar?

Parvati dá de ombros.

— Não foram piores do que os anos que passei sendo escrava de um homem. Meu marido. O que eu desejava era que, em vez de falar em amor e casamento, ele tivesse me dito na cara do que precisava. Uma cozinheira, uma faxineira e alguém para foder.

Bhima se assusta com a palavra vulgar, mas não julga a outra mulher. Parvati aprendeu a ser cínica. Bhima suspira. De repente, o brilho do shopping lhe parece opressor.

— *Chalo*, irmã — diz Bhima. — Vamos voltar para a nossa barraca. Qualquer que seja a esperança que nos resta nesta vida, ela está lá.

Parvati concorda com a cabeça, começa a se levantar, porém logo senta-se de novo. Ela cobre a mão de Bhima com a sua.

— Eu... eu... ninguém nunca ouviu toda a minha história — confessa. Seu queixo estremece, assim como o tumor debaixo dele. — Espero não ter me desonrado aos seus olhos. — E antes que Bhima possa responder, ela completa — Porque, acredite ou não, irmã, a sua boa opinião é importante para mim.

— Onde quer que haja desonra, ela não está em você.

Parvati balança a cabeça.

— Obrigada.

Elas se entreolham por mais um instante e se levantam. No caminho para fora do shopping, Parvati e Bhima dão-se os braços. Elas andam dessa forma, como duas amigas da escola, em direção à placa de saída. Estão quase passando pela porta quando Bhima ouve alguém chamar seu nome.

26

Bhima reconhece o som da voz que a chama antes mesmo de se virar. Mas, por um segundo, não avista Serabai. Quando finalmente a vê, solta um gritinho, levando a mão à boca. Porque, ao lado da antiga patroa, há um menino, segurando a mão da mulher com uma mão e chupando o polegar da outra.

Ela solta o braço de Parvati e corre em direção à mulher e ao garoto e, ao alcançá-los, suspira. Não é Serabai, mas uma versão fantasmagórica da mulher que não encontrava havia dois anos. Essa Serabai tem olheiras escuras em volta dos olhos e pele flácida no rosto emoldurado por cabelos grisalhos. Não é nem o fato de Serabai ter envelhecido que choca Bhima. É outra coisa, um ar de derrota nos ombros pesados, uma leve corcunda. Bhima sabe que está observando a antiga patroa de forma indiscreta e, para tentar se conter, agacha-se e a cumprimenta:

— *Ae, Bhagwan*. Este menino lindo é o... da Dinaz...?

Sera sorri.

— Este é Darius. Dar, essa é Bhima, nossa antiga empregada. Diga oi.

Em resposta, Darius se esconde atrás do vestido da avó e espreita Bhima.

— Ele fica tímido na presença de estranhos — explica Sera, em tom de desculpas.

Bhima balança a cabeça, mas percebe duas coisas: Serabai a considera uma estranha; e a apresentou como sua empregada. Sua mente viaja para o aniversário de Chitra, no qual a garota a apresentara como uma amiga.

Como que para se redimir, Sera toca em seu ombro.

— Como você está, Bhima? — pergunta, em voz baixa. — Sinto muito a sua falta.

Bhima se vira e, antes que possa dizer alguma palavra, Parvati consente com a cabeça.

— Eu cuido da barraca — anuncia a amiga. — Você volta quando terminar.

— *Accha*, obrigada.

Sera vê Parvati sair pelas portas de vidro e se volta para Bhima novamente:

— Barraca?

— Nós... Eu tenho uma barraca de frutas e legumes, *bai*. Bem ao lado do Irmãos Vishnu. Não muito longe daqui.

— Sério? Desde quando?

— Faz mais de um ano que comecei. — Bhima observa Sera atentamente. — Usei parte do dinheiro que você nos mandou pela Dinaz. Todo dia agradeço a você pelo meu novo sustento.

Sera parece envergonhada.

— Não fui eu. Só mencionei que você havia deixado suas economias comigo. É claro, eu planejava entregar a você. Mas Dinaz tomou a iniciativa de levar.

Há um silêncio desconfortável. Bhima tenta se lembrar dos detalhes da visita de Dinaz:

— Acho que ela disse que você...

— Provavelmente. Mas isso é entre a Dinaz e você. — As duas mulheres trocam um sorriso de cumplicidade. — Como está Maya?

— Ela está bem, *bai*. Quase terminando a faculdade. — Bhima hesita por um instante, sem querer chamar a atenção de alguma divindade encrenqueira que possa estar passando. — Ela disse que vai estudar direito, *bai*. Algumas amigas nossas a estão ajudando.

Bhima percebe com satisfação o olhar surpreso no rosto de Sera.

— Sério? Mas você pode pagar... Quero dizer, ela não vai poder procurar emprego por mais alguns anos.

Dessa vez, Bhima abandona qualquer tentativa de humildade.

— Tudo bem, *bai*. Pela graça de Deus, eu posso bancar. Os negócios vão bem.

— Entendo. — Sera a analisa. — Você mudou, Bhima. Não... não sei dizer o que é, mas você está diferente.

— E você, *bai*? Como está? — É a mais gentil das perguntas, mas o rosto de Sera fica vermelho e ela quebra o contato visual com Bhima.

— Bem — responde, finalmente. — Estou bem. — Sera faz uma expressão de pesar e passa os dedos levemente pelas costas. — Como pode ver.

— Mas você não *parece* bem, *bai*.

Sera solta uma risada extravagante.

— É disso que sinto falta em você, Bhima. Sua sinceridade brutal.

— Quem está trabalhando para você agora, *bai*?

— Vamos ver se ainda me lembro do nome da última. — Sera revira os olhos. — Acho que tivemos umas oito empregadas desde que você saiu.

Bhima sabe que é cruel, mas as palavras escapam de sua boca:

— Eu não saí, *bai*. Você me mandou embora.

Sera lhe lança um olhar rápido e, depois, encara os pés.

— É justo. — Ela morde o lábio inferior e balança a cabeça repetidamente, como se tentasse reunir coragem. — Não tive escolha — murmura. — Depois do que você disse. Sobre Viraf.

Bhima afunda suas sandálias no chão, procurando se manter firme.

— Eu não disse nada além da verdade.

Por fim, Sera levanta a cabeça.

— É exatamente isso que torna o que você disse tão perigoso. A verdade. Você não entende?

As mulheres se olham fixamente. O burburinho e o barulho ao seu redor desaparecem, fazendo Bhima sentir que as duas estão sozinhas no shopping. O tempo passa. Por dois anos, Bhima se perguntou o que Serabai sabia e em quem havia acreditado. E, então, neste dia de revelações, teve sua resposta.

— Por quê? — retruca, finalmente. — Como você pôde...

— Como eu pude? Porque precisei. Não tive escolha. — Os olhos de Sera estão em chamas. — Minha filha estava grávida. Lembra-se? — Uma veia salta no canto do seu olho direito. — O que você faria? Se alguém contasse algo que poderia destruir Maya? Se lhe entregasse uma granada que você sabia que explodiria a vida dela? Você a usaria? Ou se jogaria em cima dela para salvá-la?

— Mas, *bai*...

— Não, Bhima. Eu fiz a única coisa que poderia ter feito. E não espero que você entenda. — Ela aponta para o neto. — Fiz isso por ele. E por Dinaz. E não pense que você foi a única a sofrer. Eu também sofri. Também sacrifiquei...

— O que você sacrificou, *bai*? — pergunta Bhima, diretamente, lembrando-se dos dias terríveis em que trabalhou na casa da sra. Motorcyclewalla.

— O que eu sacrifiquei, Bhima? Você ousa me perguntar isso? Sacrifiquei você. *Você*. Eu a perdi. Você me conhecia melhor do que qualquer um dos meus amigos. Sabia o que acontecia entre aquelas quatro paredes melhor do que meus próprios pais. Mesmo hoje, toda tarde, quando tomo chá sozinha, penso em você. Em como costumávamos conversar. Foi isso que sacrifiquei. Pelo bem da minha filha.

E, de repente, Bhima consegue entender o preço que Serabai pagou por guardar o segredo obscuro de *baba* Viraf. Está em seus olhos, na sua boca retorcida, na inclinação de sua cabeça.

— Você nunca... A bebê Dinaz nunca... Eles são felizes?

Sera olha rapidamente para Darius, mas o garoto está claramente distraído com o barulho e as luzes do shopping.

— Eles têm seus altos e baixos. Às vezes acho que Dinaz suspeita de algo. De toda forma, ela não é cega. Ela pode ver que sou... reservada na presença dele. No começo, certamente achou que era porque eu tinha raiva de Viraf, por acusar você injustamente de roubar o dinheiro. Mas Dinaz não é boba. Ela... — Sera interrompe sua fala de forma abrupta. — Não sei. O clima em casa não é bom. Você levou todo o brilho da minha casa quando foi embora, Bhima.

Bhima puxa a pala de seu sári. Está tremendo de novo.

— A bebê Dinaz nunca deve saber — concorda, de repente. — Você está absolutamente certa sobre isso, Serabai.

Sera fala em um tom de voz tão baixo que Bhima não tem certeza se sua antiga patroa sequer ouve as próprias palavras:

— Uma vez, uma única vez, cheguei perto de ameaçá-lo. — Ela levanta a cabeça diante da lembrança. — Você se lembra de ter mandado um chocalho para Darius pela Dinaz? Viraf ficou aborrecido com isso. Proibiu o filho de brincar com ele. Então, puxei-o de lado. Nem precisei falar muito. Só disse que era um presente seu. E que queria que meu neto o valorizasse. *Bas*, ele ficou totalmente *thanda* depois disso. Deve ter visto algo nos meus olhos.

Bhima é surpreendida por um pensamento: nada do que enfrentou nos dias tenebrosos que se sucederam à sua indelicada demissão da casa de Serabai pode se comparar ao inferno pelo qual sua patroa passou. Um nó se forma em sua garganta.

— *Jaane do, bai* — acalma Bhima. — Deixe para lá. Ele faz parte da sua família. Minha Maya está segura. Lembrar o que ele fez não vai trazer nada de bom.

— Ele nos destruiu — murmura Sera. — E destruiu o próprio filho. Toda vez que olho para o meu Darius, eu penso... — Seus olhos se movem de um lado para outro e, por um segundo, há uma expressão neles que faz Bhima sentir um arrepio.

— Serabai — diz Bhima, severamente. — Você tem um neto lindo. É seu dever cuidar de sua saúde pelo bem dele.

Sera dá risada.

— A vida é estranha. Está tudo de pernas para o ar. — Ela faz um esforço visível e se recompõe. Coloca a mão na bolsa e tira a carteira. Mas, antes mesmo que possa tirar as notas, Bhima balança a cabeça.

— Não, não, *bai*. Não precisa. Estamos bem, graças a Deus.

Sera parece surpresa. Sua mão paira inutilmente por um instante. Depois, recupera-se e diz:

— Compre algo por mim para a formatura da Maya. Não sei quando será.

Bhima hesita, sem querer ofender a mulher que foi tão boa para ela durante todos aqueles anos, mas relutante em aceitar sua caridade. Nem sabe se mencionará aquele encontro inesperado para Maya. A confissão de Serabai, minutos antes, já começa a parecer um sonho.

— Eu lhe aviso quando ela terminar a faculdade, *bai* — tranquiliza Bhima. — Mandarei um recado pela empregada da sra. Sethna. *Accha?*

Como o insulto por trás da sua recusa parece óbvio para Sera, ela enrubesce, balança a cabeça e põe a carteira de volta na bolsa. Após um segundo, endireita o pescoço e volta a ser a mulher orgulhosa e digna que Bhima conheceu.

— Bem. Estenda os nossos melhores cumprimentos a Maya — diz formalmente.

Bhima sente uma onda de autopunição. Por que tinha de magoar a pobre Serabai, quando a ex-patroa acabara de abrir o coração para ela?

— Obrigada, *bai* — agradece. — Deus ouviu minhas preces e colocou você no meu caminho hoje.

Ela percebe que agora Sera tem pressa para ir embora.

— Fique bem, Bhima. Talvez eu passe para visitar sua barraca um dia desses.

Bhima curva a cabeça.

— Seria um prazer. — E se inclina para dar um tapinha carinhoso na cabeça de Darius. — Que Deus abençoe o seu pequeno. Ele está a sua cara.

As duas saem juntas do shopping, e quando estão quase partindo, Bhima vira-se para trás:

— *Bai*. Da minha parte, não há mais rancor. Eu... Agora entendo por que você age dessa forma. Nós, Maya e eu, não lhe desejamos nenhum mal. Então, por favor, também se perdoe, *bai*.

Ela ouve a respiração profunda de Sera e teme que a tenha ofendido. Mas, então, a mulher sorri.

— Você é uma curandeira nata, Bhima. Sempre foi. Tenho sorte por tê-la conhecida.

E com um pequeno aceno de mão, Sera vai embora ao lado do pequeno Darius. Bhima permanece parada, observando-os, sentindo-se a mulher com mais sorte e o maior azar em todo o mundo.

27

— QUEM ERA ELA? — PERGUNTA Parvati quando Bhima volta para a barraca. Ao ouvir a resposta, balança a cabeça. — Ah. Imaginei. Pelo ar de metida deu para perceber que era a sua Serabai.

— Ela não é metida. Nem um pouco — contesta Bhima, reflexiva, antes de perceber que Parvati está sendo gentil e demonstrando sua solidariedade. Depois, força um sorriso. — Ela tem seus próprios problemas, irmã. Assim como todas nós.

Parvati bufa.

— Quando você não precisa se preocupar com onde descansar a cabeça à noite, os outros problemas se tornam mais fáceis.

Suas palavras trazem Bhima de volta da névoa onde se encontrava desde que se despedira de Sera.

— Como está se sentindo? — pergunta, em tom sério. — Ainda enjoada?

Parvati dispensa sua preocupação.

— Você não me viu comer feito um boi? Uma mulher doente consegue comer daquele jeito?

Não, mas uma mulher faminta consegue, pensa Bhima, e o pensamento é uma queimadura em sua pele.

— Venha à nossa casa quando terminar aqui hoje — convida, tão surpresa quanto Parvati com suas próprias palavras. — O que a gente for comer, você come junto.

— Não. Já disse, estou bem.

Bhima atende uma cliente, que compra dois repolhos e uma toranja. Antes de sair, a mulher diz:

— Sabe aquela receita de *saag aloo* que você me deu no outro dia? Meu marido comeu tanto que ficou empanturrado. E ainda devorou as sobras no café da manhã do dia seguinte. Bom demais, *yaar*.

— *Shukriya!* — responde Bhima. — Posso explicar como preparar o repolho, se você quiser.

A mulher sorri.

— *Arre*, você esqueceu? Já me passou a receita. É só por isso que estou comprando o repolho hoje. Vou prepará-lo esta noite.

— Você conhece o ditado — comenta Parvati. — O caminho para o coração de um homem é o estômago. — Há algo tão obsceno na maneira como ela diz isso que a cliente solta uma gargalhada, trocando olhares com Bhima, que revira os olhos.

— Sim, sim. Bem, até logo.

Assim que a mulher vai embora, Bhima se volta para Parvati novamente.

— Ninguém disse que você não está bem. Só estou convidando-a para ir a minha casa. Se somos humildes demais para você aceitar, é compreensível.

Parvati aperta os olhos.

— Não fale besteira. — Ela brinca com o tumor na garganta enquanto pensa. — Você não precisa sentir pena de mim. O meu caminho, fui eu quem escolhi. Prefiro ficar sozinha. Posso ir mais rápido assim. Sem ninguém para me segurar.

— Irmã. Tudo o que você faz é ir da feira para aquele... aquele lugar onde você dorme. Você está indo mais rápido para onde, exatamente?

Parvati fica em silêncio, e Bhima se arrepende das suas palavras cruéis. Por que está magoando aquela velha mulher que já foi tão machucada pelo mundo? Mas antes que possa se desculpar, Parvati fala por cima da voz dela:

— Que horas devo chegar? Quando você volta do seu outro trabalho?

Bhima sorri.

— Chegue às sete. Vou correr para casa assim que terminar. — Ela rasga um pedaço de papel do seu caderno. — Aqui. Vou explicar o caminho. Por favor, anote.

Enquanto Parvati escreve, resmunga:

— Por que você continua no outro trabalho? Não está ganhando o suficiente aqui para ter um *aaram* quando chega em casa?

— Eu gosto das minhas *bai* — diz Bhima, simplesmente. — Elas são boas comigo. A menina Chitra, especialmente, nunca me trata como uma empregada. E está ajudando a minha Maya nos estudos.

— Qual é o nome da outra?

— Sunita.

Parvati mexe a cabeça.

— E elas são engraçadas, certo? — comenta, com ar conhecedor.

Bhima balança a cabeça, confusa.

— Engraçadas?

— Uma delas é o macho, certo?

Ela entende imediatamente o que Parvati está insinuando. Não é diferente do que Vimal lhe disse no dia em que conheceu Chitra. Um forte senso de proteção cresce dentro dela.

— Ninguém é o macho — Bhima defende. — As duas são mulheres, como nós. E são gentis uma com a outra, como nenhum homem nunca nos tratou.

Para a sua surpresa, Parvati concorda.

— É mesmo. Eu não quis ofender. No meu tempo, vi muitas como elas. Algumas das mulheres do Old Place eram assim. Era o único conforto que tinham em suas vidas.

Bhima não percebe que estava prendendo a respiração. Por fim, exala.

— Elas sofrem. Uma vizinha chamou Sunitabai de um nome muito, muito feio. — Ela para, silenciada por um pensamento. — Parvati, todos os seres humanos guardam segredos uns dos outros? Hoje, você me contou sobre a sua vida. Dez minutos depois, encontrei Serabai. E ela... ela está sendo consumida pelo segredo que guarda. E a menina Chitra diz que seu próprio pai e sua mãe não sabem que ela se mudou para Mumbai por causa de Sunitabai. Por que vivemos todos assim, escondendo coisas uns dos outros?

O polegar de Parvati circula o caroço em movimentos rápidos, enquanto pondera sobre a pergunta.

— Não são as palavras que falamos que nos tornam quem somos. Nem os nossos atos. São os segredos enterrados em nossos corações. — Parvati olha fixamente para Bhima. — As pessoas acham que o oceano é formado por ondas e as coisas que flutuam sobre ele, mas se esquecem de que o oceano também é o que está lá no fundo, todos os pedaços quebrados, presos na areia. Isso também é o oceano.

— Não compreendo — retruca Bhima, sem entender como chegaram de Chitra até o oceano.

Parvati estala a língua, impaciente.

— Não importa, irmã. Pensar demais faz mal para a saúde. Agora vamos vender mais algumas cenouras e berinjelas. É isso o que somos, não poetas nem filósofas.

Quando Chitra abre a porta para Bhima, é visível que a garota está trabalhando. Não é sua camiseta manchada de tinta que a denuncia; é aquele olhar distante em seu rosto, que Bhima aprendeu a reconhecer. Além da forma seca de falar, como se fazer qualquer outra coisa além de pintar fosse um esforço.

— Oi — cumprimenta ela. — Estou trabalhando no quarto. Se possível, não me incomode. Está bem?

— Faça sua pintura, menina — diz Bhima. — Vou cuidar de tudo.

Chitra acena com a cabeça e, sem mais palavras, desaparece.

Quinze minutos depois, há um grito, uma batida na porta do quarto, e então Chitra aparece na cozinha.

— Não adianta. Não consigo pintar hoje nem para salvar a minha vida. É um daqueles dias, sabe?

Bhima concorda, embora não faça ideia do que a jovem acaba de falar. Ainda não entende como uma mulher adulta, cheia de vida e energia como Chitra consegue ficar em casa dia após dia, fazendo nada além de pintar quadros, como se tivesse cinco anos. Ainda assim, de vez em quando, Chitra fala sobre vender um de seus quadros. Bhima a imagina agachada na calçada, vendendo suas mercadorias, como os ambulantes de Flora Fountain vendem seus porta-sabonetes e pentes de plástico.

— Por que você pinta coisas tão sombrias, menina? — pergunta, tentando ser útil. — Pinte algo bonito, como um papagaio ou uma flor.

Nas últimas três semanas, Chitra tem pintado o mesmo quadro, com uma mendiga magra abrigando uma criança. Quem compraria um quadro desses?, pensa Bhima. Tudo o que você precisa fazer é andar pela rua para ver centenas de mulheres miseráveis como essa. Por que alguém precisa retratá-las?

Chitra olha para Bhima como se não tivesse ouvido nenhuma palavra. Depois, tira a colher de suas mãos e a coloca sobre a mesa, desligando também o forno. Bhima reclama:

— O que está fazendo, menina Chitra? Preciso cozinhar o arroz, *na*?

— Venha — ordena Chitra.

Ela arrasta Bhima da cozinha para a sala, onde a empurra sobre uma cadeira e a inclina para a frente, até que suas mãos descansem na mesa de centro.

— Você consegue ficar assim? — Chitra ajeita as mãos de Bhima. — Só um minuto, já volto com o meu caderno.

Nas duas horas seguintes, ela desenha as mãos de Bhima. Com frequência, quando suas mãos começam a doer, a jovem muda-as de posição. Afasta os dedos. Estica-os. Faz Bhima fechar o punho. A mulher mais velha vai ficando cada vez mais impaciente. É por isso que essa garota maluca está apaixonada por outra mulher? Porque é meio doida? Por mais que ame Chitra, há tanta coisa que não compreende. Quem vai cozinhar o jantar se ela ficar lá, desperdiçando o tempo das duas?

Como se lesse sua mente, Chitra ri.

— Bhima, relaxe, *yaar*. Vou tirar você daqui a tempo. Suas mãos estão doendo? Precisa de uma pausa?

— Querida, ainda vou cozinhar e limpar. Se você já terminou, preciso começar o meu trabalho.

— Não se preocupe com a comida. Su está numa festa do trabalho hoje, então, sou só eu. Vou comer as sobras de ontem. — Ela reflete por um momento, e depois pergunta: — Ou você quer jantar comigo hoje? Podemos ir buscar a Maya?

Ela não se surpreende mais com a impulsividade de Chitra.

— Desculpe, menina Chitra. Vou receber uma convidada hoje. Preciso ir para casa e cozinhar.

— Ah! Quem?

— A mulher que me ajuda com o meu negócio. Seu nome é Parvati. — Bhima hesita, sem saber o quanto mais deve dizer. — Ela não tem amigos. E estava doente hoje. Então, convidei-a para jantar conosco.

— Que ótimo! Posso ir também?

Bhima dá uma risada tímida e cobre a boca diante daquele pedido impensável.

— Menina, minha casa é na favela de Gharib. Como alguém como você poderia ir lá?

Chitra parece confusa.

— Como assim?

— Minha casa não é para você. — O rosto de Bhima queima de vergonha. — Nós... nós nem temos... é só um ambiente, na verdade. Sem ar-condicionado.

Chitra fica quieta por um instante. Depois, insiste:

— Se você não se importar em me receber, Bhima, eu adoraria ver onde você mora.

Bhima sente um pavor momentâneo ao se imaginar andando pelo beco estreito e sujo com Chitra. Ela vê a água turva do esgoto a céu aberto, ouve o zumbido das moscas e dos mosquitos, visualiza os olhares indiscretamente curiosos que as seguem até sua casa. Mas, então, outra imagem vem à sua cabeça: as quatro sentadas agachadas nos dois colchões, comendo juntas em um silêncio de companheirismo. Ou, melhor ainda, ela garantindo que Parvati se alimente bem, enquanto Chitra conversa com Maya sobre a faculdade e outras coisas importantes com as quais não pode ajudar sua neta. São sozinhas, ela e Maya, naquele pequeno casebre mal iluminado. Noite após noite, seguem a mesma rotina — cozinhar, trocar algumas palavras durante a refeição, e, então, Maya abre os livros enquanto Bhima varre o pequeno quarto e se prepara para dormir. Certamente será bom ter a garota de olhos brilhantes em sua casa.

— Você tem certeza? — pergunta.

Chitra comemora.

— Vou me trocar — anuncia. — Vamos juntas.

No carro, Bhima continua inquieta.

— Onde vamos deixar o seu carro? — aflige-se. — Aquelas crianças da favela são animais... Vão arranhar a pintura ou roubar os seus limpadores de parabrisa. Só por maldade.

Mas Chitra descarta seus questionamentos.

— Não se preocupe tanto. Isso pode acontecer em qualquer parte da cidade. — Ela pensa por um momento. — Você conhece o Marriott? Um hotel grande, não muito longe do seu bairro? Vou estacionar lá. Podemos continuar a pé.

— Boa ideia. — Mas então outra coisa perturba Bhima. Só há dois pratos de metal em casa e nenhum garfo, nem colher, porque ela e Maya comem com as mãos. Então, uma ideia vem à sua mente, e é como se um peso fosse tirado das suas costas: pedirão comida no Mughal Kitchen, o restaurante de primeira linha fora do *basti*. Ela pagará por tudo. Assim, não precisará se apressar para cozinhar. E o melhor de tudo: pedirá pratos extras, garfos e colheres do restaurante para Chitra. Ela se pergunta se Parvati realmente virá e torce para que não fique chateada ao ver outra convidada.

Mesmo com a discreta roupa *salwar kameez* de Chitra, seu efeito nos moradores da favela é elétrico. Tudo nela — o corte de suas roupas, seu penteado, a elegância de suas sandálias, o modo desajeitado com que anda pelo *basti* — deixa claro que é uma forasteira. Enquanto caminham, uma multidão de crianças começa a segui-las, empurrando umas às outras para ver de perto aquela estranha que passa entre elas. Chitra trava uma conversa firme e amigável com os moleques, mas o rosto de Bhima está tenso de vergonha. E essa vergonha se transforma em fúria quando vê um dos brutamontes encarando abertamente as duas e lambendo os beiços. Enrubescida, Bhima se vira para Chitra, desejando que desvie os olhos de tamanha indecência, mas Chitra olha para o homem com frieza e encara diretamente sua mão. A princípio, ele parece animado com a resposta, mas, quando Chitra continua encarando-o com indiferença, o homem resmunga uma obscenidade e vai embora. Chitra faz um gesto com a cabeça, um leve movimento que apenas Bhima consegue captar. Sente um novo senso de respeito pela jovem. A forma como o humilhara, como se o homem fosse um inseto sob seus pés.

A primeira coisa que Bhima percebe quando chega em casa é que a porta da frente está aberta. Demora um segundo para reconhecer o estranho som que vem em sua direção. São risadas. Parvati diz algo em sua voz baixa e gutural, fazendo Maya rir. Bhima abaixa a cabeça e entra primeiro.

— Ah, *Ma-ma* — diz Maya, em tom de culpa, parando de rir. — Estávamos só jogando conversa fora.

Bhima sorri para Parvati.

— Seja bem-vinda, irmã. — E se vira em direção à porta. — Temos mais uma convidada. Por favor, entre.

— Chitra! Oh, meu Deus, estou tão feliz em vê-la! — Maya se levanta, aos tropeços, e envolve a amiga com os braços. Bhima fica chocada com a intimidade, e está prestes a repreender a neta por esquecer o seu lugar quando vê Chitra retribuindo o abraço.

— Eu vim para ver você — diz ela.

— Menina Chitra, esta aqui é Parvati.

— *Namaste ji* — cumprimenta Chitra.

— Olá — responde Parvati, em inglês.

Bhima olha ao redor.

— Vou pegar uma cadeira para você, menina — anuncia, mas, antes que saia do lugar, Chitra se joga no colchão de Maya.

— Não se incomode. Estou bem aqui.

Maya solta uma risada e, ao ouvi-la, Bhima sente um aperto no coração, que é, ao mesmo tempo, alegria e arrependimento. Como Maya fica feliz em ver outro rosto além de sua velha avó. Ela se dirige à porta e sai por um instante.

— *Chalo, shoo!* — grita para as crianças que continuam amontoadas do lado de fora. — Aqui não é um cinema para vocês ficarem babando de boca aberta. *Jao*, vão para casa!

— Vamos começar o jantar, *Ma-ma*? — pergunta Maya, voltando e fechando a porta atrás dela.

Bhima faz sinal para ela com o dedo indicador:

— Venha aqui. — Ela vai para um canto, desfaz o nó do seu sári e entrega o dinheiro para Maya. — Vá ao Mughal Kitchen — murmura. — Compre as comidas de que você acha que elas vão gostar. Peça pratos e garfos extras. Depois, venha direto para casa, certo?

— O que vocês duas estão aprontando, *ji*? — pergunta Parvati.

— Bhima. — Chitra se levanta. — O que estão fazendo? — Olha para o dinheiro nas mãos de Maya. — Se você não for cozinhar, é por minha conta. Fui eu quem me convidei, lembra?

— Menina Chitra. Fique confortável. Você é nossa convidada esta noite.

— Sim, mas...

— Por favor, menina. É a primeira vez que você nos dá essa honra. Não nos ofenda.

— *Arre, jaane do!* — intercede Parvati, surpreendendo a todas. — Enquanto vocês discutem sobre quem vai pagar, já poderíamos ter matado e depenado três galinhas.

Maya solta uma risadinha, Chitra sorri e Bhima suspira, aliviada.

— Vá, *beta* — diz a avó.

— Está bem. Vou e volto num piscar de olhos. — Maya estala os dedos.

— E tome cuidado. Mantenha os olhos baixos. Não olhe para ninguém, nem para a esquerda nem para a direita.

Maya suspira, dramática.

— Sim, sim, *Ma-ma*. — Faz uma cara e olha para Chitra. — O mesmo sermão todos os dias.

— *Arre, besharam!* — Bhima levanta a mão, fazendo-se de brava. Mas está sorrindo.

— Quer que eu vá com você? — oferece Chitra, mas Bhima balança a cabeça, dizendo que não. — Relaxe, querida. Você acabou de chegar.

— É uma boa menina — comenta Parvati, quando Maya sai. — Já encontrou um garoto para ela?

— O quê? — espanta-se Chitra. — Ela é apenas uma criança! Ainda nem terminou a faculdade.

Parvati age como se não tivesse ouvido.

— E o filho de Rajeev? Ele passou na feira uma noite dessas. É um menino educado, bonito.

Chitra olha de uma mulher para a outra.

— Você não faria isso, faria, Bhima? Casar Maya?

Bhima sorri com a exaltação que sente na voz de Chitra.

— Algo que você precisa saber sobre esta aqui — avisa, cutucando Parvati com os pés — é que ela é uma encrenqueira de primeira linha. Melhor deixar entrar por um ouvido e sair pelo outro.

— *Arre, wah* — reage Parvati. — Que coisa para se dizer!

Chitra ri.

— De onde vocês duas se conhecem? São amigas de infância?

Parvati solta um ronco alto.

— *Arre, beti*, até dois anos atrás, essa aqui nem sabia da minha existência. Senhora nariz empinado, eu costumava chamá-la.

— Querendo dizer?

— Querendo dizer que até hoje ela não gosta de mim. — A risada na voz de Parvati disfarça a acidez de suas palavras. — É só por carência que ela me mantém por perto.

Bhima revira os olhos.

— *Bewakoof!* — exclama, para ninguém em particular. — Cabeça de pudim.

Parvati graceja. Depois, diz:

— E onde está sua *missus* hoje?

Chitra parece pega de surpresa.

— Minha *missus*?

— Ah. Bhima disse que você tem uma *missus*.

— Parvati, cale-se! Não fale besteira — repreende Bhima. E olha para Chitra. — Por favor, não se ofenda, querida. Eu disse, essa mulher aqui é *pagal*.

Chitra umedece os lábios, nervosa, então, encara Parvati no fundo dos olhos.

— Ela ficará feliz em saber que você perguntou por ela. Está em um jantar de trabalho. Senão, você poderia tê-la chamado de *missus* na cara dela.

Parvati ergue uma sobrancelha, admirada.

— Essa aqui é valente — comenta com Bhima.

— Alguma outra pergunta pessoal que você queira fazer? — desafia Chitra.

Parvati tem a cortesia de parecer constrangida.

— Não tenho nada contra você e o seu tipo.

— Ótimo. Porque também não tenho nenhum problema com o seu tipo.

É um comentário inocente, um simples ataque e defesa, mas Parvati arqueja e gira o corpo.

— O que você disse a ela sobre mim? — pergunta a Bhima, que está perplexa com o rumo que a conversa tomou.

— Nada. Não disse nada.

— Parvatiji — interrompe Chitra. — Relaxe, *yaar*. A única coisa que sei sobre você é que passou mal hoje mais cedo. Só estou brincando com você.

Parvati expira lentamente.

— *Theek hai* — responde. — Sinto muito.

— Não, *eu* que sinto muito. Por você ter passado mal — diz Chitra, carinhosamente. — Como está se sentindo agora?

— Um pouco cansada. — Parvati finge um bocejo. — Já é hora de ir para casa, irmã.

Bhima está prestes a protestar quando Maya entra, carregando sacolas de comida.

— Estou faminta — comenta, em voz alta, e todas dão risada quando o clima da casa volta a ficar leve.

Bhima suspira por dentro ao ver a quantidade de comida que a garota comprou.

— Alguém mais vem para o jantar? — pergunta Chitra, em tom seco, ao que Maya balança a cabeça.

— Só nós — diz a garota, alegre. — Só nós.

As quatro se sentam com as pernas cruzadas, na beira do colchão, e comem com os pratos no chão. Apesar dos talheres trazidos por Maya, Chitra come com as mãos, como as outras mulheres, embora Bhima possa perceber que não tem experiência nisso.

— Gosto do seu piso, Bhima — comenta Chitra, minutos depois. — É novo?

Bhima olha de relance para Maya, que engasga de orgulho.

— Obrigada — responde a garota. — Compramos de um vizinho. Ele trabalha para um empreiteiro.

Apesar da lâmpada solitária que ilumina o casebre, Maya se estica para acender uma das duas lamparinas.

— Eu a uso para ler depois que *Ma-Ma* vai dormir — explica para Chitra.

— Você estuda sob a luz de lamparina?

Maya faz que sim com a cabeça, e Chitra sorri com pesar.

— Mesmo assim, é a melhor aluna da sala. Ainda bem que seus colegas não sabem. Senão, todos estudariam com lamparinas.

Bhima repara que Maya fica corada com o elogio. Também sente os olhos de Parvati sobre a garota.

— Não é só inteligente, mas também linda — comenta a senhora, e então Maya não pode mais suportar.

— Parem, todas vocês! — interrompe, chacoalhando o corpo como um cachorro molhado, como que para se livrar dos elogios.

As outras riem.

— Gosto de estar aqui — diz Chitra, subitamente. — Sinto-me... segura.

Bhima leva um susto. Em todos aqueles anos vivendo no *basti*, nunca pensou nele como segura. Mas ao ver as quatro reunidas naquela sala, com a luz das lâmpadas projetando sombras nas paredes, parece entender o que Chitra quer dizer.

De canto de olho, Bhima vê Parvati repetir o *biryani* e sente uma profunda satisfação. Como é possível ter tanto carinho por alguém que não é da sua família? Enquanto a observa, Parvati é acometida por um daqueles dolorosos espasmos que parecem irradiar da sua lombar com cada vez mais frequência. Quando vê que o espasmo passou, murmura:

— Tudo bem, irmã?

— Claro.

Logo que terminam o jantar e se limpam, Parvati se levanta:

— *Accha*, preciso ir — anuncia. — Está ficando tarde.

— Eu a levo para casa — oferece Chitra, imediatamente. — Onde você mora?

Parvati gela.

— Aqui, bem perto — murmura, vagamente.

— Ótimo. Meu carro não está muito longe. Você não precisa andar sozinha à noite.

Bhima troca um olhar com Parvati.

— Você não precisa se incomodar em levá-la até a porta de casa — sugere. — Pode deixá-la no fim da rua onde mora.

Parvati olha de volta para Bhima, e cede.

— Como quiser.

Chitra se abaixa para abraçar Bhima, que enrijece pelo hábito e, depois, oferece um abraço morno.

— Obrigada pela noite maravilhosa — agradece a garota. — Pronta? — pergunta a Parvati, pegando-a pelo cotovelo. A mulher mais velha olha estarrecida para Bhima, antes de se permitir ser levada para fora da casa na direção da rua principal.

Quando as duas estão a sós novamente, o barraco parece vazio, ainda ecoando os fantasmas de suas risadas. Enquanto Bhima se prepara para dormir, ouve Maya dizer:

— Quando me tornar advogada e conseguir um emprego, vamos fazer essas festas toda semana.

— O que você e a menina Chitra cochichavam o tempo todo pelos cantos?

Maya balança a cabeça.

— Conversa de garotas, *Ma-ma*. Você não entenderia. — Está tão séria que Bhima engole a risada.

— *Chalo*. Vou para a cama — diz a avó.

Quando vira o travesseiro, algo cai — duas notas de cem rupias. Duzentas rupias. A menina Chitra deixou o dinheiro para pagar pelo jantar de todas. Mesmo sendo grata pela generosidade da garota, Bhima sente uma pontada de decepção, que se sobrepõe à sua gratidão. Não havia sido ainda hoje que Serabai tentara empurrar dinheiro para ela? A mulher balança a cabeça. Começava a se enxergar como uma empresária bem-sucedida, mas as mulheres realmente ricas, como Serabai e Chitra, ainda a veem como alguém que precisa de sua ajuda.

28

Três semanas depois, Bhima está agradecida pelas duzentas rupias a mais. Ajudarão a pagar os remédios de Parvati no hospital público.

Não é o mesmo hospital para o qual Gopal foi após o seu acidente de trabalho, e Bhima é grata por isso. Depois de tantos anos, a lembrança do episódio — a indiferença das enfermeiras, a insensibilidade dos médicos, o seu medo apavorante ao encontrar Gopal delirando, encharcado de suor e com três dedos a menos, deitado em lençóis manchados de sangue e pus — ainda queima como ácido.

Bhima senta-se no banco duro de madeira, ao lado de Parvati, que desmaiou naquela manhã durante uma conversa com uma cliente e simplesmente caiu feito uma pedra, batendo a cabeça nos degraus da loja de Vishnu. Bhima, que estava a menos de um metro de distância, não foi capaz de impedir a queda. Acolheu a cabeça da mulher idosa em seu colo, incentivando Parvati a abrir os olhos, mesmo combatendo o medo de que estivesse morta. Após alguns minutos assombrosos, Parvati finalmente voltou a si, tonta e desorientada, a princípio, mas depois foi olhando à sua volta, cada vez mais alerta. Insistiu que estava bem, que ficara tonta por causa do calor, mas Bhima já estava farta. Ligou para Rajeev e pediu que assumisse a barraca a fim de levar Parvati ao hospital público.

Enquanto espera Parvati ser atendida por um médico, Bhima se sente como se estivesse enfrentando duas batalhas — uma contra os fantasmas do passado: o médico rabugento e arrogante que lhe contara que Gopal tinha uma infecção e que morreria sem o remédio que ela era pobre demais para comprar, e a intervenção oportuna do marido de Serabai, Feroz, que intimidara o médico a oferecer o tratamento adequado ao paciente; e outra contra a mulher que fumegava e resmungava ao seu lado.

— Estamos perdendo um dia todinho — reclama Parvati. — Como se não tivéssemos um *kaam-dhandha* para cuidar. Sentadas aqui, feito nababos enquanto nossos produtos apodrecem no sol quente.

— Rajeev está lá. Ele dá conta.

Parvati assobia, desdenhando.

— Aquele pedaço mole de alface? É capaz de estar dando dinheiro aos clientes em vez de receber.

A expressão de Bhima está tensa, de ansiedade e raiva.

— Por que você precisa ficar contra mim em tudo? Já é a segunda vez em um mês que algo ruim acontece com você, *hai na*?

— *Ae, Bhagwan*. Irmã, estou velha. É normal aparecer um probleminha aqui, outro ali, não?

Bhima a encara fixamente.

— E essa dor que você sente o tempo todo nas costas? Também é só um probleminha? Você esfrega as costas o dia inteiro.

— *Tsc-tsc*. Não é nada. Este mesmo caroço do meu pescoço agora também está nas minhas costas. Anos atrás, o médico disse que não era nada.

— Anos atrás, quando?

Parvati pensa.

— Antes de me casar. Acho que eu tinha uns quarenta anos. — Ela fica em silêncio, chocada com suas próprias palavras. — *Hai Ram*. Como pode ser? Faz tanto tempo, mas ainda me lembro do rosto do médico.

— Está vendo? — diz Bhima. — Agora sente-se e fique quieta até nos chamarem.

O médico é um homem baixo e barbudo, com jeito estressado. Ele faz Parvati se deitar para examiná-la, mas quando pede para ela se deitar de costas, Parvati não consegue. Ele abaixa o sári de Parvati para investigar o motivo, e Bhima se assusta com o que vê — uma massa grande, feia e escura. O médico levanta a cabeça para olhar a paciente nos olhos. Franze a testa e balança a cabeça.

— Precisamos aspirar isso — informa. — Vou interná-la hoje à noite.

— Não é necessário — retruca Parvati, imediatamente.

O médico range os dentes.

— Está bem, serei direto. Não desperdice o meu tempo, ok? Existem centenas de outros pacientes lá fora, esperando para serem atendidos. Se você vem ao hospital, precisa seguir o que eu digo, entendido? Não tenho tempo para essa frescura. Agora, sim ou não?

— Sim. — Bhima encara Parvati, desafiando-a a contrariá-la. — Por favor, doutor *sahib*. Faça o que for preciso para ela ficar bem.

— Tudo bem. Sem drama. — Ele rabisca algo em seu receituário e destaca a folha. —Aqui. Entregue isto na janela de admissões. Mas, lembre-se, eles vão precisar de um depósito em dinheiro antes de interná-la.

— Rasgue isso — resmunga Parvati, enquanto andam pelo corredor. — Rasgue isso e vamos voltar ao trabalho. Estou dizendo, irmã, se você me deixar aqui, esses lobos vão lhe devolver o meu cadáver.

Bhima se lembra das piras funerárias, primeiro de Raju e depois de Pooja. O hospital em Délhi levara sua filha e seu genro, e devolvera suas cinzas. Talvez Parvati tenha razão. Para que desafiar a morte sem necessidade?

— Só uma noite — insiste, sem convicção. — Vamos fazer esse exame de que o médico falou. Depois, pedimos os remédios e o tratamento para você fazer em casa. *Accha?*

Parvati responde com um sorriso estranho e distante.

— Como quiser, irmã.

Precisam esperar sete horas por uma cama. Todos do hospital parecem se mover devagar, como se estivessem debaixo d'água. O menor dos pedidos é visto como uma afronta, e Bhima se pergunta se estariam sendo punidas pelas perguntas sarcásticas de Parvati. Mas olha ao redor e vê que os outros pacientes são tratados com a mesma indiferença.

À medida que o dia avança, Parvati fica cada vez mais quieta. Quando uma enfermeira por fim se aproxima e diz que serão admitidas em quinze minutos, a velha automaticamente agarra e aperta a mão de Bhima. Está com medo, pensa Bhima, impressionada. Aquela mulher que permanecera estática no meio de uma rebelião está com medo só de pensar em passar a noite no hospital.

— Ficarei com você — decide Bhima, sem pensar.

— Não seja boba. E Maya?

— Eu cuido disso. — Ela faz uma pausa, esperando que Parvati se oponha, mas a mulher simplesmente olha para os próprios pés.

Bhima se levanta com um suspiro e liga para a menina Chitra. Antes que possa formular seu pedido, Chitra se oferece para buscar Maya e levá-la para dormir na sua casa. Na verdade, sairá logo em seguida para avisar Maya.

— Estou em dívida com você, menina — começa Bhima, mas Chitra a interrompe.

— Por favor. Maya é como uma sobrinha para mim.

Bhima abraça o telefone depois de desligá-lo. Chitra se referiu a Maya como sua sobrinha com tanta naturalidade! Poderia esse ser um sinal de que, finalmente, após décadas de seca, sua sorte pudesse estar mudando? Seu coração gela com outro pensamento: se Amit tiver filhos, então a própria Maya será tia. Mais do que tudo, é isso que a aflige, que, não por culpa da garota, Maya está sozinha no mundo. Já é ruim o bastante que a pobre criança seja órfã. Mas Maya também se privou do amor de sua família por causa da inconsequência da avó. Se tivesse permitido que Gopal gozasse seus dias em um estado permanente de embriaguez, aceitando que era esse o preço que pagaria por assinar aquele fatal pedaço de papel. Se não o tivesse seguido até o bar clandestino e o constrangido em público, ainda teria um marido. Ainda teria o seu filho. E Maya teria uma família além de sua avó seca e sem senso de humor.

Não era de espantar que Maya estivesse sempre pedindo para ela sorrir. Como deve ser difícil para uma jovem passar suas noites com uma mulher cujo rosto é azedo como uma *guava*.

Quando Parvati ergue o rosto para ela, Bhima vê o medo escorrendo pelos seus olhos e sabe que tomou a decisão certa de passar a noite ali. Incapaz de dizer algo para espantar o medo, Bhima segura a mão de Parvati nas suas, até que a enfermeira finalmente chega para levá-las.

* * *

A ala geral do hospital é diferente da ala da Aids, onde Pooja morrera. Mas algumas coisas são dolorosamente familiares — o cheiro forte do pesticida que usam para afastar os mosquitos; os gemidos baixos de dor e as lamúrias dos pacientes; a batida dos pés descalços dos garotos que correm de cama em cama, limpando os leitos.

— Perdida em seus pensamentos, irmã? — pergunta Parvati, com os olhos atentos, sem perder um detalhe.

Bhima balança a cabeça.

— Só lembrando da minha filha. Ela estava na ala da Aids. Em Délhi, não aqui. Mas também era um quarto grande e aberto, como este.

— Seu marido foi embora antes ou depois da morte dela? — A voz de Parvati é carinhosa.

— Antes. Eu a criei, a casei, tudo sozinha. — Bhima ouve sua própria voz, pesada pelas lágrimas que se esforça para não derramar.

— Parece que você cumpriu suas obrigações com todos, irmã. Não haverá mais nascimentos para você depois deste. Você conquistou o descanso eterno.

— Quero descansar *agora* — confessa Bhima. — Não depois de morrer. — Seus olhos se arregalam com sua própria insolência. — Esqueça o que estou dizendo. Deus me perdoe, pareço você falando.

Parvati solta uma gargalhada.

— A Diretora sempre dizia que eu era uma má influência para as outras garotas.

— Diretora? Da escola?

— No Old Place. A única escola que frequentei. Ela era a cafetina lá. Dona de todas nós.

— Por que você a chama de Diretora?

Parvati dá de ombros.

— Por que não? Ela nos deu a melhor educação: mostrou como o mundo realmente funciona. O que uma escola poderia me ensinar de mais importante?

Bhima sente um peso insuportável no coração.

— Você acha que o mundo é mesmo um lugar tão sombrio? — murmura.

Os lábios de Parvati se curvam para baixo.

— É nisso que acredito: só existe um verdadeiro mal. E é a pobreza. Com dinheiro, um pecador pode ser idolatrado como santo. Um assassino pode ser eleito primeiro-ministro. Um estuprador pode se tornar um respeitável homem de família. E a dona de um bordel pode ser uma diretora. Entende?

— Você a odiava?

— Odiava? Eu chorei feito um bebê quando fui embora. Ela foi a única pessoa na minha vida que nunca mentiu para mim. Meu próprio pai me vendeu como um saco de cebolas. Meu marido mentiu ao dizer que queria uma esposa, quando tudo o que desejava era uma empregada pela qual não precisasse pagar. Todos os homens que rastejaram pelo meu corpo e disseram "eu te amo", não me reconheceriam se passasse por eles na feira. Mas a Diretora dizia: "É isso que você vale". E, quando Rajesh quis se casar comigo, ela argumentou: "Você está em baixa no mercado por causa desse negócio que está deformando o seu rosto. E você está ficando velha". Ela foi a única pessoa que me disse a verdade.

A voz de Parvati é baixa, em tom factual, mas Bhima sente cada palavra da mulher mais velha como um arranhão em seu rosto. Como conhece pouco do mundo em que Parvati viveu! Lembra-se de como seu próprio pai costumava sorrir com carinho para ela, não importava o que fizesse, da persistência de Gopal em conquistá-la desde a primeira vez que pusera os olhos nela, da sensibilidade com que segurara sua mão na noite em que se casaram e em todas as noites depois. Sua própria vida parece tão rica comparada à de Parvati.

— Você já... amou de verdade um homem? — pergunta Bhima, tímida.

Parvati hesita por uma fração de segundo, antes de balançar a cabeça.

— Não posso acreditar em algo que não existe.

— Como você pode dizer isso? — protesta Bhima. — As pessoas se amam, não?

Parvati ergue a mão para interrompê-la.

— Não é amor. É carência. As pessoas só confundem as coisas.

Bhima abre a boca para argumentar, mas de novo Parvati não permite.

— Uma mãe de primeira viagem acha que seu bebê a ama. — Ela dá de ombros. — Mas ele só precisa de leite. Um marido acha que a esposa o ama. Mas ela só precisa do dinheiro dele. E todas nós sabemos do que os homens precisam. A Diretora me ensinou isso, Bhima.

Como vencer essa mulher inteligente, sagaz e amarga?, pergunta-se Bhima. Como provar que está errada, que seu cérebro está do avesso, corrompido? Bhima sente vontade de chorar; há uma escuridão em Parvati que a aterroriza. Em seu *basti*, há uma mulher sem pernas. Há uma criança cega. Outra mulher com queimaduras por todo o corpo. Mas, no *basti*, algo fagulha de barraco em barraco, parecido com os fios elétricos clandestinos que alguns dos moradores conectaram às suas casas. É a esperança. Mesmo nas profundezas do seu desamparo, a esperança queima como querosene pelo *basti*. É o que faz a mulher sem pernas tecer as cestas de vime que vende para uma butique. O que faz a mãe do menino cego passar o dia catando trapos para pagar a sua escola. O que faz a vítima das queimaduras procurar um bom partido para a filha.

E, então, ela se dá conta da resposta, e endireita as costas.

— Você não acredita em amor? — pergunta, em voz alta. — Pois deveria.

Parvati acena como se afastasse as palavras de Bhima:

— Por que deveria?

— Por quê? — Bhima bate no próprio peito com o dedo indicador. — Porque estou sentada aqui com você neste maldito hospital. Porque estou aqui.

29

— QUE BOM! — DIZ PARVATI, balançando a cabeça vigorosamente. — Deus é maravilhoso.

O médico a observa com curiosidade.

— Você não entendeu o que eu disse? Eu disse que é câncer. Com certeza.

— Eu ouvi, doutor *sahib* — responde Parvati, com os olhos brilhando. — Vou distribuir doces na minha vizinhança esta noite.

O homem puxa um pelo da barba enquanto a analisa.

— Se você tivesse dinheiro, poderíamos fazer uma radiografia cerebral. Parece que o câncer está afetando o seu cérebro.

Parvati dá um sorriso largo.

— Passei os últimos vinte anos rezando pela minha morte, *ji* — conta. — Finalmente recebi a boa notícia. Quanto tempo para eu sumir?

Por fim, ele parece entender, e um olhar melancólico cobre o seu rosto. Um segundo depois, essa expressão é substituída pela fúria.

— Entendo. Então para que está desperdiçando o meu tempo? Gastando dinheiro do governo para fazer exames?

Parvati o encara como quem levou uma bronca.

— O que posso fazer, *sahib*? Minha amiga me arrastou para cá. — E seu rosto desaba. — Além disso, essa coisa crescendo nas minhas costas dói muito. Se tiver algum remédio para isso, serei grata.

Por um instante, ele parece querer recusar, mas depois consente com a cabeça.

— Posso dar alguns comprimidos — diz. — Mas eles vão lhe deixar sonolenta e podem causar enjoos. Você entende? — Ele pega seu receituário e, então, se levanta.

— A dor... A dor vai ser ruim? No final?

Ele olha para ela e, nesse momento, seus olhos estão cheios de pena.

— Será insuportável. — Sua expressão está mais calma. — Peça para alguém trazer um pouco de *daru* quando chegar a hora. E fique bêbada.

— Quanto tempo?

Ele dá de ombros.

— Até Deus estar pronto para você.

Parvati consegue dar um meio sorriso.

— Nesse caso, pode demorar um bom tempo.

Mas o médico não sorri de volta.

— Não, não vai. Seu desejo será atendido antes do que você imagina.

Só depois que atravessa os portões, seus joelhos bambeiam e ela segura a parede baixa do hospital, procurando apoio. Está em pé, hiperventilando, tentando se convencer de que não está chateada, de que já sabia havia algum tempo que aquele novo caroço era maligno, ao contrário do antigo. Esforça-se para capturar a despreocupação que exibira na sala do médico, saborear a lembrança de deixá-lo confuso com a sua reação. Inspira profundamente algumas vezes, mas isso só a torna mais consciente da força com que seu coração bate no peito.

Se tem algum medo da morte, é só porque significa reencontrar as pessoas que ela despreza. Enquanto todos de que gosta — Bhima, Maya, Rajeev e até seu sobrinho ingrato, Praful — estão todos ali, vivos. Parvati percebe que estivera mentindo para si mesma. Não quer morrer de verdade. Pela primeira vez, existe algo pelo qual vale a pena viver — aquela humilde barraca na feira, onde sua presença é indispensável para o negócio de Bhima. A vida precária, os anos passados vendendo couve-flores murchas, felizmente, agora fazem parte do passado, e todos os dias sobra algum dinheiro — para pegar o ônibus em vez de andar a todos os lugares, para comprar um pouco de manteiga e pão para comer em seu quarto quando tiver vontade, para, de vez em quando, poder comprar uma Pepsi ou uma Limca em um dia quente.

Ela ouve um soluço e procura à sua volta, desorientada, antes de perceber que veio dela. Então, vem outro, um som incontrolável que escapa de Parvati e desvanece no ar. Ela se bate, envergonhada por sua própria vulgaridade. Quanto egoísmo, quanta inconveniência uma mulher de setenta e tantos anos chorar por causa da morte. Que direito ela tem a sequer mais um copo d'água, mais um bocado de comida, mais uma lufada de ar, em uma cidade onde os bebês morrem logo depois de nascer, onde as crianças andam por aí com as barrigas inchadas de fome? Já não vivera o suficiente? A sorte já não brilhara sobre ela nos últimos tempos, primeiro com o dinheiro trazido por Bhima e, agora, com algo ainda mais precioso? O que Bhima dissera a ela, na outra noite, no hospital? *Porque estou aqui*. Foi assim que ela disse, calando Parvati com três palavras, destruindo seu papo furado sobre o amor ser um conto de fadas. Todos os dias, desde aquela noite, Bhima insistiu que fosse para a sua casa e jantasse com elas. E, para dizer a verdade, ainda mais do que a comida caseira, começou a apreciar o simples prazer de compartilhar uma refeição com outras pessoas. De ouvir Maya contar o que aprendera na faculdade naquele dia. De ver o rosto de Bhima se iluminar de orgulho quando Maya dizia as palavras grandes que sua avó nunca ouvira. Vendo as duas, a mente de Parvati viaja para o passado, o passado que acreditava que nunca poderia ser revivido. Lembra-se de sua infância, quando a mãe não era apenas crises de tosse e um punhado de ossos, quando o pai era seu protetor e não seu comerciante. Uma vez, ela também já tivera uma família — pobre, sim, analfabeta, sim, mas que se amava. Unida. Amontoada em sua pequena casa, aguentando juntos as surras da vida. Por que seu pai não lhe dera a escolha? Entre ser vendida e passar fome juntos, ela sabe o que teria escolhido. Toda noite, pega uma bola de arroz e *daal* nas mãos e escuta as brincadeiras de Bhima e Maya, percebendo o quão terrivelmente só estivera nos últimos anos.

Diga a verdade, ordena a si mesma, começando sua caminhada de volta à feira. Estava sozinha mesmo quando Rajesh era vivo, não? Talvez não durante os dois últimos anos de sua vida, quando seus dias eram diluídos pelos afazeres — dar banho de esponja nele pela manhã, alimentá-lo, virá-lo de lado várias vezes durante a noite, limpar o urinol, lavar os lençóis sujos. Estranho, mas ela se sentia menos sozinha depois que ele parou de falar. A verdadeira e perfurante solidão começara logo após a visita do filho de seu marido. Foi como se, quando Rahul foi embora naquele dia, tivesse levado com ele a afeição do pai pela nova esposa. Rajesh começou a vê-la de forma diferente depois daquilo, como se a culpasse pelo seu desentendimento com o filho. E, conforme o tempo passava, comparava-a cada vez mais com sua falecida esposa, considerando-a inferior em todas as áreas, exceto uma. Usha mantinha a casa limpa. Usha sabia como passar suas calças. Usha sabia como ele gostava do seu leite toda manhã. Parvati precisou usar todo o seu autocontrole para não dizer ao homem que aquelas comparações não valiam de nada, porque ela nunca se viu competindo com uma mulher morta.

O que a surpreendeu foi a saudade que sentia do Old Place. Durante o dia, Rajesh passava horas em frente à televisão, enquanto ela ficava sentada na cozinha ou no quarto, tentando costurar um botão de sua camisa ou passar suas roupas. Isso foi algo que ninguém nunca lhe contara sobre ser dona de casa — era um saco! Aos poucos, foi se dando conta — comprometera-se a uma vida com um homem desinteressante, mais velho. Um homem que, aposentado, não tinha hobbies nem interesses, cujo ideal de um bom dia era dormir até o meio-dia em vez de até as dez.

A primeira vez que Rajesh bateu nela foi quando tinham mais ou menos um ano de casados. Um de seus antigos colegas estava sendo transferido, e foram convidados para uma festa de despedida em um restaurante. Rajesh comprou um sári vermelho para ela usar na ocasião, e até a presenteou com um colar de ouro que pertencera a Usha. Foi uma das poucas joias das quais a nora não se apossara. Rajesh estava acendendo um cigarro quando Parvati saiu do quarto e ele parou, com os olhos arregalados.

— *Wah!* — exclamou. — Aqueles homens não vão conseguir tirar os olhos de você.

Ela sorriu, agradecida pelo marido não ver a deformidade na qual todas as outras pessoas reparavam imediatamente.

Era um dia úmido e Rajesh pediu um táxi para o restaurante, evitando que chegassem encharcados de suor.

— O restaurante é fino — disse a ela. — Cinco estrelas. Como eles podem pagar um lugar tão caro?

Ele piscou.

— Fica no meu antigo distrito — Rajesh explicou. — Melhor para o proprietário, que continuará sendo visto com bons olhos pela polícia, não?

No restaurante, foram levados para um ambiente reservado. A primeira coisa que Parvati notou é que não havia nenhuma outra mulher presente.

— Ninguém mais trouxe as esposas? — murmurou, mas Rajesh estava distraído.

— *Arre*, Rajesh, como você está, *yaar*? Aproveitando a aposentadoria? — perguntou alguém, enquanto outro entregava um copo de uísque em suas mãos.

Após todo o ritual de batidas nas costas e apertos de mão, Rajesh se dirigiu a ela.

— Amigos — anunciou, orgulhoso. — Conheçam minha *missus*.

— Sua *missus*? — alguém gritou. — Pensei que fosse sua filha!

— Não, *yaar* — comentou outro. — É a neta dele.

Rajesh sorriu, inconscientemente apertando a mão de Parvati com mais força. Ela olhou para o chão, agradecida pela luz baixa na sala, que talvez tenha feito com que não percebessem a protuberância em seu queixo. Um dos homens mais velhos se aproximou e sorriu para ela, de um jeito carinhoso.

— Ignore esses idiotas, menina — disse ele. — Você gostaria de um refrigerante? Coca-Cola? Pepsi?

— Uma Pepsi — aceitou, embora preferisse uma cerveja gelada.

Parvati manteve os olhos abaixados, gostando de interpretar o papel de dona de casa modesta. Virou-se para o marido e disse:

— *Jao, ji*, vá curtir seus amigos.

— E deixar você com esses urubus? — retrucou Rajesh, com uma gargalhada. — Eu lá sou maluco?

Apesar de sua jovialidade, ela sentiu a insegurança em sua voz, o que a fez apertar também a mão do marido.

Houve uma confusão na porta e Parvati virou a cabeça para ver um homem alto e bem-vestido, de cabelo grisalho. O burburinho cresceu no ambiente e houve uma mudança notável, quase elétrica, no clima. Várias pessoas correram para cumprimentar o recém-chegado, que simplesmente passou direto pela maioria delas. Cumprimentou alguns conhecidos e ignorou os outros, enquanto caminhava até o bar. Mesmo na meia-idade, havia uma força sinuosa na maneira como ele se movia, que lhe lembrou uma pantera na selva. E como se sentisse a presença dela na sala, de repente, ele a percebeu, interrompeu o passo por apenas um segundo, sorriu quando seus olhos se encontraram e continuou andando. Aconteceu tão rapidamente que ela não teve certeza se alguém mais percebeu. Parvati notou um esforço de reconhecimento, mas, antes que pudesse mergulhar em suas lembranças, Rajesh falou, quase sem fôlego:

— *Kamal hai!* — admirou-se. — É incrível! Aquele é Verma, o chefe da polícia. Difícil acreditar que um homem tão importante viria a esta festa. — E puxou a mão da esposa. — Venha. Vamos prestar nosso respeito.

— Vá você, *ji* — respondeu Parvati, com uma tontura repentina. — Isso é coisa de homens. Estou bem aqui.

Ela observou Rajesh se enfiar na multidão de homens que bajulavam Verma, e havia algo tão patético e carente em seu marido aposentado ainda buscar a aprovação de seu antigo chefe, que seus olhos arderam com as lágrimas. Parvati observou Verma baixar a cabeça para ouvir algo que Rajesh dizia e, depois, seguir o dedo do marido, que apontava para onde ela estava. Verma bateu nas costas de Rajesh, calorosamente, e para terror de Parvati, embrenhou-se na multidão em direção a ela.

— *Namasteji* — cumprimentou-a com a voz alta e profunda, curvando a cabeça em um sinal de respeito, que, de alguma forma, a fez sentir que estava zombando dela. — Precisei vir cumprimentar a única representante do sexo frágil presente na nossa humilde festa. Eu poderia saber o seu nome?

— Parvati — respondeu ela, diretamente.

Então, um olhar inconfundível de reconhecimento atravessou o rosto de Verma.

— Ah, imaginei — murmurou ele.

— Perdão? — interrompeu Rajesh, confuso.

Verma colocou o braço em volta do homem.

— *Arre, yaar*, o nome de sua *missus* não é uma homenagem à deusa da devoção? E da fertilidade? E do... amor?

Nesse instante, sua insolência ficou óbvia, embora Parvati não soubesse ao certo se estava caçoando dela ou do marido.

— O nome obviamente combina com sua... — demorou um pouco a dizer — esposa.

— Senhor, não estou entendendo...

— *Jaane do, jaane do*. — Verma tocou seus pulsos, com um grande e benevolente sorriso no rosto, como se perdoasse Rajesh por algum insulto. Depois, olhou para um de seus assistentes. — Mas, que diabos, isto aqui é uma festa ou um velório? O que um homem precisa fazer para ganhar um uísque duplo?

— É para já, senhor — atendeu o homem, correndo para o bar.

Verma olhou para Parvati com um sorriso triste no rosto.

— Lamento em deixar sua agradável companhia, *bhabhi*. Mas *kya karu*? O dever me chama. — E, com uma piscadela, ele saiu em direção à mesa do bufê.

O casal esperou até que Verma estivesse a uma distância segura e, então, Rajesh murmurou:

— O que ele estava dizendo para você?

— Você estava ao meu lado o tempo todo. Ouviu o mesmo que eu.

— Mas por que ele falou com você desse jeito? Tão íntimo?

Parvati controlou o enjoo em seu estômago.

— Por que está me perguntando? São seus amigos. Eu teria ficado feliz sozinha, em casa.

Rajesh balançou a cabeça.

— Todos dizem que ele é um homem estranho. Mas, até hoje, eu ainda não tinha percebido nada demais.

Assim que Rajesh disse a palavra *estranho*, a ficha caiu, e Parvati se lembrou. É claro. É o mesmo homem que frequentava o Old Place quinze anos antes. Então, lembrou-se dele — sua reputação de sádico, o medo que as garotas sentiam dele, como torciam a cara quando falavam de suas excentricidades. Já havia ido para a cama com ele? Provavelmente sim, dada a facilidade com que a reconhecera, apesar de não ser um de seus clientes habituais. A Diretora deve tê-la protegido dele. Havia alguns clientes cujos desejos eram tão obscuros, que desprezavam tanto as garotas das quais abusavam, que suas perversões abalavam até a própria Diretora. Parvati vislumbrou-o em sua memória: rodeando o balcão redondo em um terno bege estilo safári, com o cabelo repartido de forma diferente dos outros homens, óculos que escondiam a perversidade daqueles olhos e lábios escurecidos pelos Dunhills que fumava o tempo todo.

Para disfarçar a apreensão, Parvati pediu licença e foi ao banheiro, enrolando o máximo que pôde. "Por favor, que o homem já tenha ido embora quando eu voltar", rezou. Assim que voltou para a festa, um garçom se aproximou e disse:

— Senhora, por favor, vá até a fila do bufê. — Ela consentiu com a cabeça, mas não se moveu, esperando pelo marido.

Alguns instantes depois, Rajesh foi em sua direção, e só de olhar, ela já soube que ele estava bêbado.

— Controle-se, *ji* — repreendeu-o, com a voz suave. — Só porque o *daru* é de graça...

— O *daru* pode ser de graça, mas nada mais na minha vida é — retrucou ele.

Ela olhou, sem entender, confusa pela clara hostilidade em sua voz.

— O quê? — começou ela, mas foi interrompida pelo barulho do outro lado da sala.

Os músculos de seu estômago enrijeceram quando uma voz familiar chamou:

— *Bhabhiji*. Por favor, venha inaugurar a fila do bufê. Não permitirei que nenhum desses porcos coma antes de você.

— *Wah*. Nosso chefe de polícia é um conquistador experiente, *yaar* — alguém provocou, e ela sentiu Rajesh tenso ao seu lado.

— Pare de chamar a atenção — murmurou Rajesh. — Dê ao homem o que ele quer.

— Você vem comigo — disse ela, pegando a mão do marido e arrastando-o pelo restaurante.

Mas Rajesh foi puxado para o fim da fila pelos amigos de Verma, de maneira que os outros inspetores pudessem testemunhar o espetáculo do chefe insistindo para que Parvati passasse na sua frente e, depois, acariciou seus ombros enquanto ela fazia o prato. Ele pegou mais um *pakora* para colocar em seu prato e, com intimidade, deu uma mordida antes de fazê-lo. Da primeira vez que tocou levemente sua cintura nua, ela o ignorou, mas, da segunda vez, girou o corpo e lhe fixou o olhar. Ele sorriu, mas seus olhos eram vazios, desdenhosos, e Parvati sentiu uma pontada de medo. Aquele homem adorava humilhar os outros, mas o motivo de tê-la escolhido, ela desconhecia.

— Venha, *bhabhiji* — disse ele, com aquela mesma voz humilde, e o fato de chamá-la de cunhada lhe deu nos nervos. — Venha se sentar na nossa mesa. Seu marido virá daqui a pouco.

Ela não teve escolha além de segui-lo.

— Como vai a Diretora? — murmurou para ela, fazendo toda uma encenação ao puxar a cadeira. — Você deve sentir falta da ação dos velhos tempos, não?

Parvati corou, sem saber como responder. Ela olhou ao redor, procurando Rajesh, mas ele estava longe, acompanhado dos homens de Verma, que, claramente, receberam ordens para segurá-lo.

— *Arre*, irmã, por que a falsa modéstia? Nós dois sabemos muito bem o que você é, certo?

— Não sou nada que você não seja.

O rosto formoso do homem escureceu.

— O que você quer dizer com isso?

— Quero dizer que olho em volta dessa sala e não vejo nenhum santo. — Ela fixou os olhos nele. — Tudo o que vejo é uma sala cheia de homens decadentes.

As narinas de Verma incharam de raiva e suas mãos se curvaram em volta do garfo. Parvati fechou os olhos, preparando-se para a violência. Em vez disso, ele caiu na gargalhada.

— Isto não é uma mulher — comentou, em voz alta, para ninguém em particular. — Isto é um explosivo! Um *fatakra*. *Pfooom*. — E voltou a baixar a voz. — Agradeça a Deus por esse pedaço de merda crescendo no seu rosto, querida. Senão, eu teria feito você esquecer o nome do seu marido esta noite.

— Nesse caso, vou pedir a Deus para me dar mais dois desses — retrucou ela.

Um músculo estalou em sua mandíbula, enquanto ele absorvia o insulto. Encarou a mulher demoradamente, até que seus olhos perderam o ódio e ficaram inexpressivos. Ele se virou de repente e gritou:

— *Ae*. Rajesh. Venha cuidar da sua noiva!

Então, o chefão aproximou-se do bar, onde alguém imediatamente lhe entregou um uísque. E Parvati se sentiu como um peixe que foi fisgado da água e lançado de volta ao mar.

No caminho para casa, ela tentou se convencer de que Rajesh não foi responsável pela humilhação. Quando chegaram ao apartamento, já tinha perdoado o marido por sua tímida passividade, mas estivera tão absorta em seus próprios pensamentos que não percebeu que Rajesh estava furioso. Com *ela*. E, quando percebeu isso, todas as suas boas intenções foram por água abaixo.

— Você me deixou sozinha com aquele homem abominável! — gritou ela. — *Bas*, alguns copos de bebida grátis e você teria...

— Mulher, estou tentando assistir à TV. Não percebe? Cale a boca.

— Vai falar assim comigo? Com tanta falta de respeito, você ainda ousa...?

Rajesh se levantou custosamente do sofá, grunhindo em direção a ela.

— Você é uma puta comum, Parvati. Eu sei, você sabe, todo mundo na festa sabia. Estavam todos rindo de mim. Minha mãe sempre dizia, por que pagar pela vaca quando pode beber leite de graça? Esta noite, o mundo inteiro riu do homem burro que comprou a vaca usada.

Ela o encarou, com o lábio inferior tremendo, consciente da crueldade que deixaram entrar em seu pequeno apartamento, como um cheiro que os seguira.

— Se acredita mesmo nisso...

— Se acredito? — berrou Rajesh. — Diga a verdade. Você fodeu com todos os homens que estavam naquela festa? Como é que você conhecia aquele cachorro do Verma? Eu lhe ofereço respeito, uma vida decente, mas lá estava você, flertando com ele. — Ele cuspiu. — Hoje, aprendi minha lição. Uma vez puta, para sempre puta!

Ela deu um passo para lhe dar um tapa, mas ele segurou sua blusa na altura do pescoço, rasgou-a e a empurrou. Ela tropeçou e caiu no sofá, sendo violentamente erguida por um dos braços, ele então deu-lhe um soco no rosto. Seu nariz começou a sangrar, mas Rajesh continuou segurando-a para que sentisse seu bafo podre e bêbado.

— De hoje em diante, fique sabendo qual é o seu lugar. *Esposa*. — Ele a largou e Parvati caiu no sofá.

Parvati tinha acabado de receber uma sentença de morte, mas, de alguma forma, as palavras do médico não a destruíram da mesma forma que as palavras de Rajesh naquele dia. Ela balança a cabeça, impressionada, enquanto anda. Como será possível? Uma lembrança de trinta e cinco anos que dói mais que uma ferida fresca de uma hora antes? Rajesh está morto há anos, e ela ainda pode sentir sua mão agarrar e rasgar sua blusa. O soco, o primeiro de muitos, perdera seu poder havia muito tempo, caindo em um círculo vicioso de violência. Mas suas palavras, pelas quais se desculpara no dia seguinte, perduraram, sobretudo por serem verdade. Seu marido realmente cometera um erro ao se casar com ela, e o fedor de seu arrependimento se infiltrara no resto de sua vida juntos.

Dois dias depois da festa, ele comunicou:

— Não precisa fazer o jantar hoje. Vou pegar o trem noturno para Pune.

— Pune. Para quê? — perguntou ela, sem pensar.

Os olhos do homem brilharam de malícia.

— Para quê? Para ver meu único filho. Caso tenha se esquecido, eu tenho um filho, ao contrário de você.

Ela fingiu se concentrar no pote de aço inoxidável que estava esfregando, para que ele não visse as lágrimas caindo de seus olhos. Seus quatro filhos abortados pesavam como pedras dentro dela, fazendo-se presentes nos momentos mais inesperados.

— Pensei que o Rahul estivesse... bravo com você? — especulou, finalmente.

Ele deu um longo suspiro.

— É por isso que vou sozinho. Para pedir o perdão dele.

Parvati ficou dura.

— Pelo quê? — perguntou, de costas para o marido. — Por se casar comigo?

Ela esperou, desejando que ele negasse, que chegasse por trás e colocasse as mãos em seus ombros, beijando sua nuca, como costumava fazer. Mas Rajesh ficou em silêncio. E quando o silêncio ficou insuportável, ele disse:

— Por profanar a memória de sua mãe.

Ela gritou, pegou um prato, girou e o lançou em sua direção. Mas ele desviou rapidamente quando o prato bateu na parede e caiu no chão, sem quebrar. Já estava em cima dela em dois passos e, antes que pudesse se mexer, deu-lhe um tapa.

— Você não vai agir como uma mulher da vida nesta casa — ordenou, rangendo os dentes. — Não vai. Senão, pego você pela orelha e a jogo na porta da Diretora.

— Não seria nenhum problema — retrucou. — Eu era tratada com mais respeito lá do que aqui.

Ele riu.

— Mais respeito? Você morreria de fome em uma semana. Vamos ver quantos homens querem tocar numa mulher com um coco crescendo debaixo da cara. Você já se olhou no espelho?

Ela caiu em um silêncio profundo, sabendo que Rajesh estava certo. Além do mais, a única coisa da qual sentia falta no Old Place era a agitação. Todo o resto — a chegada das novas meninas, seus olhares atordoados depois da primeira vez que eram entregues a um cliente, o sangue, os machucados e os dentes quebrados que se tornavam cada vez mais comuns à medida que os filmes pornôs estrangeiros lotavam o mercado e mais clientes queriam encenar o que viam neles, as intermináveis visitas às clínicas de doenças sexualmente transmissíveis, o vício nas drogas ao qual quase todas as garotas sucumbiam —, aquilo tudo ela desprezava e, por isso, tinha medo de voltar.

O marido ficou fora por três dias. Quando voltou, veio armado de sorrisos e guloseimas. Por isso, ela supôs que a visita tivesse ido bem, que Rahul tivesse aceitado suas desculpas. Disse a si mesma que estava contente, feliz por ele. Não era o tipo de mulher que queria ficar entre o marido e seu filho. Era justo que se reconciliassem. Não se permitiria pensar no que Rajesh precisou dizer para agradar Rahul.

E ainda bem que não sabia o que ele precisou fazer para reconquistar o filho. Foi só mais tarde, muito mais tarde, quando era tarde demais, que descobriu os verdadeiros termos da reconciliação.

Parvati para de caminhar. O mundo à sua volta fica branco enquanto olha para a cidade, sem vê-la. Não faz ideia de onde esteja ou de onde quer ir. Combate uma onda de pânico, tentando se acalmar, clarear o cérebro, para que possa se concentrar e ter alguma noção de onde está. Ou de quem ela é. Olha para os braços, como galhos marrons, e de repente não sabe a quem aqueles braços pertencem. De pé, no meio da rua, com um amontoado de pessoas passando por ela, tem plena consciência de seu corpo físico, sente as solas dos pés pressionarem as sandálias de couro, pode ouvir o fluxo do seu sangue, o sol sobre sua pele. Mas qual é o seu nome? A quem aquele corpo pertence? A resposta lhe escapa por pouco, como uma partícula de poeira flutuando no ar, que pode ver de canto de olho. Por vontade própria, sua mão se levanta e seus dedos e polegar se juntam como pinças, enquanto tenta pegar essa coisa que paira no ar, pouco além do seu alcance.

Mas aquela não é uma cidade para uma mulher sozinha ficar parada em meio a um mar revolto de pessoas. Um adolescente apressado vem correndo por trás dela e, ao passar, bate com força em seu ombro. Parvati cambaleia para a frente. Nesse movimento, a confusão diminui e seu nome lhe vem, rápido como uma moeda caindo em um caça-níquel. Parvati. Aquele magro corpo marrom pertence a ela, Parvati. Ela acabou de deixar o hospital público, onde o médico lhe deu a melhor e a pior notícia que recebeu em muito tempo.

Ela balança a cabeça vigorosamente e começa a andar na direção da feira.

Bhima interrompe a conversa fiada com um velho cliente parse e dirige-se a ela assim que chega na barraca.

— *Kya hua?* O que aconteceu? O que o doutor *sahib* disse?

— Nada. *Sab theek hai*. Está tudo bem.

Ela pode ver que Bhima não se convence. Mas antes que possa questioná-la, o velho continua falando.

— Oi, *bai*. Você me escutou? Aceita a minha oferta ou não?

— Vá. Pegue. — Bhima acena, distraída. — Mas, da próxima vez, vou cobrar o preço normal.

— A próxima vez é a próxima vez — responde o homem, com um risinho. — Minha esposa sempre diz: "O amanhã nunca chega".

Elas esperam o homem ir embora com seu abacaxi e, então, Bhima se vira para Parvati.

— Diga a verdade. O que ele disse?

— *Arre*, você está precisando limpar os ouvidos? Já disse, *na*? Está tudo bem.

— Eu deveria ter ido com você...

— Por quê? Para irmos à falência passando nossos dias no hospital em vez de na feira?

— Vá jantar lá em casa esta noite...

— Irmã, você vai ter de me liberar esta noite. Estou cansada de tanto andar. Esta noite, vou direto para casa descansar.

Bhima analisa Parvati antes de se virar.

— Você que sabe. Mas amanhã você precisa ir. As provas começam no mês que vem e Maya estará muito ocupada em breve.

30

Ela sente falta de Maya. Seu pequeno casebre parece vazio sem a presença da garota. Bhima afasta o pensamento indesejado que vem à sua mente — é assim que será para sempre, daqui a alguns anos, quando encontrar um bom garoto para Maya se casar. Depois, será apenas ela naquela casa, e as noites serão longas e solitárias.

Entretanto, são apenas mais dois dias. Maya fará suas últimas provas na sexta-feira e voltará da casa da menina Chitra nesse dia. Como será para a garota voltar àquela casa de apenas um cômodo depois de passar duas semanas no apartamento limpo e iluminado? Bhima se pergunta como retribuir a Sunitabai e a Chitra por sugerirem que Maya fique com elas enquanto estuda para as provas. Aceitaria, com prazer, trabalhar alguns meses sem receber salário, mas sabe que elas não concordariam.

Parvati observou a amiga com curiosidade quando ela lhe contou sobre o acordo.

— Você não tem medo? — perguntou.

— Medo de quê?

— De tentarem alguma coisa com ela? É uma garota legal e bonita, a sua neta.

Bhima enrubesceu.

— Minha Maya não é assim. E a menina Chitra jamais faria isso...

— Que bom. — Parvati se virou. — Ainda bem que você confia tanto assim nelas. Mas você mesma já disse mil vezes que não confia em ninguém.

Bhima se mordeu para não dar a resposta furiosa que veio aos seus lábios: "Eu disse. Não confiava. Até conhecer você. Foi você quem me ensinou uma coisa, sua mulher velha e amarga. Que uma vida sem confiança não vale a pena ser vivida". Mas falou apenas:

— Confio nelas. São boa gente. E me ajudaram sem pedir nada em troca.

— Que bom — repetiu Parvati. Dessa vez, Bhima ouviu um tom inconfundível de inveja em sua voz.

Ela vê Maya diariamente, é claro. A garota está lá com a cara enfiada nos livros quando a avó chega ao apartamento todas as tardes. As mulheres lhe deram um dos dois quartos, e o coração de Bhima vibra de felicidade ao tirar o pó dos livros empilhados sobre o chão e sobre a escrivaninha. Chitra explicou para ela que simplesmente passar não será suficiente; Maya precisa estar no topo da sua turma para conseguir entrar em uma faculdade de Direito.

— A concorrência é gritante — explicou Chitra, ao que Bhima sorriu.

— Assim como no mercado de legumes.

Mas Chitra balançou a cabeça.

— Muito, muito mais difícil — ela declarou, o que não fazia sentido, porque Bhima sabia o quão duro precisava trabalhar para competir com os outros comerciantes.

Toda noite, jantam a comida que Bhima prepara, as quatro juntas na mesa de jantar. Nas primeiras vezes, Bhima se sentia incomodada, como se estivesse dentro de um avião, mas Maya mostrava com os olhos o quanto ficaria envergonhada se a avó se sentasse no chão enquanto comiam. Agora ela entende o propósito das cadeiras, o quanto ajuda comer dessa forma em vez de se acocorar no chão feito um animal. Maya, ela repara, come com uma colher em vez das mãos, e Bhima fica feliz ao ver isso, ainda que ao mesmo tempo lhe causasse uma certa tristeza.

— Gosto disso — comentou Chitra, mais cedo, no meio do jantar. — Sinto como se fôssemos uma família.

Bhima olhou imediatamente para Sunitabai, esperando ver a expressão contrariada de sempre em seu rosto, mas a mulher simplesmente concordou.

— É mesmo. — Sunita sorriu. — Temos tanta sorte de ter você cozinhando para nós, Bhima. Não há nada como chegar em casa e fazer uma refeição deliciosa. Obrigada.

— A honra é toda minha, *bai* — murmurou Bhima, envergonhada pelo elogio inesperado.

A menina Chitra não precisava elogiar; a garota estava sempre alegre em sua presença. Mas Sunitabai era mais comedida, o que fazia uma palavra gentil de sua boca valer ainda mais.

— Como está a *mausi* Parvati, *Ma-ma*? — perguntou Maya, fazendo Bhima corar de culpa. Não vinha podendo convidar Parvati para a sua casa porque estivera jantando ali todas as noites.

— Como posso dizer? Quem sabe o que se passa por dentro daquela colmeia dela?

Maya suspirou fundo.

— Eu me preocupo com Parvati. — A menina suspirou novamente. — Sinto falta dela.

— Não se preocupe com isso. Só preste atenção nos seus estudos. Você a verá em breve.

— Bhima. — O tom de voz de Sunita era de brincadeira. — Se a pobre Maya estudar mais, a cabeça dela vai explodir!

— Obrigada, Su — agradeceu Maya, casualmente, e essa casualidade sincera, a forma como Maya falou com sua patroa de igual para igual, tirou o fôlego de Bhima. — Viu, *Ma-ma*? Você não precisa me dizer o que fazer.

Todas soltaram uma gargalhada, e Chitra perguntou:

— Então, o que vamos fazer na sexta-feira, quando a Maya fizer a prova? Digo, para comemorar.

As mulheres se viraram instintivamente para Sunita, que pareceu pega de surpresa.

— O quê? Vocês querem que eu decida?

— Poderíamos ir para o litoral — sugeriu Maya, hesitante.

— Já sei. Vamos levar todo mundo para o clube — decidiu Chitra. — Podemos comer no restaurante chinês de lá.

Bhima ficou tensa.

— O Radio Club? — perguntou, sabendo que Viraf e Dinaz eram membros.

Chitra fez que não com a cabeça.

— Não. É o clube Breach Candy.

— É exclusivo — acrescentou Sunita, em tom de brincadeira. — Só para cidadãos estrangeiros, como a nossa amiga aqui.

— Ah, fique quieta! Você também gosta de usar a piscina.

Bhima olhou de uma para a outra.

— Vão vocês. Levem Maya, se quiserem. Mas por favor... — E ela ficou em silêncio, incapaz de expressar o terror que sentia ao pensar em visitar um lugar como aquele.

— Não seja boba, Bhima — retrucou Chitra. — É claro que não podemos comemorar sem você lá. — E soltou um uivo repentino. — Ai. Por que você me chutou? — Ela encarou Sunita, que ficou vermelha.

— *Pagal hai!* — disse Sunita, em tom de desculpas. Depois, olhou para Bhima. — Tudo bem. Eu também não me sinto muito confortável lá. Vamos celebrar em outro lugar.

Agora, sentada no colchão do seu quarto silencioso, Bhima revira os olhos. Aquela menina Chitra. Corpo de adulta em coração de menina. Qual mulher não sabe que, se levar um chute você por debaixo da mesa, você não deve anunciar isso ao mundo? Sobre convidá-la para o clube. O que alguém como Bhima faria em um lugar besta com piscinas e restaurantes chiques? O *chowkidar* provavelmente nem as deixaria passar pelo portão.

Bhima suspira. Há mais de um ano que não fica sozinha como naquela noite. E anseia por aqueles familiares que perdera. Será que Gopal ainda pensa nela? Sente saudade? E Amit, seu doce menino, rápido como um raio, cujo humor variava de tempestades a raios de sol em um instante? Agora já é um homem crescido, de meia-idade, mas tudo o que Bhima se lembra é daquele garoto correndo de calção pelos corredores do seu antigo prédio, ou implorando para lhe comprar um novo taco de críquete. Ela amava Pooja, é claro, sua filha dócil e quieta, mas Amit era a sua vida, seu sol, cuja educação ela escolhera em detrimento de Pooja, o filho favorito que sempre ficava com o último pedaço de *halva*, o gole a mais de leite. É por isso que havia sido punida, por valorizar mais o seu filho do que a filha? Hoje em dia, é diferente, ela sabe, com todas as campanhas do governo sobre o valor das meninas. Mas naqueles dias... Toda mãe que conhecia fazia planos parecidos, favorecendo os meninos no lugar das garotas. Por que, então, foi *ela* a escolhida para perder não só um, mas ambos os filhos? E qual morte era pior? A morte que testemunhara? Ou a morte que é simplesmente uma ausência, um buraco em seu coração que não pode apalpar, mas que sente o tempo todo?

Ela se ajeita em seu colchão, mas o sono lhe escapa. Finalmente, sem conseguir dormir, levanta-se de novo e anda até o baú. Revira-o até encontrar o aerograma azul, desgastado pelo tempo. Apesar de não poder ler as palavras que ditara ao escrivão de cartas profissional, que mora a uma rua delas na favela, ainda se lembra do conteúdo. Segura a carta junto ao corpo, diminuindo os amassados com a mão. É a carta que ditara para Gopal após a morte de Pooja. Na insistência raivosa de Pooja de que o pai não fosse informado de seu casamento. A garota sentia a dor da partida de Gopal ainda mais profundamente que a mãe, e nunca o perdoara por abandoná-las. Mas, um dia depois de voltar de Délhi para casa, Bhima foi ao escrivão e ditou a carta que informava Gopal que sua doce Pooja não existia mais. Ela ditou uma carta curta, tanto porque o homem cobrava por palavra, quanto porque não queria que saíssem falando no *basti* que os pais da pequena Maya haviam morrido de Aids. Caminhou com a carta até a caixa de correio, mas, quando chegou a hora de enviá-la, descobriu que não conseguiria. Imaginou Gopal abrindo a carta e pedindo a Amit para lê-la. Imaginou os dois, devastados, silenciados pela notícia. Gopal se culparia. Tinha certeza disso.

Durante anos, Bhima acreditou que nunca poderia perdoar Gopal por sua covardia, que seu amor por ele havia se transformado em desprezo. Mas, passando a mão pela caixa de correio, Bhima pensou duas vezes. Não culpava Gopal por deixá-las, no final das contas; culpava a si mesma por ter sido o motivo para ele não ter outra escolha além de ir embora. E, sem o desejo de vingança, não conseguiria enviar uma carta que levava notícias tão terríveis, especialmente sabendo que o seu Amit seria, provavelmente, a primeira pessoa a ler.

Será que algo teria sido diferente, Bhima se pergunta, se tivesse enviado? Se ela bem conhece Gopal, ele teria pego o primeiro trem de volta à cidade. Mas, e aí? Teriam reaprendido a ser uma família novamente, depois de todos aqueles anos? Ele teria adorado Maya, disso Bhima tem certeza. Mas e se continuasse bebendo? Será que ela poderia ter lidado melhor com isso, da segunda vez? Ou o solo afetuoso de seu povoado lhe fizera retomar a saúde? Ela não sabe.

Enquanto coloca a carta de volta no baú, Bhima suspira. Amanhecerá em poucas horas e lá está ela, tentando reacender as chamas de um passado morto.

— Para quê? — pergunta, em voz alta. — Para quê?

Ela se deita no colchão mais uma vez e fecha os olhos. Uma melodia toca em sua cabeça, uma música que Gopal costumava cantar para ela em outra vida. Ela adormece ao som da canção, outrora tão viva e romântica, que, agora, zomba dela em seus sonhos enquanto ecoa pelos anos afora.

31

Depois de sua última prova, Maya está exausta demais para comemorar. Chega cambaleando à casa de Chitra por volta das quatro da tarde e, quando Bhima chega, meia hora depois, a garota está dormindo profundamente na cama. Chitra recebe Bhima na porta, segurando o dedo indicador em frente à boca para alertá-la.

— Ela está dormindo — avisa. — A coitada está morta de cansaço. Ficou acordada até de madrugada, estudando.

O coração de Bhima se enche de gratidão por esse cuidado, esse interesse pelo bem-estar de Maya. A garota continua dormindo quando Sunita entra pela porta, algumas horas depois.

— Oi — cumprimenta, dando um selinho nos lábios de Chitra.

Ela sorri para Bhima, levantando a tampa da panela que fervilha no fogão.

— *Papdi*. — Sorri, cheirando o legume. — *Hum*. Meu favorito.

— E um pouco de *pallao-daal* à moda parse — acrescenta Chitra.

Bhima dá um sorriso nervoso.

— Fazer o quê? Depois de tantos anos trabalhando para Serabai, me acostumei a fazer *pallao* em ocasiões especiais.

— Por Deus, Bhima! Não se desculpe. Temos a sorte de usufruir da sua experiência.

As mulheres discutem sobre deixar a garota dormir, mas Sunita insiste que ela deve comer algo.

— Nunca vi ninguém estudar o dia todo como ela, Bhima — comenta. — Acho que as notas dela serão as melhores.

— Deus a ouça, menina — responde Bhima. — Já prometi a mim mesma que vou comprar dois quilos de *ghee* para o templo se ela tirar boas notas. — Ela capta o olhar entre as duas mulheres. — O que foi?

— Nada, Bhima. É só que... você sabe que os cuidadores do templo vendem todas as oferendas e ficam com o dinheiro, certo?

Bhima permanece em silêncio.

— Talvez, se quer mesmo fazer uma oferenda, você possa alimentar alguns mendigos do lado de fora do templo — sugere Sunita. — Há tanta gente precisando na nossa cidade.

— Sempre haverá — diz Bhima, ferozmente. — Existem mais pessoas pobres do que moscas. Mas, alimentar os deuses, isso realmente tem poder.

Após um curto e constrangedor silêncio, Chitra suspira.

— Bem. Vamos comer? — E se vira para Su: — Querida, você poderia acordá-la? Vou pôr a mesa.

Elas brindam à garota semiacordada enquanto ela se senta à mesa, apoiando o queixo em uma das mãos. Maya sorri sem forças, tentando espantar o sono a cada piscada.

— Como foi a prova? — pergunta Sunita.

— Não sei. Não sei nada. Está tudo misturado na minha cabeça. — E, com isso, Maya cai em prantos.

Bhima se assusta. Instintivamente, olha para Chitra em busca de ajuda.

— O que foi? Algo errado, *beti*? — pergunta a avó, levantando-se para acolher a cabeça de Maya.

Mas Chitra gesticula para que volte a se sentar.

— Está tudo bem. É só a tensão da última semana. — Ela olha para Maya. — Sabe, eu ficava do mesmo jeito depois de cada prova. Sempre achava que tinha ido mal. Mas estava sempre enganada.

Maya abre um meio-sorriso, enxugando as lágrimas.

— Obrigada — agradece. — Eu queria poder saber hoje como fui. Essa espera vai me matar.

— Nada disso — diz Chitra. — Você vai posar para mim neste verão, não vai? E a Binny disse que você pode ajudar no escritório de advocacia.

Vamos mantê-la ocupada.

Bhima olha para os lados, sem entender a conversa.

— Posar? Ela não é de fazer pose.

Chitra se inclina e dá um abraço rápido em Bhima.

— Você é tão fofa. Quero dizer que a Maya concordou em ser minha modelo. Vou pagar por isso, é claro.

O calor sobe ao rosto de Bhima.

— Você vai fazer um quadro dela?

— Sim. — Chitra bebe um gole de seu vinho. — Estou fazendo uma série de retratos. — Cutuca o braço de Bhima. — Você é a próxima.

Bhima coça a cabeça, totalmente confusa. Lança um olhar indefeso para a neta, mas Maya não está prestando atenção. Terão de conversar quando chegarem em casa.

— *Chokri* — diz com severidade, dando um sermão na neta. — Você já se arrumou? Está com suas coisas prontas para ir para casa?

Maya olha para a avó, envergonhada.

— *Ma-ma*. Posso ficar mais uma noite? Estou tão cansada. Só preciso dormir. E o *basti* é tão... barulhento.

Bhima recebe as palavras como um corte longo e demorado de faca. Estava contando os dias para Maya voltar a preencher a casa com sua presença. Porém, quem pode culpar a garota por escolher aquele lugar lindo, com suas paredes e tetos rebocados, em vez de um casebre caindo aos pedaços? Tenta esconder a decepção.

— Se a Sunitabai permitir — responde, torcendo para que ninguém possa ouvir sua voz trêmula.

— Ah, não nos importamos. — Sunita dá de ombros. — Adoramos ter a Maya aqui.

A garota já está desperta.

— Obrigada, Su — agradece.

Bhima sempre sentiu como se Maya fosse uma extensão de seu corpo; agora, vendo as três conversarem, experimenta uma nova sensação — que o lugar de Maya é com as outras mulheres, não com ela. Não é exatamente ciúmes o que sente. É a sensação de ser a intrusa, semelhante ao que costumava sentir quando ela e Gopal iam ao litoral, nos velhos tempos, e passavam pelas padarias e pelos restaurantes caros que sabiam que não podiam pagar. Nunca se sentiu tão velha como naquele minuto, ouvindo as três. Maya é tão jovem! Naquela sala festiva, não há nenhum resquício da menina quieta e taciturna que vive com ela em seu silencioso casebre. De repente, Bhima tem uma premonição — não escolherá um marido para Maya, como sempre imaginara. Maya construirá seu próprio caminho, escolhendo seu próprio parceiro. Seu papel na vida da garota está se encerrando; tudo o que precisa fazer é continuar ganhando dinheiro suficiente para que ela crie asas, asas que certamente a levarão para lugares que Bhima nunca visitará. Até aquele momento, Bhima nunca soube que a felicidade poderia ser tão parecida com a dor.

— Vamos tomar sorvete em Chowpatty — sugere Chitra, quando termina o jantar e, sem olhar para a neta, Bhima pode sentir a tensão no corpo de Maya.

Não haviam voltado à praia desde o dia fatídico em que esbarraram com Viraf por lá. Para proteger a garota de precisar responder, ela finge um bocejo.

— Não esta noite, menina — anuncia. — Estou tão cansada... — Como resposta, recebe um olhar agradecido de Maya.

Maya pode ter um futuro em comum com aquelas outras mulheres, mas seu passado compartilhado sempre as manterá unidas.

— Você deveria ir para casa, *Ma-ma* — aconselha Maya. — Está ficando tarde.

— Levo você de carro — oferece Chitra, imediatamente, mas Bhima balança a cabeça.

— Não, menina. Estou precisando andar. — Ela se levanta para pegar os pratos sujos, mas Chitra coloca a mão em seu pulso.

— Nós lavamos — diz. — Você vai a pé, é melhor ir logo.

Há uma luz fraca no céu quando Bhima deixa o prédio. Caminha lentamente, demorando-se nas ruas cheias e tumultuadas. Fica em dúvida se deveria ter insistido para Maya voltar com ela para casa, mas sabe que não pode privar a garota de mais uma noite de ar fresco, da cama limpa e macia, do chuveiro quente. Acima de tudo, não pode negar a Maya o que ela precisa desesperadamente — da companhia de jovens. Maya merece aproveitar a dádiva inesperada da amizade de Chitra e Sunitabai. Bhima sabe que teve sorte de ter tido uma patroa gentil e generosa como Serabai; mas o que Serabai lhes dera foi caridade. O que as duas jovens mulheres oferecem a ela e Maya é amizade.

Bhima espera não ofender Serabai com aqueles pensamentos pouco generosos. A imagem da mulher parse, naquele encontro ao acaso no shopping, aparece diante de seus olhos. Como envelhecera! Como deve ter sido para Serabai durante os últimos meses da gravidez de Dinaz, sabendo que ela mesma havia levado Maya à clínica de aborto e comandado a morte do meio-irmão de Darius? Bhima sabe que Serabai tinha duas confidentes — Dinaz e ela. A amarga ironia foi que, durante o que deveria ter sido a época mais feliz de sua vida, não podia recorrer a nenhuma delas. E, então, o maior segredo de todos — a perfídia de Viraf — ela precisou guardar dentro de si, mesmo que fedesse cada vez mais, como uma fruta apodrecendo vagarosamente.

Será essa a maldição especial das mulheres, guardar segredos? Estarão carregando a culpa de quem? O que aconteceria, ela se pergunta, se todas elas — Parvati, Serabai, Sunitabai — simplesmente largassem suas cargas e se recusassem a carregá-las novamente? Lembra-se do que Parvati lhe dissera certa vez — são os nossos segredos que nos definem. Estaria certa? Bhima torce para não ser verdade.

Parvati está mentindo sobre sua saúde. A cada dia, Bhima pode ver a mudança — na maneira como seus olhos se abrem de dor com mais frequência, no suor que se forma em sua sobrancelha quando se abaixa para pegar uma cesta de frutas, no jeito cada vez mais impaciente com que trata Rajeev. E, ainda assim, viu com quanta ferocidade ela lutou no dia anterior, quando o braço direito do sobrinho de Malik tentou recolher delas sua propina semanal. Todos os outros lojistas e vendedores entregavam a quantia semanal à gangue do sobrinho, além dos subornos pagos à polícia local. Ninguém mais discutia, e a própria Bhima estava disposta a pagar, agora que tinham dinheiro para isso. Mas Parvati se revoltou como um tigre, quase cuspindo no rosto do homem.

— Conheço esse moleque desde que ele mijava nas calças! — gritou Parvati. — Diga a ele que seu tio me prometeu proteção pela vida toda.

— Isso valia para quando você vendia menos que uma barata — retrucou o homem. — Agora você tem um grande negócio e...

— E o quê, está lhe enchendo os olhos? Escute o que vou dizer: não só não vamos pagar nenhuma rupia enquanto eu estiver viva, como, se você assediar esta mulher, mesmo depois da minha morte, voltarei como *bhoot* para assombrá-lo. E amaldiçoarei seis gerações dos seus descendentes. Está entendido?

— Por que você vem falar de maldições, sem motivo? — disse o homem, apreensivo. — É simplesmente uma questão de negócios.

— Vá sugar o sangue de outra pessoa — respondeu Parvati. — Seu chefe já é rico o suficiente, pode ignorar duas pobres viúvas que tentam ganhar seu sustento.

O homem a encarou por um instante, mas depois balançou a cabeça e desistiu.

— *Jaane do* — resmungou, a ninguém em particular. — Não se pode discutir com uma mulher *pagal*.

— Ah. E a menos que você queira que os filhos de seus filhos também sejam *pagal*, é melhor não aparecer por aqui de novo. *Saala chootia!* Foda-se!

Bhima empalideceu ao ver Parvati proferir uma palavra obscena, que só ouvira os homens usarem. Por um instante, viu Parvati em sua antiga vida — bruta, indecente, vulgar — e estremeceu com a imagem. A idade havia lavado o passado de Parvati. Mas eventualmente a Parvati de que Bhima aprendera a gostar desaparecia e uma estranha tomava seu lugar. Sem querer, sorriu para o *goonda*, que ficou parado, raivoso, diante delas.

— *Maaf karo, bhaiya* — desculpou-se. — Ela não quis dizer isso.

No segundo seguinte, sentiu uma dor forte no ombro. Parvati a beliscara.

— *Arre, wah!* — repreendeu a mulher mais velha. — Quem é você para falar o que quero ou não dizer?

Ela continuou encarando Bhima, até que o homem resmungou algo irreconhecível e partiu.

Então, Parvati soltou uma longa risada.

— Desculpe — disse. — Apertei mais forte do que queria. Mas é bom. Assim o delinquente vai se lembrar desse momento quando eu não estiver mais aqui para protegê-la. E será mais benevolente com você.

— E aonde você vai? — perguntou Bhima, apesar de saber logo de cara o que ela estava insinuando.

Parvati se ocupou com a reorganização dos tomates.

— Quem sabe aonde qualquer um de nós está indo, irmã? — explicou, enigmática.

Bhima é tomada novamente pelo incômodo que sentiu há pouco. O quão doente Parvati estaria? Será que ela não esconderia alguma doença séria? Seria a doença resultado de seu passado naquele lugar horroroso? Bhima ouvira dizer que tais antros da indecência abrigam doenças infames, impronunciáveis. *Hai Ram*, será isso que causa aquela dor na lombar? Sente seu rosto se enrubescer, só de pensar.

Depois, outro pensamento: se algo acontecesse a Parvati, se ela morresse, quem a ajudaria a manter os registros? Rajeev é tosco como um repolho e analfabeto, assim como ela. Poderia pedir a ajuda de Maya, mas a menina Chitra já disse que a garota ficará muito ocupada estudando as leis. Será que aprendeu o suficiente, a essa altura, para lidar com Jafferbhai de um lado e seus clientes do outro? Seria capaz de se virar sozinha? Ou sua condição de analfabeta arruinará sua vida mais uma vez, numa época em que Maya precisará de ajuda financeira?

Bhima diminui o passo, apertando o lábio inferior enquanto dobra a esquina e entra na favela. Se pudesse tirar o medo da minha vida, arrancá-lo, como eu seria?, se pergunta. Como seria viver o agora e deixar o futuro permanecer no porvir? Seus fardos pareceriam tão mais leves se fosse assim. O pensamento coloca um peso em seus passos. Pensa nos *dabbawalas* de Mumbai, o exército de homens que entrega milhares de marmitas aos escritórios e escolas espalhados pela cidade, todo santo dia. Serabai havia lido uma reportagem sobre eles para ela, uma vez, enquanto tomavam juntas o chá da tarde. Aparentemente, sua taxa de falha por entregar no endereço errado era tão baixa que homens de uma grande universidade nos Estados Unidos tinham vindo estudar o seu sistema. Mas a parte que fizera o queixo de Bhima cair de espanto foi esta: aqueles entregadores eram analfabetos, como ela. Haviam simplesmente desenvolvido um sistema para compensar o seu analfabetismo. Talvez ela pudesse fazer isso, pensa Bhima, entrando na favela. Se algum dia precisasse. Mas esperava não precisar. Porque precisa da companhia de Parvati tanto quanto de sua sabedoria para os negócios. Aprendera a gostar da mulher louca, boca suja e geniosa que ilumina os seus dias na feira com suas observações afiadas e seus comentários politicamente incorretos. Ao entrar em seu casebre escuro e vazio, Bhima decide questionar Parvati mais enfaticamente sobre a natureza de sua doença. Dessa vez, não deixará a velha escapar como uma enguia do seu interrogatório.

III

32

Maya passou com as notas mais altas da faculdade. Sua amiga Kajal procurou os resultados em seu computador e ligou para contar as boas-novas. Bhima está em casa mais cedo hoje, porque Chitra e Sunita viajaram para Lonavala, então, está lá quando Maya grita no celular que Chitra lhe dera como presente adiantado de formatura. Por um instante, a garota não consegue falar, e a expressão em seu rosto é tão forte que Bhima não pode distinguir se a notícia é boa ou ruim.

— Ah, Deus! Ah, Deus! — A garota suspira, e quando Bhima está prestes a entrar em pânico, Maya revela um largo sorriso. — *Ma-ma* — comemora. — Eu passei. Como a melhor da turma.

Bhima cruza a sala para abraçar a neta.

— *Ae, Bhagwan* — murmura. — Pelo menos o Senhor escutou minhas preces. Colocarei dois quilos de *ghee* aos Seus pés amanhã.

Não sabe muito bem como reagir a notícias tão grandiosas, já que raramente tem motivos para comemorar. Maya, no entanto, é jovem, e pula de felicidade, embora ainda esteja ao telefone. Quando finalmente desliga, ela se vira na direção de Bhima, com uma expressão radiante. Enquanto a garota abraça a avó, Bhima pressente uma mudança, como se Maya já estivesse se mudando daquele barraco deplorável, deslizando para novos horizontes. Apenas dois anos antes, Bhima sabe, a neta teria se ajoelhado e tocado os pés de Bhima para pedir sua bênção. Mas Maya mudou. É uma mudança que pode sentir, mas não definir. Tudo o que sabe é que essa mudança é galopante por toda a cidade. Há um afrouxamento dos costumes e do antigo modo de vida — respeitar os mais velhos, saber o seu lugar na vida, saber que as mulheres precisavam se comportar de determinada forma —, que estão chegando ao fim. Essa mesma educação, pela qual Bhima pagou com cada gota de seu suor, cada músculo cansado e distendido de seu corpo, será a faca que algum dia cortará os laços entre ela e Maya. Por um milésimo de segundo, Bhima enxerga isso tão claramente quanto vê suas próprias unhas; no minuto seguinte, tudo o que vê diante de si é uma garota quase adulta, pulando de alegria.

— Chitra! — suspira Maya. — Preciso ligar para Chitra em Lonavala. Ela vai ficar doida.

Bhima finalmente consegue se mexer.

— Mais tarde — diz a avó, impedindo a garota de ligar. — A primeira ligação tem de ser para outra pessoa.

Maya faz uma pausa e olha para ela, intrigada, franzindo a testa.

— Quem?

Está tudo lá, naquele "Quem?". A ingratidão, a vida que segue, o não olhar para trás. Bhima ainda não está pronta para essa Maya, a que aprendeu a se vestir melhor, que passou os últimos três meses debruçada sobre os livros de direito, que agora conversa ao telefone com seus amigos quase exclusivamente em inglês. É tudo culpa da menina Chitra, que virou a cabeça da garota daquele jeito com sonhos grandes. O pensamento insensível brota na mente de Bhima antes que possa evitá-lo. Deus me perdoe, ela se castiga. Que tipo de avó demoníaca inveja o sucesso da neta, especialmente no momento de seu maior triunfo?

— *Ma-ma* — chama Maya, impaciente. — Responda. Para quem você quer que eu ligue? *Dada* Gopal?

Bhima pisca.

— Não! — responde, chocada.

Maya faz uma cara feia.

— Então quem?

— *Arre, wah*. Como você esquece rápido a mulher de cujo sal comemos todos esses anos. A mulher que pagou a sua escola. A primeira ligação deve ser para Serabai.

A reação de Maya é imediata.

— Pare de dizer isso! — grita. — É mentira! Ela não pagou a minha escola! Você pagou! Com o seu trabalho, você pagou!

— *Chokri* — diz Bhima. — Fale baixo. Você quer que o *basti* inteiro nos escute? — Ela espera Maya se acalmar antes de continuar: — Serabai já pagava o meu salário, não? Então, a mensalidade da sua escola era extra. Por caridade.

Maya balança a cabeça.

— Ah, *Ma-ma*. Você entende tão pouco. Que caridade? Quanto era o seu salário, todos esses anos? Ela pelo menos lhe dava um aumento a cada ano? Claro que não. Enquanto isso, a inflação neste país é como... — Ela mesma se interrompe. — Esqueça. Se você ainda quer pensar como uma escrava, não posso impedi-la.

Bhima olha para ela sem compreender, como se Maya estivesse falando em um novo idioma. Depois, começa a perceber aos poucos, e acena com a cabeça.

— *Beti*. Sei que ainda está sofrendo com o que aquele... aquela serpente fez com você. Mas Serabai. Ela é inocente. — Pondera se deve contar a Maya sobre seu encontro, mas decide manter-se em silêncio.

De qualquer forma, Maya se vira para o outro lado.

— Você simplesmente não entende — repete ela. Entrega o telefone para Bhima. — Se quiser ligar para Serabai, fique à vontade. Mas não vou falar com ela.

Bhima disca o número do celular de Sera, torcendo para que ela atenda. O telefone é atendido imediatamente, e Bhima ouve uma voz infantil dizer:

— Oi? — Seu coração bate um pouco mais rápido. É o menino. Darius.

— Alô? A sua... Serabai está em casa?

Há uma pequena discussão e, depois, Sera diz, meio ofegante:

— Sera falando.

— Serabai? — grita Bhima no telefone, como costuma fazer. — Aqui é Bhima.

— Bhima? — Há um silêncio. — O que foi? Você está bem?

Bhima ri da preocupação imediata que escuta na voz de sua antiga patroa. Queria que Maya também pudesse ouvir.

— Está tudo bem! — grita, apesar de Maya gesticular para baixar a voz. — Estamos todos bem aqui. Ligo para dar boas notícias.

— Diga.

— É Maya. Ela passou na prova final, *bai*. Com a graça de Deus, ficou em primeiro lugar na sua turma.

— Bhima, que excelente notícia! Ah, meu Deus! Estou tão feliz por você! — Mesmo sem poder vê-la, Bhima sabe que Serabai tem lágrimas nos olhos.

Então finalmente baixa a voz.

— Estou ligando para você primeiro, *bai*. Para agradecê-la por me obrigar a mandar Maya para a escola. E por pagar por sua educação. Que Deus lhe pague por sua gentileza.

Há um longo silêncio e, depois de alguns instantes constrangedores, Bhima diz:

— Alô?

— Sim. Sim, estou aqui. — Pode ouvir a rouquidão na voz de Serabai. — Bhima, acredite, estou tão feliz como quando Dinaz passou nas suas provas. É uma grande realização. E é você quem deve levar o crédito, Bhima. Eu sei... Conheço o barro forte com o qual você construiu sua mansão.

Bhima coça a cabeça com a mão esquerda. Será que Serabai pensa que está construindo uma casa? Antes que possa perguntar, Sera continua:

— Maya está aí? Posso falar com ela?

Ela engole o medo repentino que lhe acomete.

— Sim, *bai* — responde. — Só um minuto.

Entrega o telefone para a neta, gesticulando e pedindo com os olhos. "Seja educada", fala com os lábios, receosa de que Maya se recuse a aceitar o telefone e ela, Bhima, precise cavar um buraco e morrer de vergonha. Para seu alívio, Maya pega o telefone, de forma relutante, suspira de forma dramática e, então, atende:

— Alô?

Bhima observa as expressões de Maya atentamente e fica agradecida quando, após alguns minutos, ela relaxa. Essa Serabai, pensa, com admiração, tem uma língua de mel. Ouve Maya dizer:

— Claro, claro. Com certeza. — Depois: — E como está Dinaz? — E então: — Diga a ela que mando meu amor.

O coração de Bhima se enche de orgulho. Sua neta, filha de Pooja, não se esqueceu dos seus modos, afinal.

— Serabai — diz Bhima, quando finalmente pega o telefone de volta. — Desculpe. Não perguntei. Como está Dinaz? E o pequeno Darius?

— Bem, bem — responde Sera. — Estão todos bem. Mas, me diga, e você? Os negócios vão bem?

— Sim — anuncia, humildemente. — Pela graça de Deus.

— Ótimo. E como vão comemorar hoje? As boas-novas, quero dizer.

Bhima congela. Não tem o hábito de comemorar boas notícias porque não está acostumada com elas. Olha para Maya e deseja que Chitra estivesse na cidade. Ela saberia o que fazer. Tudo o que consegue pensar é em levar a garota à praia para um lanche e um *kulfi*. Então, tem uma ideia.

— Serabai, vamos ao Cream Centre hoje à noite. Ficaríamos honradas se você viesse. — Ela se pergunta se Serabai ainda se lembra do dia, décadas antes, em que ela e seu falecido marido, Feroz, levaram-na para almoçar quando voltavam para casa de uma viagem de compras. Bhima ainda pode sentir o gosto do *chole bhature* que comera naquele dia.

Ouve um som de rosnado vindo de suas costas. É Maya, balançando a cabeça em sinal negativo, querendo que desfaça o pedido. Mas é tarde demais, porque ouve a voz de Serabai:

— Bhima. Eu tinha combinado de ir com as crianças ao cinema. Mas, para ser sincera, prefiro ir com vocês. Também será bom para eles terem um pouco de privacidade. Que horas?

Bhima marca a hora, com as paredes do estômago já se contorcendo, com medo das recriminações de Maya. Ela desliga, vira-se e se prepara para a ira da neta. E, quando ela não vem, justifica-se rapidamente:

— Você não precisa entender, porém essa mulher salvou nossa família mais vezes do que posso contar. Você é jovem demais para compreender. Porque ela fez o que fez comigo. Quando for mãe...

— *Ma-ma*. — Maya dá uma risada tímida. — Tudo bem. Se é tão importante para você, nós vamos. *Accha*? E agora preciso dar a notícia para Su e Chitra.

— Sim, sim — concorda Bhima, ansiosa. — Ligue para elas, *beti*. Também estamos em dívida com as duas.

Maya franze a testa.

— Estou ligando porque são minhas *amigas* — corrige.

Ao ouvir a neta compartilhar a novidade com elas, Bhima só consegue admirar essa mágica chamada educação, que permite a uma garota da favela se referir às mulheres que empregam sua avó como amigas. Que seja verdade, ela reza. Que Maya seja sempre confiante como é hoje. Que não sofra os golpes e as traições que sofri.

No caminho para o Cream Centre, pedem para o táxi fazer uma parada na feira. Parvati está terminando o trabalho. Levanta os olhos e vê Bhima se aproximando, adivinhando na mesma hora a notícia.

— Ela passou?

Bhima sente o rosto de Parvati se partindo num sorriso.

— Primeira da turma. A menina Chitra disse que com certeza ela vai entrar na faculdade de direito.

Parvati fecha os olhos.

— Deus é pai — agradece. Depois, abre os olhos e franze a testa. — Por que vocês estão tão arrumadas?

— Porque estamos indo a um bom restaurante. Comemorar. E você vem com a gente.

Parvati solta uma gargalhada.

— Irmã, estou cheirando a uma jaca velha.

— E daí? — De repente, os olhos de Bhima ficam embaçados. — Foi a sua cabeça que fez com que tudo aquilo fosse possível. — Ela passa a mão pela barraca de frutas e legumes.

— Bobagem — protesta Parvati, dispensando o elogio. Mas está sorrindo. — Está bem, não vou fazer essa desfeita em um dia tão especial.

De volta ao táxi, Parvati e Maya conversam durante o caminho todo até o restaurante, como se fossem velhas amigas. Bhima fica impressionada com o quanto sua vida mudou. Passou anos se preocupando com o que aconteceria com a neta se morresse de repente. Agora Maya tem novas pessoas em sua vida — Parvati, que, Bhima sabe, cuidará de Maya como um velho cão de guarda enquanto estiver viva, e Sunita e Chitra, que, da sua própria maneira despretensiosa, abrirão o caminho para que a garota cresça. Um pensamento traiçoeiro passa por sua mente: talvez ser demitida por Serabai tenha sido uma coisa boa. Olha pela janela e vê as ruas passando, trespassada por esse pensamento e pelas palavras da trilha sonora de um filme antigo que Gopal costumava cantar para ela: *Zindagi ek hai suhana/Yahan kal kya ho kisne jaana*. A vida é uma linda jornada / Quem sabe o que acontecerá amanhã?

— Veja, veja — diz Parvati para Maya. — Já ouviu sua avó cantando sozinha antes?

Bhima tosse, envergonhada e, depois, ri de sua própria tolice com as outras duas mulheres.

Ela fica feliz por Serabai não estar com a mesma aparência esgotada daquele dia no shopping. Quando olha mais atentamente para seu rosto, fica surpresa ao descobrir que ela está usando maquiagem, algo que raramente fazia. E talvez seja o batom claro e o pó facial que mascarem sua dor, mas, seja qual for o motivo, Bhima está contente. Quer que esse dia permaneça o mais longe possível da tristeza, não quer que nenhuma sombra fique no caminho do futuro de Maya.

Se estivesse sozinha no táxi com Maya, teria avisado à garota para se comportar bem com sua antiga benfeitora; para não deixar o sucesso lhe transformar em uma menina ingrata. A presença de Parvati a constrangeu, e Bhima só pode torcer para que a educação que deu à neta transforme seu rancor em generosidade.

Serabai chegou cinco minutos depois que as três sentaram em um banco. Maya já havia pedido um refrigerante, mas Bhima quis apenas água, porque, embora a ideia de ir àquele restaurante tenha sido dela, sabia que as circunstâncias não permitem gastar dinheiro de forma leviana. Maya estava de frente para a porta, portanto viu Serabai primeiro e acenou para ela. A garota deslizou pelo sofá e se levantou enquanto Sera se aproximava.

— Parabéns, Maya! — Sera cumprimenta a garota em pé e, diante dos olhos estupefatos de Bhima, Maya se ajoelha espontaneamente para tocar os pés de Sera.

Desacostumada com o gesto, Sera dá um passo para trás e, depois, se abaixa até Maya, que continua curvada, levantando-a pelos braços.

— Ah, Maya — diz ela. — Não há necessidade.

Enquanto Bhima assiste, Maya permanece naquele abraço, porém com as mãos penduradas pesadamente ao lado do corpo e, então, à medida que os segundos passam e fica óbvio que Sera não pretende soltá-la, a garota também coloca os braços ao redor da mulher. Sera suspira algo suave nos ouvidos de Maya, enquanto balança levemente a garota. Então, Maya funga e Bhima observa com perplexidade as lágrimas escorrerem por suas bochechas. Ainda assim, no meio de um restaurante lotado e barulhento, com os garçons passando de um lado para outro, apressados, as duas permanecem naquele abraço balançante.

— Desculpe-me, Desculpe-me. — A voz de Sera é abafada pelo ombro de Maya. — Estou tão orgulhosa de você. Você superou tanta coisa!

Bhima fica espantada com sua própria insensibilidade — estivera tão ocupada saudando a si mesma pelos seus sacrifícios que não valorizou as dificuldades superadas por Maya. Há menos de três anos, Maya estava em casa deprimida, apática, um corpo sem alma, com o filho arrancado de dentro dela.

Sera finalmente solta Maya e se vira para Bhima com um grande sorriso, estendendo as duas mãos.

— Parabéns, Bhima! — exclama. — Que dia maravilhoso! Olhe o que nossa Maya conquistou.

Nossa Maya. As duas palavras são um buquê de rosas que Serabai lhe entrega. Bhima toma as mãos de Sera nas suas e as levanta até a testa.

— Serabai — começa, emocionada demais para dizer qualquer coisa. — Continua segurando a mão de Sera e alcança a mão de Parvati enquanto as apresenta, em seguida aperta as duas mãos contra seu coração. — Estarei em dívida com vocês pelo resto da minha vida. Fizemos isso juntas. Juntas.

— *Baap re!* — comenta Maya. — Eu devo ter sido uma incompetente para precisar de três velhas para terminar a faculdade. — Há um momento de incerteza, mas todas veem o brilho nos olhos da garota e caem na gargalhada. E, com essas palavras, Maya quebra o gelo na mesa.

Depois de pedirem a comida, Sera põe a mão em sua bolsa e tira uma caixinha.

— Este é um pequeno presente para você, Maya.

É um par de brincos de jade.

— Obrigada — agradece Maya.

— Você gostou? — pergunta Sera, ansiosa.

— Muito.

Após o jantar, Bhima pede licença para ir ao banheiro. Quando termina suas necessidades e sai do toalete, Sera está esperando na porta.

— Ah, Bhima, isto é para você. — Ela coloca um envelope na mão de Bhima.

— O que é isto, *bai*? — responde ela.

— Shh. É um cheque. Para a faculdade de Direito. Isso... deve dar para os dois anos. Não, não discuta, Bhima. Nunca se sabe quando o dinheiro será necessário. Só o mantenha guardado no banco.

— Mas, Serabai, você já me deu tanto...

— Bhima. Por favor. Deixe-me fazer isso. — Sera abre um sorriso pálido. — Ei, escute. Quem sabe quando vou precisar de uma advogada? Será bom ter uma na família.

A palavra *família* invade o coração de Bhima. Ela curva a cabeça, em submissão, dobra e enfia o envelope na blusa.

— Você foi a primeira pessoa que ela conheceu. Eu a trouxe direto para a sua casa — relembra, saudosa. — Da estação de trem.

— Eu me lembro. Ela era uma coisinha tão magrinha. E tão quieta. Nem olhava para mim, o que era natural, depois do que havia passado. Perder os pais desse jeito. — Sera estremece e, de repente, sorri. — Você se lembra de como por fim a conquistei?

As duas dizem ao mesmo tempo:

— Dando-lhe um pedaço de chocolate todos os dias.

As mulheres ficam em silêncio, perdidas em suas lembranças e, então, Bhima comenta:

— Nossas famílias já passaram por tanta coisa, Serabai. — Há muito mais que quer dizer, mas não pode. Seu amor por aquela mulher é real, ela sabe. Mas as circunstâncias do que as afastou também são.

— É verdade. — Sera faz uma pausa e limpa a garganta. — É melhor voltarmos. As crianças vão estranhar. — Ela dá um passo e para. — Obrigada por me convidar. Eu... é muito importante para mim. Não sei se vai acreditar, mas não passo um dia sem pensar em vocês. Sabe, nós parses temos uma oração chamada *Tandorosti*, que pede boa saúde para as pessoas amadas.

Quando recito os nomes de todos os membros da minha família, incluo o seu e o da Maya. Toda manhã. Faço isso há anos.

— Obrigada, Serabai — sussurra Bhima. — Eu...

— Eu sei — diz Sera, olhando no fundo dos olhos de Bhima. — Eu sei. Eu também.

33

Só DEPOIS DE PASSAR DUAS HORAS na feira, a inquietação de Bhima se transforma em medo. Parvati não apareceu para trabalhar e Bhima está sendo massacrada pelo fluxo de clientes. Mas a verdadeira fonte do seu medo é não saber exatamente onde a mulher vive. Como pode ser?, ela se repreende, entre os clientes. Trabalhavam lado a lado por tanto tempo e ela não tinha o endereço de Parvati? E no estado em que a mulher estava nas últimas semanas, por que não perguntara? Mas sabe a resposta — não se deu ao trabalho de descobrir porque não poderia se imaginar pisando naquele antro de libertinagem, sob quaisquer circunstâncias.

Então, por que Parvati não veio? Bhima olha ao redor, ficando mais preocupada a cada minuto. Acidente de carro? Algo sério deve ter acontecido, especialmente porque Parvati sabe que Rajeev tirou um raro dia de folga naquele dia. À medida que o sol sobe no céu, sem nenhum sinal de Parvati, seu alarme soa mais forte. Agora já é quase meio-dia. Onde está ela? Um cliente para na barraca, um jovem com um mau hálito poderoso e uma voz nasalada que irrita Bhima.

— *Ae, baba,* escute — ela interrompe a negociação. — O preço é esse. Compre ou vá embora.

O homem olha para ela, ofendido, e sai pisando forte, mas Bhima não se importa.

— *Kanjoos* — resmunga. — *Miser*.

Se Parvati estivesse ali, teriam dado risada da reação do homem. Bhima a imagina em algum meio-fio, com a perna quebrada, atropelada por um ônibus ou um táxi, e seu estômago revira. Não. Ela investigará. Alguém na feira deve saber onde Parvati mora.

— Oi, *mausi* — chama o jovem assistente de Vishnu. — Ligação para você.

— É a minha *chokri*?

— Não. Não é a Maya.

— *Khon hai?* — pergunta, curiosa.

O garoto encolhe os ombros enquanto entrega o telefone a ela:

— Como vou saber?

— Alô? — grita Bhima.

A voz masculina não lhe é familiar.

— Quem fala é Bhima?

— *Haan*.

— Estou ligando em nome de Parvati. Ela deu esse número como seu contato.

Bhima mal consegue pronunciar as palavras, com o corpo tomado por um medo repentino.

— Ela... ela está morta?

Ouve o homem rir.

— *Nahi*. Ainda não. Mas não levanta da cama. Diga-me, ela está fingindo ou o quê?

O medo congelante se transforma em raiva.

— Se ela não consegue sair da cama, é porque está doente, não?

— Sim, sim, já entendi isso, tia. Mas preciso do meu quarto. Ela deveria dar o fora de manhã. *Saala*, estou perdendo negócios por causa dela. Por favor, venha agora e leve-a. Senão, vou jogá-la na sarjeta.

— Não encoste a mão nela. Escutou? Se tocar nela, chamo a polícia. — Bhima mal sabe o que está dizendo, apenas percebe vagamente que está canalizando a agressividade de Parvati.

— Não me ameace, *yaar*. Só estou ligando por cortesia. Liguei até para o sobrinho dela, mas ele disse que está ocupado demais no trabalho para vir. Agora, me diga, você também está ocupada demais?

— Estou indo — grita Bhima ao telefone. — Vou largar tudo e vou. Por favor, diga o endereço para o meu amigo aqui.

Ela entrega o telefone de volta para o ajudante de Vishnu, que escreve algo em um pedaço de papel. Quando desliga, o garoto tem os olhos envergonhados.

— Não é uma boa região — alerta ele. — Você não deve ir.

Bhima sente uma onda de calor nas bochechas.

— Se não for, o que acontece com ela? Esses animais vão comer a sua carcaça. Faça um favor, *chotu*. Chame um táxi. Agora.

O garoto hesita.

— Mas e a loja? Vishnu só volta daqui a meia hora.

— Estou aqui, *na*? — grita ela. — Nada vai acontecer à sua preciosa loja. Não vou embora até você trazer o táxi. — O garoto olha para ela, assustado com sua histeria, e Bhima se pega dizendo: — Não se preocupe — acalma o garoto, com a voz mais suave. — Você só vai sair por alguns minutos, certo?

Quando chega à entrada do dilapidado Tejpal Mahal, a febre incandescente que a consumira desde a ligação vai embora. Segurando o pedaço de papel nas mãos, sua coragem desvanece. Pensa no que seu pai, Gopal, ou até Amit diriam sobre ela entrar em um lugar como aquele. Mas então pensa no que Sunita, Chitra e Maya ordenariam que fizesse, e sente a coragem voltar. Um homem está saindo do prédio, ela, então, se aproxima dele e pergunta:

— Com licença. Este é o Tejpal Mahal?

O homem lhe dá uma olhada maliciosa.

— Sim, é aqui. Está procurando emprego? Vá falar com Mohan.

Ela enrubesce com o insulto, e sua mão direita formiga de vontade de dar um tapa na cara do garoto, mas se satisfaz em cuspir no chão.

— Sou velha o bastante para ser sua avó. Tenha respeito.

Entretanto, o garoto não tem pudores.

— Este não é um lugar para vovós — comenta, antes de ir embora.

Este não é um lugar para vovós. As palavras ecoam em seus ouvidos enquanto sobe as escadas do prédio e entra no inferno.

Vê amontoados de mulheres paradas na sacada, com sáris de cintura baixa. Vê homens andando com o zíper aberto. Ouve uma enxurrada de risadas que soam falsas em sua diversão, podendo ouvir as notas de desespero e apatia encobertas por elas. Mas o que embrulha seu estômago é o cheiro daquele lugar — quente, fétido, de sexo. Não é lugar para uma mulher idosa morrer. As palavras penetram em sua mente como uma frase elaborada, e é assim que ela se dá conta: Parvati não está apenas doente. Está morrendo. Como não soube disso antes? Seus olhos queimam graças às lágrimas e um pássaro selvagem, engaiolado, bate em seu peito. Bhima desce a sacada e para a primeira mulher que vê:

— Onde posso encontrar esse Mohan? Preciso falar com ele com urgência.

Ela se surpreende com a jovialidade e a beleza de Mohan. O rosto doce de Krishna, o coração escuro de Ravan, pensa.

— Vim buscar Parvati — anuncia, sem meias palavras.

Ele olha para cima, como se estivesse surpreso pelo desprezo em sua voz.

— Por aqui — diz, guiando a mulher.

Seu coração afunda novamente quando entra no quarto minúsculo. Somente o pé-direito alto do antigo prédio e o cubículo que supõe ser o banheiro o distinguem de seu próprio casebre. O único móvel do quarto é uma cama estreita sobre a qual jaz um corpo.

— Parvati — chama Bhima, em voz alta. — Está me ouvindo?

Há um grunhido fraco.

— Irmã. — O medo faz Bhima balançá-la com mais força do que pretendia. — Acorde.

Os olhos de Parvati se abrem, trêmulos e, por um longo instante, são assustadoramente brancos. Bhima sabe que a mulher está lutando para reconhecê-la. Então, quando retoma a consciência, Parvati dá um sorriso fraco.

— Você está mesmo aqui?

— Sim. Como você está? O que foi?

Bhima inspira o ar, desconfiada. É cheiro de *daru* que está sentindo em Parvati? Mohan parece ter chegado à mesma conclusão, porque diz:

— Então, aí está o maldito problema. A velha *boodhi* está de ressaca.

— *Chup re* — repreende Bhima, embora a revelação de que Parvati bebe a tenha abalado.

Mohan endurece os olhos.

— Essa *tamasha* já me custou o suficiente. *Chalo*, leve-a daqui.

Bhima olha para o jovem bonito com alma de diabo que está ao seu lado.

— Você deve ter tido mãe, *na, beta*? — pergunta. — É assim que você gostaria que alguém a tratasse?

O rosto de Mohan se enrijece.

— Você quer ver minha mãe? — zomba o homem. — Vá ao terceiro andar. Ela é a puta com o cachimbo de haxixe. — Ele ri, mas há algo vazio em sua revelação.

— *Maaf karo* — diz Bhima, sem saber pelo que sente muito. — Pelo menos me ajude a tirar Parvati da cama, *beta*. Depois, se puder me arrumar um táxi, serei grata.

Mohan vai até a porta e grita para alguém no final do corredor chamar um carro. Depois, volta e ordena, sem paciência:

— *Chalo*. — Ele se abaixa e ergue Parvati pelos ombros, até deixar seus pés suspensos no chão. A mulher senta-se na beira da cama, com o queixo tocando a laranja em sua garganta. Um fio de saliva desce pelo canto da boca. Bhima fica paralisada por um espasmo de medo. Aonde levará Parvati naquele estado? Como conseguirá se virar? Ela se encolhe quando Mohan agarra Parvati bruscamente pelas axilas e começa a arrastá-la até a porta, mas não está em condições de pedir gentileza. Olha em torno do quarto e pega a bolsa de tecido branco de Parvati.

— Para onde? — pergunta o taxista.

Bhima não tem escolha a não ser dizer:

— Gharib nagar. — Mas durante o trajeto do táxi, olha para a mulher entorpecida e fica furiosa com a ideia de Maya ver Parvati bêbada.

Primeiro, duas mulheres que se amam como homens. E agora uma sócia bêbada e boca suja com um passado vergonhoso. Ela é uma avó ruim por colocar Maya em contato com pessoas assim.

O taxista estaciona em local proibido para ajudá-la a carregar, ou melhor, arrastar Parvati favela adentro. Bhima fecha os ouvidos para os gritos e as risadas das crianças, endurecendo diante dos risinhos e olhares descarados dos vizinhos. Quando finalmente chegam à sua porta, ela paga o taxista e lhe dá uma gorjeta.

— Comporte-se, *accha* — sussurra para Parvati, que, felizmente, parece um pouco menos drogada. — Não assuste a minha Maya.

Mas Maya não está em casa. Então Bhima se lembra: a garota está na casa de Chitra, posando para um retrato. Fica aliviada. Deita Parvati com cuidado em seu colchão e acende imediatamente o fogão para fazer uma xícara de chá.

— Desculpe, desculpe — resmunga Parvati. — Eu sou um fardo para você. Deveria ter me deixado.

— Deveria mesmo. — Bhima não tenta esconder sua raiva. — Da próxima vez que você beber, sua mulher perversa, vou deixá-la na sarjeta.

Parvati abre os olhos.

— *Kya karu*, irmã? — diz, em uma voz fraca e submissa que Bhima jamais ouviu antes. — A dor foi insuportável ontem à noite. Uma das garotas ficou com pena de mim.

O coração de Bhima para.

— A dor?

— Sim. O *chikoo* crescendo nas minhas contas. O doutor *sahib* me avisou. Mas não pensei que...

Bhima apaga o fogão abruptamente. Vai até o colchão e se agacha. Sem pedir permissão, baixa o sári de Parvati para conseguir ver. Leva um susto, sentindo suas entranhas cederem. A coisa está do tamanho do pulso de uma criança. E, apesar de não haver pus, sangue ou inflamação, parece agressiva. Nervosa. Maligna. Nada parecida com uma doce fruta *chikoo*.

— O que o médico disse? — pergunta cuidadosamente, querendo extrair a informação de Parvati antes que ela desperte por completo do seu estado de embriaguez.

Mas, como as palavras de uma velha música, sabe o que Parvati diz antes mesmo que ela pronuncie as palavras:

— Ele disse que não vai demorar muito, irmã. E que a dor será terrível.

Elas se revezam para ficar em casa com Parvati. Bhima se levanta e vai trabalhar o mais cedo possível. À tarde, Maya toma o seu lugar. Não é o que Bhima quer, deixar Maya vendendo produtos na feira, onde sua beleza atrai os olhares indesejados dos jovens, que, de uma hora para outra, decidem passar pela loja de Vishnu doze vezes por dia. Mas Maya tem muitos meses até começar a faculdade de direito, e Bhima precisa de alguém em quem possa confiar na barraca. Há alguns dias pavorosos em que Maya comete erros que custam a Bhima um dinheiro que ela não pode perder, mas a neta aprende rápido. As pessoas, principalmente os garotos, não discutem nem pechincham com ela, como fazem com a avó. Bhima parou de ir à casa da menina Chitra durante a tarde. Qualquer outra patroa a teria demitido, mas Chitra apenas comenta:

— Estou tão triste, Bhima. Como podemos ajudá-la? — E Bhima curva a cabeça, incapaz de falar.

E assim ela vai para casa todas as tardes. Geralmente Parvati fica sozinha por um intervalo de apenas meia hora, entre o momento em que Maya sai para a feira e Bhima repassa as tarefas para a garota e vai para casa. As tardes são uma boa hora do dia para Parvati, e às vezes ela come um pedaço de pão, mergulhando-o no chá que Bhima prepara assim que chega em casa.

— Como foram os negócios hoje de manhã? — pergunta Parvati, tomando seu chá.

— Bem. — Bhima toma uma golada. — Um dos garotos veio perguntar por Maya, mas a chamou de Eva. Disse que ela lhe vendeu uma maçã ontem. — E faz uma pausa. — É uma piada?

Parvati ri com fraqueza.

— É da Bíblia. O livro sagrado dos cristãos. — Ela conta a história para Bhima, mas a amiga não está realmente ouvindo, consciente do quanto Parvati parece exausta.

— Vá descansar — diz, gentilmente. — Feche os olhos por um momento.

Parvati concorda com a cabeça.

— Amanhã vou à feira com você — anuncia. — Estou cansada de ser um peso na sua cabeça. Estou acostumada a ganhar meu próprio sustento.

Bhima coloca sua mão no ombro da mulher.

— *Theek hai* — diz. — Amanhã você vai comigo. *Accha?*

Faz uma semana que vêm tendo a mesma conversa.

34

Às vezes, ela sente cheiros, odores imundos, pútridos. Coisas morrendo. Então, sabe que está sentindo seu próprio cheiro. Outras vezes, ouve coisas. A batida das asas de uma mosca. O som entediante do ar viciado no quarto. O barulho de sua própria respiração. O ronco de seu estômago, o tique-taque de seu coração, o ruído de seus ossos. O sussurro de seu sangue. Sempre, sempre, existem sons vindos além da porta fechada — as crianças brincando lá fora, o grito de uma mulher, um xingamento alto, o barulho da buzina de uma bicicleta — e eles se fundem aos sons de suas lembranças, os murmúrios quentes e urgentes de estranhos fazendo amor com ela, o tédio na voz da Diretora enquanto lhe ensinava o alfabeto, o quase esquecido som da voz de sua mãe lhe mandando varrer seu quarto minúsculo, o estalo da mão de Rajesh contra seu rosto, que soava tão diferente da batida de seus punhos no braço ou nos ombros. Acima de tudo, ouve o tempo passando no relógio, embora não haja relógio naquela casa. Ainda assim, é capaz de ouvi-lo, implacável, constante, cruel, como a marcha de um exército inimigo que se aproxima a cada instante. Outras vezes, ouve o esticar das árvores em direção ao céu, a relva buscando o sol, o crescimento dos ossos das crianças, a agitação do solo com o revirar dos mortos. Está ouvindo a incessante respiração dos oceanos, o uivar dos ventos, o crescer e o encolher da lua, o acre queimar do sol que a atormentara por vinte anos, mas pelo qual ela agora anseia. Entre seu próprio cansaço e os remédios que Bhima comprou para diminuir sua dor, as horas vêm e vão por si só, e enquanto adormece e acorda, há sempre o som do tempo escapando de suas mãos.

Às vezes, uma voz perfura a neblina e a faz acordar assustada. Hoje a voz diz, raivosa:

— Saia. — Ela tem uma visão de si mesma se esforçando para ficar de pé, levantando-se do colchão e correndo para a rua. Mas, quando tenta fazê-lo, tudo o que consegue é flexionar os pés três vezes antes de cair no sono.

Saia.

A voz, de novo.

É Rahul, filho de Rajesh. Cinco dias depois de Parvati ver, sem piscar, o crânio do marido explodir em chamas na pira funerária, cinco dias depois de voltar ao seu apartamento e esfregar todas as paredes e o chão para se livrar dos odores de Rajesh acamado nos últimos anos, cinco dias depois de começar a vestir seu sári branco de viúva e resolver passar o resto de seus dias naquele apartamento silencioso, tranquilo, finalmente uma mulher livre, sem dever nada a ninguém e nem cobrar, cinco dias depois de poder tocar sua própria pele, seu próprio cabelo, suas próprias genitálias, e acreditar que pertenciam a ela e a mais ninguém, cinco dias depois de regularizar todas as dívidas que o mundo tinha com ela, Rahul aparecera em sua porta. Estivera ao seu lado nos dois últimos dias terríveis em que Rajesh lutara para respirar, e sentia por ele a proximidade que floresce entre aqueles que mantiveram juntos a vigília de um leito de morte. O rapaz permanecera ao seu lado enquanto o fogo consumia o corpo do pai, sem derramar uma lágrima, mas ela não se espantou com isso. E então desaparecera por cinco dias, até que reapareceu, pálido e abatido, à sua porta.

— Rahul — saudou a mulher. — Entre, *beta*.

Ele entrou, passando os olhos por todo o apartamento, como sempre fazia. Permitiu que ela abrisse uma garrafa de limonada Duke para ele e servisse um prato com alguns biscoitos Parle. Depois, sacou um envelope do bolso e lhe entregou. Parvati o pegou, repentinamente constrangida. Será que Rahul pensava que ela, recém-viúva, precisava de sua ajuda financeira? Não precisava. Rajesh tinha uma pensão e algumas economias, ela sabia. Conseguiria se virar com aquele dinheiro.

Era um testamento. E dizia que o apartamento no qual estava vivendo, a cadeira em que estava sentada, o chão sob seus pés, as paredes que a rodeavam, tudo pertencia a Rahul. Que Rajesh a deserdara completamente, que todas as suas posses materiais seriam herdadas por seu filho. Que sua compensação pela servidão devota, por cozinhar, faxinar, trepar, limpar sua bunda, levar comida à sua boca era zero. Quando finalmente conseguiu controlar a queimação em seus olhos e olhou para cima, disse:

— Eu... eu não entendo...

— O que você não entende? É simples. Você está ocupando ilegalmente a minha casa. E precisa sair. — O olho esquerdo de Rahul piscava, mas ele não desviou o olhar.

— Rahul. Seja razoável, *beta*. Sou uma velha viúva. Não tenho ninguém. Para onde vou?

Ele se levantou.

— Isso não é problema meu. Só quero que saia imediatamente da minha casa. Senão, vou chamar a polícia. Entendeu?

Parvati fechou os olhos. Talvez Rahul não estivesse de pé diante dela quando os abrisse novament. Porém, lá estava ele.

— Vou ficar na rua — insistiu a mulher. — Na minha idade...

Ela não sabia o que era fúria até olhar para o rosto do rapaz.

— Então, volte para de onde você veio antes de decidir sujar esta família. Vá viver entre a sua própria gente.

Ela recuou. Mas ainda fez um sinal de paz com a mão.

— *Beta*. Tenha misericórdia. Deixei aquela vida para trás há muito tempo.

Ele cuspiu no chão.

— Bem, aquela vida nunca deixou você.

Dois dias depois, estava fora do apartamento, ainda vacilando com o choque da revelação de que Rajesh transferira o imóvel e a pensão para Rahul durante sua viagem a Pune, décadas atrás. Essa era a condição para Rahul deixar o pai permanecer em sua vida. E quando Parvati foi ao banco, ficou sabendo que Rahul sacara até a última *paisa*. Anos antes, ela mesma insistira para que Rajesh incluísse o nome do filho em sua conta conjunta. Parou na porta do banco e gargalhou, desconsolada, de sua própria ironia.

Havia uma pessoa que poderia ter revertido aquela mudança de sorte — a Diretora. Com alguns tapas e ameaças de seus *goondas*, além de uma noite na delegacia sob acusações infundadas, Rahul teria implorado para Parvati ficar com o apartamento. Sabia disso. E a Diretora teria feito isso por ela sem pensar duas vezes. Mas Parvati sabia que jamais poderia procurar a ajuda da única pessoa capaz de ajudá-la. Deixara aquela vida para trás, para sempre. Então, recorreu a Praful. E a Malik. Os dois rapazes, ambos filhos de putas, só conseguiram ter algum tipo de infância graças à bondade da mulher. E com a ajuda deles, ela improvisara uma vida lastimável para si durante todos aqueles anos. Até que o Deus no qual se recusava a acreditar trouxera um anjo chamado Bhima para sua vida.

— Parvati! — grita Bhima, chacoalhando-a pelos ombros. — Acorde. Você está tendo um *sapana* ruim.

A mulher mais velha abre os olhos, vê Bhima e pisca, tentando afastar suas alucinações.

— Bhima. — Seu sorriso é inesperadamente radiante. — Você me salvou. — Ela percebe que a outra mulher a observa atentamente. — Estou bem. — Luta para assegurá-la. — Eu...

Mas tudo se foi, o sonho foi como um ladrão se escondendo atrás de uma parede de madeira. Parvati sente a boca inchada, como se estivesse cheia de bolas de naftalinas.

— Preciso...

O que precisa fazer? Algo urgente. Algo que precisa contar. O quê? Quem está olhando para ela com olhos tão assustados? É sua mãe?

— *Ma* — chora. — Ajude-me, *Ma*.

— Parvati! — grita Bhima. — Você está muito doente. Segure firme, irmã. Eu já volto. Vou trazer o médico para você.

Não me deixe, ela quer dizer, mas a Diretora a deixa mesmo assim. Estão de volta para a estação de trem e seu pai está parado, como uma estaca plantada no chão. Por que as chuvas não vieram? Ah, se as chuvas tivessem vindo... *Salla badmash*, ela amaldiçoa a chuva. Que seus filhos sofram! Ela está sentindo coceira? Onde está coçando? Ou está doendo? Onde está doendo?

— Quem está aí? — pergunta, em voz alta. — *Kaun hai? Khabardar*. Não ouse entrar.

* * *

O doutor *sahib* fala principalmente com Chitra.

— Ela está tomando o remédio errado para dor — explica. — Forte demais. Está causando alucinações. Podemos tentar controlar a dor com algo diferente.

— E se não ajudar?

Ele dá de ombros.

— Sempre podemos voltar a este remédio.

Ele se vira para Bhima, dirigindo-se a ela com a voz baixa e respeitosa.

— Quero que esteja preparada. Não vai demorar muito agora, mas posso tentar deixá-la mais alerta. Sem sofrer tanta dor, é claro.

— Nada mais pode ser feito? — pergunta Chitra.

— Conversei com o médico do hospital público. Ele disse que ela nem quis ouvir falar em quimioterapia. — Ele hesita. — Qual a idade dela? Setenta e poucos? É preciso se perguntar até que ponto vale a pena prolongar a vida dela.

Amuada em um canto, quase enfiada em si mesma, Maya soluça, e Bhima olha para ela com seriedade, fazendo um sinal pedindo silêncio com o dedo sobre os lábios. O médico olha novamente para Bhima.

— Como irmã dela, você precisa decidir. Se quiser um tratamento agressivo, posso transferi-la para o hospital.

Bhima abre a boca para corrigi-lo, mas para. Deixe-o pensar que Parvati é sua irmã. Percebe que todos estão olhando para ela, esperando uma decisão, e fica paralisada. Mas, depois, pensa no hospital público miserável e uma imagem lhe vem à mente: Parvati é uma pipa amarela presa à terra por um cordão quando, na verdade, pertence ao céu.

— Não me importa quanto tempo ela viva. Só quero que vá com dignidade. — E, assim que as palavras escapam de sua boca, Bhima sabe que tomou a decisão certa.

O médico consente.

— Está bem. Vamos tentar uma dose disto hoje à noite. E alguém pode ligar para o meu consultório amanhã para informar se ela está um pouco menos sonolenta e confusa. — Ele se abaixa um pouco para tocar o ombro de Bhima. — Não se preocupe. Conseguirei controlar a dor.

Ela junta as mãos e curva a cabeça.

— Obrigada, doutor *sahib* — agradece. — Sou muito grata.

Ele responde com um sorriso envergonhado.

— Não agradeça, não agradeça. Você tem em Chitra uma boa defensora. — Ele fecha sua maleta e diz a Chitra: — Quer ir comigo pegar a receita?

— Com certeza.

Quando saem, Maya se levanta e abraça Bhima. Ficam paradas ali, olhando para a mulher inquieta e agitada.

— *Ma-ma*, estou com medo — confessa Maya. — Nunca vi alguém morrer antes. — E se corrige. — Quer dizer, vi os meus pais. Mas não estava lá quando...

— Eu sei — diz Bhima.

Ela se esforça para recuperar a clareza que tivera há poucos minutos.

— Parvati é uma pipa — explica. — Ela pertence ao céu. Quando chegar a hora, caberá a nós soltá-la para que voe. Entende?

Maya arregala os olhos.

— Acho que sim — responde. Mas está soluçando.

35

Três dias depois, Parvati está com a aparência tão melhor que Bhima considera, por um instante, a ideia de que talvez a mulher possa voltar à feira, afinal.

— Hoje, farei o chá — anuncia Parvati, assim que ela entra. — Você trabalhou a manhã toda.

— *Accha* — concorda Bhima, mais para preservar a dignidade da mulher.

Finge não perceber a onda de dor que faz o rosto de Parvati enrijecer quando ela levanta. Mas em vez de se encaminhar para o fogão, Parvati anda até o lugar onde Bhima colocou sua bolsa branca. Enfia a mão bem no fundo e puxa um bolo de dinheiro.

— Pegue — diz, simplesmente.

Bhima franze a testa.

— *Kya hai?*

— O que parece? É o seu dinheiro. Do negócio. O que consegui economizar do que você me pagava. Não tenho o que fazer com isso, irmã. Fique com ele para pagar o meu *dava-daru*.

— Não é preciso — responde Bhima, ofendida. — Você me chama de irmã, mas ainda me oferece dinheiro?

Parvati olha profundamente para a amiga.

— O que vou fazer com isso? Levar para a minha pira? Pegue. Aonde estou indo, não vou precisar de dinheiro.

Bhima reprime o nó em sua garganta, esforçando-se para manter o contato visual.

— Você está indo a algum lugar?

— O diabo guardou um lugar no inferno para mim, irmã. E ele não precisa de dinheiro. São só os demônios que andam pela terra que matariam as próprias mães por dinheiro.

— Você é uma velha, mas ainda fala tolices — resmunga Bhima, virando-se de costas, e Parvati não a contesta. As notas, presas por um elástico, ficam caídas no chão, até que Bhima finalmente as pega e devolve à bolsa branca. Parvati observa, mas não protesta.

Maya está fora aquela noite, tem planos de ir ao cinema com seus amigos da faculdade. Bhima estava ansiosa para tirar a garota do barraco, que se impregnou do cheiro de doença e de medicamentos. À medida que a noite se aproxima, imagina o que deveria preparar para o jantar, talvez um pouco de caldo para Parvati, mas então a velha suspira e diz:

— Essas quatro paredes estão me enclausurando. Queria um pouco de ar fresco.

Bhima a observa com atenção, porque esse desejo de sair de casa é prova de que o novo remédio está funcionando.

— Quer ir a algum lugar?

Parvati parece insegura.

— Ir aonde? Neste estado? — Ela aponta para o próprio corpo. Há, porém, uma relutância em sua voz, uma dúvida.

— Podemos nos sentar na praia — sugere Bhima, quase não acreditando nas próprias palavras, entretanto, a esperança que a ideia leva às feições de Parvati a fortalece.

— Você acha que podemos, irmã? — Há aquele tremor na voz de Parvati mais uma vez. — Eu adoraria. Não precisamos demorar.

— Então, vamos.

Bhima se levanta com um gemido, abre a porta e pisa do lado de fora. Precisará de ajuda para levar Parvati até o asfalto, mas, se morar naquela favela desgraçada tem alguma vantagem, essa é uma delas: nunca lhe faltará alguém disposto a ajudar, seja por simples curiosidade ou por gentileza. Ela avista seu vizinho Shyam matando o tempo na frente de casa, como sempre faz. Bhima nunca gostou do homem, mas aproxima-se dele.

— *Ae, babu.* Preciso levar esta senhora à praia para tomar um ar fresco. Você pode me ajudar a carregá-la? Posso pagar algumas rupias.

Shyam parece ofendido.

— Se quiser pagar, *mausi*, a resposta é não. Mas, se pedir um favor como vizinha, estou disposto a ajudar. Entre vizinhos não deve haver dinheiro, *na*?

Bhima fica envergonhada. Talvez tenha julgado mal o homem.

— Obrigada, *ji* — diz. — Estaremos prontas em cinco a dez minutos.

— Vão precisar de um táxi? — consulta Shyam.

— Sim. Vamos pegar um na avenida principal.

Shyam estala a língua.

— *Nahi*. A essa hora, é impossível. Além do mais, se a virem com uma velha, ninguém vai parar. — Ele morde o lábio inferior. — Mas arrumem-se que o táxi estará esperando quando saírem.

— O quê...?

— Não se preocupe. Sabe o Abdul? Ele mora a apenas duas quadras daqui e tem um táxi. Deve estar em casa agora. Mas não se preocupe. Ele vai levar vocês, como um favor para mim. — E ergue a mão, impedindo que Bhima proteste. — Assim ele pode ajudar vocês. No destino. E trazê-las de volta para casa, em segurança.

Abdul estaciona em local proibido, ao lado de uma fila de carros estacionados na praia, e dá a volta para ajudar Bhima a tirar Parvati do táxi. Espera até que estejam sentadas confortavelmente em um banco de frente para o mar.

— Tudo bem? — pergunta. — Vou procurar uma vaga, *accha*? Mas eu volto, *faata-faat*, não se preocupem.

As duas viram a cabeça para vê-lo correr de volta ao veículo.

— É um rapaz gentil. Prova de que ainda há humanidade neste mundo — comenta Parvati, e Bhima concorda.

— Você está confortável? — pergunta e, em resposta, Parvati segura a mão de Bhima, aperta-a e coloca-a em seu colo.

— Estou tão grata por poder ver o mar uma última vez — confessa.

— Por que uma última vez? Muitas e muitas outras vezes, se Deus quiser — protesta Bhima, embora ouça a mentira em sua própria voz, e Parvati nem se dá ao trabalho de contradizê-la.

— O povoado onde nasci não tinha mar — conta Parvati. — Eu nem sabia que existia até vir para Mumbai. Você pode imaginar? — Com o rosto bastante envelhecido, ela olha fixamente para a frente. — Da primeira vez que o vi, gritei. Achei que fosse algum demônio se arrastando, vindo na minha direção para me comer. A Diretora morreu de rir. Anos depois, ele costumava me trazer aqui. Era a única coisa que tornava a vida suportável.

— Quem?

— Rajesh. O homem que se tornou meu marido. Enquanto eu ainda estava no Old Place, vínhamos aqui. — Os lábios de Parvati se contorcem de rancor. — Quando nos casamos, tudo isso parou. Depois do primeiro ano, eu acho. Aí, eu era apenas sua empregada.

Bhima acaricia a mão de Parvati.

— Esqueça essas lembranças, irmã — aconselha. — Isso é metade da sua doença, essas lembranças tristes.

E, então, para o choque de Bhima, Parvati começa a chorar.

— Não consigo — sussurra. — Não esqueço. Todos os homens na minha vida me usaram. Como se eu fosse um jornal para pegar o lixo e ser descartada.

Ela levanta o dedo e aponta para o mar ondulante.

— Este. Este foi o único que ficou comigo. Meu irmão. Era assim que eu chamava o mar. Meu irmão forte, confiável. O único que engolia a minha dor e a tornava sua. Vê como ele se move? Essas ondas? Só alguém que entende o sofrimento se sacode desse jeito.

Bhima olha para Parvati de canto de olho. É difícil saber se são as drogas falando. Olha em volta discretamente, procurando Abdul, caso precisem ir correndo para casa com Parvati. Ela o avista, sentando-se no paredão em frente ao mar, à sua diagonal, e ele levanta a mão para avisá-las de sua presença. De alguma forma, aquele simples gesto a conforta, lembrando-a de que não está sozinha.

— Minha Maya foi estuprada — confessa Bhima, de repente. É a primeira vez que diz aquilo em voz alta, e fica tão perplexa que olha rapidamente ao redor, como se outra pessoa tivesse dito aquelas palavras. — Pelo genro de Serabai. Um rapaz que eu amava como filho.

Parvati balança a cabeça.

— Eu sei.

— Você sabe?

— Maya me contou. Um dia, quando você estava no trabalho.

Uma dor entorpecente e vazia cresce no peito de Bhima.

— Foi por isso que ela me demitiu. Porque precisou defender a honra daquele *badmash*. No lugar da minha. — Bhima chacoalha a cabeça, com raiva. — No lugar da minha.

— Irmã...

Estão sentadas juntas no banco, duas mulheres velhas, enquanto a cidade inteira passa por elas — os velhos cavalheiros parses em seus ternos desbotados e chapéus-cocos, os estudantes que andam gritando e rindo, os jovens romeus que assobiam compulsivamente para cada mulher atraente que passa, os mendigos esfarrapados que batem suas tigelas amassadas nos transeuntes, os homens que moram nos prédios das redondezas, em suas camisetas e shorts. Eventualmente, o oceano emite um rugido furioso e lhes cospe água. Quando isso acontece, Parvati lambe o sal em seus lábios com vigor, enquanto Bhima enxuga o rosto com o sári.

— Tenho um favor para pedir — diz Parvati, por fim.

— *Bolo*. Diga.

— Quando eu for embora... Não, espere. Escute. De que adianta fingir, irmã? Sei que meus dias estão contados. — Parvati espera Bhima finalmente aceitar, gesticulando com a cabeça. — Quando eu for embora, quero que você jogue um pouco das minhas cinzas aqui. No mar.

— É claro — responde Bhima, aliviada com a simplicidade do pedido de Parvati. — É claro.

— E depois carregue o resto de volta.

— De volta para onde?

— Para o povoado onde nasci. A terra dos meus ancestrais. Não é muito longe daqui. Talvez cinco horas de trem.

— Para quê? — pergunta Bhima, calculando o custo dos dias de trabalho perdidos. — Por que você quer voltar lá?

Parvati se incomoda com o caroço em seu queixo.

— Porque é onde eu deveria ter passado a minha vida. Se meu *kismet* tivesse sido melhor. Quero ir para casa.

— Você tem família lá?

Parvati balança a cabeça, enfática.

— Não. Quer dizer, não sei. Mas não quero descobrir. — Ela vira um pouco a cabeça para olhar para Bhima. — Não. Minha família é aqui. Com você e Maya. Entendeu?

Bhima concorda, abalada demais para falar.

— Você entendeu? — repete Parvati.

Dessa vez a amiga responde:

— Sim, sim, entendo. — Tenta uma risada, mas acaba gritando. — Mas o que vou fazer sem você? Eu nem sei.

Parvati solta uma gargalhada que faz lembrar os velhos tempos.

— Não se preocupe. O diabo e eu cuidaremos de você.

— Você não acredita em Deus, mas acredita no diabo?

— Irmã, nunca vi a cara de Deus. Mas o diabo, já vi milhares de vezes. Não é verdade?

— *Baap re* — diz Bhima. — Quanta blasfêmia você fala!

Parvati a ignora.

— Há um rio — começa, como se estivesse falando consigo mesma. — No meu povoado. No ano em que fui embora, estava seco feito um osso. Mas, neste ano, as monções foram boas. Leve minhas cinzas para lá. É o que eu peço. Minhas economias são suficientes para duas passagens de trem, para você e Maya. É bom para a garota sair desta cidade por um ou dois dias. *Hai, na?*

— Como se chama? O seu povoado?

— Lodpur.

Bhima franze a testa.

— Já ouvi esse nome.

— Tem muitas fazendas de *chikoo* lá.

— Não. Não sei. Mas conheço esse nome.

— Você vai realizar meu último desejo, irmã?

— É claro.

Parvati suspira e joga a cabeça para trás a fim de mirar o céu.

— Você promete?

— Eu prometo.

36

Bhima está aliviada de descobrir o quanto de seu negócio consegue resolver sozinha, mesmo sem Parvati para ajudá-la. No entanto, deve admitir que houve uma ajuda inesperada do filho de Rajeev, Mukesh, que ainda tem um ano de escola pela frente, mas está feliz em ajudar durante as férias de verão. O garoto é trabalhador como o pai e herdou sua boa índole. Mas, ao contrário de Rajeev, Mukesh é inteligente, capaz de pensar por si próprio, e consegue somar e multiplicar na velocidade da luz.

Tem passado cada vez mais tempo em casa. No início, disse a si mesma que era para o bem de Parvati, mas, agora, sabe a verdade — é para o seu próprio bem. Mesmo com Parvati ainda viva, uma forte dor se alojou no coração de Bhima. O senso de perda que sente é tão palpável como um objeto físico. Em uma vida marcada por perdas sucessivas, a morte de Parvati será mais uma delas.

Bhima observa, do canto da sala, Maya levar o urinol para fora. Até um mês atrás, teria sido impensável para ela deixar Maya sair de casa e entrar no *basti* sozinha, tarde da noite, ainda mais para uma tarefa tão odiosa. Mas a proximidade dos mortos — e, sim, Parvati está morrendo — muda os vivos. Regras e costumes antigos dão lugar a novas e imprevisíveis providências. Bhima, desacostumada a cuidar de uma mulher idosa, está sentindo o terrível peso de sua própria idade. Cada junta de seu corpo dói, principalmente por conta do sono esporádico e inquieto — um sono cada vez mais atribulado pelos gemidos, lamúrias e acidentes noturnos de Parvati. A velha mulher acorda em horários inusitados e, depois, apaga, exausta. Bhima e Maya estão com os olhos cansados. Mas, para a grande surpresa de Bhima, Maya não reclamou nenhuma vez. Na verdade, a garota a surpreendeu, cuidando de Parvati com uma ternura que Bhima jamais imaginara de que seria capaz.

Ela se espanta com um gemido alto. Parvati se virou de lado e olha para ela, sem piscar. Bhima pragueja, mas se levanta e atravessa o piso de azulejo até o colchão da pobre mulher. Senta-se com as pernas cruzadas e segura a mão de Parvati na sua, assustando-se com o quanto está quente.

— Você está com febre? — grita, agora percebendo o suor em sua sobrancelha. — Quer um Crocin?

Parvati balança a cabeça.

— Sem mais remédios — recusa, rouca. Nos últimos dois dias, sua voz mudou. — Mas aceito um gole de água.

Bhima levanta a cabeça da mulher para que possa beber.

— Obrigada — agradece Parvati. — Que fardo me tornei para você.

— Já disse. Fardo nenhum. — O tom de Bhima é curto. Quer que Maya volte para todas poderem dormir algumas horas.

— Preciso dizer algo — continua Parvati, como se não a tivesse ouvido. — Quero que me escute.

— O quê? — Bhima continua fitando a porta, sem prestar atenção.

— Deixei um bilhete para você. Está guardado na minha bolsa. Peça para Maya lê-lo depois de você jogar as minhas cinzas no meu povoado. Mas leia enquanto ainda estiver lá, às margens do rio. Entendeu? Não abra agora.

No leito de morte e essa mulher continua tramando e fazendo planos, Bhima se impressiona. Está sempre aprontando alguma coisa.

— Qual é o mistério, irmã?

Os lábios secos de Parvati formam um sorriso.

— Você verá.

— Está bem. — Bhima é tomada pela fúria, com o sono acumulado das últimas semanas. Não tem tempo para esses jogos. — *Chalo*, tente dormir.

— Mais uma coisa. — Parvati ergue sua mão esquelética e segura o pulso de Bhima. Sua mão quente queima a pele da outra mulher. — Uma vez você me perguntou se eu odiava todos os homens. Eu disse que sim. Menti para você, minha irmã. Tem um homem que eu amo mais do que a própria vida.

A curiosidade briga com a impaciência.

— Quem?

— Meu pai. — Parvati começa a chorar. — Meu pai.

É a febre falando, pensa Bhima.

— Seu pai vendeu você para aquele lugar depravado — argumenta. — Você mesma disse.

— Eu sei! — grita Parvati. — E fiquei com raiva. Mas sempre entendi o porquê. No fundo do meu coração, entendia por que ele precisou fazer o que fez. Ele me vendeu para salvar todos os outros. É por isso que o odiava, porque não podia culpá-lo. Se pudesse apenas culpá-lo, teria deixado de odiá-lo. Mas eu era tão próxima dele, Bhima, que, mesmo naquela estação de trem, consegui compreender os seus motivos.

— Não entendo — diz Bhima, mas então Maya entra com o urinol limpo e Bhima sinaliza com os olhos para ir para o seu canto. Maya não precisa ouvir aquela conversa.

— Ele costumava cantar para mim — conta Parvati, mas sua voz ficou tão suave que Bhima não tem certeza se está acordada ou dormindo. — Quando fiz seis anos, de vez em quando, me levava para os campos com ele. Eu ficava embaixo da árvore de *banyan* e o via quebrando aquele solo duro. Suplicava para ele me deixar ajudar. Ele nunca deixou. Chamava-me de sua *rani*. Uma vez, eu me lembro...

Parvati cai no sono. E, de repente, seus olhos se abrem e ela diz, com clareza:

— Era aquela vaca desgraçada que eu odiava. Ele me vendeu para ficar com ela.

Bhima recua com a hostilidade daquelas palavras e, depois, vê os olhos da mulher se fecharem novamente. Continua sentada, acariciando seu cabelo, enquanto Parvati se entrega a um sono inquieto. Será essa a sina das mulheres, se pergunta, amar os homens que as destroem?

É Maya quem percebe quando a respiração de Parvati muda. A mulher mais velha também está encharcada de suor.

— Molhe alguns panos na água fria e coloque em sua testa — ordena Bhima. Mas, meia hora depois, a febre não passa. As duas se entreolham.

— Devo ligar para o médico? — pergunta Maya, com a voz carregada de medo.

Bhima pondera e responde que não.

— Nenhum médico poderá ajudá-la agora, *beti*. — Sua voz é firme, e olha diretamente para Maya, que está chorando. Bhima não chora. Mas uma tempestade ruge dentro dela.

A morte, quando vem, é piedosa. Pacífica. Os olhos de Parvati tremulam algumas vezes. Uma hora, ela segura a mão de Bhima com força, antes de soltá-la. Os gemidos cessam. Depois, há apenas o som de uma respiração profunda e áspera. Outras vezes, a respiração para e Bhima e Maya se entreolham, atordoadas. Depois, há um grande ronco e ela começa de novo. Mas, lentamente, como um trem que engasga até parar, a respiração diminui.

E, então, Parvati se torna uma pipa amarela no céu e voa para casa.

Um dia depois de Parvati ser cremada, Bhima volta ao local e recebe as cinzas. Passa a noite sentada de pernas cruzadas no chão, levantando algumas vezes a urna que contém as cinzas, impressionada a cada vez com a incrível leveza do corpo humano. É difícil aceitar que o corpo físico se resuma àquilo. Mas e quanto à raiva de uma pessoa? E a sua voz? Sua risada? Sua arrogância? Sua irreverência? Seu humor, seu ego, sua honra, seu caráter? Essas impressões digitais de uma vida única simplesmente evaporam e desaparecem com o último suspiro? E, se for assim, de que vale toda a luta, os sofrimentos e os conflitos? Qual a diferença entre uma mulher viver ou não? Se foi amada ou mal-amada, educada ou analfabeta, desejada ou malquista pelos pais, se sofreu mágoas e traições, ou se ainda foi capaz de manter sua humanidade e nobreza? No final, pensa Bhima, não importa. É tudo pó e cinzas. É isso que significa ser humana, ela pensa: grãos de poeira organizados na forma humana — alguns escuros, outros claros, alguns altos, outros baixos, alguns machos, outros fêmeas. E, no final, a mesma rajada de vento desfaz todos eles.

37

Por duas semanas, as cinzas de Parvati permanecem na urna no canto do quarto. Ao lado da urna, está a bolsa branca de tecido, na qual, Bhima sabe, há uma carta misteriosa. Algumas vezes, pensou em chamar Maya para ler aquela carta, mas mudou de ideia, em respeito à promessa que fizera à amiga. Além disso, tem medo de que ler as palavras de Parvati reabra os pontos que estão segurando sua dor. Sem falar na raiva que sente, apesar de não ter direção, viajando de um lado para o outro, sem saber o alvo. Deveria estar com raiva de Parvati por manter sua doença em segredo até que fosse tarde demais? Ou com raiva do hospital público, onde as condições são tão ruins que as pessoas que vão lá preferem morrer a viver? Ou dos deuses, que criaram uma mulher tão orgulhosa e forte como Parvati e, então, fizeram de tudo para quebrar essa força e esse orgulho? Os lábios de Bhima se torcem de rancor com o último pensamento. Na sua época, conheceu a maldade dos homens. Mas nada se compara à maldade dos deuses, que, após criarem a humanidade, passam seus dias provocando-a e testando-a.

Pare!, ela se repreende. Está falando blasfêmias como a própria Parvati. Parvati, que está morta, mas cuja ausência é tão tangível como já foi sua presença. Na feira, os clientes ainda perguntam para onde foi a senhora amarga, a mulher que vendia laranjas e bananas embrulhadas em xingamentos ou em observações hilárias. Gostam de Mukesh, de seu bom humor e do brilho de sua juventude, mas sentem falta dos comentários indecentes, da rabugice, do eventual palavrão, sem falar da ocasional preocupação, que chamava a atenção pela raridade e genuinidade, com uma criança doente ou um chefe mal-humorado.

Mas é em casa que Bhima realmente sente falta de Parvati. Sem Parvati para cuidar, assumiu suas responsabilidades habituais na casa de Chitra — Mukesh continuará ajudando à tarde, mesmo quando voltar às aulas —, e por isso Bhima não chega em casa antes das sete. À medida que as sombras da noite crescem em seu silencioso casebre, mais uma vez, são só ela e Maya sozinhas e juntas, conversando superficialidades. Para sua surpresa, as duas sentem falta da intensidade de cuidar de uma mulher doente, lembrando-se com nostalgia de suas olheiras, das noites sem dormir atravessadas pelos gemidos de Parvati. Estão, as duas, traumatizadas pelas lembranças do sofrimento da mulher, e enriquecidas por saber que usaram cada fibra de seu ser para aliviá-lo.

Nessa noite, Bhima gesticula em direção à urna e à bolsa.

— Precisamos ir ao seu *muluk* — diz, rasgando um pedaço de *chapati* e usando-o para pegar o espinafre do prato. — Jogar as cinzas, como ela pediu. Antes que você volte às aulas.

Maya se espreguiça.

— Seria bom sair da cidade por alguns dias — concorda. — Nunca vamos a lugar algum.

Bhima sente alfinetadas de vergonha ao ouvir a crítica de Maya.

— Todos esses anos, não tínhamos dinheiro — defende-se. — E, agora, quando temos algum dinheiro, não temos tempo.

— Eu sei. Mas Mukesh pode se virar por alguns dias. Você confia nele, certo?

— Confio mesmo. Ele é um bom garoto. Sério.

— Bonito também — comenta Maya, sonhadora, e Bhima fica chocada.

— Tenha vergonha! — censura. — Não tire os olhos dos livros, entendeu?

Mas Maya não se deixa abalar.

— Como quiser, *Ma-ma*. — Ela ri. — Mas você não acha que ele...

— *Bas* — diz Bhima. — Já chega. — Mas há um sorriso em seus lábios. É como se o espírito de Parvati tivesse contagiado as duas.

— Posso ir à estação amanhã para reservar as passagens — oferece Maya. — Quando podemos ir?

Houve um tempo em que Bhima nunca teria permitido que Maya fosse à estação sozinha e falasse com estranhos. Mas aquele tempo, ela sabe, passou.

— Podemos ir no final de semana — responde. — Parvati disse que é um lugar lindo. Podíamos ficar por lá e voltar na segunda-feira.

A luz nos olhos de Maya sinaliza que é a decisão certa. Por um instante, ela reflete sobre como a viagem poderia ser muito melhor para Maya se tivesse companhias jovens, com quem pudesse rir e brincar no trem, alguém além de sua velha avó. Mas quer estar sozinha com Maya quando jogarem as cinzas.

— Ela passou pouco tempo aqui, mas sinto saudades — ouve-se dizer, em voz alta.

Surge a lembrança da última confissão de Parvati, sobre amar o pai, mas ela a descarta. É doloroso demais, confuso demais pensar no amor como algo tão complicado. Precisaria reavaliar tudo o que pensa saber sobre Parvati, cada afirmação desafiadora, feita para chocar, e Bhima sabe que não pode fazer isso. Acreditar que Parvati, nas profundezas de sua degradação, continuara amando seu pai exigiria que reavaliasse sua própria vida e seu casamento com Gopal, que reconhecesse que seu próprio coração enganoso continuou amando o marido, mesmo após a sua traição. Apesar de sua traição. Exigiria que ouvisse novamente a música que costumava cantar para ela — *"Mere sapno ki rani"* — "A rainha dos meus sonhos" — não como a zombaria em que a transformara, mas como a ouvira no início, uma canção de amor entoada por um homem loucamente apaixonado por sua esposa.

Bhima se levanta de repente e recolhe os dois pratos para lavá-los do lado de fora. Está escuro, os corvos grasnam nos fios elétricos, e esse ruído faz sua cabeça vibrar. Ela olha para o deprimente e sombrio conjunto de barracos improvisados à sua volta e aquilo lhe embrulha o estômago. Árvores. Deseja ver árvores. E colinas. Ouvir o som dos pássaros, em vez dos corvos predatórios que agora escurecem o céu de Mumbai. Ver um periquito, quem sabe, ou um bulbul. Na Mumbai de sua juventude, era comum vê-los. Mas, assim como os *goondas* e os crápulas que agora comandam as ruas da cidade, os corvos desordeiros dominam os céus, espantando os pássaros mais tímidos.

Elas irão, ela e Maya. Ficarão diante da margem do rio no povoado natal de Parvati, observando as águas gorgolejarem. Será bom para elas sair daquele lugar. E é duplamente bom que seja Parvati quem as esteja conduzindo.

38

É O VERDE QUE AS CONFUNDE, choca, que faz as bolhas de risadas felizes jorrarem involuntariamente de suas bocas. É a sua abundância, sua promiscuidade, como uma mulher sentada com as pernas abertas, que faz seus olhos urbanos piscarem, admirados, enquanto tentam comparar os tons de marrom e preto de suas vidas com aquele verde suntuoso e fértil. Bhima, especialmente, está impressionada, porque precisa conciliar a imagem da terra seca e devastada descrita por Parvati com a exuberância que se mostra para ela. Também há um nó de tristeza em seu coração, uma vez que, se aquela terra verde era patrimônio de Parvati, a injustiça de seu banimento é ainda mais evidente. Como se lesse sua mente, Maya desvia os olhos da janela do trem para perguntar:

— Por que a *mausi* Parvati trocou este paraíso pela sujeira de Mumbai?

Bhima sorri.

— Não é suja quando você quer ir ao cinema, *hah*? — provoca. — Ou fazer compras. — A avó percebe que Maya fica corada. — A menina Chitra me contou. Sobre vocês duas irem às compras, quando você me diz que está indo comprar os livros de direito. Posso ser velha, mas ainda sou sua avó, não se esqueça.

A plataforma do trem é maior em Lodpur, mais movimentada do que Bhima imaginou. De repente, fica nervosa por estar ali sozinha com Maya, e feliz por não ter comprado uma passagem de volta para segunda-feira, como Maya queria.

— Talvez possamos cumprir a nossa missão e voltar para casa hoje à noite, *beti* — comenta, enquanto descem da estação.

Maya põe a mala no chão e coloca as mãos na cintura.

— Qual é o problema, *Ma-ma*? Nosso trem ainda nem deixou a estação e você já está pensando em voltar para casa?

— Este não é o nosso *desh* — resmunga Bhima. — Não conhecemos estas pessoas, sua cultura, seus costumes.

— Afe, *Ma-ma*. Você é uma *pucca Mumbaikar*. Meio dia longe da cidade e já está sentindo falta dela. — Maya pega a mala e continua andando. — Não, vamos ficar. Você precisa de férias, certo? Tem trabalhado demais.

— Se alguém estiver olhando para nós, vai pensar que você é a avó e eu sou a neta — ralha Bhima, enquanto caminham.

Maya olha fixamente para a avó, com os olhos radiantes.

— Olhe à sua volta, *Ma-ma*. Ninguém está prestando atenção em nós.

Antes de saírem da estação, Maya aborda algumas mulheres bem-vestidas e pede uma indicação de hotel. Volta com alguns nomes.

— Viu só? — diz. — Como foi fácil?

A garota continua assumindo o controle, dando ao motorista o nome do hotel.

— Ótima escolha, senhora — comenta o homem, em tom de aprovação. — Hotel novinho. Só tem um ano.

— É muito caro, *bhai*? — pergunta Bhima imediatamente. — Somos pobres. — E olha com uma expressão confusa para Maya, que acaba de lhe beliscar o braço.

— Tudo bem, *bhaiya* — diz a garota. — Só nos leve lá, *accha*? — Então, olha para a avó. — Eu tenho dinheiro — conta, com a voz baixa. — Ela... a *mausi* Parvati deixou todas as suas economias para mim. Mandou que eu as gastasse nesta viagem.

O rosto de Bhima escurece de raiva.

— E você aceitou? Esse foi o dinheiro suado de Parvati! — desaprova. — Ela poderia ter usado para seus remédios. Em vez disso, vamos desperdiçá-lo com...

— *Ma-ma*, está resolvido. Era o desejo dela. Parvati deixou o dinheiro para *mim*. — Bhima ouve a autoconfiança na voz de Maya e não tem coragem de contar que Parvati oferecera o dinheiro primeiro para ela. Deixe a garota acreditar que foi a escolhida.

O quarto de hotel é bom o suficiente para que aproveitem, mas não de um jeito ostentoso que as faça se sentirem desconfortáveis. Elas comem o almoço que Bhima insistira em levar, sentadas na beira da cama, e tiram um cochilo em um colchão tão macio que Bhima tem dificuldade para dormir. Não se importa, porque os lençóis brancos, frescos e limpos compensam. Apesar de a temperatura do quarto ser confortável, Maya liga o ar-condicionado porque estão pagando por ele, e ela quer ter sua *paisa vasool*, fazer seu dinheiro valer a pena. Quando acordam, Bhima quer se lavar na pia do banheiro, mas Maya abre o chuveiro e exige que a avó entre debaixo dele. Nos primeiros minutos, o jato de água assalta seu corpo como pequenas pedras e Bhima detesta a sensação, mas, depois, todo o seu corpo suspira e se torna macio sob o calor, e ela pensa que venderia um rim para poder experimentar aquele luxo todos os dias.

— Como se sente? — pergunta Maya, quando Bhima volta para o quarto, mas ela não precisa responder. Sente-se limpa como não se sentia havia anos, como se tivesse lavado a sujeira da própria favela de sua pele. Até mesmo a dor constante em seu quadril foi aliviada pela pressão da água.

— Viu? — provoca Maya. Ela atravessa o quarto e fica na frente de Bhima, e coloca uma mão em cada um de seus ombros. — Não se preocupe, *Ma-ma*. Quando eu for advogada, vou comprar uma grande casa onde você poderá tomar banho de chuveiro todos os dias. *Accha?*

— *Accha* — concorda Bhima, casualmente, como se Maya tivesse prometido lhe comprar uma barra de chocolate mais tarde.

Ela não diz o que pensa: que, por melhor que seja esse chuveiro, o que mais importa para ela é o amor intenso que brilha nos olhos de Maya. Mas essa é uma lição que a neta aprenderá sozinha, com o passar dos anos.

— Vá se lavar, *beti* — diz Bhima. — Quero cumprir nossa obrigação com Parvati o quanto antes.

O hotel está localizado nos arredores do povoado e, quando saem, Bhima se pergunta se alguém ali saberia o paradeiro dos irmãos de Parvati. Envia Maya para perguntar ao gerente, mas ele é de fora e a manda falar com *dada* Karim, o senhor que trabalha como guarda.

O coração de Bhima pula quando *dada* Karim arrasta os pés até elas, porque tem idade para se lembrar da família de Parvati. Talvez os irmãos ainda cultivem a terra pela qual o pai pagara com o próprio sangue; talvez gostariam de guardar um pouco dos restos mortais da irmã. Mas os olhos amarelos lacrimejantes de *dada* Karim ficam embaçados quando mencionam o nome da família.

— Você é ela — murmura. — A garota? Que o pai mandou embora?

Bhima dá um passo involuntário para trás.

— *Nahi* — responde. — Ela está morta. Sou amiga dela. Vim encontrar sua família.

O velho homem suspira.

— Você veio tarde demais, irmã. Tarde demais. — Ele faz uma pausa e morde o pedaço de tabaco em sua boca. — Estão mortos. Ele matou todos eles.

— Quem matou todos eles? — pergunta Bhima, seriamente, imaginando se aquele velho homem não é um *pagal*.

— Ele matou. O pai. Dois anos depois que mandou a garota embora. Pôs veneno na comida de todos. Foi terrível. Terrível. — O velho dá de ombros. — Eu só tinha treze anos na época. Minha mãe me comprou um doce naquele dia. Eu me lembro, todas as mães abraçaram seus filhos bem forte depois do que aconteceu. Aquele pobre homem. O que poderia fazer? Estavam todos famintos. Sem chuva por dois anos. Mas ele foi o único que cometeu esse pecado. Deus perdoe a sua alma.

Bhima fica parada, entorpecida pelo choque, sem nem se lembrar de proteger Maya de escutar algo tão maligno. Lembra-se do que Parvati dissera uma vez — que era a favorita do pai. Será que ele a mandou embora para salvá-la? Que ela foi a única escolhida para continuar viva? Mesmo assim... Com isso, Bhima para, nauseada com o que acaba de ouvir, preferindo nunca ter perguntado.

— Lamento ter de dar uma notícia tão ruim. Perdão — diz *dada* Karim, com suavidade. Ele espera mais um minuto, com a cabeça curvada em sinal de respeito e, quando fica claro que Bhima não tem mais perguntas, despede-se. — *Accha*. Vou me retirar.

O guarda já está longe quando Bhima pergunta:

— Morreram todos eles? Todos?

Ele gira devagar.

— Todos — confirma. — Exceto a vaca da família. Ele a poupou.

A vaca. Bhima se lembra das palavras de Parvati — de que era a vaca a quem odiava, porque era sua rival, competindo pelo amor de seu pai. Um soluço vem à sua garganta.

— O que aconteceu com ela?

Dada Karim dá um sorriso amargo.

— O agiota a levou, claro. Parece que a família lhe devia dinheiro.

Abaixo delas, o rio gorgoleja como um bebê. As duas mulheres seguram-se uma na outra enquanto descem a pequena clareira e entram nele, com suas águas frias lhes abençoando os pés. À sua volta, as árvores balançam umas sobre as outras e sussurram suas fofocas diárias. Há uma família fazendo um piquenique do outro lado, na margem oposta, com roupas e modos que evidenciam que são da cidade, e apesar do som do rio batendo nas pedras e correndo por entre elas, podem ouvir os gritos das crianças entrando na água, as vozes das mães lhes advertindo.

— Queria que não tivesse mais ninguém aqui — comenta Maya. — Queria que fôssemos apenas nós três.

— Três?

Maya lhe lança um olhar enigmático.

— Sim. Você, eu e Parvati.

E, então, Bhima a sente com uma intensidade que lhe tira o fôlego. Ouve a voz rabugenta, a gargalhada, os gracejos sagazes. Vê o mau humor, o olhar desafiador e, então, a expressão suave quando Parvati sabe que foi longe demais e que Bhima está chateada com ela, as manobras para cair nas graças de Bhima. Mas o que está sentindo ali, no campo, são mais do que lembranças. É o sentimento, a sensação. Pode sentir Parvati na tranquilidade do céu azul. Sente-a nas copas das árvores dançando. Com o olho da sua mente, ela a vê — Parvati flutuando naquele rio, com as mãos atrás das costas, os olhos fechados, os pés juntos, com um sorriso no rosto. Parvati correndo por aqueles bosques com seus irmãos e escalando aquelas árvores, rindo do cachorro de estimação que late, desconsolado, no chão. Parvati sentada sozinha na margem do rio, imaginando o garoto com quem um dia se casaria, a casa que construiriam. Sem saber da sua execução que estava por vir, sem saber quem seria o executor.

— Deveríamos dizer algo, *Ma-ma*. — Bhima ouve a voz de Maya, como se estivesse distante. — Dizer uma prece, antes de jogar as cinzas.

Bhima concorda com a cabeça, voltando ao presente. Está prestes a começar uma cantiga quando uma sensação de embrulho cresce em seu estômago.

— Não há necessidade — conclui. — Nós... Este lugar. É suficiente. Nós...

Ela para, sem conseguir continuar. Em vez disso, pega a urna. Com as águas ainda batendo em seus pés, elas se viram na direção do vento, para que as cinzas não sejam sopradas para os seus rostos.

— Descanse em paz, irmã — diz Bhima, em voz alta. — Aqui, no lar dos seus ancestrais.

Reprime a lembrança do que *dada* Karim lhes contou há pouco menos de uma hora.

— Que você encontre a paz que lhe escapou nesta vida. Agora todo o seu sofrimento acabou. E que... que seu pai também encontre essa paz.

Ela se vira para Maya e lhe entrega o restante das cinzas.

— Obrigada, *mausi* Parvati — grita a garota, descendo a urna na água. — Nunca me esquecerei de você.

E assim terminam. Ficam paradas, fitando o rio por alguns minutos, depois, se entreolham. Após alguns minutos, Maya balança a cabeça.

— *Chalo, Ma-ma*. Vamos.

Elas sobem a barragem de volta e estão quase caminhando para a rua principal quando Bhima se lembra da carta.

— Espere — diz. — Parvati quer que leiamos a carta dela depois de jogar suas cinzas. Enquanto ainda estamos aqui.

Maya lê a carta em voz alta. Quando termina, levanta a cabeça para o céu, com um olhar incrédulo no rosto. Depois começa a rir.

— Aquela *mausi* Parvati — comenta. — Tão brincalhona.

Nesse minuto, um rádio portátil da margem oposta do rio começa a tocar.

39

Não. O que Parvati está pedindo é impossível. Não. Aquela mulher passara dos limites, conspirando e tramando até no leito de morte. Bhima nem sabe o quanto acreditar de todo aquele *natak* de querer suas cinzas espalhadas em seu povoado natal. Teria sido uma manobra para levá-las até lá? E como sabia que Lodpur ficava tão perto de Tipubag, quando ela própria, Bhima, não fizera essa conexão?

Tipubag.

O *muluk* natal de Gopal. Onde seu irmão cuidava da fazenda da família. O povoado para onde Gopal escapara décadas atrás, levando Amit com ele. Onde, pelo que sabia, eles ainda moravam. Se Gopal ainda estiver vivo.

E, então, Parvati declarou seu último desejo: que Bhima e Maya voltassem ao trem que as trouxera até ali e viajassem mais duas estações. Só mais duas estações. Até Tipubag. Para visitar seu marido e seu filho perdidos. Aquela mulher, que ostentava com orgulho sua falta de laços familiares como uma bandeira, agora apelava para que fizessem a viagem. Bhima sente a pele formigar de raiva. O que Parvati tinha a ver com isso? Cuidar da sua vida mesmo do outro mundo! Que resolva seus próprios problemas. A habilidade da mulher era com números e contas, e por isso Bhima estaria em dívida eterna com ela. Mas para que enfiar o nariz em seus assuntos íntimos? E se Gopal ainda estiver com raiva dela? E se a rejeitar uma segunda vez? E se — *ae Bhagwan*! — estiver morto e ela se der conta de que continuou a usar o *sindoor* vermelho no cabelo sem saber que era viúva? Quais mentiras contara a Amit durante a infância do menino? Do contrário, o que explicaria um filho não convidar a própria mãe para o seu casamento? Não. Levara anos, mas finalmente havia deixado o passado para trás, havia enterrado todas as suas lembranças como cadáveres em um cemitério. Não mexeria no passado de novo, nenhuma carta seria capaz de obrigá-la a isso.

— Eu não me dei conta de que Tipubag era tão perto — diz Maya. — Vamos ver os horários do trem?

— *Chokri* — responde Bhima, severa. — Não seja burra. Nós não vamos.

— Ah, mas, *Ma-ma*, estamos tão perto. Podemos não ter essa chance de novo. E quando eu começar a faculdade...

— *Bas*. — Bhima cobre os ouvidos com as mãos. — *Bas*. Não fale mais nada. Não vamos deixar uma carta de uma mulher morta mudar nossos planos. Você quer ir à feira do povoado amanhã, *na*? Faremos isso. Depois, na segunda, pegaremos o trem de volta para casa.

— Não quero voltar para casa.

— *Arre, wah*. Você combinou de posar para a Chitra na semana que vem, certo? Quem vai fazer isso? E eu tenho negócios para cuidar, *hai na*? Por quanto tempo posso confiar naquele Mukesh?

— Mukesh vai se sair bem. Ele é brilhante.

Bhima perde a paciência.

— De novo você falando do Mukesh. Estou avisando, *chokri*, se ouvir o nome dele nos seus lábios mais uma vez, eu...

Nesse instante, o vento cessa. No silêncio, o som do rádio na margem oposta do rio flutua até elas, e podem ouvir claramente a música.

— *Mere sapno ki rani* — canta Kishore Kumar. A rainha dos meus sonhos.

A canção de Gopal.

A canção deles.

Os ombros de Bhima começam a tremer. E, então, ela chora.

40

Bhima olha pela janela do trem e parece ver passarem os anos de sua vida, trazendo-a para aquele momento, quando, contra a sua vontade, está prestes a aparecer de surpresa na casa de Gopal. Ao seu lado, Maya parece imune à agitação que ela sente; o quanto está se preparando para a rejeição, o olhar apático, a virada de cabeça, o afilamento dos lábios, a indiferença no dar de ombros.

Por que está naquele trem, afinal? Por causa de uma carta de uma velha intrometida que arrumou um jeito de sair desta vida pavorosa. Por causa das chorosas e incessantes investidas de Maya em querer conhecer o avô e o tio. Mas, principalmente, por causa da música.

É uma canção famosa de um filme antigo e faz parte da cultura indiana. Escutou-a milhões de vezes desde que Gopal a cantara pela primeira vez, nos dias loucos e arrebatadores do seu namoro, e quando ele a sussurrara no seu ouvido na noite de núpcias. E que tenha tocado no rádio portátil das pessoas que faziam piquenique na margem de um rio, onde haviam acabado de jogar as cinzas de Parvati, era *kismet*, simples assim.

Mas talvez seja o seu *karma*. Tocar os pés do marido uma última vez e pedir seu perdão por humilhá-lo tantos anos antes. Quantas vezes desejou poder voltar na sua marcha furiosa e negligente até o bar, onde xingara e batera no marido bêbado na frente dos outros clientes, que riam da cena? Como se a bebedeira de Gopal significasse que ele não tinha mais dignidade! Como se a falta de emprego do marido lhe desse permissão para privá-lo de sua masculinidade! A esposa de todo homem pobre aprende cedo esta lição — quando um homem está necessitado e não tem mais nada, precisa ser capaz de manter o seu orgulho. Ela se esquecera dessa valiosa lição por um momento irresponsável e pagara por isso pelo resto da vida. Sim, devia isso a Gopal, implorar por seu perdão.

Bhima olha para Maya, mas a garota está conversando alegremente com outra passageira, como se fosse uma viagem corriqueira. Como se as entranhas de Bhima já não estivessem se retorcendo de vergonha pela rejeição e pela humilhação que esperavam por ela. Será que Gopal poderia ter arranjado outra esposa durante todos aqueles anos? Certamente, ela teria sabido se fosse o caso. Quanto a Amit, quem seu filho teria se tornado? Será que alguma parte daquele garoto de olhos brilhantes teria sobrevivido no homem? E o que a nora pensaria dela, a mãe desafortunada que desistiu de seu único filho sem lutar por ele?

— *Ma-ma*, veja — aponta Maya. — Tem uma placa dizendo Tipubag. Devemos estar quase chegando. A *mausi* Parvati estava certa. Não é muito longe.

Parvati. Se o inferno existe, pensa Bhima, ela está lá, gargalhando e se regozijando da armadilha que lhe criara. Ela se lembra de que foi Parvati que pedira para incluir Maya nessa viagem para jogar suas cinzas. Se a neta não a tivesse acompanhado, se a garota não tivesse lido a carta de Parvati, Bhima nunca teria encontrado coragem para visitar Tipubag, com ou sem música. Foi o desejo de Maya de visitar o povoado ancestral do avô que as levou até ali.

Depois de desembarcarem, olham ao redor da estação quase vazia. Tipubag é bem menor do que Lodpur. Bhima se arrepende de não ter enviado um telegrama avisando, mas como poderia? Não se lembra do endereço de Gopal. Mas se pudessem ter avisado antes de chegar, ela e Maya poderiam esperar na estação para que a família as recebesse, ou tomar o trem na direção oposta se ninguém viesse. Teria sido mais honesto dessa forma, menos doloroso.

Já estivera em Tipubag uma vez, nos primeiros anos de seu casamento. Ela se lembra do choque de alegria que atravessara seu corpo na primeira vez em que a mãe de Gopal a chamara de *bahu*, a novidade da vida de casada ainda lhe causando adrenalina, como o perfume inesperado de um arbusto de jasmim à noite. Lembra-se de sair da estação no carro de boi da família, do perfil do irmão mais velho de Gopal — parecido com ele, só que mais sério — dirigindo o veículo. Quase gritara da primeira vez que o homem lançou o chicote no pobre animal, mas Gopal respondera com um olhar severo que a fizera segurar a língua.

Não há ninguém para buscá-las na estação de Tipubag dessa vez. Um sentimento de solidão acomete Bhima, e quando o trem parte da plataforma, precisa combater o ímpeto de correr atrás dele. Segura a mão de Maya, sem dar conta de que sua palma está suando, até que a neta comente. Já está se xingando por não ter pego o trem mais cedo. Àquela hora, sente a ameaça da noite que se aproxima com o canto dos pássaros, enquanto deixam a estação e pisam na terra vermelha do estacionamento. Logo será tarde da noite, quase escuro, antes de chegarem ao seu destino.

— Onde é a fazenda? — pergunta Maya novamente, e Bhima balança a cabeça.

— Eu não sei. Teremos de descobrir.

Há uma pequena concentração de riquixás fora da estação, e Bhima se aproxima de um dos motoristas, que está em frente ao seu veículo, fumando um *bidi*.

— Você conhece Arun Phedke? — indaga, dando o nome do irmão mais velho de Gopal.

O homem aperta os olhos enquanto pensa.

— Phedke? Não.

Bhima olha para os lados, inquieta.

— Ele tem uma *kheti* em Tipubag. A família toda é daqui. Com certeza...

— *Arre, baba*, eu disse que não. Preciso conhecer todo mundo que mora aqui?

— Não precisa ser rude — intromete-se Maya, antes que Bhima possa impedi-la.

O motorista sorri.

— Desculpe, *memsahib* — diz. — Por vocês, vou descobrir.

Ele coloca o polegar e o dedo indicador na boca e dá um assobio alto para chamar a atenção dos outros motoristas que perambulam pelo local.

— *Arre*, escutem! — chama. — Alguém aqui conhece Arjun Phedke?

— Arun. Não Arjun.

— Isso mesmo. Arun! — grita o homem, confirmando com a cabeça.

Os outros motoristas murmuram algo, e então um homem de meia--idade dá um passo à frente.

— Phedke? Conheço ele — informa. — Ele faz compras na mercearia do meu pai. Você quer ir à casa dele?

Maya e Bhima se entreolham, surpresas.

— Sim — responde Maya. — Você pode nos levar? É longe?

O homem sorri, fazendo sinal para entrarem no pequeno veículo sem janelas.

— Nada é muito longe em Tipubag, *memsahib*. É um lugar pequeno. — Ele olha para elas. — Vocês são de onde? Dilli? Mumbai?

— Mumbai — diz Bhima, seca, em um tom que deixa claro que não está no clima para conversa fiada.

Ela olha pela janela do riquixá enquanto o veículo crepita pela estrada, admirando o verde vívido das árvores contra a terra vermelha. O incômodo em seu estômago cresce a cada quilômetro. Aquilo é um erro, ir até lá sem ser convidada, sem avisar, sem ser bem-vinda. Parvati está morta. É fácil para ela sugerir aquela viagem. Mas ela e Maya precisarão viver com as consequências da rejeição de Gopal pelo resto de seus dias.

Quando está prestes a mandar o motorista parar, para que possa controlar o enjoo causado, em parte, pelo escapamento do veículo, o carro freia bruscamente na extremidade de um campo.

— Por favor, façam o resto do caminho a pé — pede o homem. — Choveu muito aqui nas últimas semanas. A estrada até a casa está toda lamacenta por causa da inundação. A essa hora, será um problemão se o meu carro atolar.

— *Arre, bhai*, tenha um pouco de piedade — argumenta Bhima. — Como vamos andar? A noite se aproxima e somos estranhas aqui. Nem sabemos para onde ir.

Mas o homem já está fora do veículo, colocando suas malas no chão.

— É muito simples — explica. — Vão reto pelo meio aqui, até chegarem à casa.

Como não parecem convencidas, ele se vira e avista um garoto de shorts e camisa regata pendurado em uma das muitas árvores que compõem a fazenda.

— *Ae, beta!* — grita. — Vá dizer aos seus pais que eles têm visita.

O garoto olha para elas e, então, antes que Bhima possa vê-lo melhor, pula de um dos galhos mais baixos e corre por um atalho no meio do campo. Ele grita algo que Bhima, ocupada pagando a viagem, não consegue distinguir.

— Você espera aqui? — pergunta ao motorista. — Até terminarmos o que viemos fazer? Podemos precisar de um transporte de volta para a estação de trem hoje à noite.

O homem a observa com curiosidade.

— Não tem mais nenhum trem para Mumbai esta noite, senhora — comunica. — O próximo trem é só amanhã. — Ele se dirige a Maya: — Se precisarem de riquixá amanhã, liguem para o meu celular. Vou anotar o número para vocês.

Elas esperam o homem dar a volta e ir embora, até não poderem mais ouvir o motor do veículo. O silêncio que se sucede é ensurdecedor, um silêncio pastoral que seus ouvidos urbanos não estão acostumados a ouvir, perfurado de tempos em tempos pelo canto dos pássaros voltando para seus ninhos nas árvores. Maya pega a mala e, com a outra mão, segura a avó.

— Não tenha medo, *Ma-ma* — encoraja.

Bhima olha para Maya, com seus olhos velhos percorrendo o rosto jovem da neta.

— Mas e se eles não nos quiserem aqui? E se tiverem se esquecido de nós?

Maya parece chocada.

— Você se esqueceu do *baba* Gopal? — E quando Bhima não responde, continua. — *Ma-ma*. Esqueceu?

Bhima balança a cabeça.

— Nem por um dia. Nem por um minuto. — Olha para o horizonte por um instante e depois diz: — Ele foi o primeiro homem a quem dei o meu coração. Para guardá-lo. E nunca o devolveu. Nem mesmo quando foi embora.

— Então, por que acha que ele se esqueceu de você? — Maya aperta sua mão. — Vamos, *Ma-ma*. Vamos encontrar a nossa família.

Caminham durante vários minutos até chegarem perto o suficiente para avistar a casa à distância. A cada passo, o medo de Bhima cresce. Acima delas, o céu se transformou de um vermelho furioso em um suave violeta, e os pássaros agora estão em casa, quietos e descansando. O pôr do sol rebate nas pontas das antigas árvores e Bhima enxerga as silhuetas de alguns homens trabalhando nos campos, com suas foices erguidas enquanto cortam as colheitas. Ela vê um deles se levantar ao avistar as estranhas ao longe e, então, percebe o menino que vira mais cedo, quase escondido pelas plantações, apontando em sua direção. O homem parece dizer algo aos outros, e assim começa a caminhar em direção a ela e Maya. Seus passos são lentos, porém determinados, a princípio, mas aumentam o ritmo, até que está correndo, atravessando a distância entre eles. Finalmente, estão cara a cara.

— *Hanh, ji?* — cumprimenta ele, educadamente. — Estão procurando por alguém?

Mas Bhima não consegue falar. Porque é Gopal quem está diante dela, seu jovem, lindo Gopal, com seu cabelo escuro e brilhante, e aquele rosto que está sempre à beira de se derreter em um sorriso. Ela espera que o reconhecimento seja notável em seu rosto, mas, em vez de sorrir, ele franze a testa, não de raiva, mas confuso. Então, ela pensa: Como é que seu Gopi está tão mais alto do que se lembra? Tão mais musculoso e com o peitoral largo? Seu Gopal era magro e pequeno, uma das coisas que amava nele.

— Gopal? — pergunta, cuidadosamente, com os olhos se derramando em lágrimas porque sabe que algo está errado, que aquela é mais uma das piadas cruéis da vida pregando peças nela, que deixará aquele lugar com o coração ainda mais dilacerado e as mãos mais vazias do que antes.

O homem abaixa a cabeça para vê-la na luz fraca do dia que termina. Ele pisca, olha para o outro lado e a encara novamente.

— *Ma?* — diz ele. — *Ma?* É você? — Seu rosto se desmancha em um sorriso e ele bate no peito com o punho. — Sou eu. Amit.

— Amit?

Bhima queria que estivessem em qualquer outro lugar que não fosse no meio de um campo. Queria ter uma cadeira para se sentar, para esperar passar a pressão do sangue na sua cabeça, que torna difícil escutar, acreditar, entender. Olha desoladamente para Maya, buscando ajuda, mas a garota parece tão sem reação quanto ela.

— Você é meu tio Amit? — pergunta.

Ele se vira rapidamente para ela.

— Você é filha de Pooja?

Maya balança a cabeça, confirmando. E faz o que Bhima é incapaz de fazer. Dá um passo na direção do homem, um único passo, mas, de repente, está nos braços do tio, com o rosto choroso descansando contra seu peito.

— Menina — murmura ele. — Minha menina. — Mas seus olhos continuam na mãe, paralisados. — Ei! — grita Amit, abruptamente. — *Chotu!* Onde você está?

E num piscar de olhos o garoto reaparece entre os galhos da plantação, mais altos do que ele.

— *Ma* — chama Amit. — Este é Krishna. Seu neto.

Um neto chamado Krishna? Bhima se lembra de todos os anos em que rezou no santuário de Krishna. Ela amaldiçoa as lágrimas que cobrem seus olhos, tornando difícil ver o neto com clareza pela primeira vez.

— Eu tenho um neto? — sussurra ela.

— Rá. Tem quatro. Este é o mais novo. — Amit ri. Olha timidamente para a mãe. — Eu lhe dei esse nome porque *dada* sempre disse que Krishna era o seu deus favorito.

— Você não se lembra? — pergunta Bhima, e antes que possa responder, balança a cabeça, triste. — Como poderia? Você era tão novo quando ele... quando vocês foram embora.

— Mas nunca a esqueci — confessa Amit, intensamente. — Acredite ou não.

— Você ainda joga críquete?

Amit solta uma risada.

— Eu? Olhe para mim, *Ma*. Sou um homem velho. Mas meus filhos jogam. — E segura a mala com a leveza de uma escova de dentes. — *Chalo*. Logo vai escurecer. Vamos levar para casa, *Ma*. Vocês, da cidade, não conseguirão enxergar a própria mão quando a noite cair.

— E você? — pergunta Maya, com ousadia.

Ele ri de novo, com naturalidade. Não há nem uma sombra do rancor que Bhima vinha temendo.

— *Arre, munni* — diz ele. — Posso andar por esses campos de olhos fechados. Afinal, são os campos do meu pai.

E, mesmo achando graça do apelido que Amit concedeu tão facilmente a Maya, como se já fossem da mesma família, seu coração se aperta quando Amit menciona casualmente o pai.

— O seu *dada*... — ela começa, mas Amit a interrompe, dirigindo-se ao filho.

— *Ae, chotu!* — grita. — Vá avisar ao *dada* Gopal que temos visitas.

Eles andam em direção à casa, com Amit abrindo caminho pela clareira estreita, e então Bhima pode ver a casa de concreto coberta de telhas. É uma casa robusta. Ela se sente ao mesmo tempo feliz pelo fato de Amit ter crescido com conforto e ressentida pelos anos que Maya e ela passaram na miséria.

Há um grande jardim que separa os campos da casa, e quando se aproximam, a porta se abre e um homem velho vem ao seu encontro.

— *Ae, dada*, venha ver quem chegou — chama Amit.

Sua voz é casual e seu jeito, espontâneo, como se um milhão de anos não os tivessem dividido, como se aquela reunião não fosse um milagre, como se o destino não tivesse pego Bhima pela mão e a trazido até ali. Como se — Bhima para de andar quando o pensamento vem à sua mente — Amit as tivesse esperando durante todo aquele tempo. Como se soubesse que, algum dia, sua mãe iria procurá-lo. Ela passou tantos anos rancorosos imaginando por que o filho crescido e o marido não a procuraram. Então se pergunta por que esperou que eles tomassem a iniciativa.

— *Kaun hai?* — O velho tem a voz trêmula, mas sem dúvida é Gopal.

Apesar de estarem a pouco mais de um braço de distância um do outro, ele cobre os olhos com a mão, como se estivesse olhando para o sol. O gesto, em sua fragilidade, é tênue, é novo, e Bhima sente um aperto no coração. Os anos envelheceram ambos, mas, em sua mente, ela agora percebe, Gopal nunca envelheceu. Não foi à toa que confundiu Amit com o pai.

Gopal olha fixamente para o seu rosto, como se tentasse recordar algo, e ela vê sua própria confusão refletida nos olhos dele, a dificuldade de reconciliar as imagens em sua cabeça com os corpos imperfeitos e curvados que estão agora diante um do outro. O momento se demora até que, finalmente, desvia o olhar para Maya. Mas, após um único segundo, volta a fitar

Bhima. O céu está índigo agora, com sua tinta envolvendo as peles deles, escurecendo o mundo ao redor. Bhima sente o cheiro da terra argilosa, ouve o último canto dos pássaros. A brisa noturna sopra seu cabelo ralo, soltando algumas mechas. O silêncio é tanto que pode ouvir a respiração tensa de Maya, o som da água correndo dentro da casa. Ainda assim, o silêncio permanece entre ela e Gopal. Ao seu lado, sente o nervosismo de Amit e Maya.

E então as lágrimas invadem seus olhos mais uma vez. Talvez aquela seja a rejeição que nunca imaginou — não o deliberado virar de costas que tanto temia, mas o simples e mortal ato do não reconhecimento. A constatação de que se passaram anos demais, de que o passado é um assassinato que não pode ser desfeito. Ela pisca, sente a vergonha ácida queimando em seu estômago e começa a se virar, quando...

Quando.

— Bibi? — A voz é suave, baixa, só para os dois. Ela sente uma relutância, mas também algo a mais. Ternura. E um fio de esperança.

Mere sapno ki rani kab aayegi tu? É a música que costumava cantar para ela, que a levara até a porta de sua casa. Rainha dos meus sonhos, quando você chegará?

Ela chegou.

Ela está ali, em casa, com sua família. Com seu marido. Se ele a aceitar.

— Gopal — sussurra Bhima, e dessa vez ele repete em voz alta, com convicção.

— Minha Bibi? É você? É mesmo você?

Ela se ajoelha para lhe tocar os pés, para suplicar o seu perdão, mas ele se abaixa para impedi-la.

— *Nahi* — diz o homem. — Sou eu que... Sou eu que devo. Que preciso... — Permanecem assim por um instante, olhando-se nos olhos sob a luz fraca do fim do dia, e então ele a deixa e se vira para Maya. — E você é a filha da minha Pooja?

— *Dada*. — Maya se aproxima do avô, mas ele não a abraça como Amit. Em vez disso, olha profundamente para o seu rosto, e então, como se estivesse satisfeito com o que vê, balança a cabeça. Há um sorriso fraco em seus lábios. — Que bom que você veio. — Fica de frente para os campos e passa a mão pelo ar, formando um arco, para incluir tudo o que está diante dele. —

Esta *kheti* pertence a você e a sua mãe, menina. Esta é a sua herança. Que bom que você veio buscá-la.

Maya abre a boca para explicar, mas depois olha para a avó e a fecha. Bhima faz um pequeno gesto de aprovação. Há tanto para se conhecer, saber, contar. Ela olha para a casa e vê as sombras das pessoas indo de um lado para outro. Seu coração dispara ante a ideia de conhecer a esposa de Amit. Talvez ganhe uma nova filha. Mira rapidamente o céu para oferecer sua gratidão quando Amit fala:

— *Arre, bhai, chalo*, vamos entrar em casa. Precisamos alimentar nossas visitas, *na*?

— Visitas, não — protesta Gopal, com o braço no ombro de Maya, levando a neta para dentro da casa. — Sangue.

Ele olha para Bhima, ergue uma sobrancelha e, por um milésimo de segundo, é o exuberante jovem na bicicleta, seguindo o ônibus que ela pegava todas as manhãs para trabalhar. E sorri.

— Vamos entrar, minha noiva?

Por um instante, Bhima não consegue responder, não consegue pegar a mão que o marido lhe oferece. Fica parada na entrada da casa dele, *sua* casa, e sente a presença de Parvati como se a amiga estivesse prestes a entrar pela porta com ela. Sente Parvati empurrando-a, e então imagina uma batida em suas costas, quando Parvati se cansa de sua hesitação.

Bhima balança a cabeça.

— Sim — sussurra a mulher. E depois um pouco mais alto. — Sim.

Embora seja fim de tarde, o interior do coração de Bhima amanhece.

Agradecimentos

Costumo pensar que é uma pena que a capa de um livro leve apenas o nome do autor, em vez de todas as pessoas que ajudaram a torná-lo possível. Não falo somente dos nomes dos editores, revisores, diretores de arte, da equipe de publicidade e marketing e dos incontáveis profissionais da editora que trabalham em anonimato, embora eles, é claro, sejam cruciais para a produção de um livro.

Também me refiro aos familiares que fornecem amor incondicional e que ficam com a sobra das tarefas domésticas negligenciadas; aos amigos que oferecem consolo ou comemoração, dependendo das circunstâncias; aos colegas que encorajam e influenciam; aos animais de estimação que ronronam no seu colo à meia-noite, quando todos os outros estão dormindo; às crianças na sua vida que fazem você se lembrar de que este mundo é inimaginavelmente belo, e que inspiram você a criar uma arte que reflita essa beleza.

E falo da comunidade maior de escritores, cujo trabalho inspira e motiva, e da comunidade de leitores, sem os quais não há livros e cuja presença nas leituras ou palavras de incentivo em um e-mail significam mais do que possam perceber.

Às vezes gostaria que os livros fossem construídos como filmes, com os créditos rolando no final de cada um deles. Se este livro apresentasse créditos, eis uma pequena lista de algumas das pessoas que estariam neles:

Homai Umrigar, Eust Kavouras, Gulshan e Rointon Andhyarujina, Judy Griffin, Perveen e Hutokshi Rustomfram, Anne Reid, Barb Hipsman, Diana Bilimoria, Kim Conidi, Kershasp Pundole, Rhonda Kautz, Ilona Urban, Jenny Wilson, Merilee Nelson, Paula Woods, Regina Webb, Dav e Sayuri Pilkey, Mary Hagan, Denise Reynolds, Rick van Every, Vanessa Humphreville, Dave Lucas, Athena Vrettos, Chris Flint, Regina Brett, Mary Grimm, Connie Schultz, Jim Sheeler, Sarah Willis, Loung Ung, Paula McLain, Sara Holbrook, Karen Sandstrom, David Giffels e tantos outros.

E, é claro, Kulfi e Baklava, minhas queridas amadas felinas, que me ensinaram mais sobre caráter, coragem e a importância da tolice do que eu jamais poderia imaginar.

Gail Winston, minha editora, obrigada por sua presença firme e calma; Daniel Greenberg, meu agente, obrigada pelo trabalho duro e pelo comprometimento com os meus livros. Um agradecimento especial a Jane Beirn, Lily Lopate, Sofia Groopman e Mary Gaule por pastorearem este livro até o final. Obrigada a Jonathan Burnham e Michael Morrison, por sua fé em mim.

Obrigada a todos, por serem minha tribo, minha gente. Nestes tempos perigosos, apoio-me em vocês mais do que nunca.

Este livro foi composto na fonte Fairfield e
impresso em papel pólen soft 70g/m², na gráfica Santa Marta.
Rio de Janeiro, agosto de 2018.